Uwe S. Levin

DAS SCHWEIGEN DER VÄTER

Ein Generationenroman

mitteldeutscher verlag

1. Auflage

www.mitteldeutscherverlag.de

Gesamtherstellung: Mitteldeutscher Verlag, Halle (Saale)
Umschlagabbildung: © dugdax – Shutterstock

ISBN 978-3-96311-900-2

Printed in the EU

Gewidmet meinen Großeltern
Marie & Richard
Else & Erwin

PERSONEN

Ulf Becker, 62, freischaffender Autor, bekannt unter seinem Pseudonym U. H. Schneider

Karin Becker, 58, (geb. Schneider) Ehefrau von Ulf Becker, arbeitet in einem Seniorenheim

Rosa Becker, 87, (geb. Linde), Tochter von Klara und Hermann Linde und Mutter von Ulf Becker, gelernte Schneiderin

Hartmut Becker, 94, Sohn von Käthe und Wilhelm Becker und Vater von Ulf Becker, gelernter Maschinenschlosser, später Maschinenbauingenieur

Klara „Klärchen" und Hermann Linde (Schreinermeister und Sanitäter im Zweiten Weltkrieg, russische Gefangenschaft), beide †, Eltern von Rosa Becker und den Geschwistern Helga, Inge und Gerd, Großeltern von Ulf Becker

Käthe und Wilhelm Becker (Polizist bei der OrPo), beide †, Eltern von Hartmut Becker und den Geschwistern Martha, Ilse, Siegbert und Uta, Großeltern von Ulf Becker

Richard und Fritz, zwei Brüder von Käthe Becker, die beide als Kriegsinvaliden aus dem Zweiten Weltkrieg zurückkehren

Siegbert Becker, 84, jüngerer Bruder von Hartmut und Onkel von Ulf Becker, gelernter Dreher

Paul Linde, †, Vater von Hermann Linde, Soldat im Ersten Weltkrieg, gelernter Steinmetz

Renate und Anneliese, zwei Schulfreundinnen von Rosa Becker, Ulfs Mutter

Hans Glück, Freund von Hartmut Becker, Formerlehrling, zusammen im Reichsarbeitsdienstlager Brassendorf, kurzer Kriegseinsatz, dann Flucht, später englische Gefangenschaft

Leutnant Fuchs und Oberfeldwebel „Hinkefuß“, Ausbilder im Reichsarbeitsdienstlager Brassendorf

Obermaat Joachim Hansen, Gruppenführer von Hartmut Becker und Hans Glück im britischen Kriegsgefangenenlager Kellenhusen

Helga Petersen, ihr Mann und die beiden Töchter Marie und Leni, betreiben einen Bauernhof mit Vieh- und Ackerwirtschaft östlich von Bad Segeberg, Hartmut Becker und Hans Glück werden zur Landarbeit auf diesen Hof verlegt

Dr. Salomon Mandelbaum, jüdischer Arzt aus Naumburg, seine russischstämmige Frau ist ebenfalls Ärztin, kommt aus Ufa an der Belaja, beide arbeiten als Ärzte in einem nahe gelegenen russischen Kriegsgefangenen-Lazarett, sind noch vor Kriegsausbruch aus Deutschland geflohen

Juliette, Hermann Lindes französische Liebschaft, während seiner französischen Besatzungszeit

Frau Pätzold, Vermieterin von Hartmut Becker während seiner Leipziger Studienzeit, Ehefrau eines Nazi-Richters

Herr Möhring, weiterer Untermieter bei Frau Pätzold, Kriegsinvalide, hat ein Auge und einen Arm verloren, wird Hartmuts neuer Trainer

Karsten, ein Jugendfreund von Ulf Becker

Frau Koschwitz und Herr Lorenz, Inhaber der Firma Lorenz & Koschwitz, nach der Enteignung im Januar 1950 VEB Wohnraum- und Bekleidungsideen, Rosa Lindes Ausbildungsbetrieb

Franz, Sohn der Eheleute Lorenz, die ihn mit Rosa verkuppeln wollten

Günther Riesling, Sportler aus dem hessischen Wetzlar, liiert mit Rosas Freundin Renate

1

Es gibt Tage, an denen die Welt plötzlich eine andere ist. Der 24. Februar 2022 ist so ein Tag. Ulf Becker hat verschlafen. Ausgerechnet an diesem Morgen. Mit leerem Magen, ohne die Zeitung gelesen und die Acht-Uhr-Nachrichten gehört zu haben, schwingt er sich auf sein Fahrrad, um noch rechtzeitig den Arzttermin zu schaffen. Während er sich durch den eiskalten Morgen strampelt, vorbei an mit Raureif überzogenen Autos und über gefrorene Pfützen, beschäftigt ihn nur eine Frage: Wie wird der Befund ausfallen? Und er befürchtet Schlimmes.

Die Neurologin, eine junge, attraktive Ärztin Anfang vierzig, wahrt bei der Diagnose eine emotionslose Distanz. Ulf vernimmt nur Wortfetzen wie ein Poltern aus nebliger Ferne: „Beginnende Demenz …, keine Sorge …, zwar nicht heilbar …, aber immerhin …, medikamentös können wir …, noch einige Jahre …"

Während die Ärztin redet und ihrem Patienten erklärt, auf was er bei der Einnahme der Tabletten achten muss, rauschen ihre Worte an seinen Ohren vorbei. Er hört, aber er versteht nicht, ist in seinen Gedanken weit weg. Erst als die Ärztin aufsteht und ihm zum Abschied die Hand reicht, bemerkt Ulf, dass seine Audienz beendet ist. Er nimmt das Rezept und verlässt wortlos die Praxis. Das Leben ist aus, ohne dass es aus ist. Jetzt habe ich es amtlich, denkt er. Deine Seele wird allmählich austrocknen wie eine Pflanze ohne Wasser. Zurück bleibt eine willenlose, leere Hülle. Diese boshafte, diese heimtückische Krankheit macht einen geistigen Krüppel aus dir. Warum gerade ich? Dieses Wissen um seinen Gesundheitszustand wirft ihn aus der Spur. Schlagartig fühlt er sich auf rasanter Talfahrt. Aber keiner, auch die Ärztin nicht, kann ihm sagen, wann er unten ankommen wird. Nur eines ist sicher, man kommt unten an, es sei denn, man kürzt die Strecke selbst ab. An Suizid hat er einmal gedacht, ernsthaft gedacht, da war er noch ein Kind, ungefähr zehn, elf Jahre alt, sein junges Leben steckte in einer Sackgasse. Zu dieser Zeit war er einem strengen, einem autoritären Vater ausgeliefert, der bedingungslosen Gehorsam verlangte und nicht scheute, sein Kind mit harter Hand zu bestrafen. Ulf schiebt diesen Gedanken von sich, er will nicht an damals denken, hat Angst, dass alles wieder hochkommt. Für ihn ist ein selbstbestimmtes Ende zu diesem Zeitpunkt keine Option, vorerst nicht. Dazu ist ihm das Leben zu kostbar und noch hat er ja alle Sinne beisammen.

Den Rückweg, ihn drängt nichts zur Eile, geht er zu Fuß, schiebt sein Fahrrad neben sich her. Ein alter Reim aus Kindertagen fällt ihm plötzlich ein: Wer sein Fahrrad liebt, der schiebt! Aber darüber kann er im Moment nicht lachen, obwohl er von Berufs wegen dazu befähigt wäre. Ulf Becker hat als humoristischer Autor zahlreiche Bücher mit lustigen Geschichten verfasst. Dafür hat er sich auf Empfehlung seines Verlegers einen gut klingenden Autorennamen zugelegt: U. H. Schneider.

Er läuft durch den noch immer eiskalten Morgen, der langsam dem Vormittag weicht. Es ist ein grauer Tag, grau und grauenhaft wie das Ergebnis nach Auswertung aller neurologischen Untersuchungen und eindeutigen Laborbefunde. Ulf Becker läuft weiter, beide Hände am Lenkrad. Passanten, die ihm auf der Straße entgegenkommen, mögen wohl denken, ‚armer Kerl, muss sein Fahrrad schieben, hat sicher einen Platten'. Stimmt ja auch, irgendwie. Er ist platt, hat ein Platten, aber nicht im Reifen seines Rades – eher seine innere Verfassung, die ist platt. Die Luft ist raus, raus aus ihm – nach dieser niederschmetternden Diagnose. Er fühlt sich wie ein Abreißkalender an Silvester. Die Zeit, seine Zeit scheint sich zu verflüchtigen. Wie viele Jahre, wie viele normale Jahre werden mir noch bleiben?, denkt er. Jahre, in denen ich bei einigermaßen funktionierendem Verstand schreiben kann. Ulf Becker plant in Zweijahreszeiträumen. So lange braucht er für ein neues Buch. Würde ihm diese Zeitspanne bleiben für ein letztes, vielleicht sogar noch ein allerletztes Buch? Und über was sollte er schreiben, jetzt, nach dieser Diagnose, die für ihn keinen medizinischen Zustand beschreibt, sondern einer Strafe gleichkommt, einer Bestrafung, aber wofür? Hatte er nicht schon genug gelitten – während seiner Kindheit?

Quietschende Bremsen und ein wütend hupender Autofahrer reißen ihn aus seinen Gedanken. Die letzte Ampel hat er bei Rot überquert, ohne auf den Verkehr zu achten.

„Bist du farbenblind?", brüllt der Typ und droht mit der Faust aus dem Fenster.

„Nein", gibt Ulf Becker gleichgültig zurück, „nur schwerhörig!" Bitte, geht doch. Ein Funken Humor ist zurückgekehrt. Wer so schlagfertig kontern kann, braucht sich um die Leistungsfähigkeit seines Gehirns nicht zu sorgen, vorerst nicht.

Er verspürt plötzlich ein starkes Verlangen nach einer Tasse Kaffee. Seine Lebensgeister scheinen von ihrem Tagesausflug zurückzukehren. Der humoristische Autor, der es unter dem Pseudonym U. H. Schneider zu bescheidener Bekanntheit gebracht hat, schiebt sein Fahrrad über den Parkplatz eines Discounters und achtet darauf, dass es zu keinem weiteren Zwischenfall mit aus- oder einparkenden Fahrzeugen kommt.

Ulf Becker hat vor einigen Jahren sein Hobby zum Beruf gemacht. Er lebt vom Schreiben. Vielmehr vom Lesen, vom Vorlesen – denn die bescheidenen Buchtantiemen reichen kaum für die Vorspeise, geschweige denn fürs Hauptgericht. Zum Glück ist er ein gefragter Vorleser. Ulf versteht es, sein Publikum zu begeistern, und er hat die seltene Gabe, seine Zuhörer zum Lachen zu bringen – eine Kunst, die nicht viele beherrschen. Aber jetzt, als Betroffener mit einer unheilbaren Krankheit, ist ihm das Lachen vergangen, gründlich vergangen.

Er hat den Parkplatz fast überquert, als er sich an einen lang gehegten Wunsch, der bisher nur ein vager Traum geblieben ist, erinnert: Schon seit vielen Jahren träumt er davon, einen Roman zu schreiben. Aber bisher mangelte es an einer zündenden Idee, ihm fehlte der passende Stoff, eine geeignete Story. Sein eigenes Leben gibt nicht viel her: Fünfzehn Jahre nach Ende des Zweiten Weltkrieges und ein Jahr vor dem Mauerbau geboren, gehört er zu der Generation, die die Auswirkungen des Krieges als Kind noch sehen konnte, wenn auch nicht bewusst. Zu dieser Zeit waren überall in Leipzig die Hinterlassenschaften der britischen Fliegerbomben sichtbar, wie Zahnfragmente bei einer laufenden Gebisssanierung. Täglich, auf dem Weg zum Kindergarten, war er mit seiner Mutter an einer Ruine vorbeigekommen, die bis zur Bombennacht Anfang Dezember 1943 ein schmuckes Mehrfamilienhaus gewesen war. Nach dem Krieg wurde nur die untere Etage wieder hergerichtet. Die Außenmauern der oberen Stockwerke ließ man als Mahnmal stehen, als leere, anklagende Hülle. Dieser Anblick hatte sich tief in seinen Kopf gegraben. Und noch Jahrzehnte später tauchte immer wieder dieses Bild des einst so stolzen, dann aber zerstörten und nur halbherzig wiederaufgebauten Wohnhauses auf. Wann immer Ulf in den Nachrichten Bilder von Krisen und Kriegen in der Welt sieht, erinnert er sich an jene Ruine.

„Na, wie ist es bei der Neurologin gelaufen?“, empfängt ihn Karin, seine Frau.

„Ach, soweit alles in Ordnung“, winkt Ulf ab. Er hat beschlossen, ihr nichts von seiner Krankheit zu sagen, vorerst nicht.

„Da bin ich aber froh", gesteht sie erleichtert. „Und ich hatte schon befürchtet, nachdem du die Seife in den Kühlschrank …"

„Ja, nun lass aber mal gut sein!"

„Entschuldige, dass ich was gesagt habe!"

Die Stimmung unter den Eheleuten ist schlagartig gekippt. Er zeigt die aggressive Reaktion eines auf frischer Tat erwischten Sünders.

„Ich war in Gedanken, nichts weiter", gibt er sich schließlich versöhnlich. „Und jetzt möchte ich in Ruhe frühstücken und Zeitung lesen."

Leicht verschnupft verzieht sich Karin ins Wohnzimmer. Jetzt hat er den großen Küchentisch für sich allein, kann wunderbar die Zeitung ausbreiten und in Ruhe die weltpolitische Lage studieren, lesen, was es im Lokalen an Neuigkeiten gibt und was die Kultur zu bieten hat. Den Sportteil liest er nie. Von Sport hat er die Nase gestrichen voll, er leidet noch immer schwer unter einem Kindheitstrauma. Und schuld daran ist sein Vater.

Er füllt gerade Wasser in die Kaffeemaschine, als seine Frau die Küchentür aufreißt. „Er hat's getan!"

„Wer? Wer hat was getan?"

„Putin! Die Russen greifen die Ukraine an."

„Siehst du, mir wollte ja keiner glauben."

Er schaltet das Radio ein, sucht den Infosender und schiebt die Zeitung vom 24. Februar 2022 zur Seite. Was hier steht, ist Schnee von gestern – im Hinblick auf einen Kriegsausbruch, quasi vor der Haustür, uninteressant. Ulf Becker ist entgegen seiner Tätigkeit als humoristischer Autor ein ernster und politisch interessierter Mensch. Und während er fassungslos den Berichten und Kommentaren lauscht, schlürft er seinen Kaffee – schwarz, da er die Milch vergessen hat.

2

Für Hermann Linde war es ein glückliches, aber auch ein Jahr mit beängstigenden Vorboten, man musste sie nur zu deuten wissen. Dem neunundzwanzigjährigen Tischlermeister bereiteten diese politischen Ereignisse jedenfalls Sorgenfalten. Im März 1935 wurde die während der Weimarer Republik abgeschaffte Wehrpflicht wieder eingeführt. Für einen jungen Familienvater kein gutes Omen. Außerdem verkündete Reichsluftfahrtminister Hermann Göring nur wenige Tage zuvor die Gründung der Deutschen Luftwaffe.

„Das gibt Krieg!", grummelte Paul Linde, während er gemütlich seinen Malzkaffee schlürfte.

„Und der Friedensvertrag von Versailles?", widersprach der politisch aufgeweckte Sohn.

„Wer Krieg will, schert sich einen Dreck um Verträge!", entgegnete der Alte.

„Glaubst du das wirklich?"

Hermann war erschrocken zusammengezuckt. Erst vor Wochen hatte ihm seine Frau Klara, die er liebevoll „Klärchen" nannte, eine Tochter geschenkt. Sie hatten sie Rosa genannt. Das stand für die beiden fest, seit sie sich kannten und liebten. „Unser erstes Kind wird ein Mädchen und Rosa heißen", hatte Hermann prophezeit und Klara hatte ihm zärtlich zugestimmt. „Die Rose ist die Blume der Liebenden, deshalb werden wir unsere Tochter Rosa nennen."

Beruflich und familiär lief dieses Jahr 1935 für Hermann Linde richtig gut. Er hatte seinen Meisterabschluss in der Tasche, eine vorzügliche Anstellung in der Tischlerei Reuschel & Söhne, die Liebe seines Lebens hatte ihm eine Tochter geboren und sie durften sich im Haus des Vaters Paul Linde nach Herzenslust ausbreiten. „Ein Bett, ein Tisch, ein Stuhl – mehr braucht ein alter Mann zum Leben nicht“, hatte der Witwer erklärt und war froh, auf seine alten Tage Gesellschaft um sich herum zu haben, eben eine richtige Familie. Einsamkeit ist schlimm, besonders im Alter.

Hermann Linde war weit über die Grenzen seiner Kleinstadt, der Jahnstadt an der Unstrut, bekannt, bekannt und geschätzt für seine goldenen Hände, die er als Tischler mit Stechbeitel, Raubank, Säge und Raspel täglich unter Beweis stellte. Der junge Tischler beherrschte aber auch alles, was die Zunft von einem erstklassigen Handwerker erwartet, hatte alle Fächer mit Bestnoten abgeschlossen. Über das Standardprofil eines Holzfachmannes Fenster, Türen und Tore hinaus, verstand er Möbel aller Art in bester Qualität anzufertigen. Als Gesellenstück tischlerte er ein Vertiko im Renaissancestil, den der Bürgermeister für sein Dienstzimmer in Auftrag gegeben hatte. Ja, selbst die hohe Kunst des Treppenbaus beherrschte Hermann Linde. Wendeltreppen fertigte er wie kein Zweiter. Die Kunden standen bei Reuschel & Söhne Schlange. Einflussreiche Honoratioren der Stadt, Fabrikbesitzer, vermögende Krämer, Anwälte und gut betuchte Ärzte gaben immer wieder neue Wünsche in Auftrag, sodass die Bücher auf Jahre gut gefüllt blieben.

Da ist eine junge Familie mit kleinem Kind und großen Träumen, mit einem gesicherten Einkommen hat sie ein bescheidenes Auskommen, ein Dach überm Kopf und könnte optimistisch in die Zukunft blicken. Doch plötzlich legt sich ein dunkler Schatten wie ein Leichentuch auf ihr junges Glück.

„Das gibt Krieg!“, wiederholte der Alte und schob die leere Tasse von sich.

„Was macht dich da so sicher?“ Hermann Linde schaute seinen Vater mit schierer Bestürzung an. Einerseits zweifelte er an dessen überzeugter Aussage, kein Mensch kann in die Zukunft gucken, andererseits wusste er, auf das politische Gespür seines erfahrenen

Vaters ist Verlass. Schon 1921 hatte er davon gesprochen, dass die Spargroschen der kleinen Leute bald keinen Pfifferling mehr wert wären. 1923 kam die Inflation.

„Ich kann Krieg riechen", erwiderte er, „hab' schließlich selbst einen mitgemacht."

Paul Linde hatte als Infanterist im Ersten Weltkrieg gedient, war im Juli 1916 bei den schweren Kämpfen an der Somme dabei. Er hat viel Elend gesehen, unzählige Tote, Sterbende und Verwundete. Paul musste mit ansehen, wie Kameraden neben ihm, von Feindkugeln getroffen, reglos zusammensackten. Er sah nach Artilleriebeschuss zerfetzte Menschenleiber, Soldaten, denen es Arme, Beine oder Gesichtshälften weggerissen hatte. Und er sah viel dunkelrotes Blut in feindlicher Erde versickern. Aber wie durch ein Wunder war er verschont geblieben, hatte nicht die kleinste Schramme abbekommen. Ein verstauchtes Fußgelenk, nachdem er unglücklich in einen Granatkrater gestürzt war. Als Kriegsverletzung fand eine solche Lappalie keine Anerkennung. Paul Linde hatte oft gegrübelt, warum ausgerechnet er nicht im Felde, wie so viele seiner Kameraden, geblieben war. Vielleicht hatte ihn eine höhere Macht dazu auserwählt, nachfolgenden Generationen von seinen Kriegserfahrungen zu berichten, um neues Leid verhindern zu helfen, denn die Menschen sind dumm, lernen nie dazu – besonders die Großen, die Mächtigen nicht. Ein Krieg wird schneller vom Zaun gebrochen, als ein Zaun errichtet werden kann.

Aber Paul war kein Erzähler und ein Schwätzer schon gar nicht. Von seinen Erlebnissen im täglichen Kampf ums nackte Überleben gab er nicht die kleinste Silbe preis. Er schluckte alles runter, fraß seine an der Seele nagenden Erlebnisse in sich hinein, wollte niemanden damit behelligen. Und dann kam die Ironie des Schicksals. Während Paul in den schlammigen Schützengräben an vorderster

Front kämpfte, ohne zu sterben, verstarb seine Frau zu Hause im warmen Bett. Der Krebs hatte sie geholt und Paul fragte sich verbittert, warum ihn der liebe Gott vergessen hatte.

Die Zeichen standen 1935 eindeutig auf Krieg, wie Paul Linde richtig vermutet hatte. Denn keine Streitmacht der Welt bläht sich derart auf, wenn sie nichts Böses im Schilde führt. Aber so ist das immer, wenn die Mehrheit schweigt und duldet, kann eine kleine Elite zielstrebig ihre perfiden Pläne umsetzen.

Auch die Olympischen Spiele 1936 in Berlin änderten nichts an Paul Lindes Argwohn. Im Gegenteil. Er sah dieses große Sportereignis als geschickt eingefädeltes Täuschungsmanöver. Millionen ließen sich blenden von diesem brillanten Blender und trotteten ihm mit ausgeschalteten Gehirnen hinterher. Der Führer und Verführer erinnerte an den Rattenfänger von Hameln, dem eine Horde leichtgläubiger Kinder ins sichere Verderben folgte. Paul konnte sich noch gut an die jubelnden Jünglinge erinnern, die gerade mal zwei Jahrzehnte zuvor mit stolzgeschwellter Brust auf die Schlachtfelder des Ersten Weltkrieges gezogen waren, um unsichere Abenteuer zu suchen, aber den sicheren Tod fanden.

Endgültig bestätigt wurden Pauls Befürchtungen, als Hitler befahl, die Wehrmacht müsse in vier Jahren einsatzfähig, die Wirtschaft kriegsfähig sein. Jetzt verstand es auch Hermann Linde, in dem entgegen dem väterlichen Argwohn ein Fünkchen Hoffnung keimte, dass das Unausweichliche doch nicht kommt, weil es einfach nicht kommen darf. Das kann doch der Führer nicht wollen. Deutschland blüht endlich auf, den Leuten geht es nach den schweren Jahren der Rezession wieder besser. Deutschland gilt wieder etwas in der Welt. So einen Ruf setzt man doch nicht leichtfertig aufs Spiel!

Aber das Rad der Geschichte drehte sich weiter, weil es sich immer weiterdreht und keine Rücksicht auf die Befindlichkeiten der kleinen Leute nimmt. Und dann kam das Jahr 1938, der gewaltlose Anschluss Österreichs ans Deutsche Reich, die Novemberpogrome gegen die seit Jahren verhassten Juden, und Helga kam auch, Hermann Lindes zweite Tochter. Die kleine Familie wurde größer und in Vater Paul und Sohn Hermann wuchs die Angst vor dem nächsten Krieg. Das bedrohliche Rasseln der Schwerter war schon deutlich zu spüren.

„Ich bin kein Kommunist, Hermann, das weißt du. Aber kannst du dich noch an den Wahlspruch der KPD erinnern, 1932?“

„Ja, kann ich: ‚… wer Hitler wählt, wählt den Krieg‘.“

3

Es war ein ereignisreiches und es war ein stürmisches Jahr – dieses Jahr 1938: Im Januar bombardiert die deutsche Luftwaffeneinheit Legion Condor während des Spanischen Bürgerkrieges die Stadt Barcelona und tötet dabei hundert Menschen. Im März wird Österreich, die Heimat Adolf Hitlers, ans Deutsche Reich angeschlossen. Im Mai legt Hitler vor 70.000 Menschen den Grundstein zum Bau des Volkswagenwerkes in Wolfsburg. Im Juni wird Titelverteidiger Italien durch einen 4:2-Sieg über Ungarn zum zweiten Mal Fußballweltmeister. Im Juli verlieren alle jüdischen Ärzte ihre Approbation und dürfen nicht mehr praktizieren. Im September wird Willy Brandt, der spätere deutsche Bundeskanzler, ausgebürgert und verliert seine deutsche Staatsangehörigkeit. Im Oktober marschiert die Wehrmacht in das Sudetengebiet ein. Im November werden jüdische Geschäfte attackiert, Synagogen in Brand gesteckt und die Reichsregierung beschließt die vollständige Entfernung aller Juden aus dem öffentlichen Leben. Im Dezember unterzeichnet der deutsche Außenminister Ribbentrop in Paris einen Nichtangriffspakt zwischen dem Deutschen Reich und Frankreich.

Die Vorboten eines Krieges waren also spürbar und 1,3 Millionen deutsche Mütter schenkten in diesem Jahr 1938 ihrem geliebten Führer frisches Kanonenfutter. Und während sich die Eheleute Klara und Hermann Linde in der Jahnstadt an der Unstrut über die Ankunft ihrer zweiten Tochter Helga freuten, seufzte Wilhelm Becker in der Ostthüringer Provinz, da es von nun an mit dem neugeborenen Siegbert galt, vier hungrige Kindermäuler stopfen zu müssen.

Auch wenn in diesen Dreißigerjahren viele Kinder das graue Licht Deutschlands erblickten, Wunschkinder waren wohl am wenigsten dabei. In dieser Zeit wurde Familienplanung dem Selbstlauf überlassen. Kinder kamen ungeplant und unangekündigt. Vielleicht war die Geburt von Hartmut, dem ersten Sohn, 1928 für Wilhelm Becker noch ein freudiges Ereignis, auf das man mit seinen Kegelbrüdern einen Humpen stemmen konnte. Aber Ehefrau Käthe legte in den Jahren darauf ständig nach: 1931 kam Martha und 1935 trudelte Ilse ein. Mit jedem Kind wurde es enger in der dunklen Wohnung im Hinterhaus, hinter der gemächlich die Schnauder plätscherte. Ein einfaches Haus, wie es trister nicht sein konnte, und was sich offenbar vor den prunkvollen Häusern, die vorn in der ersten Reihe der Leipziger Straße standen, schämte wie eine graue Maus.

Die Zeichen standen also gar nicht so gut für den kleinen Siegbert, ein Kind, was in eine Welt geboren wird, die es sich selbst nicht aussuchen konnte. Der Einzige, neben der Mutter natürlich, der sich über seine Ankunft freute, war sein inzwischen zehnjähriger Bruder Hartmut. Er liebte und vergötterte den Kleinen. Hartmut legte, so weit es in seiner Macht stand und es seine Kräfte erlaubten, die schützende Hand über seinen Bruder, wenn der cholerische Vater angetrunken aus der Kneipe oder von seinen Zechkumpanen von der Kegelbahn heimkam und jemanden brauchte, um seinen angestauten Frust abzureagieren.

Wilhelm Becker verdiente seine Brötchen als Wachtmeister bei der städtischen Schutzpolizei. Schon von Berufs wegen war er fürs Prügeln prädestiniert, denn er sorgte im Auftrag der Polizeibehörde für Recht und Ordnung auf den Straßen seiner kleinen Stadt, wenn es hieß, diese müsse von Juden, Kommunisten, Kriminellen und anderem Gesindel sauber gehalten werden. Einer Schuld, gar einer Mitschuld war er sich später nie bewusst. „Habe nur Befehle befolgt", sagte er achselzuckend, wie so viele, die mitgemacht, ohne mitgedacht zu haben.

Und wie Wachtmeister Becker aufmüpfige Bürger mit dem Schlagstock malträtierte, bekam der kleine Siegbert auch ziemlich oft die straffe Hand des Vaters zu spüren, obwohl er kaum laufen konnte. Nicht selten, als Siegbert etwas größer war, zog er den Ledergürtel aus seiner Hose und bearbeitete dessen zartes Hinterteil, bis es mit blutenden Striemen überzogen war. Er mochte diesen Bastard nicht, der sich unangemeldet in ihre Familie geschlichen hatte und die bestehenden Probleme weiter verschärfte.

Da der Sold rangniederer Schutzpolizisten auf der Leiter der Besoldungsgruppen weit unten lag, konnte sich Wachtmeister Wilhelm Becker keine großen Sprünge erlauben. Seine Frau Käthe musste mithelfen, das Familieneinkommen aufzubessern. Er hielt die Straßen sauber, Käthe putzte die Wohnung des Polizeirats, Wilhelms Dienstherrn. Mehr schlecht als recht kamen sie über die Runden. Und während Käthe Becker mit den Kindern knausern musste, ließ sich Wilhelm regelmäßig im Wirtshaus nieder und frönte seinen Leidenschaften, dem Biergenuss und der Tabakqualmerei. In Spitzenzeiten inhalierte er täglich bis zu vierzig filterlose Zigaretten. Auch wenn er sich beim Tabak nur mindere Qualität gönnte, war das Geld oft knapp. Wilhelm suchte aber die Ursache nicht bei sich, sondern gab seinem Weib und den gefräßigen Blagen die Schuld.

Hartmut Becker hatte zeitig begriffen, dass er etwas unternehmen müsse, um nicht ewig schutzlos dem gewalttätigen Vater ausgesetzt zu sein. Außerdem wollte er seinen kleinen Bruder beschützen, der immer wieder grundlos die unbeherrschte Hand des Vaters zu spüren bekam, wie er selbst auch. „Ein deutscher Junge braucht Härte", hatte der unbarmherzige Vater vor der Mutter intoniert, als diese zaghaft Einspruch erheben wollte. „Stammt nicht von mir. Hat der Führer gesagt. Und was der Führer sagt, hat Hand und Fuß."

„Aber der Junge ist doch noch so klein und unschuldig."

„Unschuldig? Dass ich nicht lache! Faustdick hinter seinen Löffeln hat der's."

„Wilhelm, bitte, Siegbert ist noch ein Kind …"

„… das eine harte Hand braucht. Aus! Basta!"

Hartmut hatte sich im Arbeitersportverein, Abteilung Boxen, angemeldet und trainierte nun regelmäßig Schlagtechniken und Abwehrverhalten. Sein Trainer legte großen Wert auf Leichtathletik, zum Aufbau einer guten Kondition, und auf Kraftsport, zur Stärkung des Muskelapparates. Hartmut Becker war ein gelehriger Schüler, der alle Anweisungen befolgte und alle Ratschläge seines Trainers beherzigte, denn er hatte ein großes Ziel vor Augen, eines Tages dem Vater Paroli bieten zu können, ihm seine Grenzen aufzuzeigen.

Nach Kriegsausbruch leerte sich, erst von Monat zu Monat, später von Woche zu Woche, die Boxhalle. Die erwachsenen Sportler und einige Trainer wurden an die Waffen gerufen, um sich dank ihrer körperlichen Ertüchtigung im dichten Kugelhagel und unter Artilleriebeschuss wacker durch den Frontalltag zu schlagen. Hartmut Becker hatte Glück mit seinem Trainer. Der blieb ihm erhalten, war schon zu alt für den Krieg, aber immer noch jung genug, um Jahre später beim Volkssturm mit einem letzten Knockout zu Boden zu gehen – für Führer, Volk und Vaterland. Aber so weit war es noch nicht und so trainierte er seinen eifrig übenden Schützling. Dessen Schlagkraft legte enorm zu und Hartmut konnte nicht verstehen, dass andere Jungen seines Alters nicht ebenfalls in die Boxhalle kommen wollten.

„Mensch, Hartmut", lobte ihn sein Trainer, „wenn du so eifrig weitertrainierst, kannst du auch Ältere im Ring schlagen."

Der Junge verbesserte auch die Koordination seiner Fäuste, die immer punktgenauer ihr gewünschtes Ziel trafen, und er steigerte seine Schlagfrequenz. Mit vierzehn verfügte er bereits über die Kraft eines jungen Erwachsenen. Eines Tages brachte er Siegbert mit zum Training. Sein kleiner Bruder sollte auch die Kunst der Selbstverteidigung erlernen. Aber der Trainer winkte ab: „Was wollen wir mit so einem kleinen Knopp?"

„Bitte! Ich möchte meinen kleinen Bruder nicht allein zu Hause lassen. Sie wissen doch, mein Vater!"

Sein Trainer lenkte ein, die Halle war ohnehin fast immer leer. Während die größeren Vereinsmitglieder an der Front ihrem Führer dienten, dienten die kleineren ihren Familien, denen der Krieg den Vater genommen hatte. Siegbert fand Gefallen, besonders an den Disziplinen der Leichtathletik. Trainieren durfte er nur am Boxsack. Da es keine Boxhandschuhe für die kleinen Kinderfäuste gab, wurden seine Hände bandagiert und Siegbert konnte sich die angestaute Wut von der Kinderseele boxen.

Eines Tages passierte es. Vater Wilhelm Becker kam angetrunken nach Hause, polterte ins Zimmer der Kinder, riss Siegbert aus dem Tiefschlaf und fing an, völlig grundlos auf den zitternden Körper einzudreschen. Martha und Ilse zogen sich die Bettdecken übern Kopf und kniffen ihre Augenlider fest zusammen. Mit finsterer und fest entschlossener Miene sprang Hartmut aus dem Bett und fauchte seinen Vater an: „Lass Siegbert los!“

Wutschnaubend hielt der Vater inne, nicht aber vor Ehrfurcht seinem ältesten Sohn gegenüber, sondern weil er sich über dessen Respektlosigkeit erboste. „Wie kannst du es wagen, du elender Bastard?“

„Wenn du noch einmal“, drohte Hartmut dem Vater, „nur noch ein einziges Mal den Siegbert anfasst, dann bekommst du es mit mir zu tun!“

Ohne ein weiteres Wort, in dieser Zeit wurde nicht viel diskutiert, erhob Wilhelm Becker seine rechte Hand. Problemlos parierte Hartmuts Linke diesen lasch geführten Schlag, während seine Rechte mit voller Wucht das überraschte Gesicht des Vaters traf. Mit blutender Nase torkelte der gedemütigte Wachtmeister in die Küche und jammerte: „Der Junge, wie konnte der Junge nur …“

4

Alles hängt mit allem zusammen. Was der Mensch ist, ist er durch die Summe seiner Erlebnisse und der damit gewonnenen Erfahrungen. Besonders prägend dabei sind die ersten Jahre im Leben eines Menschen. Jeder Satz, jedes Wort, ja selbst die unscheinbarste Geste, die auf das Kind einprasseln, formt und verformt das junge, zarte Wesen wie der Töpfer das Tongefäß im ungebrannten Zustand. Ulf Becker hat unendlich viele Bruchstücke frühkindlicher Erinnerungen wie Puzzleteile zersplitterter Bilder in seinem Kopf abgespeichert. Sie schlummern in den Tiefen seines Unterbewusstseins, eingebrannt und festgehalten für die Ewigkeit. Und oft versteht er erst jetzt im reiferen Mannesalter, was seinem Körper Jahrzehnte zuvor angetan wurde, was seiner kindlichen Seele widerfahren ist, welchem Unrecht er ausgesetzt war.

Am nächsten Morgen, nach einer halb durchwachten Nacht, sitzt er müde und abgeschlagen in der Küche. Viele Gedanken sind ihm durch den Kopf gegangen. Er grübelt gern und oft, wie sein Urgroßvater Paul Linde, Soldat im Ersten Weltkrieg und sein Großvater Hermann Linde, Sanitäter im Zweiten Weltkrieg. Er sieht sich damit in einer langen absurden Tradition, denn sein Vater Hartmut Becker sollte als Sechzehnjähriger die U.S. Army aufhalten. Er dagegen diente als lustloser Soldat im Kalten Krieg.

Ulf Becker ist kein Kämpfer, ist niemand, der sich mit Fäusten Respekt verschafft, wie es sein Vater als junger Boxer getan hat. Er ist eher der sanfte, der stille Typ, der Probleme umschifft, wie der Kapitän seinen Frachter um gefährliche Klippen steuert. In brenzligen Situationen bringt ihn Adrenalin nicht zum Kämpfen, sondern macht ihm förmlich Beine. Er kann besser rennen als kämpfen, und das wiederum hat er seinem Vater zu verdanken, aber bedanken will er sich dafür nicht. Wozu auch? Er wurde bereits als Fünfjähriger, der lieber in seinem Kinderzimmer allein gespielt und sich mit kreativen Dingen beschäftigt hatte, zur Leichtathletik gedrängt, vielmehr genötigt. Lust hatte er nicht. Aber gefragt wurde er als Kind nicht. Er hatte zu gehorchen, wie sein Urgroßvater Paul und sein Großvater Hermann, die beide ungefragt in einen Weltkrieg geschickt worden waren. Ulfs Arena war der Sportplatz. Hier musste er sich quälen, musste um Zentimeter und um Sekunden ringen.

Paul und Hermann Linde, seine beiden Vorväter, waren Grübler, die mit offenen Augen durch ihre Zeit gingen. Drohende Gefahren, schwelende Konflikte schärfen die Sinne, erhöhen die Wachsamkeit.

Es liegt in der Natur des Menschen, Vorgänge und Ereignisse zu bewerten, ihre Ursprünge zu ergründen, um Rückschlüsse auf zukünftige Geschehnisse abzuleiten. Nicht umsonst heißt es: Vorsicht ist gelebte Erfahrung.

Ulf ist ebenfalls ein nachdenklicher Grübler, der als Autor mit Worten jonglieren kann, der an Sätzen schleift wie der Juwelier an einem rohen Diamanten. Fassungslos und voller Entsetzen starrt er auf die Titelseite seiner Zeitung, deren tägliche Lektüre das Frühstück erst komplettiert. Nicht an diesem Morgen, an dem seine Gedanken und Gefühle Achterbahn fahren, ihn mit wiederkehrenden Loopings schwindlig werden lassen. An diesem Morgen ist alles anders. In einer halbseitigen und schwarz hinterlegten Todesanzeige droht die Schlagzeile: „PUTINS KRIEG". Und in der ersten Unterzeile heißt es: „Russland greift Ukraine von mehreren Seiten militärisch an".

Ulf sitzt um Fassung ringend am Küchentisch, schlürft bedächtig seinen Kaffee, dieses Mal mit Milch, und knabbert an seiner Scheibe Toast. Er ist tief erschüttert, die Zeitung liegt unaufgeschlagen vor ihm. Sie sind schwer zu verdauen, zwei so furchtbare Ereignisse an einem einzigen Tag, der inzwischen gestern ist. Zwei Hiobsbotschaften in so kurzer Zeit: die Diagnose der eigenen Demenzerkrankung und ein Krieg in Europa! Zynische Spötter könnten jetzt dagegenhalten: Wärst du schon vor Jahren erkrankt, bräuchtest du dir jetzt nicht mehr den Kopf darüber zu zerbrechen. Vergesslichkeit bringt auch Vorteile. Das Leben wird stiller, weil es im Kopf stiller wird.

Ulf will sich aber den Kopf zerbrechen, will denken und nachdenken, will verstehen, was da passiert in einem Land, das er gar nicht kennt, was ihm aber plötzlich so nah und vertraut erscheint. Nah sind ihm die durch den Krieg notleidenden Menschen: Alte,

Frauen, Kinder – vor allem an die Kinder denkt er und an deren unermessliches Leid. Als er Tage später im Fernsehen das Bild eines fünfjährigen Jungen sieht, der ziellos und ohne Eltern allein auf der Straße umherirrt mit seinem Teddy im Arm und herzerweichend schluchzt, reißt es ihm fast das Herz aus der Brust. Dieser Junge da im Fernsehen, in der Ukraine, ähnelt sehr seinem Enkel, diese zarte Figur, das ovale Gesicht und die blonden Haare. Und dann sieht er die ratlosen Gesichter europäischer Politiker und hört ihre wackligen Statements.

Ulf erinnert sich wieder an diesen überlieferten Satz seines Urgroßvaters Paul Linde. Ein Satz, der bereits neun Jahrzehnte auf dem Buckel, aber nichts an Aktualität eingebüßt hat: „Wer Krieg will, schert sich einen Dreck um Verträge!" Genauso ist es, denkt er. Vor fast dreißig Jahren, ein Jahr nach Opa Hermanns Tod, gab es eine Vereinbarung zwischen Russland, Großbritannien, den USA und den ehemaligen Sowjetrepubliken Kasachstan, Belarus und der Ukraine, wenn diese den Atomwaffensperrvertrag beitreten. Den Ländern wurden, bei einem vollständigen Verzicht aller Nuklearwaffen auf ihrem Territorium, ein unantastbares Existenzrecht zugesichert und weitreichende Sicherheitsgarantien gegeben. Diese Verträge gingen als Budapester Memorandum in die Geschichte ein, die Putin nun mit Füßen tritt. „Wer Krieg will, …"

Ja, seufzt Ulf, mein Urgroßvater Paul war ein kluger Mann. Ich hätte den Satz nicht treffender formulieren können. Und um die notleidenden Menschen scheren sich die Invasoren auch nicht, denkt er den Satz weiter. Diese Worte, so fruchtbar in ihrer Aussage oder gerade deshalb, schleppt er seit über fünfzig Jahren mit sich herum und begreift doch erst in diesem Moment den tieferen Sinn. Geschichte und Geschichten wiederholen sich und Ulf fallen andere Kriegsschauplätze ein, bei denen auch die Waffen und nicht die Menschen miteinander sprachen: Vietnam, Falklandinseln, Irak, Jugoslawien, Tschetschenien, Georgien, Afghanistan …

Dieser Satz „Wer Krieg will, schert sich einen Dreck um Verträge!“ und noch viele andere gehören zu den zahlreichen Puzzleteilen seiner Kindheit, die er irgendwann aufgeschnappt, abgespeichert, aber niemals vergessen konnte. Wie Splitter haben sie sich in sein Gedankenfleisch gebohrt und melden sich sporadisch, durch aktuelle Ereignisse wie Geister der Vergangenheit zum Leben erweckt.

Und plötzlich, als der humoristische Autor, dem das Lachen förmlich im Halse stecken geblieben ist, auf dieses schwarze Inserat, die unumstößliche Todesbotschaft, starrt, erwacht eine zweite, ebenfalls längst vergessene Aussage. Diese stammte aus dem Mund seines Großvaters Hermann Linde. Er hatte bei seinen Fronteinsätzen Tausende tödliche Gefahren erlebt und überlebt, erfuhr während der russischen Kriegsgefangenschaft unermessliches Leid. Und diese schmerzlichen Erfahrungen und diese daraus resultierende tiefsitzende Angst drückte er mit nur einem einzigen Satz aus: „Die Russen werden euch alle holen! Alle!“

5

Es gibt andere Tage, da passt selbst das Wetter draußen zur Stimmung drinnen. Trostlos und trübe zog dieser erste Tag im September 1939 durch die Gassen und Straßen der Jahnstadt an der Unstrut. Dieses Datum, das sich tief in die Köpfe der Menschen einbrennen und in kommenden Geschichtsbüchern den Beginn eines finsteren Kapitels beschreiben sollte, verhieß nichts Gutes. Triefende Regenwolken hingen traurig über Deutschland. Wenn das schon mal kein schlechtes Vorzeichen ist, dachte Paul Linde missmutig. Wie kann der Führer einen Krieg beginnen an einem solch regnerischen Tag? Wie kann er überhaupt einen Krieg beginnen, als ehemaliger Soldat mit eigenen Kriegserfahrungen? Paul Linde gefiel dieser neue Krieg nicht und das Wetter gefiel ihm auch nicht. Auf der Zugspitze gingen sogar eisige Schneeschauer nieder.

Bis die schlimmsten Befürchtungen Gewissheit wurden, hatte er gehofft und gebangt, sogar gebetet hatte er, dass es doch nicht zum Äußersten kommen würde. Aber so ist das immer vor einer drohenden militärischen Eskalation, erst stirbt die Hoffnung, dann sterben die Soldaten. Dabei war es nicht einmal sein Name, der auf dem Einberufungsbefehl vom Wehrmeldeamt stand, sondern der seines Sohnes Hermann. Er hatte ja schon seinen Krieg, mit schweren Gefechten an der Somme, die er, wie durch ein Wunder, unverletzt überlebt hatte. Dreiundzwanzig Jahre ist das jetzt her. Aber die vielen schrecklichen Erlebnisse waren noch immer nicht verblasst. Kein Sterbenswörtchen hat er je darüber verloren, wie dieser Erste Weltkrieg verloren wurde. Und der Zweite, das stand für Paul Linde außer Frage, wird auch gründlich in die Hosen gehen.

Braucht denn jede Generation ihren Krieg?, fragte sich Paul Linde, der ewige Grübler. Wie viele Mütter sollen noch ihre Söhne hergeben, für Ruhm, Ehre und Vaterland? Leere Parolen aus leeren Köpfen, die aber immer wieder auf fruchtbaren Boden fallen wie später todbringende Bomben aus alliierten Flugzeugen. Wer Wind sät, wird Sturm ernten, heißt es schon im Alten Testament. Und man muss kein Gläubiger sein, um den tieferen Sinn dieses Satzes zu verstehen.

Der Abschied fiel schwer, weil Abschiede immer schwerfallen. Aber dieser stand unter keinem guten Vorzeichen, ließ Schreckliches befürchten, bot keine Garantie auf Wiederkehr. Hermann Linde hatte das Gefühl, durch eine Tür gehen zu müssen, ohne zu wissen, was ihn dahinter erwartet. Über eine Stunde klammerte sich sein Klärchen an ihm fest, wollte ihren Mann nicht ziehen lassen in einen Krieg, der nicht der ihre war. Wie konnte das Leben nur so ungerecht, so unbarmherzig sein und einer Ehefrau den Mann und Kindern den Vater nehmen? Krieg hieß, sich auf das Schlimmste gefasst zu machen und das Unfassbare, das Unausweichliche zu erwarten, um vielleicht doch mit etwas Glück ungeschoren davonzukommen. Klara Linde wollte ihren Mann nicht hergeben, wollte mit ihren jungen Jahren und zwei kleinen Kindern nicht als Kriegerwitwe irgendwann zurückgelassen werden. Und dennoch musste sie loslassen und vergrub sich, als Hermann gegangen war, noch Tage in ihrer Kammer und in ihrem Kummer.

Paul Linde, Hermanns Vater, drückte seinem Sohn zum Abschied fest die Hand und sagte: „Mach dir keine Sorgen! Ich weiß, dass du zurückkommst."

„Danke Vater, und pass bitte auf Klara und die Kinder auf!"

„Mache ich. Und glaube einem alten Kriegsveteranen: Dir wird nichts passieren!"

„Hoffentlich sieht der das da oben genauso."

„Klar mein Junge. Und denke an meine Worte: Sei vorsichtig, bei allem, was du tust! Man kann nur einmal sterben."

„Ich weiß."

„Also hebe dir das Sterben für später auf, und melde dich nicht, wenn Freiwillige gesucht werden! Hast du mich verstanden? Niemals!"

„Ja, Vater, ich werde mich hüten."

„Und noch einen letzten guten Rat möchte ich dir geben: Vermeide unbedingt, dich mit Kameraden anzufreunden!"

Hermann verstand den tieferen Sinn nicht. „Was wäre daran so schlimm?"

„Die emotionale Bindung. Du wirst viele, sehr viele Soldaten auf grausame und qualvolle Weise sterben sehen. Den Tod von Kameraden mitzuerleben, ist schlimm, aber wenn es einen Freund erwischt, macht dich das kaputt. Hermann, du brauchst starke Nerven, und umso dicker dein Fell ist, desto besser wirst du durchkommen."

Hermann Linde hatte Glück im Unglück, wenn man in Kriegszeiten von Glück sprechen kann. Das Schicksal hatte es zunächst gut gemeint mit ihm. Hermann wurde vom Heer als Sanitäter vorgesehen und kam zur Ausbildung nach Kassel. Trotzdem blieb ihm der militärische Drill mit Exerzieren, Wehrertüchtigung, Marschieren und Schießübungen nicht erspart. Er empfand es als ein Paradoxon: Wunden, die Waffen Menschen zufügen, sollte er als Sanitäter versorgen. Hermann musste lernen, das Beste aus seiner Situation zu machen. Und er lernte schnell und gut, wie er auch seinen Tischlerberuf schnell und gut erlernt und seinen Meisterabschluss mit Bravour bestanden hatte.

Vom Krieg bekam er erstmal nicht viel mit, außer den euphorischen Kommentaren der täglichen Frontberichte und den Bildern aus den Wochenschauen. Hermann erlebte die ersten Kriegsmonate als Soldat hinter Kasernenmauern mit straff getaktetem militärischem Tagesablauf: sechs Uhr Wecken, außer es gab mitten in der Nacht Gefechtsalarm, Morgensport mit leerem Magen, vormittags nationalpolitische Schulung und nachmittags militärische Grundausbildung oder umgekehrt. Abends bekamen die Soldaten Ausgang. Die Moral in der Truppe sollte hochgehalten werden. In geselliger Runde bei Bier, Wein und auch mal einem Schnaps sollten sich die Soldaten ablenken, sollten vom Denken und vom Nachdenken abgehalten werden. Da half auch hin und wieder mal ein süßes Techtelmechtel. Es waren ja alles junge Männer, die in der Blüte und im Saft ihrer besten Jahre standen. Und, auch das hatte die Deutsche Wehrführung ins Kalkül gezogen, dabei wird hier und dort ein neuer Soldat produziert, denn das gefräßige Tausendjährige Reich würde noch viele, viele Soldaten verschlingen.

Hermann Linde zog oft, schon um den tristen Räumlichkeiten der Kaserne zu entfliehen, mit den Kameraden in die umliegenden Kneipen. Er fühlte sich in seiner Sechs-Mann-Soldatenstube nicht wohl. Es gab keine Privatsphäre, keine Möglichkeit, sich bei Bedarf mal in Ruhe zurückzuziehen. Die weiß gekalkten, aber im Laufe der Jahre gelblich verblichenen Wände und die dunkelgrünen Ölsockel der langen Flure, die täglich frisch gebohnerten Bodenbeläge unterdrückten jegliche Behaglichkeit. Hermann litt fürchterlich unter Heimweh, einer nagenden Sehnsucht nach seiner Frau und den beiden Mädchen. Ihn plagte das schlechte Gewissen, als sei es seine Schuld, dass er seine Frau mit Rosa und Helga, vier und anderthalb Jahre alt, zurücklassen musste. Zum Glück kümmerte sich Vater Paul, das war immerhin ein schwacher Trost.

In den Kneipen ging es hoch her, wurde kräftig gefeiert. Die zukünftigen Sanitätssoldaten stießen begeistert auf die Erfolge der Deutschen Wehrmacht an. Die jungen Frauen, die zahlreich in den Räucherschuppen herumlungerten, immer auf der Jagd nach einem feschen Jüngling in seiner schicken Ausgehuniform, heizten die Stimmung unter den Soldaten an. Hermann war die weibliche Gesellschaft egal, er hatte kein Auge für die willigen Damen, die Männer für Geld, als Abenteuer oder mit ernsten Absichten suchten. Zwischen ihm und seinem Klärchen bestand ein festes, ein unzertrennliches Band, auch wenn sie gezwungen waren, Hunderte Kilometer voneinander getrennt leben zu müssen. Ihre Gedanken hatten Flügel und fanden auf diesem Weg zueinander.

Mitunter stieß sein unterkühltes Desinteresse gegenüber den jungen Damen auf Unverständnis bei den Kameraden. Hermann galt in der Damenwelt mit seinen dreiunddreißig Jahren als äußerst attraktiver Mann. Er hatte feste, markante Gesichtszüge, dunkelblondes Haar und war der Inbegriff des germanischen Recken. Er hatte Kraft und die athletische Figur eines durchtrainierten Zehnkämpfers. Das kam bei den jungen Frauen an und weckte Begehrlichkeiten. Natürlich quälte auch ihn dieser kribbelnde Druck zwischen den Beinen. Treue zum Deutschen Vaterland war ihm fremd. Hermann wollte seinem Klärchen treu sein, auf ewig, so wie er es ihr vor dem Standesbeamten versprochen hatte. „… bis dass der Tod euch scheidet", war für ihn keine leere Worthülse. Und später, Jahrzehnte später, als er bereits Witwer war, da ihn sein Klärchen zeitig verlassen hatte, wie die Mutter seinen Vater Paul, rührte er nie wieder eine andere Frau an. Für ihn zählte dieser Eheschwur auch über den Tod hinaus.

Einige seiner Kameraden, besonders jene, die mit ansehen mussten, wie Hermann die heißesten Leckerbissen verschmähte und die selbst bei den Damen nicht zum Zuge kamen, zeigten böse Neidreaktionen. Hinter seinem Rücken wurde getuschelt, gelästert und dann kam es zu offenen Anfeindungen.

„He, Hermann, bist du 'ne schwule Sau?"

„Quatsch, ich bin verheiratet, habe zwei Kinder. Zwei kleine, süße Mädchen", erklärte er und holte ein Familienfoto aus der linken Brusttasche seiner Uniformjacke. Er trug dieses Bild immer bei sich, und immer über seinem Herzen. An diesem Tag wurde ihm die ganze Tragweite dieser Verdächtigungen bewusst. Homosexualität wurde, das war ihm klar, rigoros und restriktiv verfolgt und nach Paragraf 175 Reichsstrafgesetzbuch hart bestraft. Er sah sich gezwungen, jeglichen Verdacht im Keim zu ersticken.

„Verheiratet, ha, ha, ha", erschallte höhnisches Gelächter, „das ist ein Grund, aber doch lange kein Hindernis!"

„Für mich schon. Ich liebe meine Frau."

„Die Weiber hier kannst du auch lieben. Man, Hermann, deine Chancen möchte ich haben."

Hermann versuchte es auf die offizielle Art und schrie: „Der Führer verlangt von uns Treue zum Vaterland. Das schließt auch die Treue zu seiner deutschen Frau ein! Und ich gehorche meinem Führer."

Punkt! Das hatte gesessen. Nach seinem Statement genoss Hermann den höchsten Respekt unter all seinen Sanitätssoldaten und auch unter seinen Ausbildern. Ein Mann, der sich derart unter Kontrolle hat, muss ein hervorragender Soldat sein, jederzeit bereit, seine militärischen Aufgaben zuverlässig zu erfüllen.

Hermann Linde dachte natürlich anders, wollte kein guter Soldat sein. Er wollte ein guter Ehemann, ein fürsorglicher Vater – ja, das wollte er sein. Den Krieg wollte er nur überleben. Und er konnte die Begeisterung seiner Gefährten nicht nachvollziehen. Viele konnten es kaum erwarten, an die Front versetzt zu werden, sprachen von nichts anderem. Manche hatten gar Angst, der Krieg könnte aus sein, ehe man selbst seinen Heldenmut im dichten Kugelhagel unter Beweis stellen konnte, auch wenn man selbst nicht aktiv kämpfen musste. Sanitäter genossen hohe Anerkennung, da sie unter Einsatz ihres Lebens verwundete Soldaten vom Schlachtfeld holten, die sonst einen sicheren Tod sterben würden. Hermann Linde mochte weder den Krieg noch diese Ausbildung zum Sanitäter. Viel lieber wäre er zu Hause bei den beiden Töchtern und seinem Klärchen, würde Möbel und Wendeltreppen bauen, sich ums gemeinsame Haus kümmern, einfach ein ganz normales Leben führen – in Frieden, ohne Krieg!

6

Während der Krieg Hermann Linde als Sanitätssoldat zu sich geholt hatte, durfte Wachtmeister Wilhelm Becker in seinem kleinen Thüringer Kaff an der Schnauder Dienst an der Heimatfront verrichten. Polizisten blieben von Fronteinsätzen verschont. Wilhelm wurde also in keine Soldatenuniform gezwängt oder gezwungen, denn er trug die feldgraue Polizeiuniform mit dem Stolz eines gehorsamen und unterwürfigen Dieners. Aber, so ist das oft bei Menschen mit geringem Selbstwertgefühl, in einer Uniform fühlen sie sich bedeutungsvoll und wichtig.

An diesem Freitag, dem 1. September 1939, wurde es spät, sehr spät sogar. Erst in den frühen Morgenstunden torkelte Wilhelm Becker die Leipziger Straße heimwärts. In aufrecht steifer Körperhaltung, mit preußisch durchgestrecktem Rücken und erhobenem Kinn, war der zivile Wachtmeister, der auch als Privatmann bürgerlichen Respekt erwartete, zum wöchentlichen Kegeltreffen marschiert. Viele Stunden später, nach übermäßigem Alkoholgenuss, schlich er mit dem gekrümmten Rücken eines Grubenkumpels, sich an Häuserwänden abstützend, nach Hause, wobei er sich immer wieder übergeben musste. Zum Glück hatte die Leipziger Straße in dieser Richtung ein leichtes Gefälle, was seinen schleppenden Gang etwas erleichterte.

Aus dem feuchtfröhlichen Kegelabend wurde eine feuchtfröhliche Gesprächsnacht. Das machten die trinkfesten Kegelbrüder öfter, zumindest wenn es die politischen Ereignisse erforderten. Und scherzeshalber tauften sie ihre Diskussionsrunden „Geplauder an der Schnauder“.

Dieses Mal hatten sie allen Grund, um große Reden zu schwingen. Dabei gab es nur ein einziges Thema und alle waren sich einig darüber, der Krieg würde nur von kurzer Dauer sein.

„Ich sage euch", prophezeite Erwin, der Kneiper, „die Polacken halten keine vier Wochen durch."

„Glaube ich nicht", meldete sich ein Zweifler, „so schnell geben die nicht auf. Denkt an die monatelangen Grabenkämpfe an der Westfront!"

„Du kannst doch die Polen nicht mit dem Franzmann vergleichen!"

„Genau, einen Stellungskrieg wird's nicht geben."

„Richtig! Wir haben mit der Wehrmacht die stärkste und modernste Armee der Welt."

„Die fegen wir ruckzuck von der Landkarte."

„Uns kann keiner mehr was."

„Wird endlich Zeit, dass der Führer mal ordentlich aufräumt."

„Richtig. Polen wird für unsere Kameraden zum Spaziergang."

„Sieg Heil!"

„Und noch einen Kurzen, damit der Krieg kurz wird!"

Viele der Kegelbrüder hatten vor über zwanzig Jahren den Ersten Weltkrieg erlebt, miterlebt und überlebt, in Flandern, in den Vogesen oder in der hügligen Ebene Lothringens zwischen Maas und Mosel. Kriegsverwundungen wurden nicht ohne Stolz aufgezählt und gezeigt.

Karl brauchte nicht viel zu zeigen, denn sein linker Armstumpf war für jeden gut sichtbar. Eine frühzeitig detonierte Handgranate zwang den Linkshänder zum Umschulen auf rechts. Auch sein Gedankengut wanderte von der linken in die rechte Hirnhälfte. Karl wurde ein glühender Nationalsozialist, aber erst 1933 mit deren Machtantritt. Man muss ja als Opportunist erst mal abwarten, wie sich die Dinge entwickeln. Nie zu früh aus der Deckung wagen, das lernt schon jeder Soldat in der Grundausbildung! Wer seine Birne voreilig aus dem Schützengraben reckt, riskiert einen Kopfschuss.

„Man muss mit der Zeit gehen!", propagierte er unter seinen Kegelbrüdern und zog einen nach dem anderen zur Bewegung. Inzwischen kegelte er mit dem rechten Arm besser als je zuvor mit links. Und doppeldeutig schmunzelte er: „Seht ihr, mit rechts läuft's einfach besser!"

Parteimitglied Richard zeigte auf sein linkes Auge: „Hat ein Granatsplitter rausgefetzt", erklärte er. „Das hier ist aus Glas."

„Kannst du besser mit durchgucken", lachte Ernst und fasste sich an seinen Kopf. „Hier direkt überm Ohr, könnt ihr ruhig mal anfassen, steckt ein Granatsplitter!" Tatsächlich hatte er an besagter Stelle ein hartes Stück Metall zwischen Kopfhaut und Schädelknochen.

„Und du, Wilhelm", scherzte einer der Weltkriegsveteranen, „wo hast du deine Kriegsverletzung?"

„War zu jung", bedauerte er, „gerade mal fünfzehn, als der Krieg schon wieder aus war."

„Vielleicht aufgeschlagene Knie", prustete Erwin, der Wirt, ebenfalls ein glühender Nazi, „mit dem Holzroller hingefallen." Für seinen Kneipenumsatz war es schon einträglich, sich politisch klar zu positionieren, denn in einem separaten Hinterzimmer traf sich regelmäßig die NSDAP-Ortsgruppe und zechte, bis der Zapfhahn glühte.

An diesem Abend, in dieser Nacht wurde viel gelacht, viel gejohlt und kräftig gesoffen. So eine Runde löst sich nur schwerfällig auf und schwerfällig schwankten die bezechten Kegelbrüder fast schon im Morgengrauen ihren Betten entgegen.

Mit dem starken Gefühl, einer edlen Herrenrasse und unbesiegbaren Nation anzugehören, taumelte auch Wilhelm Becker heimwärts. Er war der einzige Parteilose. Klar, dass das immer wieder für Diskussionen und offene Vorwürfe sorgte. Wilhelm Becker wand sich wie ein Aal und argumentierte, dass er zwar die Idee des Nationalsozialismus gutheißen würde, aber dass er sich trotzdem parteipolitisch nicht binden möchte. Außerdem sorge er bereits in seinem Beruf für Recht, Sicherheit und Ordnung und leiste damit einen wichtigen Beitrag zur inneren Stabilität im Deutschen Reich.

Das war natürlich mehr als geflunkert. Es waren eher pragmatische Gründe, die ihn am Parteieintritt hinderten. Der Wachtmeister Wilhelm Becker, der in einer niederen Besoldungsgruppe feststeckte, zeigte für politische Fragen und Zustände kein sonderliches Interesse. Ihm war es egal, wer da oben das Ruder in der Hand hielt. Polizisten wurden in jedem Staat gebraucht, egal woher der Wind blies, ob die Sozis das Sagen hatten, die Nazis oder irgendwann vielleicht sogar die Kommunisten. „Wes Brot ich ess, des Lied ich sing", war seine Devise. Ihm allein ging es um die Kosten, die eine Mitgliedschaft eingefordert hätte. Die fünfzig Pfennige Aufnahmegebühr wären ja noch zu stemmen gewesen, aber der Mitgliedsbeitrag von drei Reichsmark, nein – das war dann doch ein bisschen zu happig.

Wilhelm duldete, das Geld reichte ja jetzt schon hinten und vorne nicht, weder am Bier noch an seinen Zigaretten Abstriche. Auch an diesem Abend hatte er reichlich konsumiert. Er füllte lieber den eigenen Magen als fremde Kassen. Und zur Feier des Tages hatte er sich neben den vielen Bieren auch einige Klare genehmigt. Und gequalmt hatte er auch ordentlich. Durch den beißenden Rauch seiner Glimmstängel lag ihm ein pelziger Geschmack auf der Zunge. Schritt um Schritt tapste er nach Hause, stützte sich an Häuserwänden ab, als wäre er blind. Immer wieder musste er stehen bleiben, um kurz zu verschnaufen. Einige Male rebellierte sein Magen und schickte dem Säufer einen säuerlichen Seufzer nach oben.

Wilhelm Becker hatte es fast geschafft, nur noch wenige Häuser in der Leipziger Straße lagen vor ihm. Neben dem Vorderhaus gab es ein Holztor, durch welches er musste. Dahinter lag ein finsterer Innenhof, da die einzige Beleuchtung seit Monaten schon defekt war. Aber das störte den Wachtmeister kaum, er fand auch in der Dunkelheit seinen Weg. Dieser führte am Vorderhaus entlang bis zum Zwischenhaus, einem Nebengebäude mit Geräteschuppen, zu einer Scheune, zwei Schweineboxen, Karnickelställen und einem tunnelartigen Durchgang. Wenn er diesen durchquert hatte, waren es nur noch wenige Meter bis zur Haustür, hinter der seine Parterrewohnung lag.

Eine kurze Pause, noch draußen auf der Leipziger Straße, und eine letzte Fluppe wollte er sich gönnen, aber sein Zigarettenetui war leer. Unflätige Flüche ausspuckend, stocherte er mit dem Bartschlüssel nach dem Schlüsselloch und verfehlte es immer wieder. Auch das dunkelblau gestrichene Tor lag im Dunkeln wie der Hof dahinter, da es sich genau zwischen zwei Gaslaternen befand. Schon nüchtern benötigte man einiges an Geschick, um mit dem Schlüssel sein Ziel zu finden. Aber mit einem benebelten Gehirn und der Feinmotorik eines ungeschickten Grobschmieds glich das Aufschließen des Tores einer Geduldsprobe, die einen Choleriker schon mal mächtig aus der Fassung bringen konnte.

Irgendwann hatte es Wilhelm Becker dann doch geschafft, weil Betrunkene es immer irgendwie schaffen, ohne sich am nächsten Morgen an Einzelheiten erinnern zu können. Sein Puls raste und er rastete aus. Der mühsame Heimweg, das Wissen, die letzten Groschen versoffen zu haben, und ein leeres Zigarettenetui hatten ihn derart in Rage versetzt, dass er wütend die Tür zum Schlafraum seiner Kinder aufriss, sich den kleinen Siegbert schnappte, der gerade mal achtzehn Monate alt war, und ihm mehrere Schläge auf sein durch Baumwollwindeln gepolstertes Hinterteil verabreichte. Wohl weniger der Schmerz als vielmehr der Schreck über diese nächtliche Schlafstörung ließen den Jungen aus Leibeskräften schreien.

Käthe Becker, die nur leicht vor sich hindämmerte, wenn sich ihr Mann auf Zechtour befand, weil derartige Ausfälle immer wieder passierten, kam aus dem ehelichen Schlafzimmer gestürzt. „Wilhelm, nun lass doch den Jungen in Ruhe!"

„Ich schlage meine Kinder, wann immer ich will!", plärrte er, ließ aber endlich ab von Siegbert, der sich heulend unter seiner Bettdecke verkroch.

Und während der versoffene Vater in sein Bett wankte, ohne sich seiner Kleider zu entledigen, setzte sich Käthe zu ihrem Jüngsten, um den kleinen, zitternden Körper mit mütterlicher Wärme zu trösten. Als sich Siegbert nach einer halben Stunde beruhigt hatte und wieder eingeschlafen war, musste sich Mutter Käthe um den betrunkenen Ehemann kümmern, der inzwischen fürchterlich schnarchte.

7

Ulf Becker sitzt in den ersten Tagen des Ukrainekrieges tief erschüttert vor dem Fernseher, bis weit in die Nacht hinein, und kann den Blick nicht mehr von den schlimmen Bildern abwenden. Er ist fassungslos und sucht nach einem Hoffnungsschimmer, damit der Wahnsinn aufhört, diese gewaltige Zerstörungswut, diese unermessliche Blutgier, dieser unvorstellbare Vernichtungswille. Doch Ulf hofft vergeblich. Die Gewaltspirale dreht sich weiter. Die Diplomatie weicht der Idiotie. Wo Köpfe nicht mehr reden, schlägt man sich dieselben ein.

In den zahlreichen Talkshowrunden mit selbstherrlichen Fachleuten, die wenige Tage vor Putins Einmarsch einen Krieg in der Ukraine noch vehement ausschlossen, versucht er vergeblich, Antworten zu finden, auch wenn sich diese in bedeutungslos erscheinenden Nebensätzen verstecken. Und obwohl er nichts, aber auch rein gar nichts mit diesem Krieg zu tun hat, wühlt er ihn emotional auf. Er lauert vergebens auf diese eine Botschaft: Waffenstillstand! Das wäre immerhin ein erster zaghafter Schritt in die richtige Richtung. Es muss wieder geredet und zugehört werden, weil Redner und Zuhörer sich nicht gegenseitig umbringen, höchstens sich zum Einschlafen bringen. Aber das bleibt reines Wunschdenken, leider, denn alle Bemühungen scheitern und die Berichte aus der Ukraine werden immer grausamer. Putin rückt nicht ab von seinem eingeschlagenen Weg der totalen Vernichtung.

Das mediale Zählen der Kriegstage wie die Minuten eines Fußballspiels empfindet Ulf Becker absurd und makaber. Und doch ist es der dritte Tag, an dem er in der Zeitung diese halbseitige Todesanzeige erblickt: „KRIEG IN KIEW“. Vier ukrainische Hauptstädter stehen fassungslos vor ihrem von russischen Raketen zerstörten Wohnhaus. Und in ihrem perversen Zynismus weisen die Russen jegliche Schuld von sich, denn sie würden ja keine zivilen Ziele zerstören. Dabei tun sie nichts anderes. Marschflugkörper, Bomben und Raketen treffen Krankenhäuser, Schulen und Kindergärten. Wohnhäuser, Einkaufszentren und Rathäuser sacken nach schweren Granattreffern zusammen und begraben Dutzende unschuldige Zivilisten unter ihren Trümmern.

„Die Russen werden euch alle noch holen! Alle!“ – Da ist wieder dieser Satz, den sich der kleine Ulf eingeprägt, aber nie verstanden hat. Jetzt ist er sich der drohenden Gefahr bewusst, denn Opa Hermann Linde hatte auch gesagt: „Wenn der russische Bär erst einmal erwacht, gibt er nicht eher Ruhe, bis alles in Schutt und Asche liegt." Als Kind fand Ulf dieses Bild vom erwachenden Bären lustig. Ein Bär, der aufwacht, hat Hunger, großen Hunger, und wenn er dann nichts findet, wird er wütend, richtig böse, und schlägt alles kaputt. Weniger der Satz als vielmehr das Bild hatte sich tief in sein Gedächtnis eingebrannt.

Ulf erinnert sich an eine andere Formulierung, die Onkel Gerd, Opa Hermanns jüngstes Kind und einziger Sohn, zu seinem fünfunddreißigsten Geburtstag an der Kaffeetafel herausposaunt hatte. Ein halbes Jahr zuvor war er stolzer Besitzer eines Autos geworden, hatte einen gebrauchten Moskwitsch-412 erworben, ein spritfressendes, russisches Fabrikat, an dem er aber mehr schrauben und reparieren musste, als dass er ihn fahren konnte. Lachend und sich dabei auf die Schenkel klopfend, rief er in die Runde: „Traue keinen Frau'n und Autos, die die Russen bau'n!"

Während Ulf seinen Gedanken nachhängt, tritt Karin in die Küche. Ihr Blick fällt auf die Zeitung mit dem zerstörten Wohnhaus und sie findet nur ein einziges Wort: „Furchtbar!"

„Ja, es ist schlimm, richtig schlimm. Aber ich glaube", sagt Ulf Becker plötzlich bedeutungsvoll, „ich habe endlich eine brauchbare Idee zu einem Roman gefunden."

„Du willst einen Roman schreiben?"

„Ja, ein langgehegter Traum."

„Das höre ich zum ersten Mal. Ich dachte, du kannst nur Kurzgeschichten."

„Ich habe ja nicht gesagt, dass ich es schaffen werde, diesen Roman zu schreiben. Aber ich muss es versuchen. Ich muss diese Geschichte aufschreiben, bevor es …" Er kann sich noch rechtzeitig auf die Zunge beißen. ‚… bevor es zu spät ist', wäre ihm um ein Haar rausgerutscht. Er will Karin nicht beunruhigen, noch nicht.

Ausgelöst durch den russischen Überfall auf die Ukraine erinnert sich Ulf an eine Episode seiner Kindheit. Er war damals zwölf Jahre alt, verstand noch nichts von Politik und von Weltpolitik schon gar nicht. Mit seinen Eltern hatte er die Großeltern in der Jahnstadt an der Unstrut besucht. Oma Klara war schon sehr krank und verbrachte die meiste Zeit des Tages im Bett. Opa Hermann saß auf seinem Lieblingsplatz, einem durchgesessenen Sofa mit dunkelgrünem und verschlissenem Samtbezug, neben sich ein altes Röhrenradio. Es gab nur einen Knopf, den Opa drücken musste. Den Senderknauf betätigte er nie, hörte immer nur Deutschlandfunk. Auch wenn Opa Hermann ein wortkarger Griesgram war, für die Weltpolitik zeigte er reges Interesse, wie damals sein Vater Paul.

Ulfs Mutter Rosa verkündete ihrem mürrischen Vater: „Wir planen eine wunderschöne Reise."

Opa Hermann zeigte keinerlei Reaktion. Das Wort Urlaub war ihm fremd. Zeit seines Lebens hatte er nie einen Fuß über die Stadtgrenzen gesetzt. Mit der Ausnahme zweier Auslandsreisen: 1940 nach Frankreich, 1941 nach Russland.

„Du wirst nicht glauben, wohin wir fahren wollen", frohlockte Schwiegersohn Hartmut.

„Papa", platzte es nun aus Rosa, „wir werden in die Sowjetunion fahren, nach Leningrad."

„Zu den Russen?", grummelte Hermann erschrocken. „Da braucht ihr nicht hinzufahren. Die werden euch schon noch holen."

Ulf springt auf, räumt schnell sein Geschirr rüber zur Spüle und sagte: „Karin, ich muss in mein Arbeitszimmer, ein paar Notizen machen."

„Geh nur! Ist schließlich dein Job."

Endlich! Endlich, schallt es überglücklich in ihm, da ist die ersehnte Idee, die Idee, nach der ich so lange gesucht habe, ein brauchbarer Stoff für einen Roman. Und plötzlich erinnert er sich auch wieder an Großvaters fünfundachtzigsten Geburtstag 1991 und die Gesprächsprotokolle, die er zwei Jahre später kurz vor dessen Tod, angefertigt hatte. Hermann Linde, der ehemalige Sanitätsunteroffizier und russische Kriegsgefangene, wollte nicht länger schweigen, wollte nicht mit dem angestauten Ballast seines Lebens das Zeitliche segnen.

8

Es wurde ernst, bitterer Ernst für den Sanitätssoldaten Hermann Linde. Die Vorbereitungen für den Westfeldzug liefen auf Hochtouren. Nach seiner Sanitäterausbildung wurde er an die westliche Reichsgrenze versetzt. Als der Marschbefehl zum Angriff kam, war wieder so ein Tag, bei dem das Wetter nicht mitspielen wollte. Während in Berlin, woher der Angriffsbefehl kam, ein Sonne-Wolken-Mix herrschte, zeigte sich der Himmel in anderen Landesteilen wolkenverhangen und regnerisch. Auf der Zugspitze schneite es an diesem Maitag 1940.

Die deutschen Verbände rückten zügig voran. Trotzdem kam es zu heftigen Gefechten mit vielen Toten und noch mehr Verwundeten. Sanitätssoldat Hermann Linde, dessen Aufgabe darin bestand, Verwundeten medizinische Ersthilfe zu leisten und sie nach Möglichkeit zur ärztlichen Weiterbehandlung vom Schlachtfeld zu bergen, musste zum ersten Mal miterleben, welch hohen Preis ein Krieg gnadenlos einfordert. Jetzt konnte, nein, jetzt musste er praktische Erfahrungen sammeln, mit echtem Blut, mit echten Wunden, an echten Soldaten. Er kam zu Sterbenden, über die er sich im dichten Kugelhagel beugte, um nicht selbst getroffen zu werden, und hörte, wie sie röchelnd um Hilfe flehten. Hermann sah schlimmste Verletzungen, aufgerissene Fleischwunden, abgetrennte Gliedmaßen, eine klaffende Schusswunde am Hals eines Gefreiten. Er sah junge Männer, die sich unter qualvollen Schmerzen krümmten, sah Gedärme, die aus offenen Bäuchen quollen. Hermann half, ohne nachzudenken. Er half, weil er gelernt hatte zu helfen. Er legte Druckverbände an, versuchte Blutungen zu stoppen und kümmerte sich um Verwundete, so gut er konnte, so gut es in seiner Macht stand.

Sein erster Patient, ein Soldat aus Offenbach, wälzte sich unter Schmerzen und stöhnte: „Isch glaab, moi Hüft is im Bobbes." Ein Artilleriesplitter hatte ihm die Hüfte zerfetzt. Zunächst stabilisierte Hermann den Soldaten auf der intakten Körperhälfte. Seine zerrissene Feldbluse war um die Wunde großflächig mit Blut getränkt. Als er die kaputte Hüfte freigelegt hatte, wurde das ganze Ausmaß der Verletzung sichtbar. Das Gelenk war voll getroffen worden und nur noch eine blutende Fleischmasse, gespickt mit zahlreichen Knochensplittern. Hermann versuchte, auch wenn sein Unterfangen sinnlos erschien, die klaffende Wunde zu verbinden, konnte aber die starke Blutung nicht stoppen. Wenig später starb der Soldat, machte röchelnd einen letzten flachen Atemzug.

Während ihre Stellung unter starkem Beschuss lag, die Kugeln aus MGs und Karabinern über sie hinwegfegten, robbte sich Hermann zum nächsten Verwundeten, den es an der linken Hand erwischt hatte. Der Knochen war vollständig zersplittert, und das, was mal eine Hand war, hing an wenigen Fleischfasern und einem Hautlappen am Arm. Zunächst gab ihm Hermann aus der Labeflasche zu trinken, denn auch dieser Soldat hatte viel Blut verloren. Dann kümmerte er sich um die große Wunde, indem er am Unterarm eine Abschnürbinde anlegte, um den Blutfluss zu stoppen.

Während einer Feuerpause brachte er den Soldaten zum Verbandsplatz.

Bei seinen Vorgesetzten genoss Sanitätssoldat Hermann Linde hohen Respekt, obwohl er, was keiner sah und merkte, selber große Ängste ausstand. Mit demselben Eifer, wie er eine Kommode schreinerte oder Treppen zimmerte, bewegte er sich auf dem Schlachtfeld und brachte mit seinem Sanitätsunteroffizier oder mit den Krankenträgern viele Verwundete weit hinter die eigene Frontlinie zum Verbandsplatz, von wo die schweren Fälle anschließend zur Weiterbehandlung ins Feldlazarett verlegt werden konnten. Nicht alle, um die sie sich bemühten, überlebten ihre schweren Verwundungen. Manche brachten sie nur zum Sterben zurück.

Als sich nach einigen Wochen die Gefechte beruhigt hatten, weil es kaum noch Widerstand gab und schließlich der Waffenstillstand im Wald von Compiègne besiegelt worden war, wurde Hermann Linde in die ostfranzösische Kleinstadt Dijon versetzt. Im Kriegslazarett sollte er sich um verwundete Soldaten kümmern. Streifschüsse waren da noch das Harmloseste. Manche hatten Kopfverletzungen durch Granatsplitter. Die Kugel eines Scharfschützen hatte einem jungen Kölner Jecken die Nase wegrasiert. „Wat mache isch ohne Nas, wenn isch peps han?“, fragte der Spaßvogel. Ihn trennten nur wenige Zentimeter zwischen Verwundung und Tod. Und seufzend fügte er hinzu: „Selver schold, stecke d'n' Nas net en fremche Angelecheheite!“

Andere Soldaten quälten sich mit eiternden Schusswunden. Wieder andere klagten über amputierte Gliedmaßen, die fürchterliche Schmerzen bereiteten, obwohl sie nicht mehr da waren. Hermann Linde war tief erschüttert über die grausam bitteren Früchte des Krieges. Ja, er hatte auch eingestürzte Häuser gesehen, zerstörte Brücken, umgeknickte Strommasten, von Granaten aufgerissene

Straßen, niedergebrannte Fabriken, aber all das konnte wieder aufgebaut werden. Diese Kriegsinvaliden, die Arme oder Beine verloren haben, werden für immer mit dieser Bürde leben müssen.

Ehe den Sanitäter aus der Jahnstadt an der Unstrut die Verzweiflung packen konnte, erinnerte er sich immer öfter an die Worte seines Vaters: „Mach dir keine Sorgen! Ich weiß, dass du zurückkommst." – Hoffentlich gesund und munter, wünschte er sich selbst. Klärchen braucht mich. Auch Rosa, die bald in die Schule kommt, und die dreijährige Helga. Und dann erhielt er einen Feldpostbrief, der Wochen unterwegs gewesen sein musste. „Mein Liebster", schrieb Klara, „du fehlst uns sehr. Sei tapfer! In jeder Minute denken wir an Dich. Um uns brauchst du dich nicht zu sorgen! Dein Vater kümmert sich rührend. Ich bin froh, dass wir ihn haben. Dein stürmischer Heimaturlaub ist nicht folgenlos geblieben. Unser drittes Kind hat sich angemeldet. Und ich wünsche mir nichts sehnlicher, als dass es seinen Vater kennenlernt. Ich hoffe, es wird, wie du dir immer gewünscht hast, endlich ein Knabe. In ewiger Liebe, Klara."

Dieses Glück hatten nicht viele, zu Hause einen Vater zu haben, der sich um die Familie kümmert. Das nahm ihm eine große Last von den Schultern, und die frohe Botschaft vom baldigen Eintreffen eines Sohnes löste euphorische Glücksgefühle in Hermann Linde aus.

„Meine Frau hat mir geschrieben", verkündete er am Abend in einer französischen Kneipe. „Ich werde wieder Vater, zum dritten Mal." Seine Kameraden jubelten und verlangten eine Runde.

Weitere Details verriet Hermann nicht. Seine Frau hatte geschrieben, dass er wieder Vater wird – das musste reichen. Er war ein stiller Genießer, ein ruhiger Grübler, ein Mensch, der Glück und Unglück gleichermaßen in sich hineinfressen konnte. Wie glich er in diesem Punkt seinem Vater, der im Krieg nichts von zu Hause und zu Hause nichts von der Front erzählt hatte. Das waren zwei Paar Schuhe. Die unglaubliche Vorfreude, bald wieder Vater zu werden, steigerte seinen Überlebenswillen. Ich muss alle Befehle einhalten, selbst muss ich durchhalten, und das hier alles aushalten, nahm er sich vor. Ich will, nein, ich muss diesen verdammten Krieg überleben.

Bei Kriegsausbruch war Hermanns Vater Paul Linde einundfünfzig Jahre alt, von Beruf Steinmetz. Er verdiente in der Werkstatt gleich neben dem Friedhof gutes Geld, weil er ein begabter Geselle war, mit geschickten Händen und gutem Auge. Und solange es Menschen gibt, wird gestorben, und die Arbeit geht nicht aus. Während das einfache Volk Grabsteine aus Granit bestellte, entschied sich die besser gestellte Kundschaft für buntgeäderten Marmor, schön glattpoliert. Auch im Tod wollten diese Herrschaften noch etwas darstellen. Marmor gilt nicht grundlos als das Königsgestein. Er ist langlebig und lässt sich sehr gut bearbeiten. Diese Eigenschaften schätzen Bildhauer und Steinmetze gleichermaßen. Filigrane Feinheiten lassen sich optimal herausmeißeln. Das verleiht dem Werk Grazie und Anmut und haucht dem toten Gestein eine Seele ein. Marmor ist aber auch deshalb so beliebt, da er hervorragend das Licht reflektiert und damit eine einzigartige Schattenwirkung erzielt.

Pauls Arbeit bestand hauptsächlich darin, Ziffern und Buchstaben in die Grabsteine zu meißeln oder von alten die Schrift zu entfernen, um diese später wieder neu verwenden zu können. Er liebte das tote Material und er liebte die Toten, die dafür sorgten, dass es ihm und seiner Familie gut ging. Aber das ist der Kreislauf des Lebens: Des einen sein Tod ist des anderen sein Brot!

Paul Linde hatte den Beruf von der Pike auf gelernt. Ein wenig floss sogar Künstlerblut in seinen Adern, aber diese kreativen Aufträge waren rar. Selten gaben die Hinterbliebenen von Honoratioren aufwendige aus Sandstein geschlagene Figuren in Auftrag, einen schlafenden Hund, eine betende Madonna oder Engelsdarstellungen. Die meisten Menschen wollten keine Engel, sondern preiswerte Grabsteine.

Geprägt durch seine Fronterfahrungen aus dem Ersten Weltkrieg und die anschließenden Hungerjahre, hatte Paul Linde schon drei Jahre vor der Weltwirtschaftskrise 1923 einen weitsichtigen Entschluss gefasst. Von seinem Vater hatte er einen kleinen Acker, sechs Hektar fruchtbares Land, geerbt. Das Feld vor den Toren der Jahnstadt an der Unstrut lag seit Jahren brach, da er mit seinen Grabsteinen beschäftigt war und auch oft die Wochenenden in der Werkstatt verbrachte. Er beschloss, auch wenn es viel, sehr viel Arbeit bedeuten würde, den Acker wieder urbar zu machen. Er pflanzte Kartoffeln, baute Mais an und Zuckerrüben. Hinter seinem Haus, wo er schon einen bunten Gemüsegarten hegte und pflegte, errichtete er Ställe für ein Pferd, zwei Schweine, Karnickel und Hühner. Auf dem Dachboden des Wohnhauses schuf er Platz für eine Kornkammer.

Paul sprang jeden Morgen, Sommer wie Winter, an sieben Tagen in der Woche, um vier Uhr aus den Federn. Ein schnelles, hastiges Frühstück mit Malzkaffee und zwei Scheiben Schwarzbrot, belegt mit Käse, Knack-, Leber- oder Rotwurst, dann hieß es die Tiere zu versorgen. Kurz vor sechs fuhr er mit dem Fahrrad die kurze Strecke bis zur Werkstatt am Friedhof. In seiner Mittagspause, er aß nur zwei Schnitten während er nach Hause radelte, versorgte er wieder die Tiere. Nach Feierabend kümmerte er sich erneut um sie. Danach arbeitete er auf seinem Feld oder im Gemüsegarten. Erst spät abends fiel er erschöpft ins Bett und schlief, kaum dass er das zweite Bein unter der Decke hatte, tief und fest. Sein Leben bestand aus kurzen Nächten und langen Arbeitstagen.

Sohn Hermann hatte geholfen so oft er konnte. Deshalb konnte Paul gleich nach Feierabend aufs Feld fahren, weil der Junge die Tiere fütterte, die Ställe ausmistete und sich anschließend um den Garten kümmerte. Die harte und beharrliche Arbeit zahlte sich aus, denn als die Inflation wie ein gefräßiges Monster sämtliche Spargroschen der kleinen Leute aufgefressen hatte, Brot, Butter und Milch stündlich teurer wurden, litt die Familie Linde keine Not, denn sie konnte sich mit allem Lebensnotwendigen selbst versorgen. Sogar ihr Brot buken sie selbst. Und während Hermann in diesem verhassten Krieg steckte, gab ihm die Gewissheit, für seine Familie wird gut gesorgt, beruhigenden Trost.

9

In dem von Deutschland entfesselten Krieg erlebten nur die wenigsten Soldaten, egal in welcher Waffengattung sie dienten, mehr als einmal das Weihnachtsfest. Je länger der Krieg andauerte, desto rascher verkürzte sich die durchschnittliche Lebensdauer der Landser. Am Ende waren es nicht einmal sechs Wochen, wobei die jungen Rekruten ihre meiste Zeit mit militärischer Kurzausbildung verbrachten. Kaum waren sie an der Front und gerieten unter Granatbeschuss oder in schwere Feuergefechte, blieben ihnen nur noch wenige Stunden. Nicht viel besser erging es den Sanitätern, die in den vordersten Kampflinien einen lebensgefährlichen Dienst bei der Erstversorgung verwundeter Soldaten zu leisten hatten.

Sanitätssoldat Hermann Linde musste offensichtlich eine Armee von Schutzengeln gehabt haben, denn er konnte seit seiner Einberufung die zweite Kriegsweihnacht feiern. Wobei ihm nicht nach Feiern zumute war. Das erste Weihnachtsfest verbrachte Hermann noch auf deutschem Boden während seiner Sanitäterausbildung. Es wurde ein trauriges, ein trostloses Fest, ohne Familie, ohne Frau und ohne Kinder – besonders schmerzlich vermisste er Rosa und Helga. Weihnachtliche Stimmung wollte, konnte da einfach nicht aufkommen. Die qualvoll langsam verstreichenden Stunden am Heiligen Abend und an den beiden Feiertagen glichen der Gefühlslage, wie man sie bei Trauerfeiern empfindet, bei denen sich die Zeit ins Endlose zu dehnen scheint. Hermann verspürte beim Blick in eine unsichere Zukunft eine traurige Leere.

Seine zweite Kriegsweihnacht, die er in der Fremde ertragen musste, in einem Land, dessen Sprache er nicht verstand, aber die Menschen verstand, deren Blicke nicht verbergen konnten, dass sie als Besatzer verachtet und gehasst wurden, verlief ganz anders. Schon die Anwesenheit von Rot-Kreuz-Schwestern versprach ein besinnlicheres Fest als diese grauen Weihnachtsfeiertage unter Männern in der Kasseler Kaserne. Trotzdem vermisste er sein geliebtes Klärchen, die sein drittes Kind, hoffentlich dieses Mal ein Knabe, im sechsten Monat schwanger trug. Was würde er nicht darum geben, jetzt in diesen stillen Stunden des Festes bei seiner Familie sein zu können, in der vertrauten Geborgenheit der gemütlichen Wohnküche, und sei es nur für wenige Tage. Endlich wieder im heimischen Bett schlafen, Klärchen in den Armen halten. Oh, wie schön wäre das. Vielleicht würden ihn dann diese qualvollen Albträume, wenigstens vorübergehend, in Ruhe lassen. Die unzähligen Toten spukten ihm immer wieder im Kopf herum, sie streckten mit aufgerissenen Augen ihre blutigen Finger nach ihm aus, flehten, bettelten und schrien um Hilfe, die er ihnen doch nicht mehr gewähren konnte, da ihre Verletzungen zu gravierend waren, zu hoch auch ihr Blutverlust. In den wenigen Wochen während des Frankreichfeldzugs hatte Hermann gelernt zu erkennen, bei welcher Verwundung ein Einsatz lohnt, welcher Soldat die größte Chance hat, seine Verletzungen zu überleben. Die mit Bauchschüssen waren am schlimmsten dran, mussten sich oft noch über Stunden quälen, ehe sie der Schmerz und die Seele verließen, da sie langsam ausbluteten.

Aber nun war Weihnachten und da schwiegen die Waffen, denn Christen töten nicht an kirchlichen Feiertagen. Sanitätssoldat Hermann Linde schwor sich in diesen traurigen Stunden der emotionalen Einsamkeit, niemals zu Hause von seinen schlimmen Erlebnissen zu erzählen. Es war die Zeit, als er begriff, warum sein Vater Paul nie von seinen Fronterlebnissen in den Schützengräben des Ersten Weltkrieges berichtet hatte. Zu schrecklich, zu unfassbar waren diese Bilder für Menschen, die nur den Frieden kannten. Das konnte und das durfte man niemandem zumuten, und seinen Angehörigen schon gar nicht. Und Hermann hoffte, niemals danach gefragt zu werden. Er wollte alles vergessen, sobald die Zeit zum Vergessen gekommen sei.

Seine Vorgesetzten, die auch fern ihrer Familien das gleiche Schicksal teilten, versuchten das Beste aus dieser Situation zu machen. Sie organisierten eine Tanne, die notdürftig, aber liebevoll geschmückt wurde, ließen eine Festtafel herrichten, kümmerten sich um Speisen und Getränke. Und so erlebten die Sanitätssoldaten, die Sanitätsoffiziere, die Schwestern und alle verwundeten, aber gehfähigen Soldaten wenigstens einen stimmungsvollen Heiligabend unter Kameraden, der sie vom traurigen Kriegsalltag ablenkte und die Gedanken an eine ungewisse Zukunft fernhielt.

Ein Oberleutnant, der als chirurgischer Assistenzarzt in einem Magdeburger Krankenhaus gearbeitet und sich bei Kriegsausbruch als Freiwilliger zum Sanitätsdienst gemeldet hatte, setzte sich ans Klavier, welches oben auf der Bühne des Kultursaales stand, und sorgte für musikalische Unterhaltung. Viele sangen oder summten die zahlreich auf dem Klavier geklimperten deutschen Weihnachtslieder mit. Viele bekamen feuchte Augen. Den Umständen entsprechend erlebte Hermann ein angemessenes Fest, auch weil ihn die Vorfreude auf die baldige Ankunft seines erhofften Sohnes heiter und frohgemut stimmte. Und, darauf freute er sich besonders, er würde wieder einmal Heimaturlaub bekommen. Eine kurze Auszeit vom Krieg. Doch vorher erhielt er, wie einige seiner Kameraden, eine Beförderung. Hermann Linde wurde Sanitätsgefreiter.

Der Major, ein Oberstabsarzt, hielt eine alle Herzen rührende, feierliche Ansprache. Er sprach vom auserwählten deutschen Volk, gedachte der gefallenen Kameraden, rühmte unseren großartigen und strategisch starken Führer und sagte in vollster Überzeugung, dass man das nächste Weihnachtsfest sicher wieder in der Heimat bei seinen Liebsten verbringen könne. Das kam besonders gut an. Bei vielen war dieser Wunsch Vater ihrer Gedanken.

Hermann sehnte sich, wie fast alle seine Kameraden, nach nichts anderem, als das hier alles hinter sich lassen zu können. Auch wenn das Leben in den Monaten nach dem Waffenstillstand relativ ruhig ablief, Heimat ist eben Heimat und durch keine Annehmlichkeit dieser Welt zu ersetzen. Lieber in der Heimat hart arbeiten müssen, als in der Fremde faulenzen können, war seine Meinung. Die feuchtfröhlichen Abende in den französischen Kneipen und Kaschemmen mit viel Rotwein, aber auch mit reichlich Cognac, sorgten für kurzzeitiges Vergessen. Hermann hatte sich stets im Griff, trank nicht mehr, als er vertragen konnte, um auf eigenen Füßen den Rückweg zu bewältigen. Besonders ein französischer Gewürzlikör, den die Einheimischen *Anisette* nannten, hatte es ihm angetan. Dieser nicht ganz so hochprozentige Likör mit dem zarten Anisgeschmack mundete ihm und man musste sich wirklich in Acht nehmen, nicht die Kontrolle beim Trinken zu verlieren. Hermann, den ein eiserner

Wille auszeichnete, hatte sich unter Kontrolle, um sicher zurück in sein Bett zu gelangen. Oft aber musste er helfen, völlig betrunkene Kameraden in ihre Schlafstuben zu schleifen.

Der Oberleutnant hatte aufgehört, Weihnachtslieder zu spielen, griff stattdessen ordentlich in die Tasten und spielte plötzlich heiße Rhythmen, sehr heiße Rhythmen. Das brachte bei vielen Soldaten und auch bei den DRK-Schwestern das Blut in Wallung. Beine begannen zu zucken und einige nutzten die Gelegenheit, um nach heißen Swing-Klängen die Tanzbeine zu schwingen. Der Major schaute sich das wilde Treiben eine ganze Weile an, ehe er dem Oberleutnant befahl, mit Spielen aufzuhören und er selbst den Tastaturdeckel zuklappte.

Dieses abrupte Ende nahmen die Schwestern als Anlass, um sich zur Nachtruhe zu verabschieden. Die Verwundeten, einige mussten humpeln, kehrten in ihre Krankensäle zurück, auch weil manche Wunde zu schmerzen begann. Hermann, der inzwischen einen schweren Kopf hatte, erhob sich und verließ ebenfalls die Feier. Er wollte sich unter seiner Bettdecke vergraben und noch ein wenig an seine Lieben und an seine Jahnstadt an der Unstrut denken.

10

Wieder kein Sohn!

Dem Sanitäter Hermann Linde war es egal. Uns bleiben noch so viele Versuche, dachte er, denn wenn er so dachte, gingen seine Gedanken über diesen Krieg hinaus. Und das mussten sie, um einen Sinn im Leben und Überleben zu finden. Aber keiner konnte sagen, wie lange dieser Scheißkrieg, wie ihn Hermann im Stillen verfluchte, noch dauern würde. Dieses unkalkulierbare und durchaus gefahrvolle Leben in einem fremden Land, in das er als Deutscher nicht hingehörte, in dem er fürchterlich unter der Trennung litt, fern seiner Frau Klara, fern seiner Kinder, fern seinem Haus, seinem Garten, ließ den Grübler Hermann Linde immer wieder verzweifeln. Ihm fehlte seine geliebte Arbeit in der Tischlerwerkstatt oder auf der Baustelle beim Einbau einer Holztreppe. Er vermisste den Geruch des trockenen und staubigen Buchenholzes, wenn die Bretter durch die Dicktenhobelmaschine gezogen wurden, um das Holz der Auftritte auf die gewünschte Stärke zu bringen. Ihm fehlte der würzige Geruch frischen Baumharzes, der die Räume der Werkstatt ausfüllte, wenn er das Kiefernholz für die Wangen bearbeitete. Ihm fehlten die schwere Feldarbeit und die Arbeit, die ihm seine Tiere abverlangten.

Hermann wollte stark sein, für sich und seine Familie, die ihn brauchte, wie sein Klärchen in ihren Briefen immer wieder schrieb. Ihre Zeilen wärmten sein Herz, machten ihn stark, gaben ihm Halt und Zuversicht. Und dann kam endlich die lang ersehnte frohe Botschaft: „Mein Liebster“, schrieb Klara, „wir können uns glücklich schätzen. Wir haben eine dritte Tochter, gesund, munter und ganz, ganz süß. Wie du es wolltest, habe ich sie Inge genannt. Rosa und Helga stehen oft an ihrem Kinderbettchen und betrachten ihr kleines Schwesterlein, sind voller Bewunderung, empfinden eine tiefe Zuneigung. Bitte komm so schnell es geht nach Hause! Wir lieben Dich! Ich liebe Dich! Deine Klara.“

Hermann Linde bekam pünktlich zur Rübenaussaat Heimaturlaub, um seinem Vater bei der anstrengenden Feldarbeit helfen zu können. Paul freute sich über die unerwartete Unterstützung und seinen Sohn störte es nicht, im Gegenteil. Hermann liebte Arbeit. Arbeit war für ihn Erholung, Erholung und Ablenkung vom Krieg, von Blut, Verstümmlung und Tod. Und er war zu Hause, in der Heimat, seiner geliebten Heimat, bei seinen Töchtern, bei seinem Klärchen und dem Vater. So müsste es bleiben, für immer! Kein Zurück mehr! Den Krieg endlich hinter sich lassen, Schluss mit den gefährlichen Fronteinsätzen, bei denen selbst für Sanitäter das Bergen von Verwundeten unter Feindbeschuss zum Himmelfahrtskommando wurde. Aber die Tage waren gezählt, zehn hatte man dem Sanitätsgefreiten Hermann Linde genehmigt. Genehmigt, weil er pflichtbewusst und treu ergeben seine Aufgaben erfüllte. Zehn Tage klangen viel. Dabei verlor er schon zwei volle Tage für die Hin- und Rückfahrt.

Auf dem Bahnhof Naumburg musste Hermann ein letztes Mal umsteigen. Es war eine lange, beschwerliche Reise, aber er empfand sie nur halb so beschwerlich, da sie ihn nach Hause brachte. Am liebsten wäre er ohne Rückfahrkarte losgefahren, hätte diesen elenden Krieg hinter sich gelassen, um nur noch nach vorne zu schauen. Aber an diese Gedanken wollte er im Moment keine Zeit verschwenden. Hermann bestieg das Abteil dritter Klasse der Regionalbahn, vorn die schnaufende Dampflok, die nach Öl und Kohle stank, die ihn aber in seine Jahnstadt an der Unstrut bringen sollte. Diese letzte Etappe war die schlimmste, und das nicht wegen der harten Holzbänke im Zugabteil. Er spürte sein aufgeregt pulsierendes Herz, als würde es im Hals und nicht in seiner Brust schlagen.

Und dann die Riesenüberraschung: Obwohl es schon spät abends war, wartete sein Klärchen auf dem Bahnsteig. Eine Hand am Griff des Kinderwagens, hielt die andere das Händchen von Helga, die drei Jahre alt war und müde wirkte. Die sechsjährige Rosa, seine Erstgeborene, hielt die Hände hinterm Rücken verschränkt und wippte mit den Füßen auf und nieder. Als Hermann ihr zärtlich übern Kopf strich, wandte sie sich verlegen ab, senkte beschämt den Kopf. Der Vater war ihr fremd geworden. Und dieser gab der Mutter einen kurzen, vertrauten Kuss und tätschelte den Kopf der zweiten Tochter, die das still geschehen ließ. Inge, seine jüngste Tochter, schlief in ihrem Kinderwagen. Voller Bewunderung schaute Hermann auf das kleine, zerbrechliche Wesen, von der er nur das Köpfchen sah. Und dann zog dieser fremde Mann in der feldgrauen Uniform mit seiner Familie über die gepflasterten, engen Gassen heimwärts.

Vater und Sohn verbrachten einige Tage zusammen auf dem Feld vor den Toren ihrer Jahnstadt. Paul hatte sich ein paar Tage bei seinem Chef freigenommen, mit dem Versprechen, die verlorene Zeit an den kommenden Sonntagen wieder aufzuholen. Viele Stunden arbeiteten die beiden Männer schweigend nebeneinander mit krummen und schmerzenden Rücken. Jedes einzelne Samenkorn musste in die Furchen gelegt werden. Der Abstand und die Pflanztiefe mussten stimmen. Aber Paul, der Steinmetz, und Hermann, der Tischler, hatten ein gutes Augenmaß. Geduldig erledigten sie diese stumpfsinnige und beschwerliche Arbeit, Korn für Korn und Furche um Furche.

Während der langen Tage auf dem Feld sprachen die beiden Männer kaum miteinander. Nur vereinzelte Worte, nicht einmal ganze Sätze, die auch nur unmittelbar mit der Aussaat zu tun hatten, ansonsten Schweigen. Hermann wollte nicht vom Leid und dem qualvollen Elend verwundeter Soldaten sprechen und Paul, der ja selbst im Schützengraben gelegen hatte, interessierte es nicht. Das Wort Traumabewältigung kannten sie nicht. Sie schluckten ihre schlimmsten Erlebnisse runter, wie man bittere Medizin runterschluckt, weil es sein muss, weil es nicht anders geht. Sie nahmen ihr Schicksal als unabänderlich hin, klagten nicht, hofften nur – beide.

Und immerhin: Hermann Linde konnte sich glücklich schätzen, im besetzten Frankreich Dienst tun zu können. Seit dem Waffenstillstand verlief das Soldatenleben relativ ruhig und geordnet. Nur selten kam es zu harmlosen Übergriffen und Feuergefechten mit Vertretern der Résistance. Der französische Widerstand war noch schwach organisiert. Kleinere Gruppen führten unbedeutende Sprengstoffanschläge durch, brachten hin und wieder Nachschubzüge zum Entgleisen oder zündeten Sprengsätze in mit deutschen Soldaten vollbesetzten Cafés oder Restaurants.

Mit der Aussaat der Rüben waren sie schneller fertig als gedacht. Paul fragte seinen Sohn, ob er ihm noch beim Pflanzen der Frühkartoffeln helfen könnte. Für Hermann war das keine Frage, nicht einmal eine Bitte. Wenn der Vater meint, die Kartoffeln müssten in die Erde, dann müssen sie eben rein. Als endlich das Feld bestellt war, die beiden Männer die Frühkartoffeln mit Stroh abgedeckt hatten, um diese vor Nachtfrösten zu schützen, konnten sie sich entspannt zurücklehnen.

Derweil hatte die deutsche Wehrmacht ihren Balkanfeldzug gestartet und in nur elf Tagen Blitzkrieg Jugoslawien erobert. Paul und Hermann saßen abends in der guten Stube, tranken vom eigenen Wein, genossen ihren Feierabend und lauschten der knarzenden Stimme aus dem Volksempfänger, die vom siegreichen Feldzug berichtete.

„Lange wird das nicht mehr gutgehen“, kommentierte Paul. „Hitler übernimmt sich.“

„Ja, ich frage mich nur, wie weit der noch gehen will.“

„Hauptsache, der greift nicht die Russen an“, seufzte sein Vater.

„Glaube ich nicht, auf gar keinem Fall“, entgegnete Hermann erschrocken. „Das wäre ja Wahnsinn. Und Hitler weiß das. Nicht umsonst hat er diesen Nichtangriffspakt mit Stalin geschlossen.“

„Hermann! Wer Krieg will, schert sich einen Dreck um Verträge.“

Hermann schwieg. Weil ihm diese Vorstellung und die sich daraus ergebenden Folgen Sorge bereiteten. Er wollte nicht weiter darüber sprechen und nachdenken schon gar nicht. Es war nicht sein Krieg, aber es könnte sein Krieg werden und es würde sein Krieg werden.

„Vater, ich gehe schlafen. Morgen kümmere ich mich um die Tiere."

„Einverstanden, Hermann. Schlaf gut! Und noch etwas – schön, dass du da bist."

„Wem sagst du das!"

„Hermann, ausmisten und die Tiere füttern, das reicht. Den Rest erledige ich."

„In Ordnung."

„Und dann nimmst du dir die restlichen Tage Zeit für Klara und die Kinder!"

„Wenn du meinst."

„Das meine ich nicht nur, das ist ein Befehl!" Paul, der Infanterist im Ersten Weltkrieg, lächelte gütig.

11

Sanitätsgefreiter Hermann Linde hing noch lange in Gedanken an seinem kurzen Heimaturlaub, aus dem er Kraft und Zuversicht schöpfen konnte. Diese wenigen Tage glichen einer Oase, einem stillen und ruhigen Ort, an dem der Wanderer auf seinem beschwerlichen Weg durch die Wüste neue Kräfte sammeln kann. Hermann war ein Wanderer, der einen wüsten Krieg zu durchqueren hatte. Ja, Kriege gleichen einer Wüste, beide sind trostlos und gefährlich und geben ihr Ende nicht preis, und sie verlangen den Menschen, die sich in diesem schwierigen Terrain bewegen müssen, alles ab. Und viele, sehr viele schaffen es nicht, bleiben auf der Strecke.

Hermann dachte oft, sehr oft sogar, eigentlich unentwegt an Zuhause, das er fürchterlich vermisste. Und er dachte an Klärchen, an seine drei Mädchen, besonders an das Neugeborene, und er dachte an den Vater. Die Rübenaussaat und das Pflanzen der Frühkartoffeln waren eine schwere, aber sehr wichtige Arbeit, die sie zusammen erledigt hatten. Und, egal wie der Krieg weitergehen würde, Hermann konnte sich in der beruhigenden Gewissheit wähnen, für seine Lieben daheim wurde gut gesorgt. Viele Frauen, alleingelassen mit den Kindern, die Männer vom Krieg geholt, hatten dieses Glück nicht.

Auch in Frankreich verfolgten die deutschen Soldaten den Kriegsverlauf und so erfuhr Hermann, dass die Wehrmacht einen Zweifrontenkrieg begonnen hatte. Hitler muss verrückt geworden sein oder einfach nur größenwahnsinnig, wetterte der Sanitäter innerlich, hütete sich aber, diese gefährlichen Gedanken laut auszusprechen. Der stürzt uns alle ins Verderben. Wo soll das noch hinführen? Wie soll das alles noch enden? Und dann fiel Hermann wieder der Satz seines Vaters ein: „Wer Krieg will, schert sich einen Dreck um Verträge."

Der deutsch-sowjetische Nichtangriffspakt vom August 1939 war nicht mehr das Papier wert, auf dem er geschrieben stand. Am 22. Juni 1941 überfielen deutsche Kampfverbände die Sowjetunion, ohne sich erst die Mühe einer Kriegserklärung gemacht zu haben. Mit slawischen Untermenschen redet man nicht, man vernichtet sie, war die brutale und menschenverachtende Sichtweise des Naziregimes. Hitler sah sich im Recht, im Recht des Stärkeren. Die arische Herrenrasse benötigt neuen Lebensraum und den jüdischen Bolschewismus gilt es auszurotten. Mit dem überheblichen Zynismus eines autoritären Herrschers wurde der deutsche Angriffskrieg „Unternehmen Barbarossa" genannt, als würde es sich um einen Familienausflug zum Kyffhäuserdenkmal handeln, an einem sonnigen Sonntag, bei Bier und Grillwürstchen.

Für den Angriffskrieg im Osten brauchten die Wehrmachtsstrategen auch Einheiten aus den besetzten Westgebieten, die man fest im Griff hatte und in denen die Soldaten ein verhältnismäßig ruhiges Besatzerleben führten. Hermanns Sanitätskompanie wurde einer Infanterie-Division der 6. Armee unterstellt, deren Ziel Kiew hieß. Trotz erbitterter Gefechte kamen sie gut voran. Jeder Meter wurde teuer, sehr teuer erkauft, es gab hohe Verluste auf beiden Seiten, täglich Tausende Tote, Verwundete und Schwerstverletzte.

Sanitätsgefreiter Hermann Linde musste bald erleben, dass die Gefechte auf dem Weg zur ukrainischen Hauptstadt viel heftiger und verbissener abliefen als die Kämpfe an der Westfront. Das hier war ein Sterben im Akkord. Die Russen hielten sich, wie auch die Deutschen, nicht an die Genfer Konventionen, die den Beschuss von Sanitätern als Kriegsverbrechen werteten. Ganz im Gegenteil: Die Rote Armee verfügte über erstklassig ausgebildete Scharfschützen, die gezielt Jagd auf die Uniformierten mit der Rotkreuz-Armbinde machten. Die verwundeten Deutschen sollten ein schmerzhaftes und qualvolles Ende auf feindlichem Boden finden. Ihnen sollte keiner helfen können. Wie räudige Hunde sollten sie in ihren letzten Atemzügen winseln und leiden, furchtbar leiden. Der Hass war unermesslich.

Den Sanitätern wurde befohlen, nachdem Dutzende durch Kopfschüsse niedergestreckt worden waren, auf das Tragen der markanten Armbinde zu verzichten. Und sie sollten ein Gewehr mit sich führen. Hermann verweigerte zum ersten Mal einen Befehl. Nicht offen, eher ein stiller Protest! Er ließ seinen Karabiner absichtlich irgendwo im Feld liegen und behauptete jedes Mal, er hätte ihn verloren oder die Knarre hätte ihn bei der Bergung eines Verwundeten behindert. Er wollte nicht schießen, wollte nicht einmal in die Situation kommen, schießen zu müssen. Es reicht, wenn auf mich geschossen wird, dachte er. Hermanns simpler Leitspruch, an den er sich eisern klammerte: ‚Solange ich keine Waffe trage, wird mich keine Kugel treffen.' Er klammerte sich an diesen Spruch, wie der Katholik sich ans Evangelium klammert oder der schwer verwundete Soldat ans Leben. An Gott glaubte er schon lange nicht mehr. Ein Gott, der solch ein sinnloses Gemetzel zulässt, kann kein Gott, kann kein übermenschliches Wesen sein – allerhöchstens ein Satan.

Hermann war von dem unvorstellbaren Leid, das er täglich miterleben musste, schockiert: entstellte und zerfetzte Leichen, verkrampft im Todeskampf mit weit aufgerissenen Augen und erstarrtem Blick. Aber er tat weiter seinen Dienst, Stunde um Stunde und Tag um Tag. Der Jahnstädter Sanitäter rettete unermüdlich, weil er ein Retter war. Und eines Abends murmelte er verzweifelt und sichtlich erschöpft: „Die sterben hier wie die Fliegen."

Hermann hatte den Rat seines Vaters befolgt: Er sah in allen Vorgesetzten und Soldaten Kameraden, keine Freunde. Hermann unterdrückte konsequent jede emotionale Bindung. Trotzdem gab es Soldaten, die er mehr mochte, weil sie eine sympathische Aura umgab, weil sie bei sich blieben und nicht in den Mittelpunkt drängten. Und für diese anderen, die ständig versuchten, sich mit einem arroganten Imponiergehabe hervorzuheben, als könnte ihnen der Russe nicht das Wasser reichen, hatte er nur Verachtung übrig. Aber auch ihnen musste er als Sanitäter, wenn es erforderlich war, helfen. Da musste Hermann nicht lange überlegen. Darin bestand seine Aufgabe und der kam er nach.

Ein ziemlich hochmütiger Bursche, ein anmaßender Aufschneider und Stabsgefreiter aus der Nähe von München, den Hermann nur als Bayerntölpel abstempelte, hatte eine heftige Zerreißwunde erlitten. Ein größerer Granatsplitter hatte ihm den rechten Arm abgetrennt und am Brustkorb eine klaffende Wunde mit zerfetzten Wundrändern hinterlassen, aus der pulsierend das Blut strömte. Hermann erkannte sofort, dass hier jegliche Mühe vergeblich wäre, dass er einen Transport zum Hauptverbandsplatz und später ins Lazarett nie überleben würde. Trotzdem versuchte er sein Menschenmöglichstes, wobei ihn selbst nur knapp eine Kugel verfehlte. Dieses typische Pfeifen, als das Geschoss an seinem Kopf vorbeizischte, ermahnte ihn, auch mit Stahlhelm auf der Hut zu sein.

Ein junger Musiker aus Dresden, bescheiden und zurückhaltend, Hermann konnte ihn gut leiden, hatte während eines Angriffs auf ein Dorf vor den Toren von Kiew einen Streifschuss am Hals und einen Steckschuss in der Schulter erlitten. Hermann versorgte erst die blutende Wunde am Hals, ehe er die Feldbluse an der getroffenen Schulter öffnete, um einen Notverband anzulegen. Da der Soldat marschfähig war, begleitete er ihn robbend in die sichere Deckung einer Scheune, von wo aus der Soldat sich allein bis zum Verbandsplatz durchschlagen sollte.

„Kannst du nicht mitkommen?", bettelte der Dresdner, weil ihm Hermanns Gesellschaft Sicherheit gab.

„Gern, aber ich muss zurück. Du siehst ja, was hier los ist. Alles Gute für dich!"

„Danke, Hermann! Und pass gut auf dich auf!"

„Mach ich, und nun sieh zu, dass du zum Verbandsplatz kommst!"

Für seinen heldenhaften und unermüdlichen Einsatz in den vordersten Kampflinien wurde Hermann Linde ein zweites Mal befördert, zum Sanitätsobergefreiten. Ihm bedeutete diese Ehrung nichts. Dienstränge, Titel und Orden waren ihm egal. Sie hätten ihn Kaiser von China nennen können, er wollte doch einfach nur Hermann, der Ehemann, der Vater und der Tischlermeister sein. Den Krieg brauchte er nicht, aber der Krieg brauchte ihn, denn es sollten noch sehr, sehr viele Soldaten sterben oder verwundet werden. Das hier war erst der Anfang.

Die Front zog kämpfend weiter, die Sanitätskompanie zog verbindlich und verbindend hinterher, leistete erste und oft auch nur die letzte Hilfe. Es wurde in diesen Tagen, Wochen und Monaten oft gestorben. Der Tod feierte ein üppiges Fest. Und so schwenkten die Truppen nach der Eroberung und Besetzung von Kiew in Richtung Südost bis Poltawa, das als Nächstes eingenommen wurde. Die besiegten Städte und Dörfer reihten sich wie Perlen an eine Kette des Todes, der sich über mangelnden Nachschub nicht beklagen brauchte. Nach Poltawa zogen die Regimenter wie die Zugvögel nach Süden und erkämpften sich die Hafenstadt Mariupol. Und dann ging es weiter in Richtung Osten, nach Rostow.

Je weiter die deutschen Verbände vorrückten, desto verbissener wurde gekämpft. Oft ging es hin und her. Erobertes Terrain wurde verloren und wieder zurückgeholt. Im dichten Kugelhagel war es für die Sanitäter äußerst schwierig, kampfunfähige oder tote Kameraden zu bergen. Bei Gegenstößen fanden sie verwundete und zurückgelassene Kameraden, die mit Bajonetten erstochen worden waren. Auch diese brutale Praxis, wehrlose am Boden liegende Soldaten zu töten, war ein Kriegsverbrechen. Angesichts dieses Blutrausches klagte Hermann: „Wie müssen uns die Russen hassen!" Und tatsächlich, die russischen Soldaten kannten keine Gnade. Stalin hatte befohlen, alle Deutschen zu töten, rücksichtslos und ohne Ansehen der Person! Es war ein brutaler Kampf, ohne Menschlichkeit, ohne Barmherzigkeit. Nicht die militärische Auseinandersetzung stand im Vordergrund, sondern die eiskalte Vernichtung des Feindes, mit allen zur Verfügung stehenden Mitteln.

Hitlers Gegenbefehl ließ nicht lange auf sich warten und war ein offener Aufruf zum Morden: „Ihre Vernichtung ist wichtiger als ihre Gefangennahme!" Gefangene müssen versorgt und bewacht werden, Tote sind genügsam und ungefährlich. Hermann wähnte sich bei diesem täglichen Wahnsinn und all diesen schrecklichen Erlebnissen, die ein Mensch nur schwer ertragen kann, in der Hölle. Aber das stimmte nicht. In der Hölle gibt es Regeln.

12

Drei Wochen sind seit dem Beginn der russischen Spezialoperation, die in Russland unter Strafandrohung nicht Krieg genannt werden darf, vergangen. Aber was sind Worte, wenn Waffen sprechen? Alle Bemühungen demokratischer Politiker und der ukrainischen Verteidiger selbst, dem barbarischen Töten und der sinnlosen Zerstörung mit den stumpfen Waffen der Diplomatie Einhalt zu gebieten, scheitern immer wieder am russischen Desinteresse – eine Mischung aus Arroganz, Zynismus und einer berechnenden Kaltschnäuzigkeit.

Ulf Becker sitzt jeden Morgen eine halbe Stunde länger am Frühstückstisch, da er die Zeitung jetzt noch gründlicher studiert. Er liest ausführlich die zahlreichen Beiträge zum Ukrainekonflikt, die Interviews und Statements hochrangiger Politiker und die Lagebeurteilung pensionierter Generäle, wenn es um militärtaktische Fragen geht. Und die vielen schrecklichen Bilder, die Ulf im Fernsehen zu sehen bekommt, machen ihn einfach nur traurig und wütend, wütend auf diese impertinente Verlogenheit des Kremls. Schon kursieren erste Witze: Wie sieht man, dass Kremlsprecher Dmitri Peskow Lügen verbreitet? – Seine Lippen bewegen sich.

Besonders schockiert ihn diese blinde, diese hasserfüllte Zerstörungswut der russischen Armee, die bevorzugt zivile Ziele angreift: Krankenhäuser, Geburtskliniken, Einkaufsmärkte, Kirchen, Wohngebiete mit Schulen und Kindergärten. Die Genfer Konventionen zum Schutz der Zivilbevölkerung treten sie mit Füßen. Im Theater von Mariupol finden Frauen und Kinder Zuflucht. Mit einem Flehen gen Himmel schreiben die Schutzsuchenden das russische Wort „Deti“ mit weißer Farbe an beiden Frontseiten des Theaters aufs Pflaster, um an die Menschlichkeit der Angreifer zu appellieren: Hier haben sich Kinder versteckt! Und ausgerechnet ihr offenes Bitten wird ihnen zum Verhängnis. Das russische Militär sieht in der Botschaft kein demütiges Flehen, sondern die Aufforderung zum gezielten Töten. Der russische Vernichtungswille kennt keine Grenzen, wie auch die boshaften Äußerungen des russischen Außenministers nicht. Erst bombardieren sie Wohnviertel, zerstören zivile Infrastruktur mit Raketen, um anschließend genau diese Taten zu bestreiten.

„Was macht dein Roman?“ Karin hat sich neben Ulf gesetzt und beginnt mit ihrem Frühstück.

„Ich arbeite daran. Muss aber viel recherchieren, mich in die Materie einlesen. Und dann muss ich erst einmal ein Konzept, eine Struktur entwerfen, ein Gerüst, wie beim Hausbau.“

„Schön, da bin ich schon mal auf die erste Leseprobe gespannt.“

„Das kann noch dauern, Karin. Ein Roman ist keine Kurzstrecke. Im Gegenteil, er gleicht eher einem literarischen Marathon, das braucht Zeit, viel Zeit. Hoffentlich bleibt mir diese noch.“

Karin fällt plötzlich der Löffel in die Müslischale. Sie starrt ihn an, starrt ihn einfach nur an. Jetzt ahnt sie etwas. Er hat sich verplappert. Ihr Bauchgefühl hat sie nicht betrogen, weibliche Intuition. Karin hat Angst vor der Antwort und traut sich nicht, die alles entscheidende Frage zu stellen.

„Der Befund", beginnt Ulf zögerlich, „vor drei Wochen, bei meiner Neurologin …"

Eine quälend lange Pause folgt. Die Eheleute Becker sehen sich schweigend an. Keiner wagt das nächste Wort. Karin legt beide Hände auf die ihres Mannes, als Zeichen inniger Verbundenheit.

„Ulf!", fordert sie. „Komm, nun sag mir, was los ist!"

„Mich hat's erwischt."

„Geht's auch genauer?"

„Ich habe …, also die Ärztin meinte …"

„Ja, nun rede endlich! Was hat die Ärztin gesagt?"

„Alzheimer-Demenz, also eine beginnende Alzheimer-Demenz."

„Ich hab's geahnt. Irgendwie habe ich das geahnt."

„Aber doch nicht wegen dem Stück Seife im Kühlschrank."

„Doch, genau das sind erste kleinere Aussetzer."

„Nein, nein – da war ich lediglich etwas zerstreut."

„Außerdem bist du anders geworden in letzter Zeit. So still, so zurückgezogen. Und ich dachte schon, es läge an diesem Krieg und an dem Roman, den du schreiben willst."

„Ja, daran liegt es natürlich auch. Und an dem Versprechen, das ich meinem Opa gegeben habe."

„Welches Versprechen?"

„Ich habe mich erst jetzt wieder daran erinnert. Kannst du dich noch an Hermanns fünfundachtzigsten Geburtstag erinnern?"

„Puh, das ist ja über dreißig Jahre her."

„Genau. Das war 1991."

„Und da hast du ihm versprochen, einen Roman zu schreiben?"

„Nein, das war zwei Jahre später. Also, einen Roman habe ich ihm eigentlich nicht versprochen. Ich sollte … Ach, hör mir einfach zu, dann erkläre ich dir alles!"

Ulf faltet die Zeitung zusammen und wartet bis Karin mit ihrem Frühstück fertig ist. Als sie aufsteht, um das schmutzige Geschirr zur Spüle zu tragen, will er gerade zu erzählen beginnen.

„Bevor du weiterredest, müssen wir erstmal über deine Krankheit sprechen."

„Warum? Was gibt's da noch groß zu reden?"

„Patientenverfügung, Vorsorgevollmacht, Nachlassregulierung und, und, und. Da müssen wir in nächster Zeit einiges klären. Oder willst du mal von wildfremden Menschen bevormundet werden?"

„Du denkst auch an alles. Aber jetzt möchte ich dir von meinem Opa erzählen."

Es war ein paar Wochen vor seinem fünfundachtzigsten Geburtstag. Opa Hermann weigerte sich vehement, seinen Ehrentag groß zu feiern. „Ich habe noch nie einen Geburtstag gefeiert", murrte er. „Warum sollte ich ausgerechnet jetzt damit beginnen?"

„Weil es endlich an der Zeit ist", entgegnete seine älteste Tochter Rosa, Ulfs Mutter. „Papa, du brauchst nichts zu machen. Wir kümmern uns um alles."

„Geburtstag ist ein Tag wie jeder andere!", protestierte der mürrische Zausel, das war auch so ein typischer Satz von ihm.

Aber dieses Mal konnte er fluchen und schimpfen, wie er wollte, unbeeindruckt organisierten seine Töchter Rosa, Helga und Inge wie auch sein Sohn Gerd eine wirklich hübsche Feier. Und letztendlich gefiel dem alten Griesgram die damit verbundene familiäre Zusammenkunft, zu der alle Enkelkinder und sogar drei Urenkel gekommen waren. Und Hermann genoss es, im Mittelpunkt zu stehen, vorn an der Stirnseite der langen Tafel.

Zu fortgeschrittener Stunde, es wurde wieder mal ausgiebig über politische Themen im erst kürzlich wiedervereinigten Deutschland diskutiert, erhob sich plötzlich der Jubilar, streckte sein Glas in die

Luft und sagte mit feierlicher Stimme, die ich so noch nie zuvor von ihm gehört hatte: „Ich hätte nie gedacht, dass ich dieses freudige Ereignis noch erleben würde. Und darauf möchte ich mit euch anstoßen."

An der Festtafel herrschte ausgelassene Stimmung. „Der Fünfundachtzigste ist wirklich ein großes Ereignis", meinte Schwiegersohn Hartmut.

„Pah, wer redet denn von mir, von meinem Geburtstag? Der ist doch unwichtig. Wichtig ist, dass der Russe endlich aus Deutschland verschwindet. Was habe ich diesen Tag herbeigesehnt."

„Das stimmt", gab ihm Hartmut recht, der froh war, seinerzeit zur Verteidigung von Dessau eingesetzt worden zu sein. Hätte ihn das Schicksal in den Osten von Berlin gestellt, wäre er mit großer Wahrscheinlichkeit in russische Gefangenschaft geraten. Und da hatte man ja wirklich nichts Gutes gehört.

„Oh", staunte sein Schwiegervater und sagte mit höhnischem Unterton: „Zustimmung vom Herrn Genossen!"

„Ehemaligen Genossen!", stellte Hartmut klar. „Du scheinst vergessen zu haben, dass ich vor über zwei Jahren ausgetreten bin, noch vor der Wende."

„Papa", meldete sich Onkel Gerd, „um noch mal auf den Abzug der Russen zurückzukommen: Der wird sich noch bis 1994 hinziehen."

„Weiß ich doch, du Schlaumeier! Aber der Anfang, versteht ihr, der Anfang ist gemacht."

„Gott sei Dank!", murmelten auch die beiden anderen Schwiegersöhne. „Dann sind wir die Russen endlich los, für immer."

„Das sehe ich etwas anders", hielt Opa Hermann dagegen. „Aber auf der Hut solltet ihr sein, mit den Russen ist nicht zu spaßen."

„Papa, was redest du da?“, funkte Inge, die jüngste Tochter, dazwischen. „Woher willst du das wissen?“

„Weil ich ihn kenne, den Russen!“

„Du kennst den Russen?“, lachte Helga, seine Zweitälteste. „Wohl von der deutsch-sowjetischen Freundschaft?“

„Nein, verdammt noch mal …“ Hermann hatte eine finstere Miene aufgesetzt. „Was wisst ihr denn schon? Wochenlang habe ich mir den Arsch abgefroren, im Kessel von Stalingrad, dreißig Grad minus, schwerster Beschuss, kaum was zu fressen, und dann noch vier Jahre lang dahinvegetieren in russischen Lagern … Ihr habt ja keine Ahnung.“

Wütend erhob sich Opa Hermann, kehrte der Festtafel den Rücken und verschwand in seinem Zimmer. Die Stimmung war dahin.

13

Käthe Becker haderte mit ihrem Leben, obwohl es ihr besser erging als vielen anderen Ehefrauen und Müttern. Sie verdiente ein paar Mark als Haushaltshilfe beim Polizeirat und ihrem Mann blieb als Polizist der Kriegsdienst erspart. Viele Frauen aus der Leipziger Straße beklagten das schwere Leben, das sie sich so zu Kriegsbeginn nicht vorgestellt hätten – allein zu Hause mit den Kindern, die Männer an der Front. Oder die Söhne! Und dann diese ständige Angst in den Knochen, die unruhigen Nächte, weil die Sorge vor der schlimmen, der allerletzten Nachricht sie nicht zur Ruhe kommen ließ.

Einige Frauen, wie auch ihre Freundin Martha, die auf der gegenüberliegenden Straßenseite einen kleinen Krämerladen betrieb, hatte der Krieg bereits zu Witwen gemacht. Und Woche um Woche,

Monat um Monat wurden es mehr. Wenigstens hatte Martha ihren Laden. Da ihre Ehe kinderlos geblieben war, fand sie Ablenkung in ihrem kleinen Geschäft, konnte mit ihren meist weiblichen Kunden ein paar Worte wechseln, sich die Sorgen von der Seele reden oder fand Trost im Schicksal anderer Frauen, denen das Leben noch übler mitgespielt hatte. Das Geschäft, zu dem die Leute nicht Tante-Emma-Laden sagten, sondern liebevoll Tante-Martha-Laden, gab ihr Halt und ihrem Leben einen Sinn, lenkte sie von Alltagssorgen ab. Besonders freute sie sich, wenn Kinder in den Laden kamen, um Milch, Butter und ein halbes Dutzend Eier oder andere wichtige Dinge wie Seife oder ein Päckchen PERSIL einzukaufen. Stets hatte sie für ihre jüngste Kundschaft ein liebes Wort und dann, das erwarteten die Kinder bereits ungeduldig, streckte sie ihnen eine Glas-Bonboniere entgegen, aus der sich die kleinen Hände einen Fruchtbonbon herausangeln durften. Kindern, es waren nur wenige, die Bonbons nicht mochten, bot sie köstliche Kekse oder leckere Waffeln aus einer Blechdose an.

Auch Hartmut kam oft über die Leipziger Straße geschlendert, um bei Tante Martha Einkäufe zu erledigen, da die Mutter beim Polizeirat den Haushalt auf Vordermann brachte und der Vater in seiner stolzen Uniform die Bordsteine krummlief. Oft brachte er den kleinen Siegbert mit, der ganz versessen darauf war und es kaum erwarten konnte, seine Hand in die schmale Glasöffnung stecken zu dürfen. Nicht selten entbrannte unter den Geschwistern ein heftiger Streit um das Vorrecht, einkaufen gehen zu dürfen, weil auch Hartmuts Schwestern Martha und Ilse von den süßen Gaumenfreuden profitieren wollten.

Kurz vor Weihnachten 1941, Siegbert war fast vier Jahre alt, nahm ihn sein großer Bruder an die Hand und so schlenderten sie los, um bei Tante Martha ein paar Dinge, die ihnen die Mutter aufgetragen hatte, einzukaufen. Käthe wollte abends, wenn sie vom Putzen beim Polizeirat heimkam, noch einen Blechkuchen backen. Während die Krämerwitwe Hartmut bediente, bediente sich Siegbert am Bonbonglas, da er die Zeit nicht abwarten konnte. Unbemerkt war er unter der hochklappbaren Ladentheke durchgeschlüpft, hatte sich behutsam bis zur Glas-Bonboniere geschlichen und mit seinen kleinen Kinderhänden hineingegriffen. Fünf köstliche Fruchtbonbons hatte er herausgeangelt und in seiner rechten Hosentasche verschwinden lassen. Und weil das so gut geklappt hatte, griff er noch einmal hinein, damit auch noch die linke Tasche etwas abbekam. Die Mutter kaufte selten Süßigkeiten, und wenn, gab es diese auf strengste Zuteilung. Also konnte, es war ja so einfach, Siegbert gar nicht mehr aufhören, sich die Taschen vollzustopfen. Als Tanta Martha den kleinen Übeltäter ertappte, rief sie entsetzt: „Du elender Bengel, beklaust eine alte Frau! Schämen sollst du dich! Der Vater Polizist und der Sohn ein Dieb!"

Enttäuscht leerte Siegbert seine Taschen und fühlte keinerlei Reue. Erwachsene sind komisch. Tante Martha verschenkt doch immer die Bonbons, wieso schimpft sie dann, wenn man sich selbst ein paar nimmt?

Hartmut bettelte und flehte Tanta Martha an, nichts dem Vater zu verraten.

„Und ob ich ihm etwas verrate. Gleich nachher, wenn er seinen Tabak holt. Der Junge muss bestraft werden. Was soll denn aus diesem Nichtsnutz werden, wenn er jetzt schon klaut!"

Siegbert verstand nicht, was das alles zu bedeuten hatte. Er war sich keiner Schuld bewusst, hatte keine Steine geschmissen, keine Glasscheibe zerschlagen, keine Tasse fallen lassen – nur ein paar Bonbons hatte er sich genommen, die er ohnehin bekommen hätte, wenn auch nicht alle auf einmal. Wachtmeister Wilhelm Becker betrat nach Dienstschluss wütend die kleine Wohnung. Während er, aufgebracht tobend, seinen Jüngsten suchte, zog er den Ledergürtel aus seiner Hose und schrie unentwegt nach Siegbert, der sich im Schlafzimmer der Eltern unter den Betten versteckt hatte.

Der Vater zerrte das verängstigte Kind hervor und schlug mehrmals kräftig auf Siegberts zartes Hinterteil. Der Junge brüllte wie am Spieß. Ja, das war schmerzhaft und ein furchtbarer Schreck, bestraft zu werden für etwas, was der Vierjährige nicht verstand. Und das tat noch viel mehr weh, denn es brannte auf seiner unschuldigen Kinderseele, wie auch die Striemen auf der anschwellenden Haut brannten. Siegbert fühlte sich ungerecht behandelt. Sein Vater liebte ihn nicht, er schlug ihn – immer schlug er ihn. Und er nannte ihn einen Bastard. Und Hartmut, der das tatenlos mit ansehen musste, kamen die Tränen. Der große Bruder fühlte sich hilflos und er kannte nur allzu gut diesen Schmerz. Lange vor Siegberts Geburt war er es, der die Schläge des Vaters zu spüren bekam.

Als Käthe abends von dem Vorfall erfuhr, Wilhelm hatte sich noch immer nicht beruhigt über den Gedanken, einen Kriminellen in der Familie zu haben, setzte sie sich zu Siegbert aufs Bett, legte sein verheultes Gesicht in ihren Schoss und streichelte ihm den Kummer von der Seele. Und dann erklärte sie dem Jungen, in ruhigen und verständlichen Worten, was er getan hatte. „Schau mal", sagte sie, „hin und wieder lässt du doch den Emil mit deiner Lok spielen."

Schluchzend und zustimmend nickte Siegbert.

„Und nun stell dir vor, der Emil kommt einfach daher und nimmt dir deine Lok weg! Dann wäre er ein Dieb. Diebe nehmen anderen Sachen weg. So etwas gehört sich nicht! Also, immer vorher fragen! Hast du das verstanden?"

Ja, das hatte Siegbert verstanden. Er wollte nicht, dass ihm jemand seine handgroße, gusseiserne Lok wegnimmt, da er sie liebte und sie ihm den Tag beim Spielen versüßte.

Auch die Frauen aus der Leipziger Straße wollten nicht, dass ihnen etwas weggenommen wird, etwas, was sie liebten und lange schon vermissten. Und alle Frauen, wie die vom Schuster und auch die vom Bäcker oder vom Fleischer, hofften mit jedem Feldpostbrief ein wenig mehr, dass ihre Männer oder Söhne zurückkommen, wohlbehalten zurückkommen. Mit flauem Gefühl im Magen erwarteten sie jeden Tag den Briefboten. Hatte er einen Brief dabei, war die Welt für einige Stunden in Ordnung, denn natürlich wussten sie, es konnte längst schon anders sein. Aber diese unerträglichen Gedanken schob man kurzerhand zur Seite. Und dann wurde wieder Tag für Tag gehofft, gebangt und gezittert. Der einzige Vorteil, den die Witwen hatten, war, dass sie nicht mehr von dieser schrecklichen Ungewissheit gequält wurden.

Jedes Mal, wenn Wilhelm betrunken herumpolterte und sich an den Kindern vergriff, besonders an ihrem kleinen Siegbert, zweifelte Käthe, ob es nicht doch besser gewesen wäre, hätte der Krieg nicht auch ihren Mann geholt, am besten für immer. Sie wäre schon ganz gut allein zurechtgekommen. Das hier war doch kein Leben, mit diesem brutalen und rücksichtslosen Kerl.

Nein, ihr trauriges Dasein, ihr kümmerlicher Alltag ging fast unverändert weiter. Und so ließ sie es immer wieder geschehen, dass ihr Wilhelm seine Rechte als Ehemann einforderte und ihr beiwohnen durfte. Und so geschah es, Käthe konnte es nicht verhindern, dass sie im dritten Kriegsjahr eine kleine Uta gebar.

„Konntest du nicht aufpassen!", zürnte der Alte, als wäre es ihre Schuld. Seine aufgestaute Wut konnte der cholerische Wachtmeister immer seltener ausleben, da seine Kräfte allmählich nachließen. Wilhelm litt immer häufiger unter heftigsten Hustenattacken, seine

Lungenflügel flatterten, als würden sie auf- und davonfliegen wollen. Sein Kopf glühte wie eine Gaslaterne draußen auf der Leipziger Straße. Und jeder Anfall raubte ihm sehr, sehr viel Lebenskraft und Lebenszeit. In diesen erschöpften Phasen stand ihm nicht der Sinn nach Verprügeln. Er brauchte Ruhe, viel Ruhe – indem er sich auf dem Sofa ausstreckte und genüsslich einige filterlose Zigaretten inhalierte, als könnten ihn diese Räucherstäbchen vom schmerzhaften Bronchialleiden erlösen.

„Mutti, ich glaube, der Alte macht nicht mehr lange", purzelten die nüchternen Worte aus Hartmuts Mund, als sich der Vater keuchend und schniefend aufs Sofa quälte.

„Junge", rief die Mutter erschrocken, „wie redest du denn über deinen Vater?"

„Mein Trainer hat mich vor Alkohol und Zigaretten gewarnt", erklärte er. „Das ist nichts für Sportler. Dieses Teufelszeug schwächt und vergiftet den Körper. Und am Vater sieht man, dass das stimmt. So will ich jedenfalls nicht enden."

„Ach Hartmut." Käthe seufzte erleichtert. „Wenigstens du bist vernünftig."

„Ich weiß genau, was ich will."

„Das ist schön. Die Frau, die dich mal bekommt, kann sich glücklich schätzen."

„He, Mutti! Was redest du da. Ich bin dreizehn!"

„Irgendwann kommt schon die Zeit."

„Mutti, vorher gehe ich in den Krieg."

„Nein! Hartmut, nein! Dich gebe ich nicht her."

Mit diesem unerträglichen Gedanken, ihr Sohn könnte vom Krieg geholt werden, wurde Käthe zum ersten Mal konfrontiert. Hartmut war doch noch ein Kind. Unvorstellbar für sie, er könnte in eine Uniform gesteckt werden und müsste ein Gewehr in die Hand nehmen. Es reichte doch schon, dass der Vater eine Uniform trägt, wenn auch bloß die eines Polizisten. Außerdem waren mit Richard und Fritz zwei ihrer Brüder an der Front. Das musste reichen. Dieser Wahnsinnige, dachte sie im Stillen, kann doch nicht alle Männer im Lande holen. Von Richard wusste sie, dass er in einem Lazarett liegt, da ihm eine Mine das rechte Bein zerfetzt hatte. Von Fritz, der es sich als Besatzungssoldat in Paris gut gehen ließ, hatte sie lange nichts gehört.

Trotz seines angeschlagenen Gesundheitszustandes wollte Wachtmeister Wilhelm Becker keine Schwäche zeigen und leistete auch weiterhin pflichtbewusst seine Dienste. Wo kommen wir denn hin, wenn jeder wegen eines läppischen Hustens die Segel streicht und den Führer im Stich lässt. Deutschland wird siegen! Und dazu braucht es jeden Mann. Da muss man auch mal die Arschbacken zusammenkneifen, verdammt noch mal!

14

Sanitätsobergefreiter Hermann Linde erlebte seinen ersten und gefürchteten Russlandwinter in Rostow am Don, dem Tor zum kaukasischen Hochgebirge. Vom kräfteraubenden Vormarsch und den vielen schweren Kämpfen waren die Soldaten ausgezehrt und müde. Um einer drohenden Einkesselung durch die Rote Armee, die in einem Zangengriff mit starken Verbänden angriff, zu entgehen, zogen sich die Deutschen nach Taganrog zurück. Hier bezogen sie ihre Winterstellung.

Im offenen Gelände, es gab keine Wälder, nur zugeschneite Felder soweit das Auge reichte, sprengten Pioniere für die Soldatenunterstände Löcher in den steinhart gefrorenen Boden. Anschließend musste mühsam mit Spitzhacke, Spaten und Schaufel weitergearbeitet werden. Die Temperaturen fielen nachts bis auf minus vierzig Grad. Das war mehr als nur arschkalt. Die deutsche Winterkleidung schützte kaum vor der durchdringenden Kälte. Das fühlte sich an, als ob man in Deutschland im Januar barfuß und mit kurzen Hosen und Unterhemd auf die Straße gehen würde. Zudem fegte ständig ein eisiger Wind mit dichtem Schneegestöber über die Holzabdeckungen der Unterstände. Die Soldaten waren unentwegt mit Schneeschippen beschäftigt. Aber kaum hatten sie eine Seite befreit, war die andere zugeschneit.

Hermann Linde war froh, nachdem er von den zurückkehrenden Wachmannschaften von den Zuständen an der Frontlinie erfuhr, dass ihm wenigstens dieses eisige Schicksal erspart blieb. Er brauchte als Sanitäter nicht in den Stellungen vorn bei grimmiger Kälte auszuharren. Einzige Ausnahme, man wurde zu einem Kontrollgang eingeteilt, bei dem man den Wachsoldaten einen Besuch abzustatten hatte.

Ansonsten ging es dem Sanitätszug nicht schlecht. Sie hatten sich in einem beheizten Speisesaal eines eroberten Betriebes einquartiert, um hier den Winter abzuwarten. Durch die strengen Frostgrade saßen beide Kriegsparteien in ihren Stellungen fest. Alle zehn Tage wurden die Infanteristen abgelöst. Für die, die wieder raus mussten, glich das dem Gang nach Canossa, ein beschwerlicher Weg in grimmiger Kälte, bei dichten Schneestürmen und eisigen Frostgraden.

In diesen Monaten, die, so unvorstellbar das auch klingen mag, für Hermann Linde einigermaßen ruhig und entspannt abliefen, waren kaum Schussverletzungen zu behandeln. Es gab auch keine Minenopfer mit verwundeten Gliedmaßen oder gar komplett abgetrennten Unterschenkeln zu versorgen. Nur ein paar an Gelbsucht erkrankte Landser, einige klagten über rheumatische Beschwerden. Hauptsächlich erfrorene und schwarz gewordene Gliedmaßen standen auf der Tagesordnung, nicht selten vereitert. Meist waren die Zehen und die Finger betroffen, auch abgefrorene Nasen hatte es gegeben. Neben einer behutsamen Erwärmung mussten die erkrankten Körperteile hochgelagert werden, um das gestaute Blut in den kleinen Venen wieder zur Zirkulation zu bringen. Manchmal, wenn die Erfrierungen noch nicht so weit fortgeschritten waren, standen die Chancen einigermaßen gut, heil aus der Sache rauszukommen. Andere hatten weniger Glück, oft half nur noch eine Teilamputation, so, wie man in Hungerjahren Schimmelstellen aus einem Brotlaib rausschneidet.

Die Soldaten draußen an der Frontlinie mussten jeden Tag, jede Stunde, jede beschissene Minute gegen diesen eiskalten und gnadenlosen Feind ankämpfen. Ein Feind, der von allen Seiten kam, rücksichtslos und unbarmherzig und der sich jeden holte, der schwach wurde. Und es wurden viele schwach. Die Soldaten konnten ihm nicht einmal in seine hässliche Fratze sehen, weil ihnen fortwährend die Augenlider zufroren. Die Verpflegungstrupps hatten im dichten Schneegestöber alle Mühe mit der Versorgung der Soldaten, die in den Unterständen hockten, zusammengepfercht, um sich gegenseitig mit ihren Leibern zu wärmen. Heiße Suppe wäre in dieser Lage eine willkommene Mahlzeit gewesen. Die wurde anfangs auch zu den Stellungen rausgeschickt, kam aber vorn als Eisklumpen an. Den Infanteristen blieb nichts anderes übrig, als sich mit Kommissbrot und Wurst aus Konserven zu begnügen.

„Wir sind in dieses Land einmarschiert, arrogant und unverfroren. Nun frieren wir, viele erfrieren", philosophierte der Grübler Hermann Linde still vor sich hin. Die Verluste waren enorm. Später bekamen alle, die diese Kältekammer überlebt hatten, den

Winterorden. Abfällig hieß das Stück Blech bei den Soldaten „Gefrierfleischorden".

Hin und wieder bekam auch Hermann die Kälte zu spüren. Alle drei Tage wurde eine Patrouille aus vier Sanitätssoldaten in die Stellungen geschickt, um nachzusehen, ob die Wachsoldaten medizinische Hilfe bräuchten. Erfrierungen kamen am häufigsten vor. Betroffene mussten sofort zurückgebracht werden, damit sie im Winterlazarett von einem erfahrenen Arzt behandelt werden konnten. Einmal schleppte Hermann zusammen mit einem Sanitätssoldaten einen Unteroffizier, dem eine Ferse abgefroren war und der nicht mehr auftreten konnte, durchs dichte Schneegestöber. Über zehn Kilometer, ein gewaltiger Kraftakt, der sie trotz der Kälte ins Schwitzen brachte.

Die dritte Kriegsweihnacht warf ihre Schatten voraus. Hermann erwartete wieder so ein trostloses, langweiliges und unwürdiges Fest im Feindesland. Er konnte sich nicht daran gewöhnen, und je näher die Heilige Nacht rückte, desto beklemmender wurde es ihm ums Herz. Wenn es wenigstens ein Datum geben würde, einen festgesetzten Termin, wann dieser Irrsinn hier zu Ende wäre. Und gerade diese zeitliche Ungewissheit zermürbte, kroch in jeden Winkel seines geschundenen Körpers, wie es diese bittere Kälte tat.

Natürlich hatte er seinen Schein auf Heimaturlaub eingereicht, aber die Chancen standen bei null. Würde wenigstens die Quecksilbersäule bei null stehen bleiben, aber die verharrte in Bereichen, die sich in der Heimat kein Mensch vorstellen konnte. Kälte kann man sich nicht vorstellen, Kälte muss man erleben und überleben. Hermann hatte sich schon damit abgefunden, dass auch die bevorstehende Heilige Nacht für ihn still und vor allem traurig werden würde.

Am dritten Advent geschah dann das Unfassbare, seinem Antrag auf Heimaturlaub wurde stattgegeben, auch wegen seiner heldenhaften und unerschrockenen Einsätze bei der Rettung von Verwundeten, die er vor dem Wintereinbruch bei allen Gefechten geleistet hatte. Sanitätsobergefreiter Hermann Linde galt als treu ergebener und pflichtbewusster Soldat, wie ihn sich jede Heeresleitung nur wünschen konnte. Warum also diesem vorbildlichen Sanitäter nicht ein paar erholsame Tage bei der Familie gewähren? Außerdem war es ja jetzt ruhig an der Front. Das Einzige, was klirrte, war der russische Frost. Für die Sanitätskompanie gab es momentan wenig zu tun, das würde sich im Frühjahr ändern, wenn der Vorstoß erneut in Bewegung kommen und die Waffen aus dem Winterschlaf erwachen würden.

Hermann konnte sein Glück kaum fassen und schnappte sich den Schein, den Freifahrtschein ins ganz private Glück, ehe man es sich anders überlegen würde. Vier Wochen weg von der Front, von dieser entsetzlichen Kälte, diesem eintönigen Leben. Dieses kleine Stück Papier, unterschrieben vom Kompaniechef der Sanitätskompanie, glich einer vorgezogenen Bescherung.

In der Jahnstadt an der Unstrut keimte allmählich Weihnachtsstimmung auf, die Vorbereitungen auf die für die Kinder schönste Jahreszeit liefen auf Hochtouren. Großvater und Schwiegerpapa Paul Linde hatte eine Gans organisiert. Als Steinmetz kannte er viele Leute und viele Leute kannten ihn. Mit einem Steinmetz musste man sich gut stellen, immerhin meißelte er einem den letzten Passierschein, ein Dokument für die Ewigkeit. Klara und die Mädchen sollten, wo doch der Papa irgendwo in Russland feststeckte, ein schönes Weihnachtsfest erleben und dazu gehörte eben auch der festliche Gänsebraten. Und ein Tannenbaum, der gehörte auch dazu. Der Förster hatte ihn gebracht, um sich auf diese Weise für den wunderschönen Familiengrabstein zu bedanken, den Paul im letzten Sommer aus einem Granitblock herausgeschlagen und mit filigranen Ornamenten verziert hatte. Seiner Schwiegertochter und den Kindern sollte es an nichts fehlen und es fehlte ihnen an nichts – außer dem Vater, der fehlte ihnen, fehlte nun schon die dritte Weihnacht.

Die sechsjährige Rosa hatte sich seit dem Frühjahr, als Hermann zur Rübenaussaat auf Heimaturlaub war, spürbar verändert. Sie war still geworden, hatte immer weniger gesprochen. Sie litt fürchterlich unter der Trennung vom Vater. Als sie von ihrer Mutter gefragt wurde, was sie sich zu Weihnachten wünschen würde, stammelte sie leise: „Den Papa, den wünsche ich mir, er soll nach Hause kommen!"

„Ach, Rosa", stöhnte die Mutter und drückte das Kind ganz fest an ihren warmen Körper, „das wünsche ich mir doch auch. Aber im Moment geht das nicht, leider."

„Der Papa hat uns nicht mehr lieb, deshalb ist er fortgegangen", schluchzte die Kleine.

„Nein, Kind, das stimmt nicht. Er hat uns alle lieb, ganz doll sogar. Das weiß ich. Komm, ich lese dir seine letzten Briefe vor, da schreibt er es, immer wieder."

Bei Helga, drei Jahre jünger, war die Gefühlslage eine völlig andere. Sie vermisste ihren Vater nicht, kein bisschen, da sie keine Erinnerungen an ihn hatte. Und Inge, Hermanns jüngste Tochter, war wenige Wochen alt, als er zurück an die Front musste. Und während Rosa nicht mehr sprechen wollte, konnte es Inge noch nicht. Nur Helga plapperte unentwegt. Und da Großvater Paul mehr ein Grübler als ein Schwätzer war, schimpfte er genervt: „Deine Gusche steht nie still, geht wie ein Entenarsch!"

Und dann passierte, was niemand für möglich gehalten hätte. Klara fiel aus allen Wolken, als Hermann plötzlich und unerwartet in der Tür stand, mit schmutzigem Gesicht und seit Tagen unrasiert. Aber sie wollte nicht aus den Wolken fallen, sondern fiel ihrem Mann um den Hals und küsste ihn, drückte ihn – auch wenn es ihm in diesem Augenblick unangenehm war, da Paul, sein Vater, hinter ihr stand. Gefühle waren was fürs stille Kämmerlein. Klara wischte sich eine Träne aus den Augen und schluchzte in die große Wohnküche: „Seht mal, wer gekommen ist – der Papa."

Rosa saß wie versteinert am Esstisch, vor Schreck völlig gelähmt. Zu überraschend traf sie die Ankunft des Vaters, den sie doch so vermisst, der ihr doch so gefehlt hatte. Rosa zeigte die typische Trotzreaktion eines missverstandenen Kindes und wollte partout den Vater nicht begrüßen. Sie war mächtig sauer auf ihn. Warum hatte er sie so lange alleingelassen? Sie konnte nicht wissen, dass da draußen vor der Haustür ein gieriges Monster wütete, das ihren Papa immer wieder zu sich rief. Und dieses Monster war nicht nur gefährlich, sondern auch böse, sehr böse sogar und wurde wütend und unberechenbar, wenn man ihm nicht gehorchte. Das alles wusste die kleine Rosa nicht und sie hätte es auch nicht verstanden, und deshalb wollte sie ihren Vater nicht begrüßen.

„Hermann, mach dir nichts draus", murmelte Paul. „Das renkt sich schon wieder ein. Lass die Kleine erst mal auftauen!"

Auftauen! Da war wieder dieses schreckliche Wort. Auftauen kann nur, was zuvor eingefroren wurde. Hermann wurde, kaum dass er nach Hause gekommen war, an diesen eisigen Russlandwinter erinnert. Das kurze Aufzucken, dieser entsetzte Blick in seinen müden Augen ließen Paul erahnen, was sein Sohn zurzeit durchmachen musste. „War nicht so gemeint, Hermann. Ich weiß, die russischen Winter sind hart. Blieb mir glücklicherweise damals erspart.

Aber am russischen Winter sind bisher alle großen Kriegsherren gescheitert."

Hermann zuckte mit den Mundwinkeln und hörte seinen Vater sagen: „Und Hitler wird auch dran scheitern. Oder, siehst du das anders?"

„Nein, Vater. Was du sagst, stimmt", murmelte Hermann, „aber er braucht sich dort drüben nicht den Arsch abzufrieren."

„Nun hört auf, von diesen schrecklichen Dingen zu sprechen!", protestierte Klara. „Übermorgen ist Heiligabend! Dieses Jahr werden wir ein richtig schönes Weihnachten feiern, gemeinsam. Das wollen wir genießen."

Hermann hatte seine Feldtasche abgesetzt und den Wintermantel ausgezogen. Dann ging er die wenigen Schritte rüber zum Laufstall, den er 1935 kurz vor Rosas Ankunft getischlert hatte. Jetzt war es Inges kleines Reich, in dem sie nach Herzenslust krabbeln konnte. Sie zog sich an den Gitterstäben hoch und stand für einen kurzen Moment auf ihren wackligen Beinen, ehe sie wieder auf die weiche Decke plumpste. Hermann nahm seine Tochter auf den Arm. Die Kleine guckte den fremden Mann an, verspürte aber eher Neugier als Angst. Sie tätschelte ihrem Vater die stoppligen Wangen und da das an ihren zarten Händchen kribbelte, zuckte sie erschrocken zurück.

„Wo steckt denn Helga?", fragte Hermann und sah sich um, ehe er sie hinter der Kohlenkiste entdeckte. Helga war dieser fremde Mann in diesem merkwürdigen, grauen Mantel nicht geheuer und deshalb hatte sie sich bei seinem Eintritt in die Wohnküche in Sicherheit gebracht. Vielleicht ist das der böse Mann, von dem die Erwachsenen immer erzählen, dass der kleine Kinder holt, die nicht gehorchen.

„Helga!", rief die Mutter. „Das ist doch der Papa. Nun geh schon hin und sage ‚Guten Tag'!"

Helga wollte aber nicht hingehen und „Guten Tag!" sagen. Sie hatte Angst, einfach nur Angst. Den Begriff Papa kannte die Dreijährige, aber sie konnte das Wort nicht in Verbindung zu einer bestimmten Person bringen und zu dieser schon gar nicht. Dieser Mann sah einfach nur gruselig aus.

Hermann kam plötzlich eine Idee, denn wie man mit Speck bekanntlich Mäuse fängt, funktioniert das bei Kindern mit Schokolade. Er beugte sich zu seiner Feldtasche runter und zog eine Tafel Sarotti-Schokolade heraus. „Ein guter Papa bringt immer etwas mit für seine lieben Kinder", sagte er und hielt die Tafel gut sichtbar hoch. „Na, wer mag ein Stück davon haben?"

Zögerlich rutschte Rosa vom Stuhl und kam vorsichtig näher. Beleidigt sein, hin oder her, Schokolade ist eben Schokolade. Auch Helga wagte sich aus ihrem Versteck. Hermann hatte inzwischen die Tafel aufgerissen und brach für jede ein Stückchen ab. „Wollen wir der Mama auch etwas abgeben?", fragte er und seine Töchter nickten eifrig. In dem Moment, als die zarte, süße Schokolade in den kleinen Mündern schmolz, waren sie wieder eine Familie, eine Familie auf Zeit, kostbare Zeit, die bald schon wieder enden sollte.

Während seine Familie mit Opa Paul im sicheren Heim bleiben konnte, musste der Vater, der Sanitätsobergefreite Hermann Linde, wieder zurück an die Ostfront, zurück in den russischen Winter, zu seinen verwundeten und kranken Kameraden. So niedergeschlagen, so bedrückt hatte er sich in all den unendlichen Monaten seit Kriegsbeginn nicht gefühlt. Aber er hatte wenigstens eine schöne Zeit gehabt, die er in seinem Herzen festhalten wollte, die ihn in den kalten Monaten bis zum Frühjahr auf angenehme Weise wärmen würde.

15

Wachtmeister Wilhelm Becker versuchte seinen Tabakkonsum einzuschränken, wenigstens etwas – und das war schwer genug. Jede ausgelassene Zigarette kostete ihn unglaublich viel Willenskraft, brachte ihn emotional an den Rand der Beherrschung. Er kämpfte gegen das unbändige Verlangen an, versuchte das Anzünden der nächsten Zigarette möglichst weit hinauszuschieben. Als deutscher Beamter im Polizeidienst wurde eiserne Disziplin verlangt und die konnte er auch in allen Belangen erfüllen, nur schwerlich aber im Kampf gegen die Tabaksucht. Es waren eher die unangenehmen Begleiterscheinungen, die ihn systematisch in die Knie zwangen. Einmal packte ihn ein solch heftiger Hustenanfall, dass dieser ihm minutenlang die Luft abschnürte. Als die Attacke vorüber war, schmerzten ihm fürchterlich Brust und Zwerchfell. Wütend warf er sein Zigarettenetui hinter den Gummibaum, Käthes ganzer Stolz, und er schwor sich, endgültig die Qualmerei aufzugeben.

Auf den vierjährigen Siegbert, der das Szenario zufällig miterlebte und nicht wusste, was da mit dem Vater passierte, wirkte dieser Vorfall wie ein Schockerlebnis. Seine Schwester Martha war es, die ihn wegzog, nach draußen in den Hof brachte, wo seine anderen Geschwister mit Kindern aus dem Vorderhaus Ball spielten.

„Papa muss sterben", schluchzte Siegbert mit heulender Stimme. Die Kinder hielten im Spielen inne und sahen verängstigt auf Martha, denn Sterben war in diesen Tagen ein sehr gefürchtetes Wort.

„Nein", entschärfte Hartmut die Situation, „so schnell stirbt kein Mensch."

„Papa ist krank", erklärte Martha, „weil er zu viel raucht."

„Ich will nicht rauchen", protestierte Siegbert sogleich.

„Klar, wir rühren diese Scheißstäbchen nicht an, niemals", bekräftigte der große Bruder.

Dieses verbotene Wort gefiel Siegbert und sofort trällerte er: „Scheißstäbchen, Scheißstäbchen …" Und bald schon hatte sein kindliches Gemüt diesen Vorfall verdrängt, vergessen konnte es ihn nie, denn später, als er ins Jugendalter kam, in dem seine Freunde zum ersten Mal eine Zigarette schmauchten, blieb er standhaft, konnte mit den schmerzlichen Erinnerungen an den dahinsiechenden Vater jeglicher Versuchung widerstehen. Das, was seinen Vater schleichend zerstört hatte, wollte er sich selbst nicht antun. Seinem Bruder Hartmut erging es ähnlich. Er ging sogar noch einen Schritt weiter: Raucher hasste er aus tiefstem Herzen.

Knapp drei Wochen hielt Wilhelm Becker seine Raucherdiät durch, dann brachen alle guten Vorsätze in sich zusammen, die übermächtige Sucht triumphierte über seinen schwachen Willen. Aber, das muss man anerkennen, der Kettenraucher schaffte es immerhin, die Pausen zwischen zwei Zigaretten länger auszudehnen. Anfangs hatte er sich vorgenommen, um dieses übermächtige Verlangen nach Nikotin effektiv einzudämmen, während seiner Dienstzeit die lästige Qualmerei komplett zu unterlassen und nur noch zu Hause ein paar wenige Stäbchen zu inhalieren. Auch die regelmäßigen Abende bei den Kegelbrüdern mied er fortan und entschuldigte sein Fernbleiben mit gesundheitlichen Problemen, was ja auch voll und ganz der Wahrheit entsprach.

Als es ihm etwas besser ging, sich sein Körper ein wenig vom Gift und von den Strapazen erholt hatte, steigerte er auch wieder, anfangs nur langsam, seinen Tabakkonsum. Aus den acht Zigaretten wurden zwölf, dann siebzehn, später fünfundzwanzig. Und bald hatte er sein altes Quantum erreicht, bis ihn wieder einer dieser schmerzhaften Anfälle auf die Bretter warf.

Im Polizeidienst würde er nicht mehr lange bleiben können, denn sein Gesundheitszustand nahm rapide ab. Aber bis diese Erkenntnis reifte, bedurfte es erst eines ernsthaften Vorfalls. Bei einer Personenkontrolle, man war ja immer auf der Suche nach Deserteuren, Provokateuren und Feiglingen, die sich vor dem Kriegsdienst drücken wollten, warf ihn ein wie aus heiterem Himmel kommender Hustenanfall auf den Bürgersteig. Dort unten im Straßenstaub krümmte er sich und hechelte zwischen den Hustenattacken nach Luft wie ein Fisch an Land. Sein erschrockener Streifenpartner eilte seinem Kollegen zu Hilfe, ließ dadurch aber ab von einem Verdächtigen, der diese Chance als Einladung zur Flucht verstand. Er zog Wilhelm hoch, half ihm, sich an einer Hauswand abzustützen, und klopfte ihm unentwegt auf den Rücken, weil ihm nichts Besseres einfiel.

Wachtmeister Wilhelm Becker konnte seinem Polizeidienst nicht mehr vorschriftsmäßig nachkommen. Dem Polizeirat blieb gar keine andere Wahl, auch wenn es in diesen Zeiten schwer war, Ersatz zu finden, denn die jungen Männer wurden an der Front gebraucht und verbraucht. Und Rücksicht auf die Frau seines kranken Wachtmeisters, die zuverlässig und mit deutscher Gründlichkeit bei ihm putzte, konnte er auch nicht nehmen. Dienst ist Dienst und Schnaps ist Schnaps!

Käthe Becker ertrug geduldig ihr Schicksal, mit einem halbtoten Mann zu Hause, der zu nichts mehr nütze war. Mit dessen kleiner Rente und ihren paar Mark fürs Putzen beim Polizeirat sollte es von nun an schwieriger werden mit dem Wirtschaften, das war ihr klar wie Kloßbrühe. Auch wenn Wilhelms Kneipenbesuche der Vergangenheit angehörten, seine Qualmerei konnte und wollte er nicht unterlassen. Da kam plötzlich unverhoffte Hilfe, gerade von dem Mann, der ihren Wilhelm aufs Altenteil geschoben hatte.

„Frau Becker“, wurde Käthe ein paar Wochen später vom Polizeirat, bei dem sie zweimal wöchentlich den Haushalt in Schwung brachte, gefragt, „könnten Sie jetzt, wo doch meine liebe Hilde unter der Erde ist, könnten Sie da nicht häufiger kommen?“

Käthe konnte, denn das bedeutete, sie würde auch mehr verdienen und müsste nicht mehr so rechnen. Hartmut hatte in den letzten Monaten einen enormen Wachstumsschub und brauchte einiges an neuen Sachen. Martha wurde langsam eine Dame und wünschte sich ein neues Kleid. Bei Ilse war das einfacher. Kleider, denen Martha entwachsen war, bekam die jüngere Schwester. Ähnlich war es bei Siegbert, der Hartmuts Hosen, Hemden und Jacken weiter trug. Aber auch ihr jüngster Sohn hatte Wünsche und Träume, er träumte von einem Holzroller.

Käthe nahm das Angebot vom Polizeirat gern an und verdiente jetzt ein paar zusätzliche Märker. Sie putzte die Wohnung des Witwers, wusch seine Wäsche, bügelte dessen Hemden und bürstete die Polizeiuniform. Dadurch litt aber ihr eigener Haushalt. Doch Käthe bekam Unterstützung von Martha und Hartmut, die ihrer Mutter kräftig zur Hand gingen.

Während Vater Wilhelm auf dem Sofa grunzte oder gelangweilt vor sich hindöste, kam Käthe kaum noch zum Wischen und Bohnern der rotbraunen Fußböden. Das war jedes Mal eine Heidenarbeit, auf den Knien herumzurutschen und Ordnung ins Heim zu bringen. Sobald ein Boden trocken war, musste das honiggelbe und angenehm duftende Wachs aufgetragen werden. Die Böden waren braun oder ockerfarben gemustert und aus einem Linoleum-Ersatz, der Balatum hieß und viel, viel billiger gewesen ist als diese haltbaren und robusteren Beläge. Aber für eine Wohnung im Hinterhaus reichte das.

Diese schwere Aufgabe übernahm nun Hartmut. Mein Gott, wie

fleißig und hilfsbereit der Junge war, dachte sie dann oft. Das aufgetragene stumpfe Wachs auf den gebohnerten Böden verlangte anschließend eine Glanzbehandlung, und das wurde mit einem gusseisernen Bohnerbesen erledigt. Das Keulen war eine anstrengende Tätigkeit, die auf Rücken und Oberarme ging. Hartmut sah diese Arbeit eher pragmatisch, denn für ihn war das ein willkommenes Extra-Kraft-Training.

Wenig später, Käthe war voller Freude, kehrte Bruder Richard aus dem Krieg heim, vielmehr aus dem Lazarett. Ihre Schwägerin hatte nun ihren Mann wieder bei sich zu Hause, wenn auch nicht mehr ganz vollständig. Abgenommen hatte er auch, nicht nur wegen des fehlenden Beines. Mager war er geworden, als hätte ihn eine schwere Krankheit ausgezehrt. Die stoppligen Wangen waren eingefallen, er wirkte um Jahre gealtert und war doch nicht einmal ganze zwei Jahre fort.

Viele Kriegswitwen aus ihrer Straße, sie wohnten am anderen Ende der kleinen Stadt an der Schnauder, beneideten Käthes Schwägerin. Aber ein Mann ohne Bein fühlt sich eben nicht mehr als vollwertiger Mann. Richard fügte sich schwer in die Rolle eines bedauernswerten Kriegsinvaliden, sah sich selbst als nutzlosen Krüppel, verwundet, verstümmelt, verraten und vom Führer im Stich gelassen, mit einer kleinen, bescheidenen Rente abgespeist, die weder zum Leben noch zum Überleben reichte. Und dafür hatte er sein Bein geopfert, sodass er fortan nicht mehr mit beiden Beinen im Leben stehen konnte. Vom Verzicht aufs Tanzen wollte er gar nicht erst sprechen.

„Es ist doch nicht deine Schuld“, sprach Käthe zu ihrem Bruder. „Schau dir meinen Wilhelm an! Der war nicht im Krieg und ist kaputter als du.“

„Sag ich doch“, bestätigte die Schwägerin. „Vielleicht hatte Richard sogar Glück im Unglück. Er hat nur sein Bein verloren, andere büßen ihr ganzes Leben ein. Aber eines ist sicher, am Ende werden wir alle noch büßen müssen."

„So ist es", seufzte Käthe, „im Krieg verlieren immer nur die kleinen Leute. Aber das darf man ja gar nicht laut sagen, will man sich nicht um Kopf und Kragen bringen."

Richards Beinstumpf war zwar verheilt mit diesem Hautlappen über der amputierten Stelle, aber es schmerzte eben noch immer, vielmehr der fehlende Fuß tat ihm weh. Auf der nicht mehr vorhandenen Fußsohle kribbelte es, als würden Tausende Ameisen darüber laufen. Für größere Strecken fehlte ihm die Kraft und auch ein wenig das Geschick, sich mit den hölzernen Unterarmkrücken fortzubewegen. Käthe besuchte ihren Bruder nun öfter, um ihm beizustehen, ihn aufzumuntern, was sich aber bei einem depressiv gestimmten Krüppel schwierig gestaltete. Oft brachte sie auch die Kinder mit und dann schwelgten sie in süßen Erinnerungen an die doch eigentlich schönen Vorkriegsjahre.

Siegbert ging nur ungern und widerwillig mit zu Onkel Richard. Er fürchtete sich vor dem Anblick des halben Beines. Oft hatte der Onkel den Beinstumpf auf einem Hocker abgelegt. Als Siegbert das zum ersten Mal sah, war er entsetzt zurückgewichen.

„Wo ist denn dein Bein?", hatte er ängstlich gefragt.

„Habe ich verloren, im Krieg", kam die kurze Antwort.

„Verloren?", wunderte sich Siegbert und fragte sich, wie kann man denn ein Bein verlieren.

„Ja, Junge, verloren. Wenn du mal größer bist, verstehst du das."

„Und warum hast du's nicht aufgehoben und mitgenommen?"

„Ach Junge, lass mich in Ruhe!"

Und dann war es Richard, der eine Frage hatte an seine Schwester Käthe: „Habt ihr was von Fritz gehört?"

„Nein, aber vielleicht ist gerade das ein gutes Zeichen. Du kennst doch Fritz, war nie ein guter Schreiber. Hat eher lange Reden geschwungen als kurze Briefe geschrieben."

„Er war ja zuletzt in Paris stationiert. Da ist es noch ruhig, nicht so gefährlich wie in den Kampfgebieten."

„Genau", stimmte Käthe zu, „Fritz wird sich in Paris amüsieren."

„Mit den französischen Damen?"

„Na, bestimmt nicht mit den Franzmännern."

16

Das ersehnte Frühjahr kam und offenbarte neue Probleme, denn das einsetzende Tauwetter brachte Schlamm, viel Schlamm. Die vorrückenden Fahrzeuge blieben immer wieder stecken, manchmal auch die Pferde, die die festgefahrenen Flakgeschütze herausziehen sollten. Die Soldaten sagten scherzeshalber zu den abmühenden Kleppern „Steckenpferde". Russland ist und bleibt eine einzige Herausforderung, musste Hermann zum wiederholten Male feststellen, und er fragte sich, wie können die Russen in einem solchen Land leben? Aber er wusste auch, es ist ihre Heimat, die sie lieben, wie er seine Heimat liebt.

Als die Sanitätskompanie den Marschbefehl erhielt, dachte Hermann an die Rüben. Im letzten Jahr, das hatte der Vater stolz erzählt, hatte es eine prächtige Ernte gegeben. Jetzt, Mitte Mai, mussten sie bereits ein schönes Blattwerk ausgebildet haben, dann wäre wieder ein guter Ertrag zu erwarten. Aber warum sich jetzt über die Rüben den Kopf zerbrechen? Ich muss zusehen, dachte Hermann, dass meine Rübe heil bleibt.

Sie wurden an den Kesselrand von Charkow geschickt, in dem

große Teile der Roten Armee feststeckten und die man vernichtend schlagen wollte. Das Panzer-Regiment und zwei Bataillone der Schützen-Regimenter waren bereits vor ein paar Tagen abgerückt. Die deutschen Kampfverbände griffen von allen Seiten an, zogen die Schlinge immer fester. Jeder russische Ausbruchsversuch wurde erfolgreich abgewehrt. Die Wehrmachtsverbände feuerten, was das Zeug hielt, und alles, was schießen konnte, Stukas, Panzer, Granatwerfer, Artillerie und die schweren Maschinengewehre, ballerte in den Kessel. Für die Russen musste sich dieses dröhnende Inferno wie die Hölle anfühlen, dieser permanente Geschossregen. Zu Tausenden ergaben sie sich. Und dann war Schluss, ohne dass Schluss war!

Noch während heftige Kämpfe tobten, MG-Salven durch die Luft pfiffen, Granaten heulten oder Panzer grollten, war Hermann Linde in treuer Pflichterfüllung, wie es später bei der Beförderung zum Stabsgefreiten hieß, dabei, Verwundeten Erste Hilfe zu leisten, Blutungen zu stoppen, Einschusslöcher mit Kompressen abzudichten, Kopfverbände anzulegen und denen, die es nicht mehr aus eigener Kraft schafften, bei der Evakuierung zum Verbandsplatz zu helfen. Mit Beförderungen ging man großzügig um. Motivation, Kampfkraft und Durchhaltewillen sollten gestärkt werden. Heldenmut musste sich lohnen, aber Hermann wollte gar nicht belohnt werden. Er wollte nur helfen, und er half vielen. Der Letzte, den er an diesem lärmenden Tag rettete, war ein Oberleutnant mit einem Steckschuss in der Brust.

Nach den schweren Kämpfen waren viele Soldaten mit ihren Kräften am Ende und kamen zur Erholung in Ruhestellung. Ruhe gab es für den Sanitätsstabsgefreiten Hermann Linde kaum. Aber so war er abgelenkt, musste sich nicht den Kopf zerbrechen über Dinge, die er ohnehin nicht ändern konnte. Die vielen Verletzten mussten im Feldlazarett versorgt werden. Das bedeutete viel Arbeit von morgens bis abends. Und schon kam das nächste Problem, das Wolhynische Fieber. Die akute Infektionskrankheit verbreitete sich über Kleiderläuse und brachte den Infizierten Fieberschübe, starke Kopf- und Gelenkschmerzen. Sollte denn dieser Irrsinn nie ein Ende finden?

Wenn Hermann abends erschöpft in sein Bett sank, holte er die Bilder seiner Familie, die Bilder seiner Heimat aus seinem Herzen und versuchte, die schrecklichen Erlebnisse der letzten Tage und Wochen zu verdrängen. Vergessen konnte er sie nicht, denn in seinem Kopf dröhnten die Schmerzschreie von Verwundeten und die leiser werdenden, röchelnden Stimmen der Sterbenden.

Sanitätsstabsgefreiter Hermann Linde ließ sich seinen Unmut nicht anmerken. Er war ein guter Soldat, der gehorsam seinen Dienst verrichtete, Befehle, ohne zu murren befolgte, weil er wusste, dass dies der einzige Weg war, um den Krieg zu überleben. Trotzdem beschäftigten ihn viele Fragen. Die wichtigste: Wie lange wird dieser verdammte Krieg noch dauern? Kaum hatten sich die Truppen erholt, kaum hatten sie neue Kräfte gesammelt, kaum waren die Versorgungslücken geschlossen, kam der Befehl zum erneuten Vorrücken. Wie eine Endlosspirale mit schweren Kämpfen, Bodengewinnen, Bodenverlusten und erneuten Gegenangriffen. Wie will der Führer dieses Land, dieses riesige, unermessliche Land erobern? Hermann hatte in der Schule aufgepasst. Ihm, dem kleinen Sanitätssoldaten und nicht den großen Kriegsherren, war klar, Russland ist uneinnehmbar – schon die gigantische Größe machte das unmöglich. Aber solange Hitler Nachschub und neue, frische Soldaten schickt, hört dieser Wahnsinn nicht auf. Die Lückenbüßer, wie Hermann die Neuankömmlinge nannte, wurden immer jünger, hatten oft wenig bis keine Kampferfahrung und sollten das Unmögliche zu Ende bringen.

Der Monat Juni im Jahr 1942 war fast vorbei, als der längst erwartete Befehl zum Abmarsch kam. Die deutsche Sommeroffensive im Süden der Ostfront sollte beginnen. Die Fahrzeuge wurden beladen, dann hieß es aufsitzen und weiter ging es Richtung Osten, immer tiefer ins Russische Reich hinein. Bei Kalatsch kam es erneut zu schweren Kämpfen. Kaum hatten die Verbände den Don überquert, gerieten sie massiv unter Beschuss. Drei Sanitäter wurden bereits in den ersten Stunden tödlich verwundet, darunter ein Sanitätsunteroffizier aus Hermanns Zug. Es gab zahlreiche Verwundete mit unterschiedlich schweren Verletzungen. Die leichteren Fälle sollten versuchen, sich allein bis zum Verbandsplatz durchzuschlagen. Wer nicht mehr gehen oder kriechen konnte, wurde auf eine Zeltplane gelegt und während einer Feuerpause nach hinten gebracht. Bis Mitte August dauerten die Kämpfe an, dann war die erfolgreich zu Ende gebrachte Kesselschlacht bei Kalatsch Geschichte. Inzwischen waren die gefallenen Sanitäter durch frisch ausgebildete Sanitäts-Soldaten ersetzt worden.

Auf ihrem Weg nach Stalingrad, keine achtzig Kilometer entfernt, stießen die Panzer auf wenig Gegenwehr und kamen gut voran. Damit ihnen der Gegner nicht in den Rücken fallen kann, stoppten sie ihren Vormarsch und warteten auf die nachrückende Infanterie. Dann ging es weiter, Meter um Meter russischen Bodens wurde genommen. Die Panzerdivision hatte den strategischen Befehl, im Norden von Stalingrad, die Wolga im Osten als natürliche Barriere, die Nordriegelstellung zu errichten.

Der Ausbau der Stellung gestaltete sich äußert schwierig und konnte nur nachts erledigt werden. Im offenen Gelände, ohne natürliche Deckung, gaben die Landser lebende Zielscheiben ab. Die russischen Scharfschützen waren nicht wählerisch und schossen auf alles, was in ihr Fadenkreuz geriet. Ganz normale Infanteristen,

Versorgungssoldaten, Unteroffiziere und immer wieder auch Sanitäter wurden niedergestreckt, meist durch Kopfschüsse. Hauptsache Deutsche in Uniform! Jeder einzelne Tote war einer weniger, der sie auf dem Weg zum Sieg aufhalten konnte. Anfangs waren die Ausfälle enorm. Umso emsiger wurde in der Dunkelheit gearbeitet. Die ausgehobene Erde wurde auf Zeltplanen geschüttet und weit hinter die Stellung gebracht.

Als die Stellungen fertig waren, kehrte etwas Ruhe ein. Trotzdem wurde Urlaubssperre verhängt. Das traf Hermann besonders hart, denn solange es keine Sperre gab, bestand wenigstens theoretisch die Chance auf Heimaturlaub. Zum Glück für ihn, denn er konnte nicht ahnen, dass er noch lange, noch sehr, sehr lange würde warten müssen, ehe er in seine Jahnstadt an der Unstrut zurückkehren konnte. Auf die nächste Beförderung zum Sanitätsunteroffizier hätte er liebend gern verzichtet, wäre ihm stattdessen ein Urlaubsschein ausgehändigt worden.

Und dann machte Hermann Linde in Stalingrad eine merkwürdige Beobachtung. Die deutschen Stellungen waren strategisch so gut angelegt, dass eine Erstürmung der Russen äußerst schwierig war und nichts gebracht hätte, außer viele Tote und Verwundete. Trotzdem schickten die russischen Offiziere ihre Soldaten immer wieder in die deutschen MG-Feuer, die sie regelrecht niedermähten. Und dann das: Den verwundeten russischen Soldaten wurde nicht geholfen. Man ließ sie zum Sterben einfach liegen. Russische Überläufer wurden gefragt, warum man ihren Verwundeten nicht helfen würde. Sie sagten kopfschüttelnd, dass nur denen geholfen wird, die selbst zurückgehen können, um nach kurzer Behandlung weiterkämpfen zu können. Ein schwer Verwundeter ist so nutzlos wie ein Toter. Warum dem noch helfen?

Wie können die Russen nur so grausam sein, zu ihren eigenen

Soldaten, die ihr Land verteidigen und dabei ihr Leben riskieren?, fragte sich Hermann und war fassungslos. Dass die Russen noch viel barbarischer sein können, das würde er schon bald am eigenen Leib zu spüren bekommen, denn das Blatt sollte sich bald wenden. Die Rote Armee war bei Kalatsch durchgebrochen und langsam waren es die Deutschen, die in einen Kessel gerieten.

Es war der 19. November 1942 um Mitternacht, als ein heftiger Schneesturm tobte und die Russen mit einer gewaltigen Übermacht in die Gegenoffensive gingen. Hunderte Geschütze und Mörser donnerten ihre Granaten auf die deutschen Stellungen. Ebenso große Verbände von Jagdflugzeugen griffen aus der Luft an. Den Rest erledigten dann starke Panzerformationen. Nach nur drei Tagen saß die 6. Armee im Kessel fest und wurde von eisigen Temperaturen allmählich zermürbt. Von Frost und Hunger aufgerieben, die Nachschubtrosse kamen kaum noch durch, schrumpfte die Moral weit unter den Gefrierpunkt. Vom einstigen deutschen Heldenmut war nicht mehr viel übrig. Die Soldaten waren geschwächt, viele mutlos. Es ging ums nackte Überleben. Verwundete konnten anfangs noch rausgebracht werden aus diesem verdammten Inferno. Einige verletzten sich selbst, um als Verwundeter dem Kessel entfliehen zu können. Manche drehten durch, sprangen aus ihren Stellungen, um von russischen MGs erlöst zu werden.

Auf dem Flugplatz Gumrak, der Verwundeten-Sammelstelle, erhielten die Verwundeten notärztliche Versorgung und wurden anschließend ausgeflogen. Durch die anrückenden Russen wurde dies aber immer schwieriger, bis es gar unmöglich wurde. Soldaten klammerten sich an die Tragflächen der letzten startenden Ju 52 und schrien wie Irre. Alle wollten raus. Aber es gab kein Entrinnen mehr. Sie saßen in der Falle.

Kurz vor dem zweiten Advent hatte Hermanns Kompanie in einem Industriegelände Stellung bezogen. Viele Gebäude waren beschädigt oder eingestürzt, erst durch deutsche, später durch russische Granaten. Es herrschte bittere Kälte, eisige Winde und Schneestürme tobten und machten den Soldaten das Leben schwer. Nachts fielen die Temperaturen auf unter minus dreißig Grad. Und dann diese pausenlosen Kämpfe, bei denen weitere Soldaten seines Zuges den Tod fanden. Andere holte der grimmige Frost. Am besten waren die dran, die ein schnelles Ende fanden und sich nicht länger quälen mussten. Hermanns Kompaniechef hatte eine unmittelbar neben ihm eingeschlagene Granate zerfetzt. Jetzt gab es in der stark dezimierten Kompanie nur noch einen Offizier, einen jungen, überaus diensteifrigen, aber völlig unerfahrenen Leutnant, Zugführer des ersten Zuges.

Da die Verbandsplätze und Lazarette von den Russen erobert worden waren, konnten verwundete Soldaten auch nicht mehr abtransportiert werden und wurden ihrem unausweichlichen Schicksal überlassen. Hin und wieder erhielten sie Verstärkung durch versprengte Landser, deren Einheiten aufgerieben und weitestgehend vernichtet worden waren.

Sanitätsunteroffizier Hermann Linde dachte in diesen Tagen des Hungers an das gemeinsame Feld, welches er mit seinem Vater bewirtschaftete und was sie gut ernährte. Er dachte an ihre beiden Schweine, an die Kaninchen und Hühner. Er dachte an das Korn und das gute Brot, dass sie daraus buken. Und hier wurde die Verpflegungslage immer prekärer, da kaum noch Flugzeuge durchkamen. Die tägliche Brotration wurde drastisch reduziert. Zum Leben zu wenig, zum Sterben zu viel. Hermann war klar, nicht nur der Krieg ist verloren, auch sein Leben. Das tägliche Sterben um ihn herum sollte kein Ende nehmen.

Obwohl die Aufgabe eines Sanitäters nicht darin bestand, Meldeaufgaben zu übernehmen, befahl ihm der Leutnant, sich zu einer ungefähr fünfhundert Meter entfernt vermuteten Einheit durchzuschlagen. Er sollte Informationen über die momentane Lage herausbekommen. Hermann murrte innerlich, kam aber diesem Befehl nach. Er sollte zum Selbstschutz von einem toten Kameraden eine Maschinenpistole und mehrere Magazine mitnehmen, ließ aber, als er sich außer Sichtweite befand, verächtlich die Knarre einfach liegen. Er war und ist Sanitäter und kein Kämpfer und blieb seinem Grundsatz treu. Als er die fünfhundert Meter über Schutt und Geröll, immer in sicherer Deckung, hinter sich gebracht hatte, kam er an eine noch halbwegs intakte Fabrikhalle. Hier musste die besagte Einheit Stellung bezogen haben. Er fand sie verlassen vor. In einem Kellerraum, er glaubte, dass sie sich hier verschanzt haben könnten, stieß er auf ein kleines Vorratslager mit Konserven. Wenigstens war sein Weg nicht ganz umsonst, dachte Hermann und wollte sich auf den Rückweg begeben, als er plötzlich ein Stöhnen und Wimmern vernahm. Er duckte sich hinter einem Schuttberg und versuchte herauszubekommen, woher diese Geräusche kamen. Wahrscheinlich ein verwundeter Deutscher, der beim Rückzug zurückgelassen wurde.

Tatsächlich fand Hermann einen Verwundeten, aber es war kein deutscher, sondern ein russischer Soldat, vielleicht zwanzig Jahre alt, mit weichen knabenhaften Gesichtszügen, das ganze Leben noch vor sich, und der womöglich sich selbst überlassen liegen gelassen worden war. Hermann näherte sich vorsichtig. Der junge Kämpfer streckte ihm ängstlich seine Pistole entgegen und rief: „Stoyat!"

Hermann verstand instinktiv, dass er stehen bleiben soll, sonst würde er ihn abknallen. Der deutsche Sanitäter deutete mit halb hochgestreckten Händen an, dass er ihm helfen wolle. Er zeigte auf seine Sanitätstasche mit dem roten Kreuz und zog als Beweis eine Mullkompresse heraus. Der russische Soldat verstand und nickte, dann ließ er die Pistole kraftlos zu Boden sinken. Er musste viel Blut verloren haben. Hermann sah an der olivgrünen Uniformhose im Bereich des rechten Oberschenkels ein blutgetränktes Einschussloch. Er öffnete die Hose und versorgte mit Kompressen und Binden so gut er konnte die Wunde. Plötzlich vernahm er eine donnernde Stimme und blickte in zwei Mündungen auf ihn gerichteter Kalaschnikows. Der russische Soldat schüttelte energisch den Kopf und jetzt begriffen es auch die beiden Russen, dass ein deutscher Sanitäter ihrem Kameraden half. Sie bedankten sich kurz und der eine steckte Hermann einen kleinen Brotkanten zu, dann nahmen sie ihren Kameraden unter die Arme und brachten ihn fort.

Als Hermann zurückkam und Meldung erstatte, verriet er nichts von diesem Vorfall. Das Stück Brot hatte er genüsslich eingespeichelt und runtergeschluckt. Einem Feind geholfen zu haben, hätte ihn selbst das Leben kosten können. Der kümmerliche Rest seiner Kompanie verließ die alte Stellung und verschanzte sich in der von Hermann entdeckten Fabrikhalle, und sie freuten sich über die Konserven, die sie gierig öffneten und verschlangen.

Und dann, es waren ja nur noch wenige Tage, erlebt Hermann seine vierte Kriegsweihnacht, und diesen Heiligen Abend sollte er im Kessel von Stalingrad verbringen. Es wurde das traurigste Weihnachtsfest seines Lebens und er rechnete damit, dass es auch sein letztes sein würde. In der zweiten Januarwoche 1943 verstärkten sich wieder die russischen Angriffe. Wer noch nicht verhungert oder erfroren war, wurde durch feindliche Kugeln niedergestreckt oder von Granatsplittern schwer verwundet und war zum langsamen Verbluten verdonnert. Es war ein aussichtsloser, ein zermürbender, ein sinnloser Kampf.

„Herr Leutnant", flüsterte der Gruppenführer und letzte Überlebende des dritten Zuges, ein alter Feldwebel, „wir sollten uns ergeben!"

„Niemals!", erwiderte der deutsche Offizier. „Wir kämpfen bis zur letzten Patrone! Wie es uns der Führer befohlen hat."

„Herr Leutnant, diese habe ich eben verschossen. Die nächste Angriffswelle werden wir nicht überleben."

„Herr Leutnant", meldete sich Sanitäter Hermann, „wenn ich bemerken darf, der Herr Feldwebel hat vollkommen recht. Wir können hier nichts mehr ausrichten."

„Herr Leutnant", sprach der Feldwebel mir ruhiger Stimme weiter, „wir haben gekämpft, wie es uns der Führer befohlen hat. Aber wenn er uns keine Munition schickt, keine Verstärkung, kann er doch unmöglich erwarten, dass wir uns mit bloßen Händen der Russen erwehren."

Der Leutnant ließ sich letztendlich doch überzeugen. Hermann erhielt den Befehl, einem toten Kameraden die lange weiße Unterhose auszuziehen. Diese wurde an einer Holzlatte befestigt und aus ihrem Versteck gestreckt.

Nur fünf Mann aus Hermann Lindes Kompanie überlebten den Kessel von Stalingrad: der Leutnant, ein Feldwebel, zwei Gefreite und er selbst.

17

Als Ulf bei seiner Morgenlektüre die Fotos von Wohnhäusern sieht, die russische Raketen zerstört haben, dabei ukrainische Städtenamen wie Kiew, Charkiw und Mariupol liest, erinnert er sich wieder an die schonungslosen Berichte seines Großvaters Hermann, der diese Städte während des deutschen Ostfeldzugs gesehen hatte, und plötzlich gleiten seine Gedanken ins Jahr 1992 ab. Knapp ein Jahr nach Opas fünfundachtzigsten Geburtstag erhielt er in der Firma, in der er damals arbeitete, einen Anruf.

„Becker", murmelte Ulf mit einem mulmigen Gefühl im Bauch. Er wurde nur sehr selten während der Arbeit angerufen, meist war es sein Vater, der ihn dringend zu sprechen wünschte. Und seine Anliegen bedeuteten in der Regel nichts Gutes.

„Ja, hier ebenfalls", hörte er seinen Vater Hartmut, den er seit Opas denkwürdiger Geburtstagsfeier weder gesprochen noch gesehen hatte. „Opa hatte einen Unfall, gestern."

„Was … was ist passiert?"

„Schwer gestürzt, doppelter Oberschenkelhalsbruch, ziemlich kompliziert, gestern Abend noch operiert", antwortete er mit kurzen, unvollständigen Sätzen. „Wir fahren morgen ins Krankenhaus und erwarten, dass du mitkommst!"

„Morgen? Das geht nicht. Ich muss arbeiten."

„Dann nimm dir frei!", forderte sein Vater in seiner patriarchalischen Art, die keinen Widerspruch duldete und einige Jahre zuvor in einem heftigen Streit eskaliert war. Ulf sah damals keinen anderen Ausweg, als den Kontakt zu seinem Vater abzubrechen, rigoros und mit allen Konsequenzen.

„Hast du mich verstanden?", wurde sein Vater lauter. „Also, was ist?"

„Es geht nicht, wirklich. So kurzfristig kann ich nicht freinehmen. Wir haben eilige Aufträge."

„Stell dich nicht so an! Zeig mal, dass du einen Arsch in der Hose hast!"

Jahrelang hast du mich erniedrigt, mit Füßen getreten und mit Händen geschlagen, dass ich gar nicht lernen konnte, einen Arsch in der Hose zu haben, dachte Ulf, sagte aber demütig: „Ich besuche ihn am Sonntag. Versprochen …"

Das Gespräch wurde abrupt beendet. Hartmut Becker hatte wütend den Hörer auf die Gabel geknallt.

Ulf wirkte, wie nach jedem Disput mit seinem Vater, geknickt. Seinem Meister, das Telefon stand in dessen Büro und er hatte einiges vom Gespräch mitbekommen, fiel das auf und er fragte: „War wohl eine unangenehme Sache?"

„Kann man laut sagen. Mein Opa hatte einen schlimmen Unfall und nun will mein Vater, dass ich morgen mit ins Krankenhaus fahre."

„Ulf, das geht natürlich vor."

„Nein, nicht zusammen mit ihm. Es herrscht schon seit Jahren dicke Luft."

„Verstehe. Ich will bloß, dass du weißt: Privat geht vor Katastrophe!"

„Schon in Ordnung. Ich besuche Opa am Sonntag."

„Wie du willst."

Ulf wollte die Gelegenheit des Krankenbesuchs gleich für einen Sonntagsausflug in die Heimat seiner Mutter Rosa nutzen, die Jahnstadt an der Unstrut. Karin war von dieser Idee, die eine kleine Abwechslung im tristen Alltag bieten würde, begeistert. Mit ihrem gletscherblauen Trabant S 601 tuckerten die beiden über Markranstädt, Lützen und Weißenfels ihrem Ziel entgegen. Obwohl die D-Mark seit zwei Jahren offizielles Zahlungsmittel war, hatten sie bisher jeglicher Versuchung widerstanden, sich einen überteuerten Gebrauchtwagen westlicher Fabrikation andrehen zu lassen.

In einer engen Seitenstraße parkten sie ihren Zweitakter und durchstreiften anschließend die schmalen Gassen, die Ulf so innig liebte, weil sie ein Stück seiner Kindheit konserviert hatten. Die vielen schönen Erinnerungen, die die alten Mauern dieser Stadt in sich trugen, erschlossen sich ihm besonders dann, wenn er an ihnen vorbeischlenderte und den unverwechselbaren Duft dieser Stadt einatmete. Wann immer er durch die gediegenen Straßen flanierte, durch die niedlichen Gassen zog, über den mittelalterlichen Marktplatz spazierte, konnte er in eine längst vergangene Zeit abtauchen.

Sobald Ulf in die Jahnstadt an der Unstrut kam, ergriff ihn das Gefühl der Heimkehr. So muss sich Opa gefühlt haben, wenn er von der Front auf Urlaub gekommen war. Bisher kannte Ulf kaum etwas von dieser Seite seines Großvaters, nur dass er als Sanitäter im Zweiten Weltkrieg und anschließend in russische Gefangenschaft geraten war. In der Familie wurde dieses Thema konsequent totgeschwiegen und Opa duldete keine Fragen.

Schon als Kind war Ulf gern und oft durch die gepflasterten Straßen und Gassen gewandert, am liebsten allein, allein mit seinen Gedanken. Die Häuser, an vielen rankten sich Weinreben, strahlten eine einzigartige Vertrautheit aus, sie wirkten einladend und anheimelnd. Karin konnte Ulfs Gefühle, die er ihr haarklein beschrieb, nachempfinden. Deshalb statteten sie auch dem Haus des Großvaters Hermann Linde einen Besuch ab, konnten es allerdings nicht betreten. Opa lag ja im Krankenhaus.

Auf dem Marktplatz fanden sie ein gemütliches Lokal zum Mittagessen und ließen es sich gut gehen. Anschließend wanderten sie durch den Stadtwald, auf den Schlossberg hoch und auf der anderen Seite die gleichnamige Straße wieder runter, zurück zum Markt. Und dann nahmen sie ihr eigentliches Ziel in Angriff, die Fahrt ins Naumburger Krankenhaus. Auf der Fahrt fiel Ulf ein, dass er gar nicht wusste, auf welcher Station, in welchem Zimmer sein Opa lag. Sein Vater hatte nichts gesagt und ehe er ihn hätte fragen können, war das Gespräch beendet.

„Die werden doch wohl eine Rezeption haben“, beruhigte ihn Karin.

„Ja, stimmt“, murmelte Ulf. „Bin etwas aufgeregt. Mal sehen, was uns erwartet. Opa ist ein wortkarger, alter Kauz.“

„Ich weiß, ich kenne ihn doch.“

„Man weiß nie, über was man mit ihm reden soll.“

„Mal abwarten! Ich bin ja dabei.“

Sie fanden Hermann Linde in einem Zwei-Bett-Zimmer. Sein Bettnachbar hatte Besuch und war in der Cafeteria. Sie waren also ungestört.

„Schööön“, strahlte Hermann, als Enkel Ulf und Karin das Zimmer betraten. Der Kranke wirkte blass, versuchte ein wenig zu lächeln. Und das war eines seiner seltenen heiteren Gesichtsausdrücke. Sein rechtes Bein lag fest fixiert in einer Aircast-Schiene. Opa Hermann gab den beiden die Hand und seine Augen leuchteten.

„Du machst ja Sachen“, sagte Ulf, weil ihm nichts Besseres einfiel.

„Ich habe gar nichts gemacht“, erwiderte Hermann, „ich bin nur diese verdammte Treppe im Garten runtergesegelt.“

„Na ja, Opa, das wird schon wieder.“

„Nein, mein Junge, es ist vorbei“, flüsterte Hermann. „Was bin ich froh, dass wir letztes Jahr noch meinen Geburtstag gefeiert haben.“

„Finden wir auch“, meinte Karin. „War eine schöne Feier.“

„Ach, was soll's! Ich hatte mein Leben.“

„Opa, die haben hier gute Ärzte.“

„Ich weiß, sonst wäre ich längst schon tot. Die Arterie hat's zerfetzt. Wäre fast verblutet. Die Frau Doktor sagt, ich solle mich darauf einstellen, dass ich nie wieder richtig laufen kann, mit Rollator vielleicht. Ich bin ein Wrack. Zu nichts mehr nütze.“

„Opa, so darfst du nicht reden! Du hast viel geleistet in deinem Leben …“

„Woher willst du das wissen, du Grünschnabel?“, wurde Hermann leicht grantig.

„Mutti hat mir erzählt, dass du ein ganz hervorragender und gefragter Tischler warst, dass du …“

„Das ist vorbei. Lass die Vergangenheit ruhen!“

„Aber man kann stolz auf sein Geleistetes sein“, konterte Ulf.

„Ja, das kann man.“

„Und jetzt siehst du zu, auch wenn das etwas Zeit braucht, dass du wieder auf die Beine kommst!“

„Ulf hat recht. Der Heilungsprozess bei solch komplizierten Brüchen kann dauern.“

„Sehe ich so aus, als hätte ich noch viel Zeit?“

„Opa, Karin will dir doch nur Mut machen.“

„Nein, nein. Mit Laufen ist es vorbei, damit habe ich mich abgefunden. Zum Glück kann ich noch sprechen …“

„Ja, das ist schön.“

„… aber ich bin nie ein großer Redner gewesen.“

„Ich weiß, Opa.“

„Vielleicht ist das sogar vorherbestimmt?“

„Was?“

„Dass es mir nicht die Sprache verschlagen hat wie bei einem Schlaganfall. Ich habe nämlich noch viel zu erzählen, muss noch viel mit dir besprechen.“

„Über was willst du denn mit mir reden?“

„Das wirst du schon noch sehen beziehungsweise hören. Und bringe das nächste Mal was zum Schreiben mit! Block und Stift genügen.“

18

Eine schmutzig-graue Soldatenunterhose, in aller Hast einem toten Kameraden vom steifen Körper gezogen und als weiße Fahne eingesetzt, bewahrte Hermann und den kläglichen Rest seiner Kompanie vor dem sicheren Tod. Die Russen machten bei denen, die sich in ihren Stellungen verschanzt hielten und nicht ergeben wollten, kurzen Prozess, indem sie Handgranaten in die Erdbunker und Keller warfen. Wenn das nicht die gewünschte Wirkung zeigte, räucherten sie den Feind mit einem kurzen Feuerstrahl aus ihren gefürchteten Flammenwerfern aus. Diejenigen, die das Inferno wie durch ein Wunder überlebten und mit erhobenen Händen aus ihren Löchern krabbelten, bekamen ein aufgepflanztes Bajonett zu spüren, welches ihnen gnadenlos in den Unterleib gerammt wurde.

Als die fünf Deutschen aus ihrem Versteck gekrochen kamen, die Arme brav in die Höhe gestreckt, sahen sie sich von unzähligen Rotarmisten umzingelt, die Maschinenpistolen auf sie gerichtet. Hermann war sofort klar, ein kurzer russischer Befehl und es ist aus, das Leben beendet – von einer auf die andere Sekunde. In diesem Moment drehten sich seine Gedanken wie ein Karussell. Er dachte an seine geliebte Jahnstadt an der Unstrut, an sein Klärchen, an die Kinder, an den Vater, die er wohl alle nie wiedersehen würde. Aber der erwartete Schießbefehl war ausgeblieben, stattdessen sprangen einige russische Soldaten auf die Deutschen zu und brüllten ein unverständliches: „Urre, Urre!“ Dann grapschten sie an deren Handgelenke und griffen in die Manteltaschen ihrer Uniformen auf der Suche nach Uhren, deutschen Uhren, und nach Essbarem.

Auf diese Weise verlor Hermann seine Taschenuhr, ein treuer Begleiter aus der Heimat. Dieser Verlust schmerzte, auch wenn die Uhr nicht besonders wertvoll war. Aber es sollte noch schlimmer kommen. Plötzlich rief ein Rotarmist: „Protyanut' ruki!“ Da die Deutschen nicht verstanden, hielt der Russe seine mit den Fingern aufgespreizten Hände hoch und wiederholte seinen Befehl mit grimmig wütendem Blick.

Hermann war sofort klar, was der Russe wollte: Goldringe. Der Sanitätsunteroffizier versuchte heimlich, seinen Ehering vom Finger zu ziehen, um diesen in einer der bereits durchsuchten Hosentasche verschwinden zu lassen. Aber es waren einfach zu viele russische Augen, die sie anstarrten und jede ihrer Bewegungen misstrauisch verfolgten. Völlig überraschend hatte sich ein seitlich stehender Rotarmist auf Hermann gestürzt und ihm mit voller Wucht den Gewehrkolben in die Magengrube gerammt. Hermann krümmte sich vor Schmerz und schnappte nach Luft. Dabei konnte er froh sein, dass ihn die stumpfe Seite der Kalaschnikow getroffen und er nicht das aufgepflanzte Bajonett zu spüren bekommen hatte. Und während er versuchte, sich von diesem heftigen Schlag zu erholen, hatte ihm der Russe wütend den Ehering vom Finger gezogen. Dieser Verlust traf ihn härter als der Gewehrkolben im Unterleib. Für Hermann war der Ehering das innige Band, durch das er verschmolzen war mit seinem Klärchen. Ihn überkam ein unendlich deprimierendes Gefühl, als hätte er in diesem Moment nicht nur den Ring, sondern auch seine Frau verloren.

Nach der Durchsuchung wurden sie zu einem nicht weit entfernten Platz getrieben. Von allen Seiten kamen Angehörige der Wehrmacht mit erhobenen Händen zur Sammelstelle, nachdem man sie zuvor am Ort ihrer Gefangennahme ausgeplündert hatte. Es wurden immer mehr. Erstaunlich, wie viele kleinere Kampfeinheiten sich in dem unüberschaubaren Gelände noch versteckt gehalten hatten. Während die Rotarmisten das ganze Terrain durchkämmten, waren auch immer wieder vereinzelte Schüsse zu hören.

Von anderen erfuhr Hermann später, dass die Russen Verwundete gnadenlos erschossen hätten. Zwei bis drei Stunden dauerte die Hatz, dann war das gesamte Industriegelände von Deutschen gesäubert.

Die wartenden Gefangenen froren entsetzlich, bei knapp dreißig Grad unter null. Zudem fegte ein eisiger Wind aus der Steppe herüber. Und keiner wusste, wie lange das Martyrium noch andauern würde. Das war besonders schlimm, diese quälende Warterei. Immer wieder verloren Soldaten die Nerven und versuchten, mit einer spontanen Flucht in die nächste Ruine zu entkommen. Zwecklos. Schon ratterten die Maschinenpistolen russischer Wachsoldaten und der Unglückliche stürzte tödlich getroffen in den Schnee.

Dann schien sich endlich etwas zu tun. Ein russischer Jeep kam vorgefahren und ein Politkommissar stieg aus. Die politischen Offiziere galten als besonders scharfe Hunde. Sofort stand der russische Kommandeur, der diese Operation leitete, bei ihm und sie führten ein kurzes Gespräch, bei dem er immer wieder auf die stetig anwachsende Gruppe zusammengetriebener Deutscher zeigte. Der Kommandeur brüllte ein paar hektische Befehle und es kam Bewegung in die Wachsoldaten wie auch in die Gefangenen. Sie sollten sich in Fünferreihen formieren, was relativ schnell passierte, denn Drill waren die Deutschen gewohnt. Die fünf überlebenden Männer aus Hermanns Kompanie standen ziemlich weit vorn, in der dritten und vierten Reihe. Während der Kommandeur am Jeep stehen geblieben war, näherte sich der russische Kommissar mit einem finsteren Gesichtsausdruck, der nichts Gutes verhieß. Hermann befürchtete Schreckliches und seine bösen Vorahnungen sollten ihn nicht trügen. Der Kommissar, ein groß gewachsener Mann mit kantig strengen Gesichtszügen, schritt langsam die Reihen ab und schaute sich die Männer an, vielmehr deren Rangabzeichen. In der vierten

Reihe, neben Hermann, blieb er stehen und befahl dem Leutnant in gutem Deutsch: „Leutnant, raustreten!"

Der nach dem Tod des Kompaniechefs eingesetzte Kompanieführer, der wohl vermutete, als Offizier der Wehrmacht eine Sonderbehandlung zu bekommen, trat völlig ahnungslos aus der Reihe. Die beiden standen keine drei Meter entfernt von Hermann, dem plötzlich das Herz stehen blieb. Er sah, wie der Politoffizier wortlos eine Tokarew aus dem Pistolenhalfter zog, entsicherte, dem Leutnant an den Kopf presste und abdrückte. Hermann lief ein Schauer über den Rücken. Eben noch stand dieser junge Mensch neben ihm, eben noch hatten sie ein paar wenige Worte gewechselt, und jetzt lag er tot in einer Blutlache, im frisch gefallenen Schnee als grässlichen Kontrast.

Als sich dieses Schauspiel weiter hinten mehrfach wiederholte, dass immer wieder deutsche Offiziere rausgerufen und an Ort und Stelle erschossen wurden, dämmerte Hermann, was hier ablief. Das war die Retourkutsche für den deutschen Wehrmachtsbefehl vom 6. Juni 1941, Politkommissare der Roten Armee nicht als Kriegsgefangene zu behandeln, sondern sofort zu liquidieren.

Wie man in den Wald ruft, dachte Sanitätsunteroffizier Hermann Linde, so schallt es wieder heraus. Hier traf es aber die Falschen, denn die den Befehl ausgegeben hatten, saßen im sicheren, im noch sicheren Berlin.

Das Leben im Krieg ist ungerecht, denn der Tod des einen kann dem anderen einen Vorteil bescheren, wenn auch bloß einen sehr kleinen Vorteil. In die frei gewordene Lücke, die der vom Politkommissar getötete Leutnant hinterlassen hatte, schlüpfte Hermann Linde, wodurch er von außen nach innen kam. Als sich der Gefangenentross in Bewegung setzte, wurden die außen marschierenden

Soldaten immer wieder mit Kolbenschlägen attackiert, was ziemlich schmerzhaft war und bei den Geschlagenen für Frust sorgte. Manch einer verlor die Nerven, vielleicht ein brutales Kalkül der Wachmannschaften, und protestierte gegen diese Misshandlung. Ohne lange zu zögern, wurde der Betroffene wegen Meuterei an Ort und Stelle erschossen. Das blieb dann noch die humanste Bestrafung. Denn bald erhielten die russischen Soldaten den Befehl, um Munition zu sparen, jeden Aufmüpfigen mit dem Bajonett zu erledigen, dabei sollte der Stich möglichst in den Bauch erfolgen, um ein langsames und qualvolles Verbluten zu gewährleisten.

Als der lange Marsch ins Ungewisse losging, riskierte Hermann einen Blick nach hinten. Er wollte abschätzen, wie viele Gefangene ihr trauriger Tross umfasste. Es war unmöglich, denn er konnte das Ende des Zuges nicht sehen. Auf dem beschwerlichen Weg bot sich den seit Tagen unrasierten Männern ein Bild des Grauens. Überall zerstörte Fahrzeuge, ausgebrannte Panzer, kampfunfähige Artilleriegeschütze – dazwischen Pferdekadaver und gefrorene Leichen, teilweise übereinandergestapelt. Und ständig kamen neue hinzu, denn es passierte unentwegt, dass Gefangene nicht mehr Schritt halten konnten, zu erschöpft waren für diesen beschwerlichen Marsch, die meisten hatten seit Tagen nichts mehr gegessen. Wer strauchelte, wer von den ebenfalls schwachen Kameraden nicht gestützt werden konnte und stürzte, wurde gnadenlos von russischen Wachmannschaften umgebracht und achtlos liegen gelassen. Was das Bajonett nicht schaffte, erledigte der Frost, selbst der war gnadenlos.

Allein auf diesem von Hermann insgeheim genannten Todesmarsch verringerte sich stündlich die Anzahl der Gefangenen. Dank der kurz vor ihrer Kapitulation in der neuen Stellung gefundenen Konserven hatten sich Hermann und seine verbliebenen drei Mitstreiter noch einmal richtig satt essen können. Dieser kleine Vorteil würde ihnen in den nächsten Tagen noch sehr hilfreich sein, denn es gab kaum etwas zu essen und der trostlose Gefangenentross, ein Zug der toten Seelen, schrumpfte stetig weiter.

Die russische Bevölkerung sowie auch die um die Befreiung ihres Landes kämpfenden Soldaten litten ebenfalls unter großem Hunger. Eine regelmäßige und ausreichende Versorgung der vielen Gefangenen war gar nicht möglich. Und sicher auch nicht beabsichtigt. Warum sollten sich die Deutschen satt essen können, wenn die eigenen Leute selber kaum was zu futtern haben?

Sanitätsunteroffizier Hermann Linde, der sich nicht freiwillig zu diesem Krieg gemeldet hatte, trotzdem aber durch seine Teilnahme zu dieser tödlichen Maschinerie gehörte, empfand tiefe Scham – Scham vor dem, was seine Landsleute diesem Land und den Menschen angetan hatten. Das, was sie jetzt erleiden mussten, war nur die Quittung dafür. Sie konnten klagen, brauchten sich aber nicht zu beklagen. Auge um Auge, Zahn um Zahn, erinnerte sich Hermann eines geflügelten Bibelspruchs. Dieser unermessliche Hass der Russen auf die Deutschen war ja nicht grundlos. Viele schämten sich ihrer Taten, aber jetzt war es für Reue zu spät. Und die Russen machten dem Bild vom bolschewistischen Barbaren alle Ehre.

Mit dem raschen Einsetzen der Dunkelheit erreichten sie ein Dorf, welches in Schutt und Asche lag und wo noch bis vor Kurzem heftige Kämpfe getobt haben mussten. Auch hier Tote über Tote. Die Dächer der Häuser waren eingestürzt, die Dachbalken glühten noch. Darunter lagen verkohlte Leichen. Hermann wendete den Blick ab, dabei hatten seine Augen schon so viel Leid und Elend ertragen müssen. Aber irgendwann ist eben das Maß voll, irgendwann sprengt es einem den Kopf. Er atmete tief die eiskalte Luft, um sich zu beruhigen. Ich muss stark sein, sprach er sich immer wieder Mut zu. Egal was passiert und was noch passieren wird, ich muss zurück in die Heimat, zu meiner Frau und den Kindern und zum Vater. Nur für sie trage und ertrage ich diese schwere Last. Hermann hatte gelernt, sich einen eisigen Panzer der Gefühllosigkeit überzustreifen, um all das aushalten zu können.

Im Dorf gab es eine verlassene Kolchose mit halbwegs intakten Rinderställen, in denen aber längst schon keine Tiere mehr lebten. Die Gefangenen wurden in die Ställe getrieben, wie Vieh eingepfercht und streng bewacht. Flucht unmöglich. Eigentlich aussichtslos. Wohin sollte man auch fliehen? Ohne Essen, ohne Wasser, ohne Orientierung. Seit Tagen hatten sie keine Sonne mehr gesehen. Oben am Himmel zogen graue Wolken wie unten auf der Erde die lange Kolonne einer geschlagenen Armee.

Den Gefangenen blieb nur eins, abwarten und mit größter Wahrscheinlichkeit den sicheren Tod erwarten. Wie gering bei diesen unmenschlichen Bedingungen die Aussicht aufs Überleben war, wusste jeder. Die Frage war nicht, ob man krepiert, sondern wann. Das Wie war schon gar nicht mehr so wichtig. Inzwischen wurden die Toten beneidet: Ihr Leid war beendet.

„Ich hätte nie gedacht", flüsterte der Feldwebel zu seinem Sanitäter, „dass ich mal in eine solche Hölle geraten würde."

„Das ist keine Hölle", antwortete Hermann. „In der Hölle ist es vergleichsweise gemütlich und warm."

In den Ställen war es stockdunkel. Die Soldaten lagen dicht an dicht auf dem harten Betonboden. Der Feldwebel als Ranghöchster hatte Hermann und den beiden aus ihrer Kompanie verbliebenen Gefreiten befohlen, nein, sie gebeten, möglichst zusammenzubleiben. Die Nacht verlief sehr unruhig, an Schlaf war trotz Erschöpfung kaum zu denken. Die Kälte hielt sie wach und durch die ständig unter Durchfall leidenden Gefangenen, die sich vor Hunger Schnee in den Mund gestopft hatten und nun den Preis für ihre Unbeherrschtheit zahlen mussten, kam immer wieder Unruhe unter die Gefangenen. In einer kleinen Ecke hatten sie etwas Platz geschaffen, damit sich die Gequälten dort erleichtern konnten. Viele schafften es aber nicht bis dorthin, denn die Ställe waren groß und man hätte über viele Menschenleiber steigen müssen. Außerdem waren die meisten zu geschwächt und ließen ihre breiige Notdurft einfach in die Unterhose laufen, die zwischen Haut und Stoff kleben blieb und dort gefror. Die meisten Betroffenen überlebten den nächsten Tag nicht und kamen auf die länger werdende Todesliste namenloser, in der russischen Einöde vermisster Landser.

19

„Hermann, weißt du, wie lange wir schon unterwegs sind?", wurde der Sanitäter von einem der beiden Gefreiten gefragt, da dieser offensichtlich jegliches Zeitgefühl verloren hatte.

„Es ist der vierte Tag."

„Dann wird es sicher … sicher auch … mein letzter …", schnaufte der Gefreite.

„Reiß dich zusammen!", zischte der Feldwebel. „Wollt ihr denn zulassen, dass auch noch der kümmerliche Rest unserer Kompanie draufgeht?"

„Hätte dieses elende Russenschwein mal lieber mich erschossen und nicht den Leutnant", jammerte der Gefreite, dem jeder Schritt schwerfiel, „dann hätte ich's längst hinter mir."

„Rede keinen Schwachsinn!", plärrte ihn der Feldwebel an, während der zweite Gefreite teilnahmslos vor sich hin trottete. „Du schaffst das. Wir werden … wir müssen alle wieder nach Hause kommen." Oh ja, dachte Hermann bei diesen Worten, nach Hause kommen, wie schön wäre das. Für einen kurzen Augenblick strömte eine wohlige Wärme durch seinen geschundenen Körper.

Nachdem sich der Gefreite über weitere zwei Kilometer geschleppt hatte, brach er völlig entkräftet zusammen. Hermann sah, wie er in den Schnee sank und konnte nichts mehr für ihn tun, keine aufmunternden Worte, kein Stützen. Sofort stand ein Posten neben dem ausgezehrten Soldaten und hieb ihm mit voller Wucht das Bajonett in den weichen Körper. Aber das spürte der Unglückliche schon nicht mehr, denn er war beim Fallen ohnmächtig geworden. Und mit Wehmut dachte Hermann, jetzt sind wir nur noch zu dritt.

Mehr stolpernd als marschierend schleppte sich der inzwischen überschaubare Tross, mindestens die Hälfte aller gefangen genommenen Soldaten hatte die eisige und gnadenlose russische Steppe verschlungen, immer tiefer in dieses so unermessliche, riesige Land. Auch an diesem Tag wiederholten sich die Abläufe zwischen kleineren Rastpausen und dem vorwärtsdrängenden Marsch. Sobald ein Soldat zusammenbrach, versetzte ihm der nächste Posten den Gnadenstoß. Und nachdem der Trauerzug weitergezogen war, stürzten sich Dutzende Nebelkrähen auf den noch warmen Körper und eröffneten ein fürstliches Mahl.

Die Kolonne marschierte in einer stumpfsinnigen Monotonie. Gedankenlos setzten die Gefangenen einen Fuß vor den anderen, in ihren Köpfen eine kalte Leere. Die Blicke starr auf den Schnee gerichtet, über ihnen kreisten hungrige Aasvögel. Hermann hob ab und zu den Kopf und erblickte einen Steppenhasen, der ihn sofort an seine Kaninchen zu Hause erinnerte. Und das waren schöne Gedanken, bei denen der Überlebenswille in seine schlaffen Glieder zurückkehrte.

Aus den einst aufrechten und stolzen Wehrmachtssoldaten für eine gute und gerechte Sache, wie ihnen die Nazipropaganda stets weißgemacht hatte, waren gedemütigte Wracks geworden – ausgemergelt, halb verhungert und verdurstet. Schlimmer konnte es wohl nicht mehr kommen. Inzwischen war sich Hermann sicher, dass es gar kein Lager gibt, in das sie geführt werden sollten. Der Weg war das Ziel, und der Marsch würde erst enden, wenn all diese deutschen Bastarde, die so viel Leid, Zerstörung und Tod nach Russland gebracht hatten, selbst umgekommen waren. Hermanns Hoffnung, die Heimat je wiederzusehen, schwand von Stunde zu Stunde.

Und dann das: Während sich der Zug der Elenden über zugeschneite Straßen bewohnter Dörfer schob, steckten russische Frauen den Gefangenen kleinere Brocken Brot zu, manchmal sogar eine Pellkartoffel, die sich die hungrigen Männer hastig in den Mund stopften. Die Posten ließen es geschehen, schritten nicht dagegen ein. Hermann überraschte das unerwartete Mitgefühl, diese barmherzige Menschlichkeit einfacher russischer Frauen, die sicher Männer, Söhne und Brüder an die Deutschen verloren hatten.

Weil es kaum noch eine feste Marschformation gab, hatte Hermann immerhin eine kleine Pellkartoffel ergattern können. Ein Stück Brot blieb ihm leider verwehrt. Plötzlich stieß ihn ein russischer Posten mit dem Gewehrkolben an die Schulter. Der Schlag geschah sanft und bedeutete: He, schau her, ich habe was für dich! Er erkannte das Gesicht des Soldaten wieder, es war jener, der seinen von ihm verarzteten Kameraden aus der Fabrikhalle abgeholt hatte.

„Brat!“, sagte er und steckte ihm einen kleinen Brotlaib zu.

„Danke!“, rief Hermann überglücklich, brach das Brot in drei Teile und reichte sie dem Feldwebel und dem Gefreiten.

Auch wenn der Feldwebel seine beiden verbliebenen Mitstreiter beschwor, stark zu sein, wurde er selbst immer schwächer und schleppte sich, von Hermann und dem Gefreiten gestützt, vorwärts durch die kniehoch verschneite Steppe. Sie hatten sich fest vorgenommen, nicht nur zusammenzubleiben, sondern sich auch gegenseitig zu helfen.

„Wenn wir erst wieder in der Heimat sind, gebe ich ein zünftiges Fest", hatte der Feldwebel versprochen. „Wir schlachten selbst und zur Feier des Tages, spendiere ich für euch ein Schwein." Er kam aus einer Kleinstadt in Schleswig. „Und ihr seid eingeladen! Ohne Widerspruch!"

Es sah so aus, als dass diese vagen Pläne nie in Erfüllung gehen sollten, denn am sechsten Tag, der Tross erreichte gerade eine größere Ortschaft, in der eine russische Einheit stationiert war, brach der Feldwebel entkräftet zusammen. Scheiße, fluchte Hermann leise, denn er wusste, was jetzt gleich passieren würde – zu oft hatte er diese finalen Handlungen schon miterleben müssen. Der Posten stand schon neben dem am Boden liegenden Feldwebel, beide Hände an seiner mit dem Bajonett aufgepflanzten Kalaschnikow und holte kräftig zum Schwung aus, als jemand einen scharfen, russischen Befehl rief: „Ostanovka!"

Der Posten hielt inne und nahm vor dem sich nähernden Offizier Haltung an. „Tovarisch soldat, stydis' sebya!", sagte dieser in einem verächtlichen Ton, kniete sich neben den Feldwebel und gab ihm aus seiner Feldflasche zu trinken. Dann griff er in seine Manteltasche und holte einen in buntes Papier eingewickelten Keks heraus, welchen er dem Feldwebel in den Mund schob. Dann reichte er ihm abermals die Flasche und half ihm anschließend auf die Beine. Die das Geschehen stumm verfolgten, wunderten sich über diese unverhoffte Barmherzigkeit.

Aber diese Szene menschlicher Güte gab vielen Kraft und Hoffnung, glich einer wohltuenden Oase inmitten einer lebensfeindlichen Wüste. Die folgenden Tage wurden immer schrecklicher. Die immer seltener zugesteckten Gaben reichten nicht aus, um satt zu werden. Die deutschen Soldaten litten unter extremem Hunger und Durst. Zum eisigen Frost gesellte sich ein weiterer barbarischer Geselle: Typhus. Die Opfer, die er sich rücksichtslos holte, blieben, wie so viele zuvor, am Wegesrand einfach liegen. Die Wachsoldaten machten sich seit dem Vorfall mit dem russischen Offizier nicht einmal mehr die Mühe, die Kranken mit ihrem Bajonett zur erdolchen. Vor Hunger und von den Anstrengungen des Marsches geschwächt, übernahm der Frost diese letzte Aufgabe des Henkers.

Irgendwann erreichte der stark dezimierte Tross eine größere Stadt und wurde zu einer stillgelegten Fabrik getrieben. Inzwischen passten alle Gefangenen in die leere Werkhalle. Hier gab es die erste warme Mahlzeit, einen dicken, geschmacklosen Hirsebrei. Zwei Männer mussten sich eine randvoll gefüllte Konservendose teilen, und das Gefühl, versorgt zu werden, weckte bei vielen wieder die Lebensgeister.

Doch der Weitermarsch am nächsten Morgen versprach nichts Gutes. Wieder ging es Stunde um Stunde durch frostige Kälte und Schnee, viel, viel Schnee. Und wieder gab es nichts zu essen und nichts zu trinken.

Auch in den folgenden Tagen schleppten sich die Gefangenen Schritt um Schritt auf ihrem beschwerlichen und nicht enden wollenden Marsch durch die bitterkalte Schneewüste Russlands. Die Eintönigkeit und die gewaltigen Entbehrungen, die den armen Seelen wie aber auch den begleitenden Wachmannschaften abverlangt wurden, erstickten jegliche Hoffnung auf Besserung ihrer verzweifelten Lage. Was hätte man für eine kleine Schüssel heißer, dünner Suppe, dazu einen Kanten harten Brotes gegeben. Sie erschienen angesichts dieser lebensfeindlichen Umstände als das höchste Gut irdischen Glücks. Inzwischen hatte Hermann Linde mit dem Zählen der Tage aufgehört. Was zählen Tage, wen interessiert die Zeit in einer solch aussichtslosen Situation, in der der Tod bereits als süße Verlockung gilt?

„Hier bekommst du zu spüren, wie wertlos, wie überflüssig eigentlich so ein Menschenleben ist", stöhnte Hermann, das tägliche Sterben vor Augen. Und es sollten noch viele, viele elendig krepieren. Was die Deutschen in ihren Konzentrationslagern mit Gas erreichten, dafür sorgten in Russland Hunger, Durst, Seuchen, Frost und die Kälte, auch die der Wachmannschaften.

„Nicht erst hier", entgegnete der Feldwebel. „Das ist doch während des ganzen Krieges so. Du krümmst deinen Finger am Abzug und auf der anderen Seite stirbt ein Mensch."

„Ich habe keinen Finger gekrümmt, nicht ein einziges Mal", protestierte Hermann. „Ich habe Sanitätshilfe geleistet und keine Sterbehilfe."

„So meinte ich das doch auch gar nicht. Im Krieg zählt kein verdammtes Menschenleben. Und für all das hier brauchen wir uns gar nicht zu beschweren: Die Russen zahlen uns nur mit gleicher Münze heim, was wir ihnen angetan haben."

„Und das auf Heller und Pfennig."

Die letzten drei Überlebenden einer deutschen Infanteriekompanie, der Feldwebel, ein Gefreiter und der Sanitätsunteroffizier Hermann Linde erreichten nach zwölf Tagen endlich ihr Ziel. Das Sammellager bestand aus eilig zusammengeschusterten Holzbaracken in primitivster russischer Bauart, wo der Wind durch alle Ritzen pfiff. Über hundert Gefangene wurden in jede dieser schäbigen Behausungen hineingepfercht, die, mit Betten ausgestattet, vielleicht Platz für dreißig Personen geboten hätten. Aber an eine solch komfortable Schlafmöglichkeit war nicht zu denken, und die abgemagerten Landser konnten sich schon nicht mehr erinnern, wann sie zuletzt in einem schönen, warmen, weichen Bett geschlafen hatten. Dass die Unterkünfte über einen Bretterboden verfügten, wurde schon als riesiger Vorteil empfunden, wo man doch während des zermürbenden Marsches mit hartem Betonboden oder gefrorener Erde hatte vorlieb nehmen müssen.

Das Lager war innen mit einem einfachen Palisadenzaun und außen mit einem Stacheldrahtzaun gesichert. Links und rechts neben dem Haupttor gab es zwei Wachtürme wie auch in regelmäßigen Abständen ums gesamte Lager. Bei Fluchtversuchen wurde ohne Warnruf scharf geschossen. Aber wer von den ausgezehrten Geschöpfen, die nicht einmal wussten, wo sie sich befanden, sollte fliehen und vor allem, wohin? Natürlich gab es Ausbruchsversuche, die aber nicht darauf abzielten, dem Lager, sondern dem Leben zu entkommen.

Die drei Letzten ihrer Kompanie standen bei der Aufteilung dicht beisammen und hatten Glück, nicht voneinander getrennt zu werden. Schnell bemerkte Hermann, da schon viele armselige Kreaturen in den Baracken hausten, dass die Unterkünfte mit Gefangenen ihres Zuges lediglich aufgefüllt wurden. Sie waren der Ersatz für die namenlosen Toten, die vor ihnen hier gelandet waren und durch ihr Ableben Platz für die Nächsten geschaffen hatten. Jeder der Neuankömmlinge, obwohl sie alle im selben Boot, vielmehr im selben Lager saßen, wurde argwöhnisch gemustert. Besonders große Feindschaft wurde den Deutschen von ihren einstigen Verbündeten wie Rumänen, Ungarn und Italienern entgegengebracht. Wie wilde Tiere fielen sie oft übereinander her, prügelten und verletzten sich, als hätten sie es noch nicht schwer genug.

Doch so unerträglich dieses Leben, vielmehr dieses Dahinvegetieren auch war, es gab einen noch ärgeren Feind, der vor allem durch seine schiere Übermacht nicht zu besiegen gewesen wäre:

Läuse, Tausende und Abertausende dieser kleinen Plagegeister, die sich vor allem nachts durch die dicht zusammengepferchten Körper spielend leicht ausbreiten konnten und die ihre Wirte mit einem schmerzhaften Juckreiz peinigten. Die kraftlosen und bis auf die Knochen runtergehungerten Gestalten wurden förmlich von diesen Parasiten bis auf den letzten Blutstropfen ausgesaugt. Wer die Nacht überlebt hatte, war den ganzen Tag damit beschäftigt, Läuse zu jagen und zwischen den Fingern zu zerquetschen, in der Hoffnung, in der kommenden Nacht weniger stark leiden zu müssen. Aber auch Flöhe machten den Gefangenen das Leben schwer und Ratten, die unter den Bretterböden lebten und nachts aus ihren Löchern gekrabbelt kamen, um über ihre geschwächten Opfer herzufallen.

Immerhin wurde die Verpflegung besser, besser als während des langen Marsches, bei dem es so gut wie nichts zum Essen gegeben hatte. Im Lager wurde einmal am Tag eine lauwarme und mit viel Wasser gestreckte Kohlsuppe gereicht. Alle paar Tage gab es sogar eine dünne Scheibe Brot, durch die man die Prawda hätte lesen können. Hermann erfuhr erst viel später, als er wieder zu Hause war und die russische, kommunistische Propaganda ein ständiger Begleiter im Aufbaukampf der jungen Deutschen Demokratischen Republik war, dass Prawda übersetzt „Wahrheit" heißt, die er in all den Jahrzehnten nach den Lagern und bis kurz vor seinem Tod für sich behalten hatte – aus Scham und aus Angst.

Die wochenlange Mangelernährung und die katastrophalen hygienischen Zustände bescherten den Gefangenen weitere Probleme: Krankheiten, denen sie wehrlos ausgesetzt waren, da es keine Medikamente gab. Und so sorgten Tuberkulose, Diphtherie, Typhus und Gelbsucht für ein regelrechtes Massensterben. Jeden Morgen wurden die Leichen der in der Nacht Verstorbenen nach draußen gebracht und vor den Baracken abgelegt, wo sie später von einem Leichenkommando abgeholt wurden.

Auch die unversorgten Wunden der Leichtverwundeten, die den Todesmarsch überlebt hatten und hier im Lager gestrandet waren, machten den Betroffenen zunehmend Probleme. Hermann Linde, der ohne Sanitäter-Ausrüstung kaum helfen konnte, bemühte sich trotzdem um jeden, egal ob Deutscher, Italiener oder Rumäne. Damit verschaffte er sich den Respekt unter den Barackenbewohnern. Bald schon wurde er anerkennend „Doc“ gerufen. Aus der Unterwäsche von Verstorbenen fertigte er Kompressen und Binden. Hermann sah Wunden in einem entsetzlichen Zustand. Verbände waren tagelang nicht erneuert worden, außen schmutzig grau, völlig durchnässt mit eitrigem Wundsekret und innen fürchterlich stinkend, weil das Fleisch zu faulen begann. In den Wunden tummelten sich fette Fleischmaden, die Hermann mit einer aus Draht gefertigten Pinzette vorsichtig herauszog, damit sie keinen weiteren Schaden anrichten konnten.

Obwohl sich Hermann um jeden bemühte, er konnte keinem wirklich helfen, ohne Schmerzmittel, ohne chirurgische Instrumente, ohne Desinfektionsmittel, ohne sauberes Verbandszeug. Ein wenig konnte er den Schmerz der Verwundeten lindern, aber überlebt hat trotz allem keiner – nicht ein einziger.

„Das Leben hier besteht nur aus Sterben“, stammelte Hermann resignierend.

„Unterschätz deine Hilfe nicht!“, entgegnete der Feldwebel, der ihm bei der Herstellung von Verbandszeug half. Auch der Gefreite unterstützte seinen Sanitäter und war froh, auf diese Weise etwas Sinnvolles, etwas Nützliches tun zu können.

„Hermann“, meinte der Gefreite, „du gibst diesen Männern das Gefühl, dass jemand da ist für sie.“

„Genau“, ergänzte der Feldwebel, „hast du nicht die dankbaren, die fast zufriedenen Gesichter der Toten gesehen? Mehr kannst du hier nicht ausrichten.“

„Ich weiß nicht“, schüttelte Hermann verzweifelt den Kopf, „das Einzige, was ich in den traurigen Augen der Verstorbenen gesehen habe, war Dankbarkeit für ihre Erlösung.“

20

„Du Karin, ich kann nirgends die Aufzeichnungen finden“, stöhnt Ulf, während er die Wohnzimmerschränke durchwühlt.

„Welche Aufzeichnungen?“

„Die Gesprächsprotokolle, die ich damals bei meinem Opa angefertigt habe, im Pflegeheim.“

„Ulf, da war ich nicht dabei.“

„Aber du hast mir doch beim Abhören der Bänder geholfen.“

„Stimmt. Jetzt erinnere ich mich wieder.“

„Meine Güte, die Unterlagen könnten mir jetzt helfen bei meinem Roman. Ich habe sie, wenn ich mich recht erinnere, in einer grauen Klemmmappe abgeheftet.“

„Hast du's schon mal auf dem Dachboden versucht? Vielleicht sind sie in einem der Umzugskartons.“

„Ja, stimmt.“ Ulfs Gesicht hellt sich plötzlich auf. „Seit dem Umzug habe ich sie nicht mehr gesehen.“

Euphorisch eilt er die Treppe zum Dachboden hoch und reißt die erste Doppeltür der Einbauschränke auf. Dieser Schrank ist vollgestopft mit Kartons unterschiedlichster Größen. Er öffnet die nächsten Türen. Überall das gleiche Bild. Mein Gott, denkt er, warum hebt man nur diesen ganzen Plunder auf, der irgendwann doch nur auf dem Müll landet? Auch auf der gegenüberliegenden Seite sind die Schränke mit kleineren und größeren Kartons und Umzugskisten vollgestopft.

Mir wird wohl nichts anderes übrig bleiben, als das hier alles systematisch zu durchsuchen, überlegt er und holt alle Pappkisten des ersten Schranks heraus. Ulf stellt die Kartons so ab, dass er sie nach erfolgter Prüfung in umgekehrter Reihenfolge wieder einstapeln kann. Manchmal lässt eine Beschriftung auf den Inhalt schließen. Ulf liest das Wort „Weihnachtsdeko“, mit dickem Filzstift geschrieben. Er schlägt die Laschen zurück und findet Spielsachen seiner Tochter. Da sich gleich die erste Kontrolle als Fehlgriff erwiesen hat, will er nun jeden einzelnen Karton auf seinen Inhalt überprüfen.

Nach drei erfolglos durchwühlten Kartons droht Ulf, in Hektik zu verfallen. Ihn beschleicht der böse Verdacht, die Aufzeichnungen weggeschmissen zu haben, weil er damals eine Verwendung für ausgeschlossen gehalten hatte. Aber daran kann er sich nicht erinnern. Das lässt zwei Vermutungen zu: Entweder er hat die Protokolle entsorgt und in der Zwischenzeit vergessen, oder er hat sie nicht entsorgt, dann müssten sie zu finden sein.

Ulf hält inne und zwingt sich zur Ruhe: Am besten, ein Blick zur Uhr verrät, dass in einer Stunde Zeit fürs Abendbrot ist, ich hole mir eine Flasche Bier und gehe die Sache gemütlich an. Er steigt die Treppe wieder runter, holt sich die besagte Flasche Pils und einen Stuhl, um nicht die ganze Zeit in dieser ungemütlichen Hock- und Kauerstellung verbringen zu müssen.

Die nächste Kiste enthält mehrere Aktenordner, darunter einige mit Steuerunterlagen aus den Neunzigerjahren. Damals hat er sich noch selbst mit der jährlichen Steuererklärung herumgeschlagen. Ulf kann der Versuchung nicht widerstehen, einen Ordner herauszuziehen und zu öffnen. Er legt ihn auf seinen Schoß und schlägt den Deckel zurück. Langsam durchblättert er die Seiten. Mein Gott, wie wenig wir damals verdient haben. Bei den Steuerformularen aus dem Jahr 1992 wird Ulf an die Fahrten ins Naumburger Krankenhaus nach Opa Hermanns tragischem Treppensturz erinnert. Er hatte die Krankenbesuche als „außergewöhnliche Belastung" angegeben. Ohne Erfolg! Die penniblen Finanzbeamten hatten gnadenlos den Rotstift angesetzt.

Mit den ersten fünf Kartons ist er fertig und hat sie zurück in den Schrank geräumt. In den nächsten beiden Kisten findet er Schulhefte und alte Schulbücher seiner Frau. Meine müssen hier auch irgendwo sein, denkt Ulf und setzt die Suche fort. Der letzte Karton enthält Unterlagen von Karins Berufsausbildung. Schnell packt er alles zurück und schließt den ersten Schrank. Die Bierflasche ist ausgetrunken und gerade in dem Moment, als er den zweiten Schrank in Angriff nehmen will, wird er zum Abendbrot gerufen.

An diesem 3. April 2022, an dem Ulf begonnen hat, den Dachboden nach den Gesprächsprotokollen von Opa Hermann zu durchforsten, erfährt die Welt von schrecklichen Kriegsverbrechen der russischen Armee. Die Eheleute Becker sehen sich den täglichen Brennpunkt an und hören von schlimmsten Gräueltaten, die im Kiewer Vorort Butscha von russischen Soldaten begangen wurden. Nach ihrem Rückzug werden Massengräber entdeckt, auf den Straßen liegen noch immer erschossene Zivilisten, darunter hingerichtete Männer mit auf dem Rücken verbundenen Händen und deutlichen Folterspuren. Die Beckers sind entsetzt, tief erschüttert, geschockt über dieses brutale Abschlachten. Und der Kreml wiegelt ab, erklärt stattdessen mit zynischer Häme, das wären die Ukrainer selbst gewesen.

„Weißt du, an was mich das erinnert?", fragt Ulf.

„Na, nun sag schon!"

„An die Waffen-SS. Die haben im Zweiten Weltkrieg genauso wie jetzt die Russen gewütet, haben unvorstellbare Gräueltaten gegen die Zivilbevölkerung begangen."

„Gibt es denn gar keine Möglichkeit, das alles zu beenden?"

„Wäre Hitler damals zu stoppen gewesen? Es gibt nur einen einzigen Weg: Die ganze Weltgemeinschaft tut sich zusammen und erklärt Putin den Krieg, wenn er nicht sofort die Ukraine verlässt."

„Leider nur Theorie."

„Ich weiß."

Am nächsten Morgen verabschiedet sich Karin zum Frühdienst und gibt ihrem Mann das obligatorische Küsschen. „Viel Erfolg bei deiner Schatzsuche!", sagt sie, ehe sie die Haustür schließt.

„Und dir viel Spaß bei deinen Senioren!", ruft Ulf hinterher, aber das hört sie schon nicht mehr. Karin arbeitet als hauswirtschaftliche Hilfe in einem Pflegeheim. Nachdem er allein ist, steigt er die Treppe zum Dachboden hoch und öffnet den zweiten Schrank. Dabei geht er haargenauso vor wie am Vortag: Alles leer räumen, der Reihe nach hinstellen und anschließend alle Kisten sorgfältig untersuchen. Selbst kleinere Kartons, in die die gesuchte Klemmmappe gar nicht reingepasst hätte, öffnet er und prüft sie auf deren Inhalt. Das Wühlen und Schnüffeln in den alten Sachen erscheint ihm wie eine Zeitreise in die eigene Vergangenheit. In einem Karton findet er mehrere persönliche Dokumente: seinen Pionierausweis, Mitgliedsbücher von der FDJ, dem DTSB und dem FDGB. Später wird Letzterer vom IG-Metall-Ausweis abgelöst. Sein altes SV-Buch ist auch dabei, sein Wehrdienstausweis, ein alter Betriebsausweis, seine Monatskarte für die S-Bahn und sein DDR-Führerschein.

Im dritten Schrank, den er sich am Nachmittag vornimmt, stößt Ulf auf zahlreiche Kartons mit Fotoalben, eine konservierte Welt aus Lebenssequenzen. Er durchblättert nacheinander alle Alben und kann sich an jeden einzelnen Augenblick erinnern, in dem die Fotos entstanden sind. Mein Gedächtnis funktioniert also noch, von demenzbedingten Aussetzern keine Spur. Viele der Aufnahmen sind schwarz-weiß und in kleineren Formaten, teilweise mit gezackten Rändern: Bilder aus seiner Kindheit. Oma Käthes sechzigster Geburtstag im Garten zwischen Vorder- und Hinterhaus in der Thüringer Kleinstadt an der Schnauder. Da war ich sechs Jahre alt, überlegt Ulf. Er betrachtet aufmerksam das Gruppenfoto. Opa Wilhelm fehlt. Er war zwanzig Jahre zuvor an den Folgen seines exzessiven Zigarettenkonsums gestorben. Eine andere Aufnahme zeigt Oma Käthes Brüder Richard und Fritz, beide Kriegsinvaliden. Während Richard ein Bein verloren hatte und sein volles Bierglas dem Fotografen entgegenstreckt, muss Fritz sein Glas umständlich mit den beiden Armstümpfen halten. Er soll wohl seine Hände, so wurde in der Familie erzählt, bei der Detonation einer Tellermine verloren haben. Ulf kann sich noch deutlich an diese unheimliche Begegnung erinnern. Er hat sich vor den beiden Invaliden gefürchtet, besonders die fehlenden Hände haben dem Sechsjährigen einen mächtigen Schrecken eingejagt.

In einem anderen Album findet er Bilder seiner Großeltern aus der Jahnstadt an der Unstrut. Ostern 1968 im Garten hinterm Haus, in dem sie Ostereier versteckt hatten. Da posierte Oma Klara vor dem Fotografen, ihrem Schwiegersohn Hartmut, mit einem zufriedenen Lächeln. Opa Hermann blickt wie immer ernst und nachdenklich, eine Spur griesgrämig. Zur Feier des Tages wurde wie immer ein Kaninchen geschlachtet, die sein Opa zu dieser Zeit noch zahlreich hatte. Ulf mochte das zarte Fleisch, dessen milder Geschmack ein wenig an Hühnchen erinnerte.

Die nächste Kiste enthält Alben mit Urlaubsfotos. Bilder von der

Ostsee, aus dem Harz, dem Erzgebirge und all den anderen Orten, in denen sie ihre Ferien verbrachten. Die Erinnerungen wecken starke Emotionen. Ulf wischt sich mit dem Handrücken eine Träne aus dem Gesicht und muss sich plötzlich schnäuzen, als würde ihn ein Schnupfen heimsuchen. Aber das ist es nicht. Er wird sich wieder seiner neurologischen Diagnose bewusst, die sich im Moment noch nicht bemerkbar macht, die sich aber bald durch sein Gehirn fräsen wird. Anfangs langsam nur, dann aber umso heftiger. Da hält man die schönsten Momente seines Lebens auf Fotopapier fest, sammelt, sammelt und sammelt die Bilder all die Jahre – und dann werden diese glücklichen Erinnerungen einfach gelöscht, von einer heimtückischen Krankheit im Gehirn auf Nimmerwiedersehen zerstört. Ulf weiß, er hat sich seit der Diagnose belesen, dass ab einem gewissen Fortschritt der Krankheit, der eigentlich ein Rückschritt ist, den Betroffenen der Bezug zu den Fotos abhandenkommt. Sie können Gesichter nicht mehr bestimmten Personen zuordnen. Selbst ihr eigenes Antlitz gerät in Vergessenheit. Ihr eigenes Spiegelbild wird ihnen fremd.

Das letzte Album hatte sein Vater Hartmut angelegt. Alle Kinderfotos zeigen Ulf ausschließlich beim Sport, beim Training oder bei Wettkämpfen. Kein einziges Bild, auf dem er spielt, lacht, einfach nur ein glückliches Kind wäre. Stattdessen: Aufnahmen vom Sechzig-Meter-Lauf, vom Weitsprung, Hochsprung oder beim Ballstoß. Sein Vater war ein strenger, fordernder Trainer, der keinerlei Schwächen duldete, der bedingungslosen Gehorsam verlangte. Das war eine schlimme Zeit für Ulf, da er sich dagegen nicht wehren konnte. Er war seinem Vater ausgeliefert wie ein Opfer seinem Geiselnehmer. Es gab kein Entrinnen. Ihm wurde keine Wahl gelassen. Die einzige Möglichkeit, die Ulf in dieser Situation blieb, war, die Befehle und Anweisungen des autoritären Vaters zu befolgen wie der Soldat im Krieg. Er tat es, aber lustlos. Ihm fehlte die Motivation, und das Resultat zeigte sich in schlechten Ergebnissen. Sein Vater geriet dann jedes Mal außer sich, blieb ohne Verständnis und Mitgefühl für den Jungen, und sein Jähzorn entlud sich, indem er Ulf mit harten Schlägen traktierte. Von liebevoller Zuneigung keine Spur.

Bei den jährlich stattfindenden Kinder- und Jugendspartakiaden, den Kreis- und Bezirksmeisterschaften kam Ulf nie über mittlere Ränge hinaus. Das machte seinen Vater rasend vor Wut. Besonders eingeprägt hat sich Ulf die vergeigte Aufnahmeprüfung zur Kinder- und Jugend-Sportschule, die ihm eine gehörige Tracht Prügel eingebracht hatte. Danach konnte er wegen der Striemen und Blutergüsse auf seinem Hinterteil tagelang nicht schmerzfrei sitzen und wurde in der Schule mit einem Eintrag seiner Klassenlehrerin bestraft, die in Ulfs Hin- und Hergerutsche eine respektlose Störung des Unterrichts sah. Der Tadel brachte dem Jungen erneut Schläge ein. Und selbst in diesem Augenblick der Erinnerung spürt Ulf wieder dieses schmerzhafte Brennen auf der Haut.

„Ich habe die Mappe noch immer nicht gefunden", gesteht er Karin, als sie vom Frühdienst nach Hause kommt.

„Hast du alles durchsucht?"

„Nein, ein Schrank bleibt mir noch. Den nehme ich mir morgen vor."

Auch am dritten Morgen begibt sich Ulf auf den Dachboden, seinen momentanen Arbeitsplatz. Sein eigentliches Arbeitszimmer, steuerlich gemeldet, hat er sich vor knapp zwanzig Jahren im Kinderzimmer eingerichtet, als die Tochter ausgezogen war, um in der Ferne eine Ausbildung zu beginnen.

Der letzte Schrank, die letzten Kartons, die letzte Chance. Ulf sagt laut, frei interpretiert nach Schillers Glocke: „Heute muss die Suche klappen, frisch, Gesellen, seid zur Hand.“

Wie an den beiden Vortagen räumt er alle Kisten heraus und beginnt, wohl um die Spannung ins Unerträgliche zu steigern, mit den kleineren Pappschachteln, die unmöglich das Gesuchte enthalten können. Darunter sind mehrere Schuhkartons. Er nimmt sich den ersten vor und findet alte Wanderkarten aus DDR-Zeiten, die sie sich in ihren Urlausborten gekauft hatten, um nicht orientierungslos durch die Wälder im Erzgebirge, Vogtland, Harz oder Thüringer Schiefergebirge zu streifen. In einem zweiten Behälter stößt Ulf auf ADAC-Straßenkarten aus den Neunzigerjahren, die sie kostenlos für ihre Reisen nach Österreich, Italien, Slowenien und Kroatien bekommen hatten und die heute in Zeiten genauer Navigationsgeräte überflüssig geworden sind. Ulf beschließt, diese, noch bevor Karin nach Hause kommt, in der blauen Tonne zu entsorgen.

Dann wagt er sich an einen Umzugskarton, auf dem mit schwarzem Marker „Schulsachen Ulf“ geschrieben steht. Und tatsächlich, der Inhalt stimmt mit der Aufschrift überein. Ulf schaut nach, ob sich die gesuchte Klemmmappe eventuell hier versteckt haben könnte. Tut sie nicht. Verflixt, schießt es ihm durch den Kopf. Er nimmt sich den vorletzten Karton vor. Auch hier stimmt Inhalt mit Aufschrift überein: „Unterlagen Lehrausbildung“. Wenn die Wahrscheinlichkeit auch gering ist, die graue Mappe gerade hier zu finden, er holt alles heraus und packt es sorgfältig, aber enttäuscht zurück.

Jetzt bleibt nur noch eine letzte unbeschriftete Kiste und Ulf sagt laut: „Lieber Karton, bitte hab’ Pardon!“

Schon als er die Laschen zurückschlägt, spürt er plötzlich, wie sein Herz zu wummern beginnt. Ulf findet alte Manuskripte, teilweise mit Hand geschrieben, einen dicken Ordner mit Dutzenden von Verlagsabsagen, Mappen mit gesammelten Ideen, zahlreiche Entwürfe zu Erzählungen und sogar einen vollständigen Roman, den er vor über dreißig Jahren geschrieben hatte und an den er sich nicht mehr erinnern konnte, der schlichtweg in Vergessenheit geraten war. Was sich vor ihm ausbreitet, sind wacklige Gehversuche eines Hobbyautors, der sich vor über vier Jahrzehnten auf den beschwerlichen und steinigen Weg begeben hat, ein erfolgreicher Autor zu werden.

Und dann, er traut seinen Augen kaum, findet er die gesuchte Klemmmappe, die aber nicht grau ist wie in seinen Erinnerungen, sondern schwarz. Und es ist auch nicht nur eine Mappe, nein, es sind sogar zwei. So enorm hatte er die Aufzeichnungen gar nicht mehr im Gedächtnis. Ob das schon die ersten Vorboten der Demenz sind, überlegt er. Ach Quatsch, dann hätte ich ja die Aufzeichnungen gänzlich vergessen.

21

Das entwürdigende Massensterben ging weiter, Tag für Tag und Woche für Woche. Täglich wurden zwischen zehn, an ganz schlechten Tagen bis zu fünfundzwanzig Tote vor jeder einzelnen Baracke abgelegt, vom Leichendienst abgeholt und, wie die Inhaftierten glaubten, in Massengräbern verscharrt. Aber das stimmte nicht, jedenfalls nicht zu diesem Zeitpunkt, als der Boden noch tiefgefroren war. Die von den Verstorbenen hinterlassenen Lücken wurden kurze Zeit später von neu eintreffenden Gefangenen geschlossen. Es war ein scheinbar nicht enden wollender Kreislauf, aus Darben und Verderben und Sterben.

Die Kriegsgefangenen, sowohl die im Lager als auch die neu Hinzugestoßenen, waren bis auf die Knochen abgemagert und glichen lebenden Skeletten. Aus den knöchernen Schädeln stachen Jochbein und Kieferknochen hervor. Die Wangen waren eingefallen. Die Gesichtshaut dieser Todgeweihten hatte sich grau verfärbt und selbst junge Männer sahen aus wie Greise. Seit Tagen unrasiert, glichen diese Kreaturen, die kaum noch menschliche Züge trugen, grässlichen Wesen aus der Unterwelt, als wären es Zombis, die ihre Soldatengräber verlassen hatten und nun orientierungslos auf fremdem Boden umherirrten.

Das eintönige Leben im Lager war unerträglich und qualvoll. Das Treiben der Läuse musste man tatenlos hinnehmen, wie auch die immer wieder ausbrechenden Krankheiten, die sich rücksichtslos ihre Opfer holten. Zwischen Leben und Tod war nur ein schmaler Grat. Wenigstens die Verpflegung wurde etwas besser. Anstatt der dünnen Kohlsuppe gab es nun täglich eine Portion Suppe aus nahrhafter Weizenkleie und jeden Morgen, nach der Entsorgung der Toten, wurde ein kleines Fass frischen Trinkwassers in die Baracken gestellt.

Trotzdem hinterließen die entbehrungsreichen Wochen der permanenten Mangelernährung ihre Spuren. Es deutete sich für die Dreiergruppe ein weiterer Verlust an. Dem Feldwebel ging es zusehends schlechter. Er bekam hohes Fieber und fantasierte, wobei er wirres Zeug vor sich hin stammelte. Abwechselnd hielten Hermann und der Gefreite Wache, um den Kranken rund um die Uhr versorgen zu können. Mit Schmelzwasser und feuchten Verbänden versuchten sie, seine Temperatur herunterzukühlen. Sie opferten einen Teil ihrer Suppe, die sie ihm zusätzlich zu seiner eigenen Portion einflößten. Während Hermann den Feldwebel fütterte, musste der Gefreite den Kopf des kranken Kameraden halten, weil dessen

Nackenmuskulatur zu geschwächt dafür war. Nach fünf Tagen hatten sie das Fieber besiegt und langsam erholte sich der Kranke, was einem wahren Wunder gleichkam.

„Danke!", stammelte er eines Morgens, als er sich auf dem Weg der Besserung befand. „Ohne euch läge ich jetzt da draußen bei den anderen."

„Herr Feldwebel", antwortete Hermann bescheiden, „Sie hätten das Gleiche für uns getan. Oder?"

„Sicher doch. Was für eine Frage!"

Hermann Linde fiel eines Tages auf, dass immer weniger Gefangene im Lager ankamen und die neu Eintreffenden sich in einem noch erbärmlicheren Zustand befanden. Das konnte nur bedeuten, dass die Wege der Marschkolonnen immer länger wurden, dass die Front kontinuierlich weiter in Richtung Westen gerückt sein musste, also die Wehrmacht immer weiter zurückgedrängt wurde. Hermanns aufopferungsvoller Kampf um jeden einzelnen Gefangenen, der Hilfe brauchte, hatte die oft überschäumenden Gemüter besänftigt und für einen stärkeren Zusammenhalt unter den Barackenbewohnern gesorgt. Dadurch sank ihre Todesrate. Die Gesunden, wobei man kaum in deren Zustand von gesund sprechen konnte, gaben vom Wenigen, was sie zum Essen bekamen, den Kranken und Schwachen ein klein wenig ab und erhöhten damit deren Überlebenschancen. Und jeder wusste, wenn ich helfe, wird mir geholfen. Als es endlich zur Suppe ein kleines Stück Brot gab, half auch das den Kraftlosen, wieder auf die Beine zu kommen. Und selbst für die, die von Krankheiten ausgezehrt und zum Kauen zu schwach waren, hatte Hermann eine Lösung parat, auch wenn diese sehr unappetitlich anmutete. Er speichelte die Brothäppchen ein, ehe er den entstandenen Brei wie bei einem Baby verfütterte.

Es muss im April gewesen sein, nach über zwei Monaten der Gefangenschaft, die sich für Hermann bereits wie eine Ewigkeit anfühlten, als sich die Lagerleitung endlich um das Läuseproblem kümmerte. Zunächst wurden die Köpfe der Gefangenen kahlgeschoren. Das Rasieren der Körperbehaarung mussten sie selbst erledigen, mit halbstumpfen Rasiermessern. Dann gab es für acht Gefangene einen kleinen Kübel mit lauwarmem Wasser zum Waschen. Eine sorgfältige und ausreichende Köperreinigung war da kaum möglich. Dann wurde über die Gefangenen ein weißes Pulver gestreut, was die lästigen Parasiten in Panik und Aggressivität versetzte. Die sehnsüchtig erhoffte Linderung wollte nicht eintreten. Im Gegenteil. Die wundgescheuerte Haut brannte entsetzlich. Das Pulver führte durch die blutenden Kratzwunden zu schlimmen Ekzemen. Es war zum Verzweifeln: Egal was passierte, immer wieder gab es massive Rückschläge – viele Gefangene bekamen Fieber und überlebten diese Tortur nicht.

Mit dem einsetzenden Tauwetter und den ersten, hoffnungsfrohen Frühjahrsboten begannen überall Kräuter und Grashalme aus dem Boden zu sprießen. Wie Weidevieh krochen die Hungerleider auf allen Vieren durchs Lager und grasten alles ab, zupften jeden noch so zarten Halm aus der Erde. Dann zerkleinerten sie ihre magere Ausbeute und mischten sie unter die Suppe. Bei ihrer Futtersuche fiel dem Gefreiten der hinter den Baracken verlaufende merkwürdige Lagerzaun auf. Von Weitem sah das aus wie aufgestapelte Holzstämme.

„Das ist kein Holz", stammelte Hermann entsetzt, „das sind Leichen. Mein Gott, das müssen ja Tausende sein."

Die Leichenkommandos, die sich jeden Morgen um die vor den Baracken abgelegten Toten kümmerten, hatten die meist nackten Leiber der Verstorbenen zu einem zwei Meter hohen Wall vor dem

Palisadenzaun aufgeschichtet. Nach der Frostperiode erstreckte sich die Leichenmauer einmal ums Lager und bot einen makabren Anblick. Mit der wärmenden Mittagssonne breitete sich übers ganze Lager ein süßlicher Verwesungsgeruch aus, der auch der Lagerkommandantur mächtig stank.

Bald schon waren, nicht weit vom Lager entfernt, kräftige Detonationen zu hören und durch die Vibrationen im Boden zu spüren, dass einige vermuteten, die Front sei zurückgekehrt. Manche machten sich sogar Hoffnung, bald befreit zu werden. Dabei hatte die Rote Armee die Deutschen bereits bis ins Donezbecken zurückgedrängt. Vom Gefreiten, der zum Leichendienst eingeteilt worden war, erfuhren sie, dass ein paar Kilometer außerhalb vom Lager riesige Gruben in die Erde gesprengt worden waren, in der die Toten entsorgt und anschließend mit Erde bedeckt wurden, was schwere Planierraupen erledigten.

Am ersten Abend seiner Bestattungsarbeit stammelte der Gefreite unter Tränen: „Es ist so schrecklich. Hier möchte ich nicht begraben sein, nicht hier!“

„Kopf hoch, Junge! Denk an die ersten Tage, wie schlecht es uns da ging!“, mahnte ihn der Feldwebel.

„Wir müssen durchhalten“, ermunterte ihn auch Hermann. „Zu dritt schaffen wir das.“

Sie sollten es nicht schaffen, jedenfalls nicht zu dritt. Im Lager war die Ruhr ausgebrochen und viele Gefangene litten entsetzlich unter dieser heimtückischen Krankheit. Auch den Gefreiten hatte es erwischt. Eines Nachts klagte er über entsetzliche Bauchkrämpfe. Er bekam Fieberschübe und musste sich, obwohl er kaum etwas gegessen hatte, erbrechen.

An einigen Stellen im Lager wurden eilig kleinere Gruben ausgehoben, über die man Bretter als Donnerbalken legte und die als

Notlatrinen von den Ruhrkranken benutzt werden mussten. Schnell füllten sich die Gruben mit blutig-wässrigem Stuhl. Kein schöner Anblick, wenn bei den Leidenden das blanke Blut aus dem After spritzte. Viele der Betroffenen benötigten die Hilfe ihrer Kameraden, waren selbst zu schwach für den Toilettengang, manch einer stürzte in die blutige Brühe und ertrank darin. Durch die noch immer herrschenden Nachtfröste wuchsen während der nächtlichen Toilettengänge rote Stalagmiten teilweise bis zu den Sitzbrettern hoch.

Zwei Tage später war der Gefreite tot, und seinen sterblichen Überresten widerfuhr, was er unbedingt vermeiden wollte. Sein Leichnam versank in russischer Erde. Für seine Familie galt er als vermisst, schon seit Monaten als vermisst in Stalingrad. Und kein Angehöriger in der Heimat konnte sich auch nur ansatzweise vorstellen, was diese Männer in den Lagern aushalten mussten.

Wie ein Lauffeuer verbreitete sich Ende August ein Gerücht im Lager, wonach in Kürze ein Ärzte-Komitee aus Moskau eintreffen würde.

„Hermann, was hat das zu bedeuten?“, fragte der Feldwebel beunruhigt.

„Keine Ahnung.“

„Aber du bist Sani! Du musst dir doch einen Reim darauf machen können.“

„Nun ja“, druckste Hermann herum, „was werden wohl Ärzte von uns wollen? Uns untersuchen werden sie. Vielleicht sind die in Moskau stutzig geworden, wegen der hohen Sterblichkeit. In anderen Lagern wird es nicht besser aussehen.“

Sanitätsunteroffizier Hermann Linde lag mit seiner Vermutung gar nicht so falsch.

„Meinst du, die Russen haben plötzlich ein schlechtes Gewissen, wegen der Zustände im Lager?“

„Ha, ha“, lachte Hermann, „soll das ein Witz sein? Die Russen und ein schlechtes Gewissen! Du hast doch selbst miterlebt, wie die ihre eigenen Soldaten verheizt haben. Rücksichtslos in unsere MG-Feuer haben sie sie gejagt, Welle für Welle, ohne jegliches Erbarmen. Die Russen handeln barbarisch, bestialisch, brutal – aber nie grundlos.“

„Richtig. Wir Deutschen sollten unsere Munition verballern, das war der Grund.“

„Hat ja auch funktioniert, durch ihre schiere Übermacht.“

„Aber was hat das jetzt mit den Ärzten zu bedeuten?“

„Die haben was vor mit uns. Da steckt Kalkül dahinter.“

Bereits am nächsten Morgen erhielt jeder Gefangene eine dünne Scheibe Brot, ein paar Gramm Butter und einen Klecks Rübenmarmelade.

„So was Gutes habe ich schon lange nicht mehr zwischen die Zähne bekommen“, freute sich der Feldwebel.

„Die wollen uns aufpäppeln“, dämmerte es Hermann.

„Glaube ich nicht. Die haben selbst kaum was zu beißen. Schau dir doch mal die Posten an! Die sehen nicht viel besser aus als wir.“

„Ja, ich weiß. Aber trotzdem, es macht Sinn. Die lassen uns doch hier nicht ewig versauern. Die brauchen uns als billige Arbeitskräfte, und die Ärzte sollen unsere Tauglichkeit prüfen.“

Mittags gab es die obligatorische Suppe, die nun aber ein wenig dicker und gehaltvoller ausfiel, sogar ein paar winzige Fasern Fleisch schwammen in der Brühe. Abends dann wieder eine Brotscheibe, dünn bestrichen mit Schweineschmalz, dazu ein Stück Hartkäse. Was für ein Fest nach wochenlangem Darben!

Die Zahl der Toten nahm ab, die Gefangenen nahmen zu. Es

gelang der Lagerleitung trotzdem nicht, die monatelange Unterernährung zu kaschieren. Als die Ärztedelegation tatsächlich eintraf, befanden sich die Lagerinsassen noch immer in einem erbärmlichen Zustand. Die Mediziner waren erschüttert über die völlig abgemagerten Gestalten, die sich zu den Untersuchungen vollständig entkleiden mussten. So mancher Arzt erinnerte sich wohl beim Anblick dieser dürren Menschen an die künstlichen Skelette im Hörsaal während der Studienzeit.

Die Doktoren untersuchten die Gefangenen sehr gründlich, befragten sie nach überstandenen Krankheiten und notierten sich die geschilderten Symptome. Hermann hatte nicht mit einer derartigen Freundlichkeit der Ärzte gerechnet. In deren Augen mussten sie doch allesamt Kriegsverbrecher sein. Wer weiß, was ihre Angehörigen, ihre Freunde oder Bekannten durch die deutschen Aggressoren erleiden mussten, wie viel Tote sie zu beklagen hatten. Sie hätten allen Grund gehabt, sie zu hassen wie die russischen Lagerwachen, die sie dementsprechend behandelten, als wären sie Tiere und keine Menschen. Nein, dieser Vergleich hinkt. Mit Tieren wird wahrscheinlich fürsorglicher umgegangen.

„Sie sind sehr nett zu uns“, konnte es sich Hermann dem untersuchenden Doktor gegenüber nicht verkneifen.

„Sie irren sich“, entgegnete der russische Arzt höflich und in einem erstaunlich guten Deutsch und erklärte dem verwunderten Sanitäter, „dass wir hier sind, ist nur, wie sagt man in Deutschland: Mittel zum Zweck. Ihr Deutschen habt viel gutzumachen, aber dafür müsst ihr gesund sein und bei Kräften.“

Hermann war klar, das konnte nur bedeuten, wie er bereits vermutet hatte, dass man sie zum Arbeiten brauchte. Er wurde nach seinem Gewicht vor dem Krieg gefragt und antwortete: „Einundachtzig Kilo.“

„Stattlich", sagte der Arzt und bat seinen Patienten auf die alte, klapprige Arztwaage.

„Da ist aber nicht mehr viel übrig", kommentierte der Mediziner und stöhnte: „Gerade mal sechsundvierzig Kilo."

„Wo haben Sie eigentlich so gut Deutsch gelernt?", versuchte Hermann den Mediziner von seinem Gewicht abzulenken. Ihm war sein äußeres Erscheinungsbild peinlich, obwohl er ja nichts dafürkonnte. Seine Beckenknochen stachen hervor wie auch seine Rippen, als wären seine Knochen nur mit Haut bespannt. Der Bauch wölbte sich nach innen. An Beinen und Armen waren nur noch verkümmerte Muskelstränge sichtbar. Hermann sah sprichwörtlich aus wie der Tod auf Latschen. Und dann die graue, blasse Haut – die Haut eines Todgeweihten.

„Ich habe einige Semester in Heidelberg studiert, 1925. Habe drei Jahre in Deutschland gelebt."

„Das finde ich gut", sagte Hermann.

„Dass ich Deutsch spreche?"

„Das auch. Nein, ich meine: Die Menschheit sollte besser voneinander lernen als aufeinander zu schießen."

„Das erzählen Sie lieber mal Ihrem Herrn Hitler!"

„Das ist nicht mein Herr Hitler! Ich mag ihn ebenso wenig wie Sie. Ich wollte auch nicht in diesen verdammten Krieg. Ich war …, ich bin Sanitäter. Habe in Stalingrad sogar einem Ihrer Landsleute geholfen. Habe ihm den Oberschenkel versorgt, glatter Durchschuss."

„Schön", bemerkte der Arzt und bat den nächsten Gefangenen herein. „Und sehen Sie zu, dass Sie etwas auf die Rippen bekommen!", rief er Hermann hinterher.

„Sehr gern", antwortete Hermann, „bloß wovon?"

In den nächsten Wochen wurden die Lagerinsassen langen Verhören unterzogen, nachdem ihre gesundheitliche Verfassung akribisch dokumentiert worden war. Die Lagerkommandantur wollte bei jedem Einzelnen die Schuldfrage am und im Krieg klären, was anschließend zu einer sehr wichtigen Entscheidung führen sollte, wichtig für die Betroffenen. Die Verhöre wurden von geschulten Politkommissaren durchgeführt, die alle Tricks und Ablenkungsmanöver der Deutschen kannten. Wehrmachtsangehörige, die in aktiven Einheiten wie bei der Artillerie, bei den Panzern oder als MG-Schützen gekämpft hatten, und diejenigen, die Mitglied in der Nazipartei waren, wurden gnadenlos in Straflager geschickt. Sie machte man für die hohen eigenen Verluste und die Zerstörung ihrer Städte und Dörfer verantwortlich. So erwischte es auch den Feldwebel, dessen Beschwichtigungen keinerlei Glauben geschenkt wurden. Die befragenden Offiziere sahen in diesen Versuchen feige und niederträchtige Ausreden mit dem durchschaubaren Ziel, einer in ihren Augen gerechten Strafe zu entgehen.

Anders lief es bei Hermann, der eindrucksvoll die Episode in der Fabrikhalle mit dem verwundeten Rotarmisten schilderte und glaubhaft versichern konnte, während des ganzen Krieges, weder in Frankreich noch in Russland, je einen einzigen Schuss abgegeben zu haben. Und er verriet den Kommissaren sein bisher erfolgreiches Motto: „Wenn ich nicht schieße, wird auch nicht auf mich geschossen." Und dann erklärte er: „Ich fühle mich zuständig für die Verletzten, die Verwundeten und die Kranken, egal welcher Nation. Auch hier im Lager", erklärte er abschließend.

„Wir hoffen, dass du uns die Wahrheit sagst", übersetzte der Dolmetscher. „Trotzdem trägst auch du eine Mitschuld. Aber, du kannst es wieder gutmachen."

„Und wie?", stammelte Hermann, der nach der ärztlichen Untersuchung bereits wusste, was ihn erwartete.

„Rabota, rabota", lachte der Übersetzer. „Arbeiten, viel und hart arbeiten. Vier Jahre lang!"

Die letzten drei Worte jagten Hermann einen eiskalten Schauer über den Rücken. Über vier Jahre war er nun schon fort von zu Hause – fort von seiner Jahnstadt an der Unstrut, getrennt von Frau und Kindern und dem Vater. Rosa, seine älteste Tochter rechnete er schnell, war inzwischen acht, Helga fünf und Inge zwei. Sein Sohn Gerd, von dessen Existenz er nur aus den Feldpostbriefen wusste, musste mittlerweile ein Jahr alt sein. Und jetzt sollte dieser ganze Wahnsinn noch einmal so lange dauern? In diesem Moment fühlte er schmerzhaft, wie sich die Lebensgeister aus seinem Körper verabschieden wollten. Zum ersten Mal dachte er daran, seinem Leben selbst ein Ende zu setzen. Vier Jahre, vier verdammt lange Jahre, stammelte Hermann unter Tränen: Wie soll ich das nur durchstehen? Er war der Verzweiflung nahe.

Als der deutsche Sanitäter nach seinem Beruf gefragt wurde, antwortete er mit tränenerstickter Stimme: „Plotnik." Es war eines der wenigen russischen Wörter, die er bisher gelernt hatte.

„Du hast mit Holz gearbeitet? Ochen' khorosho", freute sich der Dolmetscher. „Da haben wir was für dich. Wird dir gefallen."

Mit diesen ungewissen Worten, die alles bedeuten konnten, schickten sie Sanitätsunteroffizier Hermann Linde zu seiner Baracke zurück. Insgeheim hoffte er, vielleicht irgendwo in einer Tischlerei unterzukommen. Diese Tätigkeit war ihm vertraut, auch wenn er diese seit vier Jahren nicht mehr ausgeübt hatte. Vielleicht dürfte er schicke Möbel bauen, für russische Offiziere. Oder, da ja viele Häuser zerstört waren, würde man ihn zum Treppenbau heranziehen. Auch Dachstühle könnte er zimmern oder Fundamente einschalen. Wie sehnte er sich, seinen erlernten Beruf wieder ausüben zu können, auch ohne Bezahlung, nur für einen mageren Teller Suppe und eine Scheibe Brot. Hermann versuchte, sich an den Geruch von Kiefernholz zu erinnern oder an den trockenen Staub, der beim Hobeln von Harthölzern durch die stickige Luft wirbelt. Ja, das wäre ein Hoffnungsschimmer. Da würde er sich zusammenreißen, auf diese Weise würde er die vier Jahre ertragen können.

Aus den Gesprächen mit anderen Gefangenen erfuhr Hermann später, dass man Funker, Melder, Verpflegungssoldaten, Fahrer von Sanitätsfahrzeugen und Sanitäter offensichtlich als harmlose Mitläufer eingestuft hatte und diese Personen in Arbeitslager geschickt werden sollten. Bereits wenige Tage später stellte die Lagerleitung den ersten Marschtross zusammen. Hermann Linde gehörte dazu und musste sich von seinem Feldwebel, dem letzten Überlebenden seiner Infanterie-Kompanie, verabschieden. Sie gaben sich schweigend die Hand und wünschten sich gegenseitig, ohne viele Worte zu verlieren, viel Glück. Hermann war klar, dass er den Feldwebel nie wiedersehen würde – in seinem miserablen Zustand, vor Kurzem nur knapp dem Tod entkommen, ein Straflager würde der Feldwebel nicht überleben. Und die traurigen Augen des zurückbleibenden Feldwebels zeigten, dass er das selbst auch wusste.

Die erste Kolonne umfasste um die hundert Gefangene. Vor dem Abmarsch wurden drei Tagesrationen Proviant ausgeteilt und dann setzte sich der Tross in Bewegung. Die Hunger leidenden Männer verschlangen ihre Marschverpflegung schon am ersten Tag. Auch Hermann, der das für unklug hielt, tat es ihnen gleich. Lieber heute satt essen, als morgen von ausgehungerten Kameraden bestohlen zu werden. Was verzehrt, verdaut und ausgeschissen ist, kann dir keiner mehr wegnehmen.

Sie erreichten nach zweieinhalb Tagesmärschen einen für russische Verhältnisse nahe gelegenen Bahnhof, wo bereits ein Zug mit Viehwaggons wartete. Fünfzig Männer wurden in einen Waggon gepfercht und irgendwann, nach vielen Stunden, kam die Dampflok langsam schnaufend in Gang. Unterwegs hielt der Zug oft an, meist auf kleineren Bahnhöfen. Manchmal dauerte es Stunden, bis die Fahrt weiterging, bis weitere Gefangene verladen waren. Wohin die Reise ging, wusste keiner. Die russischen Namen auf den Schildern konnte keiner lesen. Und an Spekulationen wollte sich Hermann nicht beteiligen. Inzwischen war es ihm auch egal. Er war nahe dran, sich aufzugeben. Das war doch kein Leben – so ganz ohne Hoffnung. Wenn ich wenigstens als Schreiner arbeiten dürfte, klammerte er sich an diese vage Hoffnung. Aber die russische Administration war in ihrem Denken primitiv, denn das berufliche Potenzial der Gefangenen blieb, wie Hermann bald selbst erleben sollte, ungenutzt. Maurer, Dachdecker, Zimmerleute und andere Handwerker, die hätten Häuser bauen können, mussten sich in Steinbrüchen oder Kohlegruben kaputtschuften. Bauern und Landknechte, die man in der Landwirtschaft hätte gut gebrauchen können, wurden in die riesigen Wälder zum Holzeinschlag oder zum Gleisbau geschickt.

Hermann fühlte sich physisch wie psychisch am Ende und das Sterben, während der langen Bahnfahrt, ging weiter. Bei jedem Stop des Zuges wurden die Türen geöffnet und die russischen Wachsoldaten fragten: „Skolko Mertvykh?“ Dann wurden die an den Türen abgelegten Leichen herausgeholt und abtransportiert. Hermann hatte wieder ein paar russische Brocken gelernt: „Wie viel Tote?“

Der Wahnsinn wollte und wollte kein Ende nehmen.

22

Nachdem Ulf die Kartons und Kisten wieder fein säuberlich verstaut hat, brüht er sich einen Pott Kaffee, und setzt sich zum Schmökern der Aufzeichnungen an den Küchentisch, an dem er morgens seine Zeitung liest. Darüber vergisst er die Zeit und das Essen, und er erinnert sich an die zahlreichen Gespräche mit seinem Opa vor über dreißig Jahren.

Bei seiner zweiten Fahrt ins Naumburger Krankenhaus, eine Woche später, fuhr Ulf allein. Karin befand sich auf der Zielgeraden einer Umschulung und nun im Prüfungsstress.

„Ulf bitte, dafür habe ich jetzt gerade keinen Nerv", wehrte sie seinen Wunsch energisch ab, ihn trotzdem zu begleiten.

„Karin, bitte! Du brauchst auch mal Abstand."

„Was ich jetzt brauche, ist Ruhe! Viel Ruhe, um mich gründlich auf die Prüfungen vorzubereiten. Fahr allein! Bitte!"

Irgendwie verstand er Karin. Prüfungen waren auch nie seine Stärke. Vielleicht auch besser so, dachte er, quetschte sich in die enge Fahrgastzelle seines Trabis und knatterte mit seinem Zweitakter in die Domstadt an der Saale.

„Du kommst allein?", grummelte Opa mit gerunzelten Brauen.

„Karin muss lernen, sie hat nächste Woche zwei Prüfungen."

„Kenne ich, von meinem Meisterabschluss."

„Du warst Meister?"

„Und was für einer. Erzähle ich dir später. Jetzt wollen wir keine Zeit verlieren. Setz dich hin und höre mir gut zu!"

„Sag mir erst mal, wie dir's geht!"

„Wie soll's mir schon gehen? Schau mich an! Ich bin ein hilfloser Krüppel."

„Opa, du übertreibst."

„Ganz und gar nicht. Es ist zum Davonlaufen, nur das geht gerade nicht. So, und nun schnappe dir einen Stuhl!"

Ulf zog sich einen Stuhl ans Krankenbett. Auf das leere Bett weisend, fragte er: „Wo ist denn dein Zimmergenosse?"

„Gestern entlassen. Und einen Neuzugang gibt's noch nicht. Wir sind also ungestört."

„Prima, dann schieß mal los! Ich bin ganz Ohr."

„Ich habe viel erlebt in meinem Leben", begann Hermann mit ruhiger Stimme. „Schlimme Sachen habe ich gesehen! Dinge, die einem heute, nach über fünfzig Jahren, unwirklich und fremd erscheinen, als hätte man das alles nur geträumt. Aber Ulf, glaube mir, ein Traum war das nicht. Leider, man muss leider sagen. Viele Sterbende habe ich in meinen Armen gehalten, unzählige Tote gesehen, von Granaten zerfetzte Leiber – es müssen Hunderte, vielleicht sogar Tausende gewesen sein …"

Ulf stockte das Blut in den Adern. Für einen kurzen Moment hörte sich das wie die Beichte eines Serienmörders an. „Opa, was erzählst du denn da für Sachen?"

„Es war Krieg! Schon vergessen?"

„Und du hast so viele Menschen …"

„Blödsinn. Ich war Sanitäter. Ich habe geholfen und nicht getötet. Nicht ein einziges Mal."

Ulf nickte erleichtert.

„Ich hatte damals einen eisernen Grundsatz. Und an den habe ich mich strikt gehalten, immer, egal was passiert ist: Wenn du auf niemanden schießt, dann schießt auch niemand auf dich."

„Kann mir nicht vorstellen, dass das funktioniert haben soll. Du musst einen Fürsprecher beim lieben Gott gehabt haben. Aber erzähl ruhig weiter!"

„Bis zum heutigen Tag habe ich mit niemandem über diese schlimme Zeit gesprochen, nicht einmal mit deiner Großmutter. Damals, als ich aus der Gefangenschaft kam, wollte das ohnehin keiner wissen, und es hätte auch niemanden interessiert. Das Land lag in Schutt und Asche, musste wieder aufgebaut werden. Da gab es wahrlich genug andere Probleme. Außerdem wurden wir zum Schweigen verdonnert. Gerade was die Zustände in den russischen Lagern anging. Die waren so abscheulich, dass sich das heute kein Mensch mehr vorstellen kann. Aber jetzt, wo die Russen unser Land verlassen, kann – nein, muss ich das endlich loswerden. Das verstehst du doch?"

„Aber klar, Opa. Rede ruhig weiter! Es ist spannend, dir zuzuhören und voll interessant."

„Das, was mir widerfahren ist, möchte ich nicht mit ins Grab nehmen. Dieses unsägliche Leiden, die vielen deutschen Kameraden, die in Russland elendig krepiert sind. Auch die Russen sind zuhauf gestorben. Dieser ganze Wahnsinn darf nicht vergessen werden! Und vor allem, er darf sich nicht wiederholen! Krieg ist scheiße, glaube mir – eine einzige verdammte Scheiße! Du musst das alles aufschreiben, alles, was ich dir erzähle. Hörst du, alles! Und du schreibst darüber ein Buch, eine Geschichte oder einen Artikel, was weiß ich. Und du musst es an die Öffentlichkeit bringen! Schaffst du das?"

„Opa, das kann ich dir nicht versprechen. Bis jetzt habe ich ein paar kleinere Glossen in Zeitungen veröffentlicht."

„Na bitte, dann sieh zu, dass mehr daraus wird! Versprichst du mir das?"

„Einverstanden Opa, ich will mich bemühen."

Hermann begann zu erzählen, erst von der Vorkriegszeit, als sich bereits die ersten Vorboten ankündigten und sein Vater Paul ahnte, dass mit Hitler Unheil drohen würde.

„Weißt du, wie beschissen sich das anfühlt, wenn ein Krieg auf dich zurollt, vor dem du nicht wegrennen kannst. Ich war damals jung, erfolgreich im Beruf, war bereits Vater von zwei Töchtern, deiner Mutter Rosa und deiner Tante Helga."

„Kann ich nachempfinden …"

„Kannst du nicht, du Klugscheißer!“, brauste Opa plötzlich in seiner ungestümen Art auf. „Das kann niemand, nur wenn’s ernst wird, wenn sich die Bedrohung echt anfühlt. Aber da ist es bereits zu spät.“

Opa Hermann berichtete weiter, von seiner Einberufung am Tag des Überfalls auf Polen. Zunächst Grundausbildung und anschließend Sanitäterschulung in Kassel.

„Schreibst du auch mit?“, unterbrach er sich plötzlich.

„Klar, so gut ich kann.“

Dann berichtete er weiter, vom Westfeldzug, dem Blitzkrieg gegen Belgien, gegen Frankreich. „War eigentlich eine schöne Zeit, damals im Lazarett von Dijon …“

„Opa, ich dachte es war Krieg.“

„Der war kurz, an der Westfront war er kurz. Dann waren wir Deutschen als Besatzer da, mit einem ruhigen und geregelten Alltag. Und …“ Er unterbrach sich plötzlich und sah sich im Zimmer um, als könnten sie belauscht werden. „… die französischen Mädchen. Eine schöner als die andere, eine Augenweide.“

„Opa!“, rief Ulf entsetzt. „Ich dachte immer …“

„Ulf, nun werde mal nicht kindisch. Ich war ein junger Mann, in den besten Jahren. Klar, deine Oma habe ich über alles geliebt. Da wäre nie etwas zwischen uns gekommen. Aber Oma war weit weg – und Juliette war nah.“

„Du hattest was mit einer Französin?“

„Viele hatten das. Ulf, merke dir mal eines. Du kannst Völker gegeneinander aufhetzen, aber nicht Liebende zweier Nationen. Und ich habe Juliette geliebt, aber eben auf eine andere Art und Weise.“

„Opa, rede dich nicht raus! Du bist schlichtweg fremdgegangen! Wusste Oma davon?“

„Gott bewahre! Und du darfst das auch nicht aufschreiben!“

„Aber wenn du mir davon erzählst, muss es dir wichtig gewesen sein."

„War es ja auch. Aber es soll ein Geheimnis bleiben!"

„Versteh ich nicht. Die Sache ist Jahrzehnte her und Oma lebt schon lange nicht mehr. Und du bist niemandem mehr Rechenschaft schuldig."

„Trotzdem, diese Affäre bleibt unser Geheimnis! Du schreibst nichts darüber, kein einziges Wort! Versprich mir das!"

„Klar Opa, daran soll es nicht scheitern. Aber erzähl mir mehr von dieser Juliette!"

„Ein Prachtmädchen, wirklich. So eine Anmut, so schön, so zart und wie ihr Haar immer duftete. Juliette war sehr gebildet. Und, du wirst es nicht glauben, ihr Vater war Tischler, wie ich."

„Wo habt ihr euch denn kennengelernt?"

„In einem kleinen Straßencafé. Ich mochte nicht die großen, verräucherten Kaschemmen, in die die meisten nur zum Saufen gingen. War mir zu laut, zu ordinär."

„Warst du auf ein Abenteuer aus? Komm, sei ehrlich", fiel Ulf seinem Opa ins Wort.

„Nein, wo denkst du hin? Es war Zufall, wirklich reiner Zufall. Juliette saß mit einer Freundin am Nebentisch", fuhr Hermann fort. „Als sie mich bemerkte und sich unsere Blicke trafen, hat es sofort gefunkt, bei beiden."

„Und hattest du kein schlechtes Gewissen, wegen Oma?"

„Doch schon, aber wenn dieses Feuer erst einmal entfacht ist, dann brennst du lichterloh, da gibt es kein Zurück mehr. Juliette war Deutschlehrerin an einem Gymnasium und wir konnten uns ganz gut unterhalten. Wir haben uns sofort verstanden und unsere Zeit sehr genossen. Wenn ich damals Junggeselle gewesen wäre, ich wäre in Frankreich geblieben."

„Und was ist aus ihr geworden?"

„Keine Ahnung. Irgendwann kam der Marschbefehl an die Ostfront und da haben wir uns aus den Augen verloren."

„Und nach dem Krieg, hast du mal versucht …"

„Da war ich noch einige Jahre in Gefangenschaft, und als ich nach Hause zurückkam, musste ich mich um meine Familie kümmern. Wir hatten inzwischen vier Kinder. Inge und Gerd waren noch dazugekommen."

„Du hättest es doch trotzdem versuchen können."

„Wie denn, einfach nach Frankreich fahren?"

„Mit einem Brief …"

„Ich hatte keine Adresse, und selbst wenn, stell dir doch mal Oma vor, wenn eines Tages ein Brief von Juliette gekommen wäre. Was hätte ich ihr denn sagen sollen? Nein, es war eine schöne Romanze und dabei ist es geblieben."

Während Ulf aufmerksam seinem Opa zuhörte, versuchte dieser, seinen Kopf so zu drehen, dass er sehen konnte, was sein Enkel bereits zu Papier gebracht hatte. Das sollte ihm aber, bedingt durch die sperrige Schiene am Bein und der damit eingeschränkten Beweglichkeit, nicht gelingen. Deshalb forderte er Ulf auf: „Zeig mal, was du bisher aufgeschrieben hast!"

Ulf hielt ein halbes Dutzend beschriebener Blätter hoch und fächerte sie auseinander wie ein Skatblatt.

„Prima", freute sich Hermann, „der Anfang wäre gemacht. Aber jetzt bin ich müde."

„Kein Problem, Opa. Dann komme ich nächsten Sonntag wieder."

„Das geht nicht. Ich muss Mittwoch zur Reha, irgendwo im Westen. Und danach komme ich direkt ins Pflegeheim. Das ist ganz neu gebaut. Erst letztes Jahr eröffnet worden. Seitdem läuft mein

Antrag. Onkel Gerd gibt dir Bescheid. Und dort machen wir dann weiter."

„Einverstanden, Opa. Und gute Besserung!"

Als Ulf wieder zu Hause war, suchte er in seinem großen Straßenatlas den Ort, in den Opa zur Reha fahren sollte. Der lag tief in den alten Bundesländern. Im Osten gab es damals nur wenige Kliniken. Ulf addierte die Kilometer und kam auf knapp über fünfhundert. Etwas viel für seinen kleinen, schwachen Trabi. Außerdem sollte es an den westdeutschen Tankstellen kein Zweitaktgemisch geben, wie ihm Kollegen erzählten.

Ulf musste warten, bis ihn Onkel Gerd informiert, dass Opa im Pflegeheim lebt. Bis dahin brachte er seine Notizen in eine leserliche Schrift, denn jetzt waren seine Kritzeleien noch frisch.

Ulf beschäftigt sich in den nächsten Tagen intensiv mit den beiden Klemmmappen, den erzählerischen Hinterlassenschaften seines Großvaters. Er studiert diese mit der Akribie eines Historikers, muss viele Textstellen mehrmals lesen, weil ihm immer wieder Zweifel wegen ihres Wahrheitsgehalts kommen. Soll das Leben der Kriegsgefangenen in den russischen Lagern wirklich derart grausam und menschenverachtend gewesen sein? Ulf will Opas Erinnerungen nicht eins zu eins übernehmen. Damals hat er einfach nur aufgeschrieben, ohne nachzudenken oder die Aussagen seines Großvaters in Frage zu stellen. Das muss ich unbedingt recherchieren, nimmt er sich vor. Er hofft, Literatur zu diesem Thema zu finden, Augenzeugenberichte, Soldaten-Tagebücher oder Ähnliches. Ulf möchte sich, ehe er mit der Ausarbeitung seines Romans beginnt, ein allumfassendes Bild von den damaligen Lebensumständen der Inhaftierten machen können. Andererseits, warum hätte ihn sein

Opa anlügen sollen? Seine Berichte klangen glaubwürdig. So kann keiner erzählen, der das nicht selbst erlebt hat.

Und noch während er sich mit Opa Hermanns traumatischem Erbe beschäftigt, fertigt er bereits Skizzen und Entwürfe zu seinem Roman an. Er entwickelt das Grundgerüst, tüftelt an den Biografien der wichtigsten Figuren und brütet über einen geeigneten Titel. Ein schlagkräftiger Romantitel ist die halbe Miete und sehr wichtig, aber auch sehr schwierig zu finden. Und da er im Moment keine zündende Idee hat, hofft er, dass sich dieses Problem im Verlauf der Schreibarbeiten von selbst erledigt.

Je tiefer Ulf in die Lebensgeschichte seines Großvaters Hermann Linde eintaucht, desto heftiger brennt er darauf, diese spannende und interessante Geschichte angesichts des kaltblütigen und rücksichtslosen Überfalls Russlands auf die Ukraine aufzuschreiben. Für ihn sind die aktuellen Ereignisse rational und mental nicht nachvollziehbar. Vor über siebzig Jahren haben Russen und Ukrainer wie zwei starke Brüder gemeinsam in der Roten Armee gegen den deutschen Aggressor gekämpft. Und jetzt, nur drei Generationen später, stehen sich Enkel und Urenkel auf den Schlachtfeldern gegenüber, um sich gegenseitig umzubringen. Das verstehe, wer will!

Trotz der aufwendigen Vorarbeiten an seinem Romanprojekt verliert Ulf nicht die aktuelle Lage in der Ukraine aus dem Blick. Er schaut sich im Fernsehen alle Sondersendungen zum Kriegsgeschehen an, verfolgt alle Nachrichten, hört Info-Radio, während er mit dem Auto unterwegs ist, und liest morgens ausführlich die Zeitung. Er kann die Äußerungen, die westliche Journalisten und Beobachter vom ukrainischen Brandherd in die Welt verbreiten, besser einordnen, nachdem er die umfangreichen Aufzeichnungen seines Großvaters gesichtet hat. Ulf vermutet sogar, das heutige Vorgehen russischer Soldaten übertreffe den Tötungswillen von damals bei Weitem. Wenn ich Opa richtig verstanden habe, überlegt Ulf, dann hat die Rote Armee damals verbissen gekämpft, da gab es nur ein Ziel, die Deutschen, die ihr Land überfallen haben, vernichtend zu schlagen. Das unsägliche Sterben der Gefangenen war ihnen schlichtweg gleichgültig, so gleichgültig wie die vielen eigenen Soldaten, die man rücksichtslos in die MG-Feuer der Deutschen gejagt hat, mit der Hoffnung, dass damit dem Feind die Munition ausgeht. Eine zynische Mathematik des Todes. Und was damals trauriger Kriegsalltag war, wiederholt sich bei den Feuergefechten in der Ukraine erneut. Schlecht ausgebildete russische Soldaten werden als Kanonenfutter übers Schlachtfeld getrieben.

Über hundert Tage wütet nun schon dieser Bruderkrieg, der an bestialischer Brutalität seinesgleichen sucht. Da liest Ulf in der Zeitung, dass Nato-Generäle langsam an der russischen Taktik verzweifeln, da sie jeder militärischen Logik entbehrt. Inzwischen konzentrieren sich die Kriegshandlungen auf die Ostukraine. Und auch hier begeht die russische Armee Kriegsverbrechen, als wären das für ihre Befehlshaber Kavaliersdelikte. Streubomben töten in Charkiw unbeteiligte Menschen auf der Straße, die für Besorgungen unterwegs sind, sie treffen Mütter und Kinder, die auf Spielplätzen nach Ablenkung vom Krieg suchen, oder, was noch makabrer ist, es werden Trauernde getötet, die auf Friedhöfen ihrer Angehörigen gedenken. Selbst vor Verschleppung schrecken sie nicht zurück und deportieren zahllose Kinder, um ihnen in Russland eine neue, eine russische Identität aufzuzwingen.

Der russische Präsident hätte es in der Hand, er könnte den Krieg und das Sterben sofort beenden – mit einem einfachen Rückzugsbefehl. Ein Nato-Beobachter meint sogar, diese archaischen Kampfhandlungen erinnern an das legendäre Trommelfeuer an der

Somme. Als Ulf das liest, fallen ihm Opa Hermanns Worte ein, als er von Urgroßvater Paul Linde erzählte, der eben diese erbitterten Kämpfe an der Somme im Ersten Weltkrieg miterlebt und diese wie ein Wunder überlebt hatte.

Aber dem russischen Präsidenten ist es schlichtweg egal, ob zehntausend, hunderttausend oder gar eine Million junge, russische Männer in seinem Krieg krepieren. Hauptsache, er gefällt sich in der Rolle des starken Führers. Ulf stellt sich vor, wie der narzisstisch veranlagte Putin vorm Spiegel steht und sich in seinem Spiegelbild als „Iwan der Schreckliche“ zu erkennen versucht. Vielleicht geht der Despot vom Kreml eines Tages als „Wladimir der Rücksichtslose“, „Wladimir der Grausame“ oder „Wladimir der Kinder- und Frauenschänder“ in die Geschichtsbücher ein.

Für Ulf steht fest, der russische Autokrat als oberster Befehlshaber ist und bleibt ein Mörder, nicht besser als Hitler, Stalin, Mussolini oder Franco, die sich nie selbst die Hände schmutzig gemacht haben. Wer Befehle zum Töten gibt, sollte nicht glauben, seine Hände in Unschuld waschen zu können. Und dann liest er diesen auf den Punkt gebrachten Satz der ukrainischen Journalistin Natalia Antonova, die die russische Vorgehensweise am trefflichsten umschreibt: „Es ist einfacher, die Toten zu ehren als die Lebenden zu retten.“ – Ja, genauso ist es: In Russland werden die Lebenden erst geehrt, wenn sie tot sind.

23

Zwei lange, zwei qualvolle Wochen brauchte der mit Gefangenen beladene Viehtransport, bis er endlich sein Ziel erreicht hatte, einen kleinen Bahnhof irgendwo in den Tiefen Russlands, Tausende Kilometer von der Heimat entfernt – und keiner wusste, wo genau sie sich befanden. Warum auch? Wer nicht weiß, wo er ist, der weiß auch nicht, wohin er fliehen muss. Und jetzt und solange es der sowjetische Staat will, sind diese Gefangenen Eigentum des Sowjetvolkes – Leibeigene ohne Ansprüche, Sklaven ohne Rechte. Sie sind ungefragt in ihr Land gekommen, sie dürfen es ungefragt nicht wieder verlassen.

Als sich die Türen öffneten und einen ersten Blick auf die Landschaft freigaben, erdrückte Hermann und auch die anderen Soldaten diese scheinbar endlose Einöde. Vor ihnen stand ein baufälliges Bahnhofsgebäude, das kaum dieses Namens wert war. Das türkisblau gestrichene Haus, von dem die verwitterte Farbe abblätterte, glich eher dem winzigen Verschlag eines Schrankenwärters. Gerade mal zwei Gleise gab es. Eines davon wurde als Abstellgleis genutzt, um die Hauptstrecke nicht zu blockieren. Nicht einmal ein Bahnsteig war vorhanden. Überall zwischen den Schwellen und Eisenschienen wucherte kniehohes Unkraut. Tiefste russische Provinz, eine ernüchternde Tristesse.

Immerhin hatten die Verantwortlichen die Ankunft der Gefangenen gut vorbereitet. In zwei Feldküchen brodelte eine dünne Graupensuppe. Weißer Dampf stieg auf und den hungrigen Gefangenen lief das Wasser im Mund zusammen. Zur Suppe gab es eine Scheibe Brot. Frisches Wasser konnten sich die durstigen Männer von einer gusseisernen Schwengelpumpe holen, an der stets ein dichtes Gedränge herrschte. Auf dem Bahnhofsvorplatz lagen jede Menge Baumstämme, die als Sitzbänke genutzt werden durften und auf denen sich die müden und kraftlosen Gestalten ausruhen durften. Wer seine Notdurft verrichten wollte, musste dies etwas abseits unter strengster Aufsicht der Wachsoldaten erledigen. Den Gefangenen war mittlerweile kaum noch etwas peinlich, auch wenn die Posten den Kauernden aufs nackte Gesäß starren konnten.

Nach ungefähr zwei Stunden, Hermann musste sich auf sein Zeitgefühl verlassen, seitdem ihm in Stalingrad seine Taschenuhr abgenommen worden war, kam plötzlich Hektik in die Bewacher. Aufgeregt rannten sie umher und scheuchten die müden, aber gesättigten Gefangenen hoch und befahlen ihnen, in Marschformation anzutreten. Dabei brüllten sie unentwegt: „Dawai! Dawai!“

Noch vor Einbruch der Dunkelheit erreichten sie eine überschaubare Siedlung, die aus einfachen Holzhäusern bestand, die Fensterrahmen mit liebevollen Schnitzereien verziert. Einige Katen waren unlackiert und das raue Wetter hatte dem verwitterten Holz ein graubraunes Antlitz verliehen. Andere Häuser trugen Farbkleider und glänzten in satten Blau- oder Grüntönen. Gleich hinter der monotonen Siedlung lag das doppelt umzäunte Lager. Ein traurig stimmender Anblick. Alles umgeben von ausgedehnten Feldern. Wenn erst mal wieder der russische Winter Einzug hält, ging es Hermann durch den Kopf, wird sich diese Gegend in eine riesige Schneewüste verwandeln.

Im Lager, was die Gefangenen irrtümlich für ein Arbeitslager hielten, befand sich ein dreiseitiges und aus vier Etagen bestehendes Gebäude mit vergitterten Fenstern. Dann gab es noch ein paar einstöckige Flachbauten. Das muss etwas anderes sein, grübelte Hermann und erfuhr auch bald, was es war: ein ehemaliges Haftkrankenhaus für russische Strafgefangene. Jetzt wurde es als Lazarett genutzt, in dem sich die abgemagerten Gefangenen unter medizinischer Aufsicht erholen und wieder zu Kräften kommen sollten.

Hermann begegnete bei der Aufnahmeuntersuchung einem jüdischen Arzt, der noch vor dem Krieg Deutschland verlassen hatte, um nicht in die Henkershände der Nazis zu fallen. Durch seine russischstämmige Frau kannte er sowohl die Sprache als auch das Land.

Sie hatten sich während ihres Studiums kennen und lieben gelernt. Auch sie war Medizinerin.

„Mein Gott“, fuhr der Arzt überrascht auf, als ihm Hermann gegenübertrat. „Hermann Linde? Sie sind doch der Tischler aus der Jahnstadt. Erinnern Sie sich denn nicht mehr an mich?“

Hermann stutzte und kramte eifrig in seinen Erinnerungen. Aber er konnte diesen Mann nirgends einordnen.

„Ich bin es, Dr. Salomon Mandelbaum aus Naumburg.“

„Das gibt's doch nicht. Ja, jetzt fällt es mir wieder ein. Ich habe damals die Möbel für Ihre Praxis geschreinert.“

„Richtig. Schade, dass wir das alles zurücklassen mussten. Aber wissen Sie, Möbel kann man ersetzen, das Leben nicht.“

„Aber Herr Doktor, was hat Sie dann hierher verschlagen, in dieses trostlose Kaff?“

„Meine Frau stammt aus Ufa an der Belaja. Die Stadt liegt knapp hundert Kilometer östlich. Wir leben unten in der Siedlung. Sie ist ja auch Ärztin hier im ehemaligen Haftkrankenhaus. Bis vor Kurzem wurden hier noch russische Strafgefangene behandelt. Jetzt müssen wir uns um euch kümmern. Mein Gott, ist das schön, wieder einmal unsere Sprache zu hören.“

„Doktor Mandelbaum …“

„Sagen Sie einfach Salomon, würde mich sehr freuen.“

„Gern. Aber bitte, beantworten Sie mir eine Frage! Sind Sie denn gar nicht sauer auf die Deutschen?“

„Nicht auf die Deutschen. Auf die Nazis, auf die bin ich sauer. Für diese Menschen habe ich nur Verachtung übrig, tiefste Verachtung.“

„Geht mir genauso. Aber man darf das nicht offen zeigen.“

„Verstehe.“

„Sie könnten mir noch eine Frage beantworten! Wissen Sie, was man mit uns vorhat?“

„Zunächst bleibt ihr für drei Monate hier. Ihr sollt euch gesundheitlich stabilisieren und wieder zu Kräften kommen. Anfang Januar werdet ihr aufgeteilt in verschiedene Arbeitslager. Aber ich habe keine Ahnung, in welche."

„Wird uns diese Zeit hier im Lazarett angerechnet?"

„Ich fürchte nein. Aber ich weiß es nicht genau. Vielleicht kann ich ja doch etwas für Sie tun, Hermann. Ich frage mal meine Vorgesetzten, ob wir Sie hierbehalten könnten, als Hausmeister. Da gibt es immer etwas zu tun, Zäune ausbessern, Fenster und Türen reparieren oder auch mal einen Farbanstrich erneuern."

„Danke, vielen Dank, Herr Doktor! Das wäre zu schön, um wahr zu sein."

„Ich kann es nur versuchen, nicht versprechen", sagte Dr. Mandelbaum achselzuckend.

Endlich konnten die Gefangenen wieder in einem frisch bezogenen, weichen und warmen Bett schlafen. Schon allein das war ein unermesslicher Luxus. Die vielen Krankenschwestern waren nett und sehr zuvorkommend, als wären die Kriegsgefangenen ganz normale Patienten. Die Verständigung funktionierte ausschließlich unter Zuhilfenahme von Händen und Füßen und einer bisweilen lustig anzusehenden Mimik.

In den ersten Wochen galt die ganze Aufmerksamkeit der Ungezieferbekämpfung. Es gab kaum einen Gefangenen, der sich nicht mit Läusen, Flöhen oder Wanzen herumschlug. Dr. Mandelbaum hatte ein Rezept aus Deutschland mitgebracht, ein hochwirksames Extrakt, welches dem Badewasser zugegeben wurde. Jeder Patient wurde alle drei Tage einem zwanzigminütigen Vollbad unterzogen und danach vom kahlgeschorenen Kopf bis zu den Fußsohlen mit einer teerhaltigen Paste eingestrichen. Unter diesem Panzer starben alle Plagegeister.

Die Verpflegung war fast schon paradiesisch. Immerhin gab es drei Mahlzeiten am Tag. Je nach körperlicher Verfassung mussten die Gefangenen ein vorgeschriebenes Pensum Sport absolvieren, um den Muskelaufbau zu reaktivieren. Das geschah unter strenger ärztlicher Aufsicht. Alle zwei Tage mussten die Männer auf die Waage. Und mit der Gewichtszunahme erhöhte sich auch die körperliche Belastung beim Sport.

Dank des jüdischen Arztes erholte sich Hermann ziemlich schnell, auch wegen der üppigen Zusatzportionen, die ihm Dr. Mandelbaum heimlich zusteckte. Und dann brach die Ruhr aus. Hermann kannte die verheerenden Folgen aus dem Lager, wo er wie durch ein Wunder von dieser ansteckenden Infektionskrankheit verschont geblieben war. Jetzt aber, er konnte sich nicht erklären weshalb, hatte es auch ihn erwischt. Tagelang lag er mit hohem Fieber geschwächt im Bett, bekam zum Glück ausreichend Flüssigkeit, nicht wie im Lager, und verlor zunehmend an Kräften. In regelmäßigen Abständen kümmerten sich die Schwestern um die Kranken und versorgten sie mit Kühlverbänden und lauwarmen Tee. Hermann glaubte, da er mit der Aussicht auf vier Jahre Arbeitslager den Lebensmut verloren hatte, dass ihn bald der Tod holen würde angesichts des vielen Blutes, das er aus dem After verlor.

Dr. Mandelbaum war sichtlich bemüht um Hermann. Ihm lag viel daran, dass dieser Mann aus der deutschen Heimat nicht so vor die Hunde ging. Da Hermann aber von Tag zu Tag schwächer wurde wegen des enormen Blutverlusts, entschloss sich der Arzt zu einer Transfusion. Das brachte bald schon die Wende, der Erreger wurde besiegt, der Patient erholte sich.

„Nun fließt russisches Blut durch Ihre Adern", scherzte Dr. Mandelbaum.

Hermann hatte den Witz verstanden und lächelte schwach, aber dankbar, sehr dankbar. Und er wollte wieder leben, für sich, für seine Frau, für die Kinder und für den Vater. Er hatte die Jahre im Krieg überlebt, die Zeit im Sammellager, und nun war er gewillt, auch das Arbeitslager durchzustehen. Schlimmer konnte es doch eigentlich gar nicht mehr kommen, war er sich sicher. Vielleicht würde ihm ja sogar das Lager erspart bleiben, wenn er als Hausmeister im Krankenhaus bleiben dürfte.

Leider stieß Dr. Salomon Mandelbaum bei seinen Vorgesetzten auf taube Ohren. Auch wenn der jüdische Arzt mit Engelszungen redete, von den Vorzügen einer so günstigen Gelegenheit sprach, die handwerklichen Fähigkeiten des deutschen Tischlers in den Himmel lobte, er konnte den Traum seines Freundes nicht erfüllen. Hier im Haftkrankenhaus hätte Hermann die vier Jahre, auch mit der Hilfe des Naumburger Arztes, locker durchgestanden. Als er die niederschmetternde Nachricht erhielt, fiel er in ein tiefes, schwarzes Loch und seine Lebensgeister fuhren wieder einmal Achterbahn. Keine Sonderbehandlung für keinen einzigen Deutschen! Für solche leichten Arbeiten nehmen wir unsere eigenen Leute, wurde Dr. Mandelbaum belehrt. Die Deutschen haben ihre Schuld abzutragen, ohne Ausnahmen. Punkt aus!

„Tut mir wirklich leid, Hermann!“

„Doktor …“

„Salomon, bitte!“

„Salomon, ich danke Ihnen! Sie sind ein guter Arzt … ein echter Freund. Danke für alles, was Sie für mich und meine Kameraden getan haben. Wissen Sie, ich habe schon viel hier in Russland erlebt und ertragen müssen, dass mir klar ist, die meisten dieser Männer werden die Lager nicht überleben, mich mit eingeschlossen. Aber Sie, die ganze russische Ärzteschaft und die fürsorglichen Schwestern haben den Gefangenen gezeigt, dass es noch so etwas wie Menschlichkeit gibt, trotz allem, was wir …, die Deutschen, diesem Land und ihren Menschen angetan haben. Danke!"

Die beiden Männer reichten sich die Hände und Dr. Mandelbaum sagte: „Viel Glück, Hermann! Ich wünsche Ihnen von ganzem Herzen viel Glück!"

Hermann erwiderte nichts. Es war alles gesagt, nur zwei kleine Tränen tupfte er sich von den Wangen. Der Arzt hatte Dienstschluss und verließ das Krankenhaus. Es war Silvester 1943. Und dieser 31. Dezember war nicht nur der letzte Tag des Jahres, er war auch der letzte Tag, bevor das harte, schwere Leben in einem dieser berüchtigten Arbeitslager beginnen sollte – und das vier Jahre lang. Hermann mochte gar nicht daran denken. Immerhin war ihm das noch brutalere Straflager erspart geblieben.

Wenigstens, er versuchte sich mit heiteren Gedanken abzulenken, hatten sie hier im Lazarett ein würdiges Weihnachtsfest erlebt, an dem sogar Dr. Mandelbaum als diensthabender Arzt mit seiner Frau, und einigen Schwestern teilgenommen hatten. Es gab Tee, aufgegossen mit kochendem Wasser aus dem Samowar, dazu Watruschki, ein russisches Quarkgebäck, und Prjaniki mit Zuckerguss. Das Schönste aber war für Hermann, als ihm Dr. Mandelbaum etwas in Papierservietten Eingewickeltes zusteckte. Es waren zwei Scheiben sächsischer Butterstolle.

„Wenigstens zu Weihnachten muss ich etwas aus der Heimat essen", lächelte der Arzt, als er Hermann die kleine Köstlichkeit zusteckte. „Hat meine Frau gebacken."

Die Neujahrsnacht wurde verdammt kurz, denn bereits um vier Uhr wurden die Patienten, die ab jetzt wieder Kriegsgefangene waren, von durch die Gänge polternden Posten geweckt. Seit Mitternacht unterstanden sie ihrem Kommando. Die gediegene Krankenhausruhe war vorbei. Alle Aktionen liefen mit einer unglaublichen Hektik ab, einem sinnlos übertriebenen Drill. Hier stand nicht Eile, sondern Einschüchterung im Vordergrund. Türen wurden aufgerissen wie zur Grundausbildung in den Kasernen, und immer wieder erschallte das Wort „Rasstanovka!". Die Gefangenen sollten draußen vor den Zimmern antreten. Auch „Dawai! Dawai!" schrien die Wachen und jagten die verschlafenen Männer, teilweise halb bekleidet, kein Mensch konnte sich so schnell anziehen, auf die Flure raus.

Dann ging es im Gänsemarsch runter zum Haupteingang, raus ins Freie, quer über den zugeschneiten Platz bis zu einer dieser Flachbauten, die als Kleiderkammer diente. Das Thermometer zeigte um die 25 Grad minus an. Zum Glück war es windstill, wodurch sich die Temperatur nicht noch kälter anfühlte. Die meisten Gefangenen trugen nur Unterwäsche, manche liefen gar barfuß. Es hatte den Anschein, als wolle die für Kriegsgefangene zuständige Abteilung der Militärbehörde die mühsam errungene Genesung innerhalb kürzester Zeit wieder zunichtemachen. Das war völlig paradox. Die leichtbekleideten Männer bekamen zum Schutz vor dem harten Winter warme Kleidung. Es gab wattierte Steppanzüge von russischen Strafgefangenen, warme Filzstiefel, gefütterte Handschuhe und für den Kopf eine Schapka.

Nach einem ebenso kurzen wie hektischen Frühstück wurden die Gefangenen zurück zur Bahnstation getrieben, von der sie zuvor gekommen waren und die nun in ihrem Winterkleid noch trostloser wirkte. Einige vom letzten Schneesturm vereiste Waggons standen da. Von einer Lok weit und breit keine Spur. Wie lange werden wir hier ausharren müssen, in dieser entsetzlichen Kälte? Das fragten sich viele. Hermann hätte, nach dem angenehmen Lazarettaufenthalt, heulen können. Dann erklang das Kommando zum Einsteigen und die Türen wurden fest verriegelt. Zum Glück gab es in jedem Waggon einen kleinen, gusseisernen Kanonenofen und dazu etwas Brennmaterial. An der Seite war ein Loch im Boden, damit die Gefangenen ihre Notdurft verrichten konnten. Russisch, praktisch, gut!

Die Lok kam, an russischen Verhältnissen gemessen, rasch – schon nach zwei Tagen. Die Waggons wurden angekoppelt und schnaufend setzte sie sich in Bewegung bis zur nächsten Bahnstation, wo ebenfalls in Waggons eingesperrte Gefangene auf ihren Transport warteten. Hermann, der das Zählen der Reisetage aufgegeben hatte, fing erst gar nicht wieder damit an. Es war doch völlig egal, ob man zwei, drei oder vier Wochen durch die russische Einöde gekarrt wurde. Die Zeit lief, die vier Jahre liefen und ich muss, nein, ich will sie überstehen, nahm sich der ehemalige Sanitätsunteroffizier aus der Jahnstadt an der Unstrut vor. Ich muss es schaffen, ich muss es schaffen, ich muss es schaffen, hämmerte es unentwegt in seinem Kopf. Ich will zurück nach Hause!

Das Lager, in das sie gebracht wurden, war nicht groß. Lediglich drei Baracken für je sechzig Gefangene gab es hier und einen Steinbau für die Wachmannschaften. Die breiten Doppelstockpritschen boten pro Ebene Platz für fünf Gefangene. Von Privatsphäre konnte keine Rede sein. Aber die Männer hatten schon Schlimmeres erlebt als die blutgetränkten Auflagen der Holzpritschen. Das Lager befand sich in unmittelbarer Nachbarschaft zu einem größeren Ort, der über eine Dampfkraftanlage zur Stromerzeugung verfügte. Diese verschlang für ihren Betrieb Unmengen an Holz, das von den Gefangenen mit schweren Pferdeschlitten aus den umliegenden Wäldern herbeigeschafft werden musste, tagtäglich, sieben Tage in der Woche.

Da es keine Pferde gab, die hatten alle der Krieg oder hungernde Frontsoldaten verschlungen, wurden die Gefangenen als Zugtiere eingespannt, ein halbes Dutzend vor jeden Schlitten, und dann trieben sie die Wachen durch den russischen Winter. Bis zu zehn Kilometer hatten sie die Schlitten zu ziehen. Die eisige Luft peitschte den sich am Geschirr abmühenden Gefangenen ins Gesicht. In den Wäldern waren im Sommer riesige Holzklafter angelegt worden, die jetzt gefunden und vom Schnee befreit werden mussten. Anschließend wurden die Holzstämme verladen, zurück in den Ort und zum Kraftwerk gebracht. Die Posten gingen mit ihren Ersatzpferden nicht zimperlich um. Sie schlugen auf sie ein und schrien immer wieder dieses verhasste „Dawai! Dawai!".

Das also hatte der Kommissar beim Verhör gemeint, als er lachend sagte: „Du hast mit Holz gearbeitet. Otschen khorosho. Da haben wir was für dich. Wird dir gefallen."

Erst hier, mit der Last des straffen Zugseils am Oberkörper, wurde Hermann der Zynismus dieser Worte bewusst. Die Arbeit wird dir gefallen, hatte der Offizier behauptet und dabei hämisch gegrinst. Nein, sie gefiel Hermann nicht, denn sie war hart und eintönig. Wenigstens gab es jeden Tag frisches Wasser, ausreichend Brot, Fisch, manchmal Hähnchenfleisch, Graupen oder Reis.

Die chronisch Erschöpften, die Fiebergeplagten, die Verletzten, die man im Krankenzimmer des Lagers nicht behandeln konnte, mussten mit einem umgebauten Transport-Schlitten zu einem fünfzehn Kilometer entfernten Lazarett gebracht werden. Auch diese Aufgabe wurde von Gefangenen erledigt. Die Touren waren beliebt, denn die Schlitten waren um einiges leichter als die voll beladenen Holzschlitten. Und im Lazarett wurde den menschlichen Zugtieren von mitleidigen Krankenschwestern schon mal eine Scheibe Brot, manchmal sogar ein kleines Stück gepökeltes Fleisch oder eine Ecke Käse zugesteckt.

Hermann Linde konnte sich nur schwerlich vorstellen, dass sich diese elende Schinderei vier lange Jahre hinziehen sollte. Die Zeit verging, mühsam nur und so dehnte sich der Januar, der erste Monat im Arbeitslager, zu einer Ewigkeit und der russische Winter zeigte sich von seiner besten Seite, mit klirrendem Frost und Schnee, viel Schnee.

24

Während Karin in den nächsten Tagen Frühdienst hat, kann sich Ulf auf dem großen Küchentisch ungestört ausbreiten und Großvaters Hinterlassenschaften studieren. Dabei erinnert er sich an die Zeit, als Opa zur Reha war. Ungeduldig hatte er auf den Anruf seines Onkels Gerd gewartet, wollte wissen, wie die Geschichte des Sanitäters Hermann Linde weiterging. Opas Erzählungen gingen ihm unter die Haut. Plastisch schilderte er die Ereignisse, als lägen sie erst wenige Tage zurück. Wenn Opa erzählte, wurde man förmlich in die Handlung mit hineingezogen, spürte das Elend, das Leid, die unsägliche Angst der Soldaten.

Dann endlich kam der sehnsüchtig erwartete Anruf. Ulf wurde ins Meisterbüro gerufen, nahm den auf einer Zeichnung abgelegten Hörer und meldete sich.

„Linde“, schallte es vom anderen Ende der Leitung.

„Hallo, Onkel Gerd, du rufst wegen Opa an?“

„Richtig.“

„Wie geht es ihm?“

„Na ja, ich sag mal so: Jetzt geht es ihm wieder besser, wenn auch nicht so wie vor dem Sturz. Opa hat mächtig Zicken gemacht, in der Reha. Er hat sich energisch geweigert, diesen ganzen Reha-Sport mitzumachen. Muss sich unmöglich aufgeführt haben. Es stand kurz davor, dass die Klinik seine Reha abbricht und ihn nach Hause schickt."

„Das hört sich nicht gut an."

„Du kennst ihn. Hermann kann sehr stur sein. Er hat in seinem ganzen Leben, außer beim Militär, keinen Sport getrieben, da brauche er jetzt auch nicht mehr damit anzufangen, hat er zum Arzt gesagt. Dieser hat ihn dann vor die Wahl gestellt: entweder kein Sport und für den Rest seines Lebens im Rollstuhl oder Sport und damit wenigstens beweglich mit Rollator."

„Und, hat's geholfen?"

„Und wie. Er geht jetzt am Rollator, aber er kann gehen. Also Ulf, ich wollte dir nur mitteilen, Opa erwartet dich am Sonntag im Pflegeheim."

„Wird noch jemand da sein?"

„Nein, niemand. Hermann verbittet sich sonntags jegliche Besuche. Auch deinen Eltern hat er eine kategorische Abfuhr erteilt. Dein Vater soll mächtig sauer gewesen sein. Der Sonntag ist nur meinem Enkel vorbehalten, hat er deinen Vater angefaucht. Kannst du dir einen Reim darauf machen?"

„Ja, Opa will mir von früher erzählen, vom Krieg und seiner Gefangenschaft. Er möchte, dass ich seine Erinnerungen aufschreibe", erklärte Ulf.

„Ach so, und ich dachte schon …"

„Nein, nein", fiel Ulf seinem Onkel ins Wort, „es geht nicht um euer Erbe, das Haus und so. Das geht mich ja auch gar nichts an."

Als Ulf im Pflegeheim eintraf, erwartete ihn Opa Hermann schon ungeduldig im Foyer. „Wo hast du denn deine Frau gelassen?"

„Karin wollte nicht mitkommen."

„Ausgezeichnet", freute sich der Alte, da sie ungestört sein würden, und fügte hinzu: „Muss wohl wieder lernen?"

„Nein, die Umschulung ist vorbei. Karin hat alle Prüfungen bestanden."

„Komm, wir gehen in mein Zimmer!"

„Sind wir allein?"

„Dachtest du, ich würde in meinem Alter mit jemandem zusammenwohnen wollen?"

„Einzelzimmer? Wie hast du denn das wieder hinbekommen?"

„Ich kenne den Heimleiter, als er noch ein Dreikäsehoch war. Sein Großvater war lange Zeit Bürgermeister. Für den habe ich viel getischlert, dienstlich wie privat."

„Verstehe."

„Nun komm aber!"

Hermann ging voraus, an der Rezeption vorbei den Gang nach rechts. Ulf, der langsam hinterher trottete, stellte fest, dass Opa der ärztliche Anschiss in der Reha gutgetan haben musste. Er war für sein Alter und nach dem Unfall schon wieder erstaunlich flott unterwegs. Er machte auf seinen Enkel sogar den Eindruck, durchaus auch ohne Rollator auskommen zu können. Zumindest, dachte Ulf, gibt er ihm Sicherheit.

Opa bewohnte das letzte Zimmer. Es war schlicht, aber zweckmäßig möbliert. Ein wenig erinnerte es ihn an diese spartanisch eingerichteten Pensionszimmer, in denen er während seiner Lesereisen übernachtete. Auf dem Nachtschränkchen neben dem Pflegebett standen Opas alter Wecker, eine halbvolle Wasserflasche, ein Glas und eine Schnabeltasse.

„Willst du was trinken?"

„Nein danke, ich habe Wasser dabei."

„Eine Tasse Kaffee?“

„Oh ja, Kaffee gern.“

„Kann dir aber nur Pulversahne anbieten. Kühlschrank habe ich nicht.“

Auf der Anrichte stand neben Opas altem Röhrenradio eine nagelneue Kaffeemaschine. „Hat mir Gerd zum Einzug geschenkt, der gerissene Schleimer“, bemerkte Opa abfällig.

„Ist doch eine schöne Geste“, entgegnete Ulf. „Warte, Opa, ich koche uns den Kaffee.“

„Prima, da gehe ich schon mal raus auf die Terrasse.“

Nicht schlecht hier, musste Ulf zugeben. Opa hat alles, was man zum Leben braucht. Sogar ein kleines Waschbecken war vorhanden. So konnte sich Opa nachmittags selbst seinen Kaffee zubereiten, musste das Wasser nicht von sonst woher holen, denn der Heimkaffee wäre die reinste Plörre. Ums Essen, die Sauberkeit und die Wäsche kümmert sich das Personal.

Während die Kaffeemaschine röchelte, brachte Ulf das Geschirr und die Dose mit der Pulversahne raus auf die Terrasse.

„Schön hast du's hier.“

„In meinem Haus hat's mir besser gefallen“, entgegnete Hermann und fügte hinzu: „Aber wenn ich an die Baracken in den russischen Lagern denke, dann lebe ich jetzt wie Gott in Frankreich.“

„Apropos Frankreich, denkst du noch an Juliette?“

„Ja sicher, und an deine Oma. Ich denke an beide, sehr oft. Beide habe ich geliebt …“ Opa schob eine kleine Pause ein, ehe er unterstrich: „… wirklich geliebt.“

„Opa, da kommt mir 'ne Idee. Wir könnten doch Juliette übers Deutsche Rote Kreuz suchen lassen. Vielleicht lebt sie noch. Da arrangieren wir ein Treffen.“

„Bist du jetzt völlig übergeschnappt? Juliette ist heute, falls sie überhaupt noch lebt, eine alte Frau."

„Und du bist ein alter Mann!"

„Nein, ich will sie nicht sehen! Ich behalte sie in Erinnerung, wie ich sie gekannt habe. Hast du jemandem davon erzählt?"

„Opa, was denkst du von mir? Wenn ich etwas verspreche, dann halte ich das auch. Juliette wird immer unser Geheimnis bleiben."

„Du bist ein guter Junge", lobte ihn Hermann. „Deinen Vater habe ich nie verstanden."

„Wie meinst du das?"

„Na, das mit seinem Scheißsport. Was der immer von dir verlangt hat. Sport hat mir auch nie gefallen, selbst jetzt zur Reha nicht. Zugegeben, das musste sein. Aber dein Vater, der hat doch nie eine andere Meinung akzeptiert, musste immer seinen Dickschädel durchsetzen. Furchtbar! Schön, dass du ihm die Stirn geboten hast. Lass dir ja nichts gefallen! Von niemandem!"

Während sie den ersten Schluck schlürften, fragte Hermann: „Wie weit sind wir eigentlich beim letzten Mal gekommen?"

„Na, du hast mir von der Sanitäterausbildung in Kassel erzählt und dann von Frankreich."

„Gut, dann machen wir heute weiter mit dem Russlandfeldzug."

Während Hermann erzählte, überkam Ulf das Gefühl, dass sein Opa mit jedem Satz tiefer und tiefer in seine eigene Vergangenheit eintauchte. Er schilderte Erlebnisse und Ereignisse, die über fünfzig Jahre zurücklagen, als wären sie eben erst geschehen. Ulf kam mit Aufschreiben kaum hinterher und verfiel in eine liederliche Krakelschrift, an der er Tage später beim Entziffern zur Feinschrift mächtig zu knabbern hatte.

„Opa, ich glaube, wir sollten für heute Schluss machen!"

„Warum?"

„Mir tut schon die Hand vom Schreiben weh. Außerdem, schau dir mal meine Handschrift an! Ich fürchte, das später nicht mehr lesen zu können."

„Dann schreibe ordentlich! Oder bringe eine Schreibmaschine mit!"

„Opa, das würde ja noch länger dauern", erwiderte Ulf, der noch im Besitz seiner alten Reiseschreibmaschine war. „Ich beherrsche lediglich das Zwei-Finger-Such-Prinzip. Außerdem verwendet man heutzutage Computer."

„Was ist das denn für ein neumodisches Zeug?"

„Na, so eine Art Schreibmaschine, also eine Tastatur mit einem kleinen Bildschirm – wie ein Fernseher …"

„Ich gucke kein Fernsehen!"

„Das weiß ich doch, nur damit du dir das vorstellen kannst. Und der Vorteil ist, das Geschriebene kann man abspeichern …"

„Lass mich mit diesem Quatsch zufrieden!"

„Opa, ich habe eine bessere Idee. Ich besorge uns ein Diktiergerät und ein paar Kassetten …"

„Was ist das denn nun schon wieder?"

„Ein Aufnahmegerät. Wir nehmen auf, was du erzählst, und ich höre mir das zu Hause in Ruhe an und schreibe es dann Satz für Satz auf."

„Gut, hört sich schon besser an. Wie teuer sind diese Dinger?"

„Keine Ahnung."

„Ich gebe dir hundert Mark. Wenn's mehr kostet, sag Bescheid! Und nächste Woche machen wir weiter. Dann erzähle ich dir von Stalingrad."

„Ja, Opa, so machen wir das."

25

Während die Amerikaner mit ihren alliierten Verbündeten die größte Militäroperation aller Zeiten vorbereiteten, um mit einem mächtigen Paukenschlag die Deutschen in der Normandie zu überraschen, fieberte der kleine Siegbert Becker seinem sechsten Geburtstag entgegen, in der Hoffnung, endlich den lang ersehnten Holzroller geschenkt zu bekommen.

Käthe Becker trug mit ihrem kargen Lohn als Putzhilfe und mit den Pflichten und den Aufgaben einer Hausfrau und Mutter die ganze Last der Familie. Und dann sollte sie auch noch ihren kranken und nutzlosen Wilhelm pflegen. Diese Bürde fiel ihr besonders schwer. Sie nahm es hin, so wie sie das Leben mit diesem Mann all die Jahre als gottgegeben hingenommen hatte. Von Liebe, von Achtung und gegenseitigem Respekt war da schon lange nichts mehr. Nicht umsonst hatte sie im Stillen gedacht, ja sehnsüchtig gehofft, man hätte besser daran getan, Wilhelm einzuziehen, vor zwei Jahren schon, als es ihm noch einigermaßen gut ging. Was dann mit ihm geschehen wäre, hätte das Schicksal entschieden.

Bei den Kindern fiel es ihr leichter, sich aufzuopfern. Die waren unschuldig, da brachte man als Mutter selbstverständlich die erforderliche Kraft auf, um für sie zu sorgen, während der Mann ihr nur Sorgen bereitete und Arbeit, vor allem Arbeit. Käthe schämte sich ihrer Gedanken nicht, die aber unausgesprochen blieben, weil sie ja doch nichts an ihrer Situation geändert hätten. Und die Kinder wollte sie nicht in Gewissenskonflikte bringen. Wilhelm war doch selbst schuld an seinem Zustand, hatte sich um den Verstand gesoffen und mit den selbstgedrehten Zigaretten, hergestellt aus Billigtabak, die Gesundheit ruiniert, mit jedem Stäbchen ein wenig mehr. Und das viele liebe Geld, was seine beiden Laster verschlangen, leichtfertig ausgegeben, während sie und die Kinder darben mussten. An ihr blieb letztendlich alles hängen. Und der feine Herr lümmelt den lieben langen Tag auf dem Sofa herum und will von vorn bis hinten bedient werden.

Ihre Tage begannen früh morgens sehr zeitig. Sie stand eine Stunde vor den Kindern auf, heizte den Ofen in der Küche und im Wohnzimmer an, bereitete das Frühstück vor und schmierte für Ilse zwei Schulbemmen vom Graubrot, oft mit Griebenschmalz, das war billig und sie konnte es selbst herstellen. Hartmut, der mittlerweile eine Lehre in der alten Maschinenfabrik zum Maschinenschlosser machte, und die dreizehnjährige Martha waren alt genug, ihre Bemmen selbst zu schmieren. Danach brühte sie für Wilhelm und sich eine Kanne Muckefuck, ein dünner Ersatzkaffee aus Gerste, und schmierte auch ihm eine Scheibe Brot. Essen, da war sie konsequent, musste er allein. Wer nicht mehr selbst fressen kann, lautete ihre Devise, hat's auch nicht verdient zu leben.

Für Siegbert war es die schönste Zeit des Tages, dieser jungfräuliche Morgen, der noch auf einen schönen Tag hoffen ließ. Aller Ärger vom Vortag war verflogen, weil jeder Morgen neu begann und neues Glück, neue Erlebnisse und neue Abenteuer versprach. Beckers Hinterhauswohnung hatte kein Bad, wie die feinen Leute es in ihren Wohnungen im Vorderhaus besaßen. In der Küche stand neben dem halbrunden Emaille-Waschbecken nur ein kleiner Beistelltisch für Seife und Zahnpasta. Hier wusch sich die Familie und putzte sich die Zähne. Da passte die Mutter auf. Auch wenn sie kein Bad ihr Eigen nennen konnte, die Kinder sollten sauber das Haus verlassen.

Für Siegbert war es mit seinen fast sechs Jahren das Unangenehmste am Morgen, mit freiem Oberkörper vor dem Waschbecken stehen zu müssen, um sich mit kaltem Wasser Gesicht, Hals, Brust und Bauch zu waschen. Besonders in den Wintermonaten versuchte er, sich um diese lästige Pflicht zu drücken. Immerhin gab es zum Zähneputzen warmes Wasser. In einem Aluminiumtopf, der immer auf dem Küchenherd stand, brodelte es, wurde aber nur sparsam verwendet, für die Zubereitung von Tee und Kaffee und eben fürs Zähneputzen.

Beim Ankleiden brauchte Siegbert die Hilfe der Mutter, denn über der Hose musste wegen der langen Wollstrümpfe ein Leibchen mit Strumpfhaltern gezogen und hinten zugeknöpft werden. Bald sollte der Sommer kommen, wo vieles leichter wird, vor allem das Ankleiden mit den knielangen Baumwollhosen und dem kurzärmligen Strickpullover, gefertigt aus Wollresten. Und mit seinem Hausser-Holzroller, so träumte Siegbert, würde er durch die warmen Tage rauschen, die Leipziger Straße hoch und wieder runter, leicht und unbeschwert würde der Wind sein Haar streicheln.

Siegberts Freude war unbeschreiblich groß, als er am Morgen seines Geburtstages den heiß ersehnten Holzroller entdeckte, noch bevor er die Zähne geputzt und sich mit kaltem Wasser gewaschen hatte. Heute ließ er sich die morgendliche Kaltwäsche bereitwillig gefallen, weil er innerlich so angespannt war, endlich die lang erträumte Probefahrt mit seinem neuen Schatz durchführen zu können. Käthe hatte den Roller für ein kleines, ein ganz kleines Geld vom Polizeirat bekommen. Bei ihm verstaubte er ungenutzt und vergessen im Keller. Generationen von Kindern sind vor Siegbert damit über die Gehwege der kleinen Stadt an der Schnauder gejagt. Das Holz war mit den Jahren verblasst, hatte sich grau verfärbt, der Klarlack war an vielen Stellen abgescheuert oder abgewaschen vom Regenwasser, verrostet waren die Blechhalterungen an Lenker, Fußtritt und beiden Rädern. Die Hartgummireifen waren rissig und porös, die rote Farbe an den Felgen zum Teil abgeblättert. Aber all diese Makel blieben für Siegbert unsichtbar. Der Roller strahlte für ihn ohne Fehl und Tadel. Siegbert hatte das schönste, das allerschönste Geschenk seines bisherigen Lebens erhalten. Er war glücklich, einfach nur glücklich.

Und Siegbert drängte auf eine Probefahrt, gleich nach dem Frühstück, welches ihm viel zu lange dauerte. Hartmut begleitete seinen Bruder raus auf die Leipziger Straße und schaute ihm hinterher, wie er ordentlich Schwung holte, sich kräftig mit dem rechten Fuß abstieß. In Richtung Stadtmitte, hoch zur Kirche, ging die Leipziger Straße leicht bergauf. Siegbert meisterte den Anstieg ohne Probleme, wendete oben am Kirchportal und ließ sich dann die abschüssige Straße runterrollen. Das war ein Heidenspaß, mit beiden Beinen auf dem Holztritt zu stehen, die Hände fest am Lenker, um dann kräftig von den Absätzen der Gehwegplatten durchgeschüttelt zu werden.

Die aufregende Fahrt mit dem Holzroller war Siegberts bisher schönstes Erlebnis und das nächste warf bereits seine Schatten voraus, die Einschulung, jetzt, wo der Junge das Schulalter erreicht hatte. Und er freute sich auch darauf, vielmehr freute er sich auf die zu erwartende Zuckertüte, wohl gefüllt mit all den süßen Leckereien aus dem Tante-Martha-Laden, die er kannte und liebte und begehrte, aber nur selten in sein kleines Schleckermäulchen bekam. In Siegbert war wieder Platz für neue Träume, da der Roller ihm nicht mehr im Kopf umherspukte. Und nicht nur ein Zahn tropfte ihm, nein, das ganze noch vollständige Milchgebiss bei den Gedanken an leckere Borkenschokolade, bunte Pfefferminzkissen, überzuckerte Geleefrüchte, Lakritzschnecken und süße Kekse.

Daraus wurde aber leider nichts, denn der Krieg hatte vieles verändert, auch im Leben des kleinen Siegbert. Die Einschulung fiel aus, musste ausfallen, da gerade in diesem Jahr der Schulbetrieb in

Deutschland zusammenbrach, wie bald das ganze Land zusammenbrechen sollte. Lehrer mussten an die Front oder wurden mit anderen kriegswichtigen Aufgaben betraut. Für Unterricht, für Lernen war keine Zeit mehr, denn nun mussten alle für den Endsieg kämpfen.

Siegbert war unendlich traurig. Wenn schon keine Schule, dachte er, dann will ich wenigstens einen Hund. Ja, ein Hund, das wäre eine feine Sache. Der muss auf mich hören, so wie ich auf Mutti hören muss. Dass ein Hund ein Lebewesen ist, der neben Futter auch Pflege und Zuneigung braucht, kam dem Sechsjährigen nicht in den Sinn. Für ihn war ein Hund wie ein Holzroller, den man sich ganz fest wünscht, und wenn man ihn bekommen hat, dann gibt das einen Riesenspaß. Und wenn man keine Lust mehr zum Spielen hat, legt man ihn zur Seite und kann sich anderen Dingen zuwenden.

Als Siegbert eines Tages seinen Wunsch nach einem Welpen äußerte, schüttelte Käthe nur mit dem Kopf und meinte: „Wir brauchen keinen Hund, wir haben Vater. Hör nur, wie der bellt!“

26

Im Mai blühte überall der Löwenzahn. Hermann pflückte sich täglich eine Handvoll und aß die vitaminreichen Blüten zum Brot. Im Lager fehlte es an Obst und Gemüse. Dadurch hatte sich eine neue Krankheit breitgemacht: Skorbut. Das Zahnfleisch der Gefangenen entzündete sich und begann, stark zu bluten.

Als der Schnee restlos weggetaut war, wurden die Kufen durch Räder ersetzt. Die Arbeit blieb die gleiche, das Kraftwerk fraß viel Holz. Zusätzlich zum Holztransport kam nun auch noch der Holzeinschlag. Zwei Gefangene mussten Kiefern, Fichten, Tannen und Lärchen mit einer halbstumpfen Bügelsäge fällen. Der nächste Trupp hatte anschließend mit Äxten die Äste abzuschlagen, ehe zwei weitere Männer die Stämme in zwei Meter lange Teile zerlegten. Dabei kam es immer wieder, den Gefangenen fehlte die Erfahrung ausgebildeter Waldarbeiter, zu schweren bis tödlichen Unfällen. Hermann hatte eine kleine Sanitätstasche bekommen, damit er erste medizinische Hilfe leisten konnte. Das brachte ihm den Respekt seiner Mithäftlinge ein und keiner wollte es sich mit ihm verscherzen.

Hermann erkundigte sich bei der Lagerkommandantur nach einer Metallfeile und einem kleinen Dreikant-Schleifstein. Er erklärte, dass man mit scharfen und frisch geschränkten Sägen mehr Brennholz schaffen könne. Abends im Lager, wenn die anderen Gefangenen sich ausruhten, schärfte Hermann ein paar Sägen, sodass am nächsten Tag nur noch die halbe Zeit für die gleichen Arbeiten gebraucht wurde. Der Kommandant ließ sich überzeugen und gewährte Hermann wöchentlich einen Lagertag, damit er alle stumpfen Sägen schärfen konnte. Auch um die Äxte kümmerte er sich. Dafür stand eine Schleifscheibe bereit, die mit einer Handkurbel betrieben werden musste. Neben einer Erleichterung der Arbeit, brachte Hermanns Schärfen der Werkzeuge einen weiteren positiven Nebeneffekt: Der Holzeinschlag erhöhte sich, sodass der Kommandant zur Freude aller Häftlinge die tägliche Arbeitszeit um eine Stunde herabsetzte.

27

Als Ulf die Kriegspassagen bei der Kesselschlacht von Stalingrad liest, stockt ihm der Atem. Damals, als ihm sein Großvater die dramatischen Ereignisse schilderte, hatte er sie weniger schlimm empfunden als jetzt mit dem täglichen Blick auf die schrecklichen

Ereignisse in der Ukraine. Täglich gehen furchtbare Meldungen durch die Nachrichten. Erst in der letzten Nacht wurde die Hauptstadt Kiew mit schweren Luftangriffen überzogen. Mächtige Detonationen auch in Charkiw, bei denen acht Menschen sterben, als ein mehrstöckiges Wohnhaus getroffen wird. Im Süden des angegriffenen Landes erobert die russische Armee die Hafenstadt Cherson. Opas Hoffnung, es solle nie wieder so etwas Schlimmes wie Krieg geben, wird wohl ewig ein Traum bleiben, jedenfalls so lange, wie Autokraten vom Schlage Putins an der Macht sind.

Sonntag für Sonntag war Ulf mit seinem gletscherblauen Zweitakter in die Jahnstadt an der Unstrut gefahren. Und jedes Mal erwartete ihn sein Großvater schon ungeduldig im Foyer des Seniorenheimes, der letzten Station seines langen, beschwerlichen Lebens. Ulf erschien es langsam wie ein Ritual, aber er fragte sich auch, warum mache ich das hier eigentlich. Klar, seine Kriegserinnerungen klangen interessant, waren spannend, aber er war sich sicher, dass er seine Erzählungen niemals verwenden könne, da diese Berichte nicht zu dem Genre Literatur passten, das er bearbeitete. Vielleicht ging es einfach nur darum, dem Großvater Gesellschaft zu leisten, ihm zuzuhören. Aber dem Enkel kosteten diese Besuche viel Zeit und Kraft, besonders das Aufschreiben beim Anhören der Bänder. Aber er tat es, ohne zu murren, Opa Hermann zuliebe.

Woche um Woche wuchs der Blätterstapel. Und weil er in einer Woche das Abhören aller Kassetten nicht schaffte, musste er sich weitere Kassetten kaufen. Trotz aller Anstrengungen, Ulf genoss auch diese Zeit. Er war in diesen Stunden seinem Großvater sehr nahe, so nahe wie nie zuvor im Leben. Ulf konnte sich an viele Begebenheiten aus seiner Kindheit erinnern. Und erst jetzt im Pflegeheim wurde ihm schmerzlich bewusst, dass sein Opa nie eine warmherzige Beziehung zugelassen hatte. Kein einziges Mal hatte er seinen Enkel auf den Schoß genommen, um mit ihm „Hoppe, hoppe Reiter" zu spielen. Nicht ein einziges Mal hat er an seinem Bettchen gesessen, ihm eine Gute-Nacht-Geschichte vorgelesen. Er hat nicht mit ihm gespielt, weder Karten noch Würfelspiele. Opa Hermann hat dem kleinen Ulf nie einen Groschen zugesteckt, damit er sich eine Kugel Eis auf dem Marktplatz holen konnte. Dafür war Oma Klara zuständig. Sie war ihm eine zärtliche und fürsorgliche Großmutter, leider viel zu früh verstorben. Sie fehlte ihm, heute noch.

„Wir machen weiter mit Stalingrad. Richtig?"

„Ja, Opa – so war es ausgemacht."

„Also, von Kassel in den Kessel."

„Was?", stutzte Ulf.

„Na, in Kassel ging der Krieg los für mich, und im Kessel von Stalingrad endete er. Dann kam die Gefangenschaft."

Hermann begann zu erzählen, wie immer sehr ausführlich und detailreich. Ulf hörte geduldig zu und ließ das Diktiergerät laufen. Nur wenn eine Kassette gewechselt werden musste, bat er seinen Opa um eine kurze Unterbrechung. Dann ging es weiter. Der maulfaule Hermann entpuppte sich als wortgewaltige Plaudertasche, als wäre in seinem Kopf ein Damm gebrochen und jetzt sprudelten die Wörter und Sätze, die sich jahrelang aufgestaut und nur auf einen Moment wie diesen gewartet hatten, nur so aus ihm heraus. Aber bald schon sollte etwas anderes in seinem Kopf brechen, vielmehr platzen.

„Wie habt ihr das nur ausgehalten?", unterbrach Ulf seinen Opa, als dieser vom Hunger, der Kälte und den erbitterten Kämpfen in Stalingrad berichtete.

„Wenn du in der Scheiße steckst, versuchst du alles, um da wieder rauszukommen", war seine nüchterne Antwort. „Du kämpfst ums nackte Überleben. Da war nichts mehr übrig von ‚Für Führer, Volk und Vaterland'. Die haben uns schlichtweg aufgegeben, dem Russen zum Fraß vorgeworfen."

Obwohl inzwischen Karin mithalf, die Kassetten abzuhören und Opas Erzählungen aufzuschreiben, indem sie sich regelmäßig ablösten, kamen sie kaum hinterher. Ulf musste ständig neue Kassetten nachkaufen. Eine ein- bis zweiwöchige Pause lehnte Opa Hermann kategorisch ab.

„Soweit kommt's noch", hatte er protestiert. „Wir machen so lange, bis wir fertig sind!"

„Wie du willst", hatte sich Ulf dem Wunsch seines Großvaters gebeugt.

„Man weiß nie, wann es zu spät ist", erklärte er, als hätte er bereits eine Vorahnung.

Also setzten sie ihre sonntäglichen Gespräche fort. Und das war auch gut so, denn so konnte Opa Hermann noch von seiner Entlassung aus der Gefangenschaft und seiner langen Rückkehr nach Deutschland berichten. Und dann, wenige Tage später, sollte seine Stimme verstummen, für immer.

„Ulf, ich habe eine traurige Nachricht", flüsterte Onkel Gerd am Telefon. Seine Stimme zitterte und er hätte auch gar nicht weiterreden brauchen: Ulf wusste Bescheid.

Trotzdem fragte er, wie automatisch: „Ist was …, ist was mit Opa?" Plötzlich dröhnte es in seinem Kopf. Ihm wurde schwindlig und er musste sich auf den Stuhl des Meisters setzen, der gerade in der Werkhalle unterwegs war.

„Hermann ist gestern während des Frühstücks wie aus heiterem Himmel schlecht geworden, kurz darauf verlor er das Bewusstsein. Ein Helikopter hat ihn sofort in die Uniklinik nach Halle geflogen. Aber trotz Not-OP konnten ihm die Ärzte nicht mehr helfen."

„So … so plötzlich“, stammelte Ulf fassungslos.

„Ihm ist ein Hirnaneurysma geplatzt.“

„Was ist das denn?“

„Ein Arzt hat's mir erklärt. Aber richtig verstanden habe ich es auch nicht. Jedenfalls hat er nicht leiden müssen“, sagte Onkel Gerd.

„Wenigstens das. Opa hat genug in seinem Leben gelitten“, erwiderte Ulf leise.

„Wie meinst du das?“ Onkel Gerd schien überrascht.

„Opa hat schlimme Sachen durchmachen müssen, im Krieg, in der Gefangenschaft.“

„Achso, das meinst du“, erwiderte Hermanns einziger Sohn, der nie Genaueres aus dem Leben seines Vaters erfahren hatte. Diese Geheimnisse hatte er nur seinem Enkel anvertraut.

28

Die Tage und Stunden vergehen, gleichmäßig und stetig, und der Regulator reguliert die Zeit. Er ist ein Erbstück und Käthes ganzer Stolz neben dem geliebten Gummibaum. Die Pendeluhr im braun gebeizten Holzkasten mit zahlreichen gedrechselten Verzierungen und geschnitzten Intarsien hängt über dem Sofa und zählt die Minuten, addiert sie zu Stunden und Tagen. Ja, selbst dem Krieg läuft die Zeit davon. Und das ist gut so, denn irgendwann sollte auch ein Krieg sterben, je früher, desto besser.

Aber so weit war es noch nicht, noch wurde im Osten wie im Westen um jeden Meter Boden erbittert gerungen, getötet und verwundet. Aufgeben galt nicht, an Kapitulation durfte nicht einmal gedacht werden, dabei standen die Amerikaner bereits am Rhein und die Rote Armee marschierte in Pommern ein. Jeder klardenkende Mensch konnte sich ausrechnen, was das bedeutete. Aber die Befehle aus der Reichskanzlei waren unmissverständlich, Kampf bis zum letzten Mann, bis zur letzten Patrone, bis zum letzten Tropfen Blut. Der Wahnsinn und die Wahnsinnigen kannten keine Grenzen.

Käthe war froh, dass das Ende des Krieges abzusehen war in diesen Märztagen des Jahres 1945 und dass er ihren Hartmut nicht geholt, noch nicht geholt hatte, und sie hoffte, dass das so bleiben würde. Was sie nicht ahnen konnte, weil Hartmut kein Sterbenswörtchen verraten hatte: Er hatte sich selbst als Freiwilliger gemeldet, schon vor Monaten. Hartmut war den Verdacht nicht losgeworden, vergessen worden zu sein. Viele seiner ehemaligen Klassenkameraden von der Volksschule taten bereits ihren Dienst als Luftwaffenhelfer in den Flakstellungen rund um Zeitz, Altenburg oder Meuselwitz. Warum nicht auch er? Hartmut spürte das tiefe Verlangen, ein anerzogenes Pflichtgefühl aus der Hitlerjugend, endlich seiner Pflicht, treu ergeben die Heimat zu verteidigen, nachkommen zu können. Zunächst wurde er abgelehnt. Immerhin arbeitete er in einem kriegswichtigen Betrieb. Als aber Hitler die Soldaten ausgingen, entweder durch Tod, Verwundung oder Gefangenschaft, versündigten sich die ratlosen Herren aus der Reichskanzlei an der jungen Generation, an der Zukunft Deutschlands. Wenn das großdeutsche Reich nicht überlebt, so ihr herzloses Kalkül, braucht auch ihre Jugend nicht zu überleben.

Käthe hatte die hässliche Fratze des Krieges einen Monat zuvor selbst miterleben müssen, als die Sirenen in der Thüringer Kleinstadt an der Schnauder bedrohlich aufheulten und die Bewohner aufforderte, Schutzräume und Keller aufzusuchen. Da es im Hinterhaus keinen Keller gab, den brauchten die einfachen Leute nicht, die konnten ja im Zwischenhaus einen kleinen Schuppen nutzen, musste Käthe mit den Kindern die Kellerräume des Vorderhauses aufsuchen. Wilhelm war im Bett geblieben. Sie konnte ihn nicht mitnehmen. Und der ehemalige Wachtmeister schaffte kaum aus eigener Kraft die fünf Schritte bis zum Klo, da versagte ihm die Puste. Und ohne Luft kam er nicht in den Luftschutzkeller. Käthe fiel es schon schwer genug, ihn vom Bett bis zum Sofa zu schleppen. Und Hartmut, der hätte helfen können, war auf Nachtschicht. An ihn dachte Käthe in großer Sorge, als sie mit ihren anderen Kindern im Halbdustern des muffig riechenden Kellerganges auf einer alten Holzkiste saß und die Vibrationen und Explosionen der ringsum einschlagenden Bomben spürte. Hoffentlich passiert dem Jungen nichts! An Wilhelm dachte sie keine Sekunde.

Die Lancaster-Bomber der britischen Royal Air Force kamen in den frühen Morgenstunden. Ihr Hauptziel war das Hydrierwerk in Böhlen, in dem flüssiger Kraftstoff aus Braunkohle gewonnen wurde. Als Nebenziel sollten in der nicht weit entfernten Thüringer Kleinstadt und Umgebung alle angesiedelten Werke der Rüstungsindustrie empfindlich getroffen, am besten vollständig zerstört werden. Die Eisengießerei und Maschinenfabrik, in der Hartmut zum Maschinenschlosser ausgebildet wurde, zählte ebenso dazu, denn hier wurden kriegswichtige Teile für gepanzerte Fahrzeuge und Flugabwehrkanonen gefertigt. In kleineren Nebengebäuden und Baracken, in denen Zwangsarbeiter und Kriegsgefangene bis zur Erschöpfung schuften mussten, wurden Infanteriepatronen, Handgranaten und Panzerfäuste produziert.

Die britischen Bemühungen schlugen fehl, da es der deutschen Flakartillerie gelungen war, den Masterbomber, eine zweimotorige Mosquito, vom bewölkten Himmel zu holen. Damit konnten sie das Abwerfen der Leuchtbomben, unerlässlich für die Zielmarkierung und wichtig für die Orientierung der nachfolgenden Bomberverbände, verhindern. An diesem Morgen herrschte über dem Zielgebiet eine geschlossene Wolkendecke, was eine Sichtbombardierung unmöglich machte. Und so verfehlten viele Bomben ihre Ziele, trafen stattdessen Wohnhäuser, Schulen, den Sportplatz, das Gerätehaus der Feuerwehr und auch Wilhelms einst geliebte Kneipe mit der Kegelbahn hintendran. Von vielen Gebäuden blieb nur noch ein großer Haufen Schutt übrig. Die Kirche hatte nichts, aber auch rein gar nichts abbekommen. Vielleicht hatte der evangelische Pfarrer einen direkten Draht nach ganz oben.

Als die Sirenen Entwarnung gaben, kamen die Leute aus ihren Löchern gekrochen, um zu gucken, was dort oben über ihren Köpfen geschehen war. Siegbert und auch viele andere Kinder der Leipziger Straße sahen in den vielen Schuttbergen der zerstörten Häuser einen riesigen Abenteuerspielplatz. Käthe war froh und erleichtert, dass ihre Häuser, sowohl das vorn, als auch das hinten, keine Schramme abbekommen hatten. Auch das Haus mit dem Tante-Martha-Laden war heil geblieben. Mit Ausnahme der durch die Druckwellen zerborstenen Fensterscheiben.

In diesem März 1945, Wochen vor seinem siebten Geburtstag, traute sich Siegbert nicht, nach allem was seine jungen Augen in den letzten Tagen an Schrecklichem gesehen hatten, sogar eine tote und halb von Trümmern verschüttete Frau, nach einem Geschenk zu fragen. Stattdessen drückte er sich an den warmen Körper seiner Mutter und genoss die zärtliche Geborgenheit ihres Schoßes. Solange die Mutter da war, konnte ihm nichts passieren. Und natürlich Hartmut, solange der große Bruder auf ihn aufpasste und seine schützende Hand über ihn hielt, brauchte er keine Angst zu haben. Vorm Vater, ja, da hatte er Angst, jetzt noch, wo er doch schon so krank und schwach auf der Couch lag und kaum einer Fliege etwas zuleide tun konnte.

Manchmal, wenn die Mutter putzen und Hartmut draußen im Schuppen war, um Feuerholz zu hacken oder Brennmaterial zu holen, rief der Vater nach seinem Jüngsten. Siegbert traute sich nicht, blieb wie angewurzelt auf der Stelle stehen und hielt die Luft an. „Siegbert, nun komm schon her!"

Siegbert zitterte und schloss ganz fest die Augen, als wäre er gar nicht da.

„Siegbert! Hat es dir die Sprache verschlagen? Nun komm endlich!"

„Warum?", flüsterte er eingeschüchtert.

„Deinem Vater ist langweilig."

„Warum?"

„Weil ich nichts tun kann."

„Warum?"

„Ich bin krank und …, verdammt, du elender Bastard! Komm gefälligst her, wenn ich nach dir rufe!"

Siegbert ging trotzdem nicht hin zum Vater. Er hatte höllische Angst, dass er grundlos Dresche bekommen würde. Vergessen waren seine harten Schläge aus frühen Kindertagen noch längst nicht. Die hatten sich eingebrannt in seinen kleinen Kopf. Ja, wenn die Mutter in der Küche oder Hartmut zu Hause gewesen wären, dann wäre er zum Vater gegangen.

Siegbert liebte und vergötterte seinen großen Bruder. Er strahlte Kraft aus und gab ihm Sicherheit. Mit dem Boxen war es nun erstmal vorbei, weil sein Trainer eine kranke Frau zu Hause hatte, die er pflegen musste und nicht allein lassen konnte. Siegbert fand das schade, er begleitete Hartmut gern in die Boxhalle, in der auch er ein wenig herumtoben durfte. Am liebsten rannte er. Mit jemandem um die Wette rennen, fand er besonders schön. Siegbert wich seinem Bruder nicht von der Seite. Bei ihm fühlte er sich sicher, brauchte keine Angst zu haben. Hartmut passte auf, dass ihm kein Haar gekrümmt wurde.

Das sollte sich aber bald schon ändern, ändern durch einen Brief, der Hartmuts Gesichtsausdruck fest und entschlossen wirken ließ und der Mutter Tränen der Verzweiflung in die Augen trieb. Sie wollte ihren Großen nicht hergeben, jetzt, wo doch der Krieg bald aus sein musste. Aber nach den Befindlichkeiten einer Mutter wurde nicht gefragt in diesen Tagen, in denen jeder junge Mann gebraucht wurde, und sei er noch ein halbes Kind, Hauptsache, er kann mit einem Karabiner umgehen und die Feinde Deutschlands aufhalten. Von Zurückschlagen wurde schon nicht mehr gesprochen.

Nun wurde es tatsächlich ernst für Hartmut, der seinen Einberufungsbefehl schwarz auf grau bekommen hatte. Schon in fünf Tagen sollte er sich im Ausbildungslager der Hitlerjugend einfinden. Siegbert krallte sich am Arm des Bruders fest. „Bleib! Bitte bleib!"

„Ich muss, Siegbert, ich muss! Es ist meine Pflicht. Ich muss euch beschützen, vor den Amerikanern und den Russen, die bald kommen werden mit ihren Panzern."

„Dann wünsche ich mir zum Geburtstag, dass du alle abschießt."

„Das ist lieb von dir. Und jetzt, wo ich weg bin und der Vater so krank ist, musst du mir versprechen, auf Mutti und unsere Schwestern aufzupassen. Du bist jetzt der Mann im Haus. Kann ich mich auf dich verlassen?"

„Nein", protestierte Siegbert, „ich will mitkommen, will auch Panzer abschießen."

„Das geht nicht. Dafür bist du noch zu klein. Siegbert, sei gehorsam! Du musst jetzt tapfer sein, wie auch ich tapfer sein muss!"

Siegbert schluchzte, hatte dicke Tränen in den Augen. Der kleine Körper spürte die Verantwortung, die ihm da aufgebürdet wurde, und er wusste nicht, wie er dieser gerecht werden sollte. Er war doch noch so klein.

„Dann wünsche ich mir …“, schluchzte Siegbert, „dann wünsche ich mir zum Geburtstag, dass du … dass du bald wiederkommst. Bitte, bitte Hartmut, du musst wiederkommen!“

„So schnell ich kann, versprochen“, antwortete er seinem kleinen Bruder, nahm ihn noch einmal fest in seine Arme und kämpfte gegen das Wasser an, das auch ihm in die Augen schoss. Jetzt nur keine Schwäche zeigen! Hartmut war klar, dass es ein Abschied, eine Liebkosung für immer sein konnte.

„Gut, und dann will ich auch keinen Hund mehr haben. Dich will ich wiederhaben!“

Als der große Bruder gegangen war, warf sich Siegbert auf sein Bett, zog sich die Decke übern Kopf und heulte sich den kindlichen Schmerz von der Seele. Der Junge verstand die Welt nicht mehr. Er fühlte sich alleingelassen, kam sich verraten und hilflos vor. Hartmut war mehr als nur der große Bruder, der ihn beschützt hatte, vor dem Vater, vor den größeren Kindern aus dem Vorderhaus oder vor den anderen Kindern von der Leipziger Straße, die nicht immer zimperlich miteinander umgingen.

Und während Hartmut einer unsicheren und gefährlichen Zukunft entgegenging, lag Vater Wilhelm apathisch auf dem Sofa, von dem Käthe vornehm behauptete, es sei ihr Chaiselongue. Eine Schlummerrolle im Nacken, die hochgelagerten Beine auf einer zweiten Rolle, ließ es sich der vorzeitig aus dem Polizeidienst ausgeschiedene Kettenraucher gutgehen. Er schlief viel, und wenn er nicht schlief, döste er vor sich hin, wartete auf den nächsten Hustenanfall und drehte sich dabei genüsslich die nächsten filterlosen Zigaretten, um anschließend den giftigen Rauch in seine kaputten Lungen einzusaugen. Und kaum hatte er den Stummel im Ascher ausgedrückt, rebellierten seine Bronchien.

Als Hartmut am Stellungsplatz, dem Wehrertüchtigungslager der Hitlerjugend, eintraf, war es ruhig, weit und breit keine Menschenseele zu sehen. Panik erfasste ihn. Was wäre, wenn er sich mit Zeit, Tag oder Ort vertan hatte, und nun als Deserteur galt? Was mit diesen Feiglingen geschieht, wusste er. Er holte den Brief hervor, faltete ihn auf und las. Der Ort stimmte, ein zweites WE-Lager gab es hier nicht. Der Tag stimmte auch. Gut, die Uhrzeit: Er war eine Stunde zu früh dran. Sein Puls ging langsam wieder runter.

Hartmut stellte seine Tasche am verschlossenen Gittertor ab und schlenderte den Weg hoch zur Hauptstraße, machte oben kehrt und ging langsam zurück. Er hockte sich vor das Tor, zog ein leeres Schreibheft, er hatte drei Stück eingesteckt, aus seiner Tasche und schrieb mit einem Bleistift auf die Vorderseite „Kriegstagebuch Nr. 1 von Hartmut Becker". Dann schlug er die Einbandseite auf und machte den ersten Eintrag. Viel gab es da noch nicht zu schreiben.

In der Zwischenzeit waren ein paar Minuten verstrichen. Er steckte das Heft zurück und schlenderte noch einmal hoch zur Straße. Die Straße lag verlassen vor ihm. Niemand zu sehen, keine Fahrzeuge und auch keine Menschen. Als er wieder unten am Tor stand, hörte er plötzlich Motorenlärm. Ein dunkelgrüner Omnibus war in die schmale Zufahrt zum Lager eingebogen und hielt neben ihm am Tor. Zwei Soldaten stiegen aus. Der Fahrer, ein Obergefreiter, zündete sich sofort eine Zigarette an und machte sich am Schloss zu schaffen.

„Hilf mir mal!", forderte er Hartmut auf, einen Torflügel zu öffnen und dann zu arretieren. Dann kletterte er wieder auf seinen Fahrersitz, fuhr den Bus auf den Appellplatz und stellte den Motor ab.

Der andere, ein humpelnder Oberfeldwebel, kam auf Hartmut zu und fragte: „Arbeitsdienstlager Brassendorf?"

„Ja."

„Dann wollen wir mal hoffen, dass die anderen auch alle kommen! Gehen viele stiften in diesen Tagen. Wenn wir die erwischen, gnade denen Gott! Zigarette?"

„Nein, danke. Ich rauche nicht", lehnte Hartmut freundlich ab.

„Hast wohl Angst, dir in die Hosen zu scheißen?"

„Nein, das nicht. Meinen Vater hat das Rauchen kaputtgemacht. Ist kein schöner Anblick."

„Weißt du, was mich kaputtgemacht hat? Diese Scheißkälte in Russland, Februar 42, hab' mir die linke Haxe abgefroren. Bald wäre ich selbst draufgegangen. Zwei Sanis haben mich über zehn Kilometer durchs Schneetreiben geschleppt. Die Hand haste nicht gesehen vor Augen. Waren feine Kerle, haben niemanden im Stich gelassen. Der eine hieß Hermann Linde. Der hat besonders vielen da drüben das Leben gerettet. Habe ich mir gemerkt, wegen dem Namen Linde – wie der Baum. Ob der noch lebt? Sind viele draufgegangen, drüben in Russland."

Dass dieser hilfsbereite Sanitäter seit mehr als einem Jahr in einem russischen Arbeitslager gefangen gehalten wurde und jeden Tag hart schuften musste, konnte er nicht wissen. Sein halber amputierter Fuß hatte ihm das Leben gerettet und wieder in die Heimat gebracht. Jetzt war er dabei, zu helfen, das letzte Aufgebot zu organisieren.

Bis auf einen Jungen trafen alle pünktlich ein. Hartmut kannte viele nur vom Sehen, darunter auch den Former-Lehrling Hans Glück aus der Eisengießerei. Überhaupt waren alle Einberufenen Lehrlinge, wie sich in den Gesprächen herausstellte. Der Krieg brauchte jeden. Kampf war wichtiger als Berufsabschluss. Die Jungen fühlten sich prächtig. Es wurde gescherzt, gelacht – die Stimmung konnte nicht besser sein.

Hartmut setzte sich neben Hans Glück. Was Besseres kann mir

gar nicht passieren, dachte der Junge. Ich habe einen persönlichen Talisman, einen Hans im Glück. Als der Bus losfuhr, sagte er zu ihm: „Ich bin fürchterlich aufgeregt.“

„Ich nicht“, antwortete der Angesprochene schroff, „ich habe eine Scheißangst, und ich will die Sache hier nur irgendwie heil überstehen.“

„Verstehe“, murmelte Hartmut.

„Gar nichts verstehst du. Meine beiden Brüder sind schon gefallen, mein Vater wird vermisst, auch von meinem Onkel haben wir lange nichts gehört.“

„Wie bei mir“, flunkerte Hartmut ein wenig. „Onkel Fritz hat sich seit Monaten nicht gemeldet. Und Onkel Richard hat sein rechtes Bein verloren.“

„Ein Bein ist nicht das Leben.“

Hartmut schwieg betreten. Er wusste, dass Hans Glück recht hatte. Stattdessen sah er aus dem Fenster. Der Bus fuhr über Groitzsch, Zwenkau nach Markranstädt. Die kürzere Strecke über Merseburg wurde aus Sicherheitsgründen vermieden. Die nahe gelegenen Leuna-Werke wurden immer wieder von Bomberstaffeln angegriffen. Bei einer kurzen Pinkelpause hörten die Jungen das Dröhnen der schweren Flak-Geschütze. Das klang unheimlich, ließ nichts Gutes erahnen, und manchen lief bereits ein eiskalter Schauer übern Rücken. Dann fuhren sie weiter bis kurz vor Schkeuditz, wo der Fahrer nach links abbog und auf eine kleinere Nebenstrecke auswich. Sie kamen durch Dörfer, deren Namen Hartmut noch nie gehört hatte: Rassnitz, Wesenitz und Döllnitz. Dieser Name erinnerte ihn an einen bekannten General – General Dönitz. Und um sie nicht zu vergessen, schrieb er sie in sein Heft.

„Was machst du denn da?“

„Aufschreiben, was wir erleben und wohin wir kommen.“

„Na, wenn du nichts Besseres zu tun hast!"

Am Nachmittag erreichten sie endlich ihr Ziel, das Reichsarbeitsdienstlager Brassendorf. Der Omnibus hielt auf dem Appellplatz und Oberfeldwebel „Hinkefuß", wie er bereits von den Jungen genannt wurde, gab das Kommando zum Aussteigen. Andere Jungen im Lager, die vor ihnen eingetroffen waren, trugen bereits Uniformen. Einige wirkten richtig lustig darin, als steckten sie in einem viel zu großen Kostüm wie lebende Vogelscheuchen. Die Uniformen wurden für Männer und nicht für Kinder genäht. Hier und da mussten Sicherheitsnadeln aushelfen. Bei übergroßen Jacken wurden die Gürtel enger gezurrt. Trotzdem bescherte der Drillich den Hilfsrekruten ein erhabenes Gefühl. Kleider machen eben Leute. Viele der jungen Soldaten waren unheimlich stolz, nun endlich für Deutschland kämpfen zu können, auch wenn sich keiner vorstellen konnte, wie das wirklich ablaufen würde.

Am ersten Tag war noch nicht viel los: Einkleiden, Ausrüstung abholen und Aufteilung auf die Mannschaftsbaracken. Davon gab es drei Stück an der östlichen Längsseite, für jeden Zug eine. Auf der gegenüberliegenden Seite befanden sich Kantine, Gemeinschaftsraum, die Schreibstube sowie die Kleider- und Waffenkammer. Der Lagerkommandant Leutnant Fuchs, ein frontuntauglicher Kriegsveteran, hatte ein geräumiges Offiziersquartier in der einzelnen Baracke auf der kürzeren Nordseite. Hier wohnten auch die Ausbilder, alles Unteroffiziere, dienststrenge und knallharte Burschen, wie Hartmut bald erfahren sollte. Klar wurden bei den Übungen, Manövern und Geländespielen der Hitlerjugend scharfe Kommandos gerufen, aber das lief alles ruhiger und gemäßigter ab. Der Spaß an Abenteuern, Sport und Bewegung in der Natur, die Freude an der Gemeinschaft, der kameradschaftliche Zusammenhalt standen im Vordergrund.

Hartmut spürte so etwas wie Enttäuschung. Dieses permanente Rumgebrülle, dieser extreme Drill, das hatte er so nicht erwartet. Zu allem wurde man gehetzt. Immer im Laufschritt. Das war doch nicht normal. Schließlich hatte er sich freiwillig gemeldet, wollte ohne Zwang, mit der Waffe in der Hand gegen Deutschlands Feinde kämpfen. Er war wütend, fand sich ungerecht behandelt, kochte innerlich. Einmal wäre er fast ausgerastet und hätte einem dieser selbstherrlichen Unteroffiziere die Fresse poliert, poliert wie zu Hause die gebohnerten Fußböden. Als Boxer kannte er die Schwachstellen, um einen solchen Typen aus den Stiefeln zu hebeln. Hartmut war sich aber auch darüber im Klaren, seine Emotionen im Zaum halten zu müssen. Er war jetzt beim Militär, nicht auf dem Schulhof, wo man Zwistigkeiten mit den Fäusten regeln konnte. Jetzt galt bedingungsloser Gehorsam. Alles andere konnte gefährlich werden – lebensgefährlich.

Leutnant Fuchs begrüßte die jungen, ungeduldigen Kämpfer am nächsten Tag zum Morgenappell. „Männer!“, rief er, und die Kleinsten wuchsen bei dieser Anrede ein paar Zentimeter. „Auf euch blickt die ganze Nation, der Führer, das deutsche Volk. Ihr seid auserwählt, heldenhafte Taten zu vollbringen. Leider steht der Feind schon tief im Land. Wir werden nicht viel Zeit haben, euch alles Kriegswichtige beizubringen. Aber wenn der Feind vor euch steht, werdet ihr wissen, was zu tun ist. Heil Hitler!“

„Heil Hitler!“, schallte es aus dreihundert entschlossenen Kehlen.

Noch einmal wurden die jungen Hirne gelüftet, gewaschen und geplättet, denn neben dem allgemeinen Schießunterricht mit Ausbildung an der Panzerfaust zum PAK-Schützen, dem Gebrauch von Handgranaten, einer sportlichen Wehrertüchtigung, Unterweisung zur Tarnung im Gelände hieß es regelmäßig: einrücken in den Gemeinschaftsraum zur militärtaktischen Schulung. Oberfeldwebel

Hinkefuß sagte zur ersten Stunde: „Die Lage ist ernst, aber nicht hoffnungslos. Zum Glück verfügt Deutschland über solche Jungen, wie ihr es seid. Seht es als ein besonderes Privileg an, das frühere Generationen nicht hatten. Ihr könnt bei erfolgreichen Einsätzen sehr schnell zu militärischen Ehren kommen. Ein paar Abschüsse feindlicher Panzer und das Eiserne Kreuz habt ihr sicher. Auf jeden Einzelnen warten Ruhm und Ehre."

Schon am nächsten Tag marschierten alle drei Züge zum Schießplatz. Hier erfolgte die Unterweisung in die Handhabung des Karabiners 98 k. Nur drei Schuss, es herrschte ein akuter Mangel an Munition, durfte jeder abgeben. Der Rückschlag war gewaltig. Hartmut hatte mit seiner kräftigen Boxerstatur keine Probleme. Auch Hans Glück war als Former ein kräftiger Kerl und presste den Gewehrkolben fest in die Schulter. Bei der Schussabgabe bewegte sich der Lauf keinen Millimeter. Dagegen verrissen die kleineren und schmächtigeren Jungen jedes Mal die Waffe. Ihnen wurden ein paar Tricks verraten, wie sie die Knarre besser in den Griff bekommen: bei der Schussabgabe eine kleine Schrittstellung einnehmen, Oberkörper leicht nach vorn beugen, einatmen, Abzug drücken, ausatmen.

„Und wenn wir im Liegen schießen müssen?", fragte einer der Jungen.

„Dann macht ihr's genauso, nur ohne Schrittstellung!"

Die Unterweisung in das Maschinengewehr MG 42 erfolgte wenige Tage später, als jeder den Karabiner im Schlaf beherrschte. Als Letztes erfuhren die eifrigen Kindersoldaten, die endlich ihr erworbenes Wissen auf dem Schlachtfeld umsetzen wollten, wie man eine Panzerfaust abfeuert. „Das Rohr wird auf die Schulter gelegt!", demonstrierte der Unteroffizier. Als er bemerkte, dass ein paar Jungen tuschelten, schrie er: „He, Schnauze halten! Heute Abend gibt's für den ganzen Zug 'ne extra Runde Exerzieren!"

„Toll", rief Hans, der weiter hinten stand, „kann's kaum erwarten."

Wütend schrie der Unteroffizier: „Wer war das? Wer hat das gesagt?"

Keiner meldete sich. Hartmut wechselte einen kurzen Blick mit Hans, dem augenblicklich klar geworden war, dass er sich in eine missliche Lage gebracht hatte.

„Ich", antwortete Hartmut. „Ich habe das …"

„Zwanzig Liegestütze, sofort!"

„Ich möchte auch zwanzig Liegestütze machen", forderte Hans.

„Na los! Alle beide, zwanzig Stück! Und keinen weniger!"

Als Hartmut und Hans ihr kleines Krafttraining absolviert hatten, widmete sich der Ausbilder wieder seiner Panzerbüchse: „Das Ding hier ist wie 'ne Rakete. Hinten kommt ein mächtiger Feuerstrahl raus. Also nicht wie beim Gewehr an die Schulter pressen. Wer das macht, ist gleich im Arsch."

Scharf schießen konnten die Jungen nicht, denn auch bei den Panzerfäusten herrschte akuter Mangel. Jede Einzelne war zu wertvoll, um nur zu Übungszwecken verschossen zu werden.

Was den Jungen ebenfalls beigebracht wurde: aus dem Tiefschlaf heraus binnen weniger Minuten im kompletten Zug in Gefechtsbereitschaft zu kommen. Das wurde immer wieder bei nächtlichen Alarmen geübt. Am Anfang herrschte ein heilloses Durcheinander. Uniformjacken wurden vertauscht oder falsch zugeknöpft, manche hatten ihre Feldmütze vergessen, einer sogar seinen Karabiner. Stahlhelme gab es nicht, für keinen. Wie gesagt, es herrschte Mangel.

„Was ist das nur für ein elender Sauhaufen", brüllte einer der Unteroffiziere. „Bis ihr aus dem Knick kommt, hat euch der Ami längst an den Eiern gepackt."

„Alles wieder einrücken", schrie der andere Unteroffizier mit auf dem Rücken verschränkten Armen, „bettfertig machen und den nächsten Alarm abwarten!"

An diesem Morgen gab es fünf Alarme. Es klappte auch immer besser. Trotzdem schien die erreichte Zeit die Ausbilder nicht zufriedenzustellen.

„Na, so eine lahmarschige Truppe hatten wir schon lange nicht mehr. Und ihr wollt kämpfen, für Deutschland, für den Endsieg?"

„Einrücken! Und alles von vorn!"

Hartmut merkte schnell, das hier ist kein Zuckerschlecken, wie er auch seinem Tagebuch anvertraute. Aber er ertrug den Drill, die Härte, die Erniedrigung. Was wäre ihm auch anderes übrig geblieben? Teil dieser Gemeinschaft zu sein, die alle dasselbe Schicksal zusammengeführt hatte, machte das Soldatenleben erträglicher. Und er hatte Glück, einen Hans Glück an seiner Seite.

29

Brassendorf war, wie der Name unschwer vermuten lässt, ein Dorf, ein Dorf, wie es in jeder Dorfchronik beschrieben wird. Das kleine Kaff lag vor den Toren der Stadt Halle an der Saale. Mit ein paar Bauernhöfen, dem Rittergut und einem Gasthaus bildete es ein schlichtes Ensemble. Das Reichsarbeitsdienstlager lag etwas außerhalb, umgeben von öden Äckern, die um diese Zeit traurig und verwaist wirkten. Nicht weit entfernt gab es eine Pferderennbahn. Aber Pferde rannten hier schon lange nicht mehr. Die Saale lag zum Greifen nah, wunderschön die Saaleaue, besonders im Frühjahr, wenn die Natur förmlich explodierte und neues Leben hervorbrachte, im Gegensatz zum Krieg, in dem Explosionen Leben vernichten.

Die militärische Ausbildung bot den jungen Rekruten viel Abwechslung, die Tage vergingen schnell, hoffentlich, dachten viele der Jungen, vergeht der Krieg nicht zu schnell, ohne dass man seinen Beitrag leisten konnte. Jeder brannte darauf, endlich an die Front zu kommen. Es wurde begeistert von einer Wunderwaffe gesprochen, einer Waffe, die die Welt noch nicht gesehen hat und die die erhoffte Wende bringen sollte. Der März im Jahr 1945 neigte sich langsam seinem Ende entgegen, als auf dem Dienstplan „Geländeorientierung" stand. Mit Karte und Kompass sollten die Jungen lernen, sich sicher im unbekannten Terrain zu bewegen. Dabei waren sie so in ihre Aufgaben vertieft, dass sie gar nichts von der schönen Hallenser Stadtsilhouette mitbekamen, die vom Lager aus gut zu sehen war. Deutlich zu erkennen der Rote Turm und die spitz aufragenden Zwillingstürme der Marktkirche.

Hartmut und Hans, die beiden sechzehnjährigen Jungen aus der Thüringer Kleinstadt an der Schnauder, hatten sich angefreundet. Es fühlte sich gut an, einen Vertrauten an seiner Seite zu haben. „Lieber die Heimat verbindet uns", meinte Hans Glück, „als dass es später ein Sanitäter tut. Den Spruch kannst du ruhig in dein Buch schreiben!" Von nun an wich keiner dem anderen von der Seite. In ihrer freien Zeit, meist in den späten Nachmittagsstunden, nach Einbruch der Dämmerung, hockten sie zusammen, quatschten, als würden sie sich schon ewig kennen, und schmiedeten Pläne, Pläne für die Zukunft, wenn der Krieg erstmal aus ist.

„Ich will unbedingt meine Lehre beenden", sagte Hartmut. „Und dann möchte ich auch wieder boxen. Der Sport fehlt mir."

„Du hast geboxt?", staunte Hans.

„Ja, hat mir richtig Spaß gemacht. Habe oft meinen kleinen Bruder mitgenommen. Der fehlt mir auch."

„Ich bin Ringer."

„Dann sind wir ja zwei richtige Kämpfer", strahlte Hartmut.

„Na ja, ich habe lange nicht trainieren können. Der Krieg hat alle unsere Trainer geholt."

„Aber die erlernten Griffe und Techniken, die beherrschst du doch noch?"

„Bestimmt, kommt auf einen Versuch an."

„Okay, dann lass es uns ausprobieren!"

Von nun an trainierten Hartmut und Hans in jeder freien Minute und brachten sich gegenseitig die Grundtechniken ihrer Sportarten bei. Nach und nach gesellten sich weitere Jungen hinzu, und am Ende waren es gut zwei Dutzend, die in ihrer Freizeit eifrig Sport trieben, unter fachkundiger Anleitung von Hartmut, dem Boxer, und Hans, dem Ringer. Leutnant Fuchs und die Ausbilder nahmen das Treiben wohlwollend zur Kenntnis. Von diesem Tag an begegneten die Unteroffiziere den beiden mit Respekt. Waren zwei ordentliche Kerle, zwei Deutsche, wie man sie sich nur wünschen kann.

An Regentagen blieben sie in ihren Soldatenstuben und spielten Karten. Manchmal würfelten sie. Ein Mensch-ärgere-dich-nicht-Spiel hatten sie auch. Und dann kam der Tag, der Hartmuts Leben auf den Kopf stellen, der sein Denken und Fühlen in andere Bahnen lenken sollte, der ihn am viel beschworenen Endsieg zweifeln ließ. Es war der letzte Märztag 1945, der Karsamstag, als morgens um 8.55 Uhr die Hallenser Sirenen aufheulten. Dieser beängstigende Ton wurde von der Stadt weit aufs Land getragen, sodass man den Fliegeralarm auch in Brassendorf deutlich hören konnte.

Hartmuts Zug wurde planmäßig um 8.45 Uhr im sicheren Umgang mit Handgranaten unterwiesen. Zum Glück hatte man noch einige Kisten in der Waffenkammer, sodass man den zukünftigen Kämpfern zwei Stück für ihren baldigen Fronteinsatz mitgeben konnte. Dazu mussten sie aber wissen, wie die Dinger funktionieren und am effektivsten einzusetzen sind. Mit dem Aufheulen der Sirenen endete abrupt die kurz zuvor begonnene Schulung. Hektische Bewegung kam in den Zug. Das sofortige Einrücken in die Baracken wurde befohlen. Luftschutzkeller gab es keine. Aus der Luft durfte das Lager nicht als militärisches Objekt erkennbar sein. Fatal, wenn es hier zu Bombentreffern gekommen wäre. Das Lager selbst stand nicht auf der Abschussliste der Alliierten, befand sich jedoch in gefährlich dichter Nachbarschaft.

Die Jungen drängten sich an den Fenstern, schoben und stritten sich um die besten Plätze. Einige stellten Stühle hinzu und kletterten hoch, um über die anderen hinweg auch etwas mitzubekommen von dem bevorstehenden Spektakel. Ihre Blicke fielen auf die Silhouette von Halle. Und niemand, weder die Jungen in den Baracken von Brassendorf noch die Hallenser Bürger, die in die Luftschutzkeller und Keller flüchteten, konnten ahnen, dass der Händelstadt der schwerste Bombenangriff bevorstand.

Und dann kamen sie wie ein Schwarm Heuschrecken, der plötzlich den Himmel verdunkelte. Erst waren es nur winzige silbern schimmernde Punkte, viele winzige Punkte, die sich schnell und zielsicher näherten. Das beängstigende Dröhnen der vielen Flugzeugmotoren war schon deutlich zu hören, wurde immer lauter. 369 amerikanische B-17-Bomber mit prall gefüllten Bäuchen, die nur ein Ziel hatten – ihre todbringende Last über der Stadt abzuwerfen. Diese gigantische Übermacht war furchteinflößend.

„Was ist mit unserer Flak?“, rief einer der Jungen wütend. „Schlafen die?“

„Keine Sorge, die warten, bis die Flugzeuge nah genug ran sind“, beruhigte ihn ein anderer.

Und dann brach ein Höllenlärm los. Die ersten Flakbatterien eröffneten das Feuer. Unbeeindruckt zog die Bomberstaffel weiter und näherte sich ihrem Abwurfgebiet, dem Zentrum, dem Herzen der Stadt, und dem Hauptbahnhof. Die Bombenklappen öffneten sich und ließen ihre unzähligen Spreng- und Brandbomben auf die Häuser, Straßen, Plätze und die Gleisanlagen von Halle niederregnen. Die Vibrationen der Detonationen waren bis ins Lager zu spüren. Staubfontänen einstürzender Häuser wurden in die Luft geschleudert. Feuer loderten auf. Den Jungen an den Fenstern der Brassendorfer Baracken fuhr bei diesem Anblick der Schock in alle Glieder. Sie hatten das mulmige Gefühl, als würden sie in einen Abgrund blicken.

Fassungslos verfolgten die angehenden Frontsoldaten, Hitlers letztes Aufgebot, dieses entsetzliche Schauspiel, innerlich froh, nicht dort drüben, kaum drei Kilometer entfernt, in diesem Inferno ums Überleben bangen zu müssen. Jetzt konnten sie mit eigenen Augen sehen, wie Krieg, zu dem sich viele freiwillig gemeldet hatten, wirklich war. Sie sahen die Flugzeuge, vernahmen das Donnern der Flak, hörten die Explosionen, sahen die schwarzen Rauchwolken und hoch auflodernde Feuer und sie waren sich darüber im Klaren, dass man dem schutzlos ausgeliefert ist. Da gab es kein Entrinnen. Die Jungen starrten geschockt auf dieses beängstigende Spektakel, aber auch gebannt, sodass sie jegliches Zeitgefühl verloren hatten.

Als die amerikanischen Piloten ihren Job erledigt hatten, drehten sie mit ihren Bombern ab und kehrten zu ihrer Basis zurück. Für sie war das ein ganz gewöhnlicher Fronteinsatz, ein Einsatz, wie ihn die kampferfahrenen Flieger schon oft geflogen sind. Nach der Landung erwarteten sie der verdiente Feierabend und ein kühles Bier. Sie würden pokern, rauchen oder Billard spielen.

Plötzlich kam Oberfeldwebel Hinkefuß in die Soldatenstube gestürzt und schrie: „Alles raus! Marschfertig machen! Zugweise antreten auf dem Appellplatz!“

Hartmut und Hans sahen sich fragend an. „Was hat das zu bedeuten?"

„Keine Ahnung", stammelte Hans. „Es gab noch keine Entwarnung. Der Luftalarm ist noch nicht aufgehoben."

Ein paar kurze, knappe Worte vom Leutnant Fuchs, dann sollten die Zugführer ihre Gruppen zu Aufräumungsarbeiten nach Halle bringen. Die erste Kompanie marschierte in das Wohngebiet zwischen Riebeckplatz und Gottesacker, die zweite in den Bereich südlich vom Riebeckplatz und die dritte sollte sich am Hauptbahnhof nützlich machen. Was Hartmut, Hans und die anderen Jungen zu sehen bekamen, ließ sie erschaudern. Einst stolze Bürgerhäuser waren zusammengesackt, hatten lediglich einen Schuttberg übrig gelassen. Dutzende Leichen lagen herum, Menschen, die es nicht mehr rechtzeitig in die Schutzräume geschafft hatten oder die in Panik der Katastrophe entkommen wollten. Die Luft war staubig, es roch süßlich nach verbranntem Menschenfleisch. Hartmut sah verkohlte Leichen, schwarz und zusammengekrümmt von der Hitze. Kinder waren darunter, unschuldige Kinder. Hartmut war den Tränen nah und ein unermesslicher Hass auf die Amerikaner stieg in ihm auf, die das hier alles angerichtet hatten.

„Diese Schweine", fluchte er, „diese gottverdammten Schweine!"

„Hartmut!", rief Hans. „Hartmut, wach auf! Die Amis haben den Krieg nicht angefangen. Wir waren das, wir, die Deutschen!"

„Aber müssen die denn …", stammelte Hartmut.

„Wer Krieg sät, wird Tote ernten", sagte Hans. „Steht schon so ähnlich in der Bibel."

Dreihundert Jungen vom Reichsarbeitsdienstlager Brassendorf konnten das Osterfest nicht feiern, sondern mussten beim Aufräumen helfen. Anstatt mit der Waffe in der Hand zu kämpfen, hieß es Schutt und Geröll zu beseitigen. In Luftschutzkellern eingeschlossene Bewohner sollten gerettet werden, mit Schaufeln, Spaten oder Spitzhaken. Oft fanden die Jungen nur noch Tote, erstickt, von Trümmern erschlagen oder verbrannt. Oben mussten die Straßen geräumt werden, damit Fahrzeuge und Passanten wieder in der Stadt unterwegs sein konnten.

Während Hartmut Becker, der schwere Arbeit gewohnt war, in Halle an der Saale Bombendreck beseitigte, zog die US Army, von Zeitz kommend, in seine Heimatstadt an der Schnauder ein. Ein paar fanatische Hitlerjungen, die immer noch an den deutschen Endsieg glaubten, und eine Handvoll alter Männer vom Volkssturm, zu dem auch Hartmuts Trainer gehörte, leisteten schwachen Widerstand. Es wurde nur ein kurzer, ein sehr kurzer Kampf. Und während draußen auf den Straßen immer wieder Schüsse krachten, MG-Salven die furchteinflößende Stille zerrissen, Handgranaten explodierten, klammerten sich vier ängstliche Kinder, Martha, Ilse, Siegbert und die dreijährige Uta, an ihre Mutter Käthe. Sie hockten im Schlafzimmer neben den Ehebetten und pressten sich die Hände auf die Ohren und hofften, dass das Gemetzel bald vorüber wäre.

Ein paar wenige Schusswechsel, vereinzelt detonierende Handgraten – und die Thüringer Kleinstadt an der Schnauder war gefallen wie auch Hartmuts Trainer, der eine pflegebedürftige Frau zurückließ. Die Amerikaner hatten auch hier ihren Job erledigt, ihr Vormarsch ging weiter, immer weiter in Richtung Mulde.

Die letzten Ausbildungstage liefen sehr hektisch ab, denn die amerikanischen Einheiten kamen rasch voran, da sie kaum noch militärisch aufgehalten werden konnten. Die eilig zusammengewürfelten Verteidigungseinheiten, rekrutiert aus alten Volkssturmmännern und unerfahrenen Hitlerjungen, waren nicht in der Lage, nennenswerten Widerstand zu leisten. Es war nur noch eine Frage der Zeit, wann die US-Truppen die Stadtgrenze von Halle erreichen würden. Zunehmend wurden die Vorgesetzten nervöser. Diese Unsicherheit übertrug sich auch auf die Jungen, die die prekäre Lage objektiv nicht einschätzen konnten und die gezwungen waren, sich auf ihre Ausbilder, die Unteroffiziere, den Feldwebel Hinkefuß und den Leutnant Fuchs zu verlassen.

Und in der Reichskanzlei träumte man mehr denn je vom Endsieg. Reichspropagandaleiter Josef Goebbels rief in einer patriotischen Rundfunkansprache die Kindersoldaten zum erbitterten Kampf auf, als könnten ein paar schlecht bewaffnete Schuljungen eine der mächtigsten Armeen aufhalten.

Zwei Wochen nach dem schweren Luftangriff, der bei den Hallensern lange Zeit als der „Schwarze Tag" in dunkler Erinnerung geblieben ist, wurden die drei Kompanien im Reichsarbeitsdienstlager Brassendorf am späten Nachmittag abwechselnd in den Gemeinschaftsraum befohlen. Als die Jungen, mit bereits spürbar gedämpfter Euphorie, Platz genommen hatten, hielt der Lagerchef Leutnant Fuchs eine kurze Ansprache: „Männer, nun wird es ernst! Wir haben die äußerst wichtige Aufgabe, die Stadt Dessau mit ihren Junkers-Flugzeugwerken südwestlich zu verteidigen. Abmarsch der ersten Kompanie unter meiner Führung erfolgt neunzehn Uhr, also genau in zwei Stunden. Jeweils eine Stunde später rücken die zweite und dann die dritte Kompanie unter Führung von Feldwebel Hinkefuß und Unteroffizier Weber nach."

Es gab ein kurzes Gelächter, denn Leutnant Fuchs hatte bisher noch nie den Feldwebel beim Spitznamen genannt. Und dann erkundigte er sich laut und deutlich, ob noch jemand Fragen hätte.

„Und wie kommen wir da hin?"

„Zu Fuß."

„Aber das sind mindestens fünfzig Kilometer."

„Eben, deshalb dürfen wir keine Zeit verlieren! Und nun holt eure Waffen und Proviant!"

„Herr Leutnant, ich hätte noch eine Frage. Warum marschieren wir nachts und nicht als ganze Einheit?"

„Dunkelheit bietet die beste Deckung vor Aufklärern. Der Feind darf nichts von unserer Truppenbewegung mitbekommen. Außerdem sind wir so sicher vor Tieffliegern. Ich wünsche uns gutes Gelingen. Heil Hitler!"

„Heil Hitler!", schallte es aus hundert Kehlen.

Nachdem Hartmut seinen Karabiner mit Munition erhalten hatte, sagte er zu Hans: „Fünf Schuss und zwei Handgranaten, das ist doch ein Witz!"

„Sag ich doch. Das reicht keine fünf Minuten. Das ist ein Himmelfahrtskommando, der helle Wahnsinn."

Ein anderer Junge, der neben ihnen stand, meinte spöttisch: „Na ja, dann müssen wir wohl die Knarre als Keule einsetzen."

„Die verheizen uns", flüsterte einer mit tränenerstickter Stimme.

„So habe ich mir das nicht vorgestellt, so nicht …"

Die Jungen befanden sich in einer ausweglosen Lage. Aber so ist das immer in Diktaturen und auch im Krieg, der Einzelne hat keine Wahl. Ihm bleiben nur zwei Möglichkeiten: Flucht oder Kampf. Sich mit den paar Patronen den Amis in den Weg zu stellen, hieß, in den sicheren Tod zu gehen. Desertation bedeutete, wenn man von den Bluthunden der Wehrmacht aufgegriffen wurde, Standgericht und Todesstrafe. Die deutsche Feldgendarmerie kannte keine Gnade. Fahnenflucht war also auch nicht viel besser. Was also tun? Erst mal abwarten und schauen, wie sich die Dinge entwickeln.

In loser Formation marschierten die Jungen über Brachstedt, Zörbig, Zehbitz und Quellendorf Richtung Norden. Leutnant Fuchs, der eine BMW hatte, Unteroffizier Weber und Feldwebel Hinkefuß, die jeder eine Zündapp bekamen, fuhren mit ihrem Motorrad-Gespann voraus. Bei Bedarf, wenn sich einer der Jungen Blasen an den Füßen gelaufen hatte, konnten zwei müde Kämpfer mitgenommen werden. Die Panzerfäuste mussten aus Sicherheitsgründen getragen werden, abwechselnd für je eine halbe Stunde. Keiner sollte zu kurz kommen.

Mit Beginn der Morgendämmerung erreichten sie ihre vorgesehene Position an der Reichsstraße 185 zwischen Köthen und Dessau. Hungrig und erschöpft besetzten sie ihren Verteidigungsbereich. Nach und nach trafen auch die anderen beiden Kompanien ein, nicht mehr ganz vollzählig, denn einige hatten die Dunkelheit genutzt, um sich abzusetzen.

„Diese Verräter, diese elenden Hunde", brüllte Leutnant Fuchs aufgebracht, „die werden ihrer gerechten Strafe nicht entgehen!"

Hartmut und Hans waren enttäuscht, über das, was sie vorfanden. Beide hatten fest daran geglaubt, alles andere schien ihnen unvorstellbar, dass die Brassendorfer Einheit lediglich zur Unterstützung der Wehrmacht nach Dessau befohlen wurde. Aber hier gab es keine Wehrmacht, keine einzige Kompanie. Nicht mal Schützengräben gab es, keinen Unterstand, der etwas Schutz geboten hätte. Offenes, freies Gelände ohne Deckung, weder von vorn noch von oben. Felder, soweit das Auge reicht. Hier lagen sie sprichwörtlich auf dem Präsentierteller.

„Woll'n die uns den Amis zum Fraße vorwerfen?", stammelte Hartmut.

„Glaubst du immer noch, dass man so einen Krieg gewinnen kann?", flüsterte Hans, denn solche Worte durften nicht in falsche Ohren geraten.

Die Brassendorfer Einheit hatte Befehl, hier an der Reichsstraße 185 den Durchbruch der 3. US-Panzerdivision aufzuhalten, mit allem, was ihnen zur Verfügung stand. Und das war nicht viel, und Nachschub würde es auch nicht geben.

„Da kannst du ja auf der Kirmes mehr rumballern", lästerte ein Soldat, als seine Frage nach Munition verneint wurde.

„Wir müssen auskommen mit dem, was wir haben", hatte Feldwebel Hinkefuß geantwortet und hinzugefügt, „schmeckt mir auch nicht. Ist aber so."

Links und rechts neben der Reichsstraße sollte ein anderthalb Kilometer langer Sperrriegel errichtet werden. Bevor die Jungen mit dem Ausheben ihrer Schützenlöcher beginnen konnten, richtete sie sich in einem etwa einen Kilometer entfernten und verlassenen Gehöft ein und belegten Stallungen, Scheune, Nebengelass und Wohnhaus. Am Nachmittag rückte die erste Kompanie aus, um mit dem Anlegen der Verteidigungslinie zu beginnen. Nach zwei Tagen waren die Arbeiten erledigt und immer eine Kompanie musste draußen die Stellung halten, wurde nach acht Stunden abgelöst. Für die wachhabenden Jungen hieß das, in ihren Erdlöchern auszuharren, viele Stunden hindurch. Nachts hockten sie in ihren Mulden und warfen sich Zeltplanen über die Köpfe. An Schlaf war kaum zu denken, denn die Angst steckte jedem in den müden Gliedern. Tagsüber drohte Gefahr aus der Luft. Aber weniger von den Aufklärern als vielmehr von den Tieffliegern mit ihren schweren Bord-MG's, die auf alles feuerten, was sich unter ihnen bewegte. Ihre Angriffe galten vorrangig den Flakstellungen rings um Dessau.

Nach einer knappen Woche wurde es für die Brassendorfer Jungen in ihren Erdlöchern ernst. Am sechsten Tag, es war der 21. April 1945, rollte die erwartete 3. US-Panzerdivision auf der Reichsstraße 185 auf ihre Stellungen zu. Zwei Jungen, die knapp zwei Kilometer weiter vorn als Wach- und Horchposten eingesetzt waren, kamen mit klapprigen Fahrrädern, die sie auf dem Bauernhof gefunden hatten, im Eiltempo angeradelt und erstatteten Meldung über das Anrücken der Amerikaner. Der sofort ausgelöste Alarm trieb die beiden Kompanien in Ruhestellung raus in die unbesetzten Schützenlöcher. Jetzt sollte eintreten, was sich die Knaben noch vor Wochen sehnlichst gewünscht hatten. Inzwischen verspürte aber kaum noch einer Verlangen nach diesem bevorstehenden Gefecht.

Ungefähr dreihundert Meter vor ihrem Sperrriegel stoppte die Panzerdivision. Hier befanden sich die amerikanischen Stahlkolosse noch außerhalb der gefährlichen Reichweite deutscher Panzerfäuste. Dann schwärmten die Panzer zu einer breiten Kampfformation aus. Die Jungen, die die Aktionen der Amerikaner mit mulmigem Gefühl in ihren Schützenmulden verfolgten, klammerten sich mit schweißnassen Händen an ihre Karabiner. Ihnen war klar, dass sie keine Chance hatten. Um die dreihundertfünfzig Sherman-Panzer mit dem weißen Stern an der Frontpanzerung, bestückt mit einer 76-mm-Kanone, rollten langsam und bedrohlich auf sie zu, jederzeit bereit, ihre tödlichen Granaten abzufeuern.

Natürlich wussten die Jungen, dass die amerikanischen Panzer den schweren, deutschen Panthern und Tigern weit unterlegen waren. Aber weit und breit waren keine deutschen Panzer zu sehen – sie waren auf sich allein gestellt, sie fühlten sich verraten und verlassen. Plötzlich stoppten die Sherman-Panzer erneut und senkten langsam ihre Kanonen, feuerten aber nicht. Hartmut konnte sich das nur damit erklären, dass sie die Reaktion der Deutschen abwarten wollten. Und die kam, kam prompt. Leutnant Fuchs, der sich in der Mitte der Verteidigungslinie postiert hatte, sprang halb aus seiner Deckung und brüllte aus Leibeskräften: „Feuer!“ Die Amerikaner erfüllten ihm diese Bitte und feuerten auf ihn.

Vereinzelte Gewehrschüsse krachten. Einige der jugendlichen Soldaten, die als PAK-Schütze unzureichend ausgebildet worden waren, knieten sich in ihren Schützenlöchern hin und legten sich das Geschossrohr auf die Schulter, wie sie es im Reichsarbeitsdienstlager gezeigt bekommen hatten. Aber da standen sie keinem schussbereiten Feind gegenüber. Mit wenigen kurzen MG-Feuerstößen hatten die Amerikaner die Bedrohung abgewendet, noch ehe ein einziger Schütze den Abzugshebel seiner Panzerfaust drücken konnte. Die jungen Körper sackten tödlich getroffen zusammen. Für sie waren der Krieg und ihr junges Leben zu Ende.

Hartmut rief zu Hans rüber: „He, das ist doch Wahnsinn. So will ich nicht sterben."

„Denkst du ich."

Der ein paar Meter vorausfahrende Führungspanzer ruckte wieder an und fuhr allein weiter. Keine dreißig Meter entfernt hielt er abermals an. Hartmut und Hans lagen ganz dicht dran und starrten vorsichtig über den Rand ihres Erdloches auf den Gegner wie das Kaninchen auf die Schlange. Auf den Gedanken, auf die Panzer zu schießen, kamen beide nicht. Das wäre Selbstmord.

Über dem unteren Bord-MG öffnete sich zu ihrer Verwunderung die Schützenluke und ein Schwarzer steckte seinen Kopf heraus. Hartmut war geschockt, als wäre das ein böses Omen. Natürlich wusste er, dass es schwarze Menschen gibt, die man abwertend Neger nannte. Jesse Owens, der afroamerikanische Superstar zur Berliner Olympiade 1936, fiel ihm ein. In gleich vier Disziplinen hatte er Gold gewonnen und die Lehre von der Unbesiegbarkeit der Herrenrasse ad absurdum geführt. Damals war Hartmut acht Jahre alt und fieberte am Volksempfänger bei den Wettkämpfen mit. Aber er hatte immer nur die Stimme der Moderatoren gehört, Jesse Owens selbst nie gesehen.

Und nun sah er zum ersten Mal in seinem Leben einen schwarzen Mann. Dessen Lippen bewegten sich. Mehrmals brüllte er zu den Deutschen rüber: „German boys, hands up! German boys, hands up!"

Hartmut verstand die Sprache des Amerikaners nicht, konnte sich aber denken, was seine Worte bedeuteten. Und plötzlich geschah das Wunder. Mit der Aufforderung, sich zu ergeben, fiel kein weiterer Schuss mehr. Nach und nach krabbelten die Kindersoldaten aus ihren Erdlöchern und streckten die Arme in die Luft. Auch Feldwebel Hinkefuß war darunter, hatte offensichtlich auch keine Lust, den Helden zu spielen. Leutnant Fuchs und die gefallenen PAK-Schützen hatten ja bewiesen, wohin das führt.

Hartmut empfand in diesem Moment eine tiefe Erleichterung. Der Krieg war aus, für ihn war er aus, und das Wichtigste, er hatte ihn überlebt. Über die Reichsstraße 185 sollten die Brassendorfer Jungen hinter die amerikanische Frontlinie gebracht werden. Hartmut Becker, Hans Glück und all ihre Kameraden marschierten in die Gefangenschaft.

30

„Typisch russisch", flucht Ulf mit einer mächtigen Wut im Bauch. Aus den Nachrichten erfährt er vom feigen Raketenangriff auf Odessa. „Die Russen tun aber auch alles, um sich in der Welt unbeliebt zu machen."

Der Ukrainekrieg tobt nun schon volle fünf Monate. Und noch immer ist kein Ende in Sicht, wenigstens ein Waffenstillstand wäre wünschenswert, damit endlich das sinnlose Sterben aufhört und diese wahnsinnige Zerstörung. Ein Friedensvertrag wäre natürlich die beste aller Lösungen, aber Politikwissenschaftler und Militärhistoriker vermuten einen länger anhaltenden Konflikt, denn der

Kreml will die Ukraine militärisch und Europa energiepolitisch aufreiben und mit Flüchtlingen überfluten.

„Was meinst du mit ‚typisch russisch'?" Karin blickt ihren Mann mit gerunzelter Stirn an.

„Der Kreml beschwert sich doch ständig, dass die 1990 mündlich vereinbarten Zusagen, es würde keine NATO-Osterweiterung geben, vom Westen gebrochen worden wären. Und was machen sie: Sie brechen das Getreideabkommen mit der Ukraine, nur einen Tag, nachdem sie es unterzeichnet haben, und nehmen den Hafen von Odessa unter Beschuss. Wie sollen Schiffe beladen werden und auslaufen können, wenn der Hafen beschossen wird?"

„Na ja", stellt Karin nüchtern fest, „das ist Krieg. Da geht's nie ehrlich zu und rücksichtsvoll schon gar nicht."

„Mein Urgroßvater Paul hatte vollkommen recht, als er sagte: ‚Wer Krieg will, schert sich einen Dreck um Verträge.' "

„Wie weit bist du überhaupt mit deinem Roman?"

„Ich stehe noch am Anfang. Das Gerüst, also die Erzählstruktur ist fertig, auch die ersten Seiten sind geschrieben …"

„Na dann, her damit! Ich möchte sie gern lesen!"

„Es ist noch nicht in dem Topf, in dem es kochen soll."

„Ulf, das erwarte ich doch auch gar nicht. Ich möchte nur mal einen ersten Eindruck bekommen. Nun mach schon, ich bin neugierig!"

Wenn sich Karin etwas in den Kopf gesetzt hat, bekommt sie es auch. Ulf weiß das. Sie würde so lange nerven, bis er nachgibt.

„Na gut", knickt Ulf ein, „bleibt ja sozusagen in der Familie." Er erhebt sich, seine Kaffeetasse ist ohnehin ausgetrunken, und begibt sich in sein Arbeitszimmer, um die ersten knapp zwanzig Seiten auszudrucken. Als er in die Küche zurückkommt, schnappt sie sich den dünnen Papierstoß und zieht sich auf die Couch zurück.

Während Karin den Anfang seines Romans liest, vertieft sich Ulf wieder in Opa Hermanns Gesprächsprotokolle. Eindrucksvoll vermitteln sie ihm die ganze Brutalität, die so ein Krieg mit sich bringt. Als Sanitäter hat er schreckliche Dinge erlebt, hat furchtbares Elend gesehen, musste schlimmste Verwundungen versorgen, die nur ein Krieg hervorrufen kann. Hermann hat viele, meist junge Soldaten sterben sehen und noch Jahrzehnte später geisterten die Toten durch seine Träume. „Erst wenn ich tot bin, werden diese Seelen ihren Frieden finden", hatte er pathetisch gestammelt. Heute weiß Ulf, die Jahre im Krieg und in der Gefangenschaft haben seinen Großvater traumatisiert. Ein Trauma, das nie behandelt worden ist. Er hat es all die Jahre mit sich herumgeschleppt, herumschleppen müssen, musste allein damit klarkommen und schaffte es nicht. Erst als sich Hermann in seinen letzten Lebensmonaten von diesem Ballast befreien konnte, indem er sich seinem Enkel anvertraute, begannen seine seelischen Wunden zu heilen.

In der Ukraine, weiß Ulf, wird sich dieses ganze Leid und Elend, der finstere Schatten eines jeden Krieges, wiederholen. Und wozu die Russen fähig sind, hat ihm sein Opa eindrucksvoll geschildert. „Aber", das hatte Hermann auch immer wieder betont, um keinen falschen Eindruck zu hinterlassen, „wir Deutschen waren auch nicht viel besser, besonders die Todesschwadronen der Waffen-SS nicht."

Mittlerweile droht in der deutschen Gesellschaft eine Kriegsmüdigkeit. Auch Ulf verfolgt die Ereignisse in diesem Konflikt nur noch sporadisch. Und in den Berichterstattungen der Zeitungen ist das Thema in seinem Ausmaß stark geschrumpft und auf die hinteren Seiten gerutscht. Auch die Sendeminuten im Fernsehen nehmen ab. Allmählich verschwindet der Krieg aus dem Blickwinkel der Öffentlichkeit. Die Menschen haben andere Sorgen: eine lange nicht gekannte Inflation, steigende Strom- und Gaspreise, förmlich explodierende Preise an den Tankstellen. Viele blicken ängstlich in die Zukunft, fürchten, dass sie sich die Heizkosten nicht mehr leisten können, dass sie sich im kommenden Winter den Hintern abfrieren müssen.

Ulf ist derart in seinen Gedanken vertieft, dass er gar nicht bemerkt, wie Karin in die Küche zurückkommt. Schweigend legt sie den kleinen Manuskriptstoß auf den Tisch und setzt sich neben ihn.

„Und, gefällt's dir?"

„Sagen wir mal so, ist nicht ganz die Art Literatur, die ich bevorzuge."

„Darum geht's doch gar nicht. Du sollst mir nur deinen ersten Eindruck schildern."

„Deine lustigen Geschichten gefallen mir besser."

„Aber Karin, ich behandle in meinem Roman ein ernstes, ein verdammt ernstes Thema."

„Ich weiß. Vielleicht ist es besser, ich lese deinen Roman, wenn er fertig ist."

„Ja, natürlich, eine sehr gute Idee", antwortet Ulf erleichtert und weiß sich erst mal vor Karins Neugier sicher. Eine zweite Probelesung wird sie nicht einfordern.

„Trotzdem, eine Anmerkung hätte ich."

„Klar, nur zu!"

„Den Namen Putin, kann man den so einfach in einem Roman verwenden? Immerhin ist das eine historische Persönlichkeit."

„Karin, daran besteht überhaupt kein Zweifel: Hitler, Himmler, Göring sind massenhaft in der Literatur und in Filmen verwendet worden."

„Aber die sind alle tot."

„Ja, das würde ich mir von Putin auch bald wünschen."

31

Für die beiden Lehrlinge Hartmut Becker und Hans Glück wurde es ein kurzer, aber bitterer Krieg. In den wenigen Wochen, in denen sie in einer Wehrmachtsuniform steckten und die ihnen nach all den Ereignissen wie eine zähe Ewigkeit erschienen, hatten sie die geballte Zerstörungskraft eines herabfallenden Bombenteppichs hautnah miterleben müssen. Bei den Aufräumungs- und Bergungsarbeiten nach den schweren Luftangriffen auf Halle begegneten ihnen in den Trümmern viel menschliches Leid und die hässliche Fratze des Todes.

„So etwas", stammelte Hartmut, bevor sie mit hochgestreckten Armen aus ihren Schützenlöchern gekrabbelt kamen, „möchte ich nicht noch einmal erleben!"

„Hartmut, geht mir genauso."

„Ich fasse nie wieder ein Gewehr an", erwiderte Hartmut fest entschlossen, „eher sollen mir die Hände abfaulen."

„Denkst du, ich habe das noch mal vor! Die Lektion hat mir gereicht. Und dein Kriegstagebuch ist hier auch beendet."

„Hoffen wir, dass die Gefangenschaft nicht so schlimm wird. Und meine Hefte werde ich weiterschreiben. Damit das nie vergessen wird." Dabei dachte Hartmut, dieser Hans Glück hat mir bisher wirklich Glück gebracht – ich habe überlebt, wir haben überlebt. Hoffentlich steht das Glück auch weiterhin an unserer Seite!

Die Brassendorfer Einheit bekam den Befehl, Waffen und Munition in den Straßengraben zu werfen. Karabiner, Bajonette, Patronen, Magazine und einige Pistolen landeten dort. Die Entwaffnung erfolgte unter Aufsicht farbiger US-Soldaten. Als einer der PAK-Schützen seine Panzerfaust auf den inzwischen angewachsenen Waffenberg werfen wollte, schrie ein erschrockener GI, der in unmittelbarer Nähe am Straßenrand stand: „Stop, careful!“ Er nahm dem Jungen behutsam das gefährliche Geschoss ab, als wäre es eine alte und kostbare Schweizer Uhr. Dann legte er die Panzerfaust etwas abseits sanft ins Gras des Straßengrabens. Die anderen PAK-Schützen folgten seinem Beispiel. Es ging alles gut. Ein paar Tage zuvor war bei einer ähnlichen Aktion eine Panzerfaust losgegangen und hatte ein US-Fahrzeug zerstört.

Nach der Entwaffnung sollten die Jungen in Dreierreihen antreten und dann marschierten sie in Richtung Köthen, während die endlose Kolonne amerikanischer Panzer, Begleitfahrzeuge und US-Jeeps weiter Kurs auf Dessau nahm. Hartmut und Hans liefen am Ende ihrer geschlagenen Truppe. Viele der Jungen waren tief enttäuscht, trotteten mit gesenkten Köpfen, den Blick starr auf die Straße gerichtet. Die meisten beschäftigte die Frage: Was wird als Nächstes kommen? Keiner konnte ahnen, dass ein Dreitagemarsch vor ihnen liegen würde, ins vor Kurzem eröffnete Kriegsgefangenenlager Naumburg.

„Was denkst du, Hartmut, wann werden wir wieder zu Hause sein?“

„Woher soll ich das wissen“, knurrte der Angesprochene, dem allmählich dämmerte, dass der Krieg für sie zwar aus war, aber eben noch nicht vorbei.

„Immerhin wachsen auf unserem Trümmerberg wieder Blumen.“

„Hä“, stöhnte Hartmut, „was redest du denn da für einen Mist?“

„Das war sinnbildlich gesprochen. Verstehst du? Es gibt wieder Hoffnung, eine Zukunft für uns. Hartmut, wir leben! Nur das allein zählt.“

„Ja, sicher. Aber denke nicht, dass die Gefangenschaft ein Ferienausflug wird! Am liebsten würde ich türmen.“

„Türmen?“, rief Hans entsetzt.

„Pst, nicht so laut!“ Aber niemand hatte etwas von seinem laut geäußerten Gedanken mitbekommen. Und der amerikanische Wachposten, ein farbiger GI, der hinter ihnen lief, verstand kein Wort Deutsch. „Fragt sich nur, wo wir uns verstecken sollen?“

„Da hätte ich eine Idee. Ich habe einen Onkel in Lübeck. Wir könnten versuchen, uns zu ihm durchzuschlagen.“

„Puh, wie weit ist das denn?“

„Keine Ahnung. Ich schätze mal, dreihundert Kilometer, vielleicht auch mehr.“

„Und das willst du alles laufen?“

„Hast du 'ne bessere Idee? Uns wird ja wohl kaum einer mitnehmen. Aber dort würde uns niemand vermuten.“

Hans war trotzdem nicht wohl bei dem Gedanken an Flucht. Wenn sie aufgegriffen werden, womöglich von der deutschen Feldgendarmerie, würde sie ja doch noch der Tod ereilen. Dann lieber Gefangenschaft. Als sie ein paar hundert Meter marschiert waren, indem er die Chancen und die Gefahren einer Flucht abwog, erfasste ihn ein gewisser Reiz, der Reiz des Unbekannten.

„Das ist ausgeschlossen“, beschwichtigte Hans und nahm den Gedanken an Flucht wieder auf. „Wir müssen uns immer in nordwestlicher Richtung halten“, erklärte er. „Da gibt es keine Deutschen mehr. Die Amis sind doch schon fast an der Elbe.“

„Und wenn die uns erwischen?“

„Geht's zurück in Gefangenschaft.“

„Ein Versuch wär's wert. Und bei deinem Onkel, was wollen wir da machen?“

„Abwarten, bis der Krieg aus ist. Und dann geht's zurück in die Heimat.“

„Aber dein Onkel, wo soll der uns denn verstecken?“

„Kein Problem. Der hat ein kleines Hotel. Da findet sich schon was, und wenn es im Keller ist."

„Und wenn das Hotel ausgebombt ist?"

„Hartmut, sei nicht immer so pessimistisch!"

Nachdem sie ihren Fluchtplan durchgesprochen hatten, verstummte ihr Gespräch. Zuvor hatte Hartmut noch gesagt: „Jetzt müssen wir nur noch eine günstige Gelegenheit abwarten."

Er wäre nie allein getürmt, das wusste Hans. Aber zusammen, das könnten sie vielleicht wirklich schaffen. Allmählich erschloss sich ihm der prickelnde Reiz dieses verwegenen Planes. Er hatte auf Hans sogar eine unglaubliche Sogwirkung.

„Ich denke, das könnte klappen. Bei den wenigen Wachposten verlieren die schnell den Überblick, außerdem haben die Amis bereits einen Fehler gemacht."

„Einen Fehler?", wunderte sich Hartmut.

„Ja, die haben uns noch nicht registriert. Die würden also gar nicht merken, wenn plötzlich zwei Mann fehlen."

„Stimmt, Hans. Aber dann müssen wir schnell handeln. Denn egal wohin die uns jetzt bringen, spätestens bei der Ankunft werden sie das nachholen."

Den Marsch empfanden die beiden Freunde eintönig und langweilig. Und je länger sie liefen, desto stärker reifte ihr Entschluss, die erstbeste Gelegenheit für eine Flucht beim Schopfe zu packen. Aber die Gegend hier bot keine guten Bedingungen, offenes freies Gelände, ausgedehnte Felder, kaum Bäume oder Büsche, die wenigstens etwas Schutz und Deckung geboten hätten. Hin und wieder mal ein schmaler Baumstreifen an einem Feldrain entlang. Hartmut hob immer wieder den Kopf, um die Umgebung auszuspähen. Aber es wollte sich einfach nichts Passendes anbieten.

„Nicht so auffällig!", stupste Hans seinen Freund mit dem Ellenbogen an, da dieser verdächtig Ausschau nach einer günstigen Fluchtmöglichkeit hielt.

Hans' Bedenken waren nicht grundlos. Die meisten Gefangenen trotteten Schritt um Schritt stumpfsinnig und mit gesenkten Köpfen die Reichsstraße entlang. Der Schmerz über die Niederlage, die fast kampflose Gefangennahme, die Enttäuschung über eine Heimat in Trümmern und das zermürbende Gefühl, von ihren Lehrern, Ausbildern und vor allem von ihrem Führer hinters Licht geführt worden zu sein, saß tief. Es war ein Gefühl zwischen der Scham über das eigene Versagen und der tiefen Enttäuschung, so massiv hintergangen und ausgenutzt worden zu sein. Sie fühlten sich als betrogene Generation, der man nicht nur das Zuhause genommen, sondern die man auch um ihre Zukunft gebracht hatte.

Die Kolonne war bereits zwei Stunden unterwegs, als sie abrupt stoppte und weiter vorn laute Rufe zu vernehmen waren. Hartmut und Hans rätselten, was das zu bedeuten hätte. Und dann bekamen es auch die hinteren Reihen mit: Eine kurze Rast war angeordnet worden und die Jungen sollten sich im linken Straßengraben niederlassen, ihre Bewacher etwas abseits, um die Gefangenen stets gut im Blick zu haben. Wer noch etwas zu essen hatte, kramte ein kleines Stück Brot oder einen Keks aus seinen Taschen und begann zu kauen. Aus Feldflaschen wurde getrunken, welche sie sich zum Glück am Morgen noch mal mit frischem Wasser aufgefüllt hatten.

Hartmut und Hans streckten sich im Graben aus und blickten in den wolkenverhangenen Himmel. Zum Glück regnete es nicht. Mehrere Weißstörche zogen majestätisch ihre Flugbahn über sie hinweg. Ein Vogel müsste man sein, dachten die beiden Jungen sehnsuchtsvoll, dann wären wir frei und könnten fliegen, wohin uns das Herz begehrt. Plötzlich machte Hans eine Entdeckung und zupfte Hartmut am Ärmel.

„Schau mal unauffällig zu dem Gestrüpp!“

Hartmut guckte, konnte aber nichts Auffälliges sehen, außer wild wuchernde Büsche und kniehohes Gras. Hans beugte sich zu seinem Freund und flüsterte ihm ins Ohr: „Hinter den Büschen, man kann es kaum erkennen!“

Jetzt hatte auch Hartmut das Entwässerungsrohr entdeckt, welches sich unter der Straße von der einen auf die andere Seite erstreckte und deren Öffnung völlig zugewuchert war. Ohne weitere Worte sahen die Jungen darin die erhoffte Gelegenheit. Aber wie sollten sie inmitten der anderen Jungen und vor dem Wachposten hinter ihnen unbemerkt durch die Büsche in dieses Rohr kriechen? Und wieder kam ihnen ein glücklicher Zufall zu Hilfe. Anschwellender Motorenlärm kündigte herannahende Tiefflieger an. Als sich der Tross als potenzielles Ziel begriff, kam plötzlich Hektik in die Kolonne. Auch die GIs waren äußerst nervös.

Jemand schrie: „Deckung!“

Der schwarze US-Soldat, der keine fünf Meter hinter den beiden saß, brüllte hoch erregt: „Take cover!“

Da donnerten auch schon erste Maschinengewehrsalven aus den Bordkanonen auf die Jungen und ihre Bewacher. Gewehrkugeln schlugen in langen Reihen auf der trockenen Erde des Feldes ein, kleine Erdklümpchen spritzten hoch, Staub wirbelte auf. Die Angegriffenen warfen sich flach auf den Boden und hielten sich schützend die Hände über die Köpfe. Als der Beschuss der amerikanischen Tiefflieger, die eine aktive Kampfeinheit der Wehrmacht vermuteten, vorüber war, zeigte sich das ganze Ausmaß ihres Irrtums. Viele Jungen waren tot, unzählige verwundet. Auch bei den Bewachern gab es einige Verluste. Der Schwarze hinter ihnen, der eben noch warnend gerufen hatte, lag mit zerfetztem Oberkörper im Graben. Was für ein makabres Schicksal! Da hat er sicher Wochen, vielleicht sogar Monate gegen die hartnäckigen Deutschen gekämpft und wird dann von den eigenen Leuten getötet.

Die kurze Zeit des Angriffs hatte für Verwirrung und Chaos gesorgt. Diese nutzten die beiden Freunde aus, um auf allen Vieren unbemerkt hinter den Büschen in das Rohr zu krabbeln. Erleichtert stellten sie fest, dass niemand etwas mitbekommen hatte.

„Jetzt brauchen wir nur noch zu warten, bis die da draußen weg sind!", flüsterte Hans.

„Denkst du, die lassen die Toten und Verwundeten zurück?"

„Die werden Hilfe anfordern. So lange müssen wir warten. Am besten bis zum Einbruch der Dunkelheit."

Bevor sich der Gefangenentross oben auf der Reichsstraße 185 zwischen Dessau und Köthen neu formierte, wurden die Verwundeten notdürftig versorgt und die Toten in eine lange Reihe nebeneinander gelegt. Währenddessen hockten Hartmut und Hans in diesem engen Entwässerungsrohr. Sie hörten immer wieder englische Kommandos, die eine gewisse Hektik der Wachposten vermuten ließen. Nach einer halben Stunde war Ruhe – für die beiden Geflohenen in der Enge ihres Verstecks eine gefühlte Ewigkeit.

„Soll ich mal nachschauen, wie die Lage ist?", fragte Hartmut, dem es im Rohr langsam zu eng wurde und der am liebsten die begonnene Flucht umgehend fortgesetzt hätte.

„Warte noch! Wir sollten nichts riskieren."

„Verdammt", knurrte Hartmut. Ich habe heute Morgen vergessen, meine Uhr aufzuziehen.

„Macht nichts, meine funktioniert. Es ist fünf nach drei."

Während Hartmut seine Uhr vom Handgelenk abstreifte, die Zeiger in die korrekte Zeitstellung brachte und danach die Feder des Uhrwerks spannte, kramte Hans in seinen Taschen.

„Suchst du was?"

„Ja, meinen Kompass.“

„Du hast einen Kompass?“

„Klar, hat mir mein Vater geschenkt, als ich zehn wurde und zu den Pimpfen kam.“

Hartmut hatte sich gerade seine Uhr ums Handgelenk gebunden, als Hans freudig seinen Kompass zeigte. Er klappte den schwarzen Deckel auf, brachte ihn in eine Neunzig-Grad-Stellung und schaute, wohin die Nadel ausschlug.

„Wir müssen zur anderen Seite raus“, stellte Hans erleichtert fest.

„Dann bräuchten wir nicht bis zur Dunkelheit zu warten. Von den Verletzten kann uns keiner sehen. Außerdem haben die mit sich selbst zu tun.“

„Zu riskant“, wehrte Hans ab. „Du weißt nicht, wann die Rettungstrupps der Amis eintreffen. Wir könnten von der Straße aus gesehen werden oder von Tieffliegern.“

„Hast recht. Lass uns vorsichtig sein! Die fünf Stunden bis zur Dunkelheit werden wir schon überstehen.“

„Am besten“, schlug Hans vor, „flach auf den Rücken legen und versuchen zu schlafen. So vergeht die Zeit am schnellsten. Immerhin haben wir eine lange Nacht und einen langen Marsch vor uns.“

32

Die geflohenen Jungen fanden in ihrem engen Schlupfloch nur schwer zur Ruhe. Die harte Wölbung des Entwässerungsrohres war eben keine weiche, bequeme Matratze. Aber die Anstrengungen und der unzureichende Schlaf der letzten Tage sorgten bald dafür, dass sie trotz ihrer unbequemen Position einschliefen. Erst von zarten Vibrationen schwerer Lastkraftwagen mit ihren klopfenden Dieselmotoren und durcheinanderrufenden Stimmen wurden sie geweckt.

„Wenn wir das hier überstanden haben", flüsterte Hans, „dann sind wir frei."

„Zumindest nicht mehr in Gefangenschaft", antwortete Hartmut. „Frei sind wir erst, wenn der Krieg aus ist und uns keiner mehr sucht."

„Uns sucht doch keiner. Die wissen ja gar nicht, dass wir abgehauen sind", bemerkte Hans.

„Stimmt. Aber unsere Jungen, von denen könnte einer etwas mitbekommen haben."

„Du meinst, die könnten uns verpfeifen?"

„Ist doch möglich. Ach was, zerbrechen wir uns darüber mal nicht den Kopf. Wie hast du übrigens geschlafen?"

„Nicht besonders gut. Noch drei Stunden müssen wir ausharren."

„Puh, mir tut jetzt schon alles weh."

„Komm, reiß dich zusammen! Wir müssen das schaffen!"

Während oben auf der Straße die Evakuierung der Toten und Verwundeten lief, diese auf Fahrzeuge verladen wurden, versuchten die beiden Flüchtigen noch einmal einzuschlafen. Als das amerikanische Räumkommando alle Spuren ihres eigenen Tieffliegerangriffs beseitigt hatte und abgerückt war, kehrte wieder Ruhe ein. Eine Stunde vor der Dämmerung hielt es Hartmut nicht mehr aus.

„Ich drehe langsam durch", fluchte er. „Ich muss hier raus."

Er robbte auf dem Bauch liegend zur rechten Straßenseite und ließ sich nicht mehr von Hans aufhalten. Hartmut zwängte sich durch die wuchernden Sträucher und atmete, als er draußen war, befreit auf. Hans folgte ihm, wenn auch zögerlich.

„Wir bleiben im Straßengraben", beschwichtigte Hartmut, „immer schön in Deckung. Und sobald es dunkel ist, marschieren wir los."

„Einverstanden."

Sie saßen dicht beisammen und verhielten sich absolut ruhig, denn sie befanden sich in permanentem Alarmmodus und lauschten nach verdächtigen Geräuschen oder Fahrzeugen. Aus der Ferne war das Donnergrollen intensiver Granatgefechte zu hören.

„Das müssen die amerikanischen Panzer sein", murmelte Hartmut.

„Ja, die sind dabei, Dessau einzunehmen. Viel haben wir denen ja nicht mehr entgegenzusetzen."

„Das hast du doch an uns gesehen. Es wird wohl überall so aussehen."

„Glaub mir, Hartmut, der Krieg wird bald aus sein."

„Was denkst du, wie lange das noch dauern wird?"

„Schwer zu sagen, ein paar Wochen vielleicht …"

Plötzlich flog eine Staffel Jagdbomber über sie hinweg, deren Ziel vermutlich die Dessauer Flak- und Artilleriestellungen waren.

„Siehst du", raunte Hans zur Bestätigung, „das wäre nicht gut gegangen, wenn wir jetzt schon losgelaufen wären."

„Hast ja recht. Wir müssen vorsichtig sein! Immerhin haben wir schon mal die Amis ausgetrickst."

Endlich setzte die ersehnte Dämmerung ein. Noch zögerten sie, wollten abwarten, bis ihnen die Dunkelheit ausreichend Schutz bot. Dann stiefelten sie los. Zunächst über das an die Reichsstraße angrenzende Feld. Nach einigen hundert Metern trafen sie auf einen Feldweg, den sie weitergingen. Wann immer sie an eine Weggabelung kamen, loteten sie aus, welchen Weg sie weitergehen müssten. Eine Karte zur Orientierung hatten sie nicht. Den beiden Freunden blieb nur der Kompass, der ihnen immerhin zuverlässig die Himmelsrichtung anzeigte.

Wenn sie auf ein Dorf stießen, suchten sie zunächst am Ortsrand Deckung, obwohl es stockdunkel war. Als sie sich ausreichend sicher fühlten, dass ihnen im Dorf keine Gefahr drohen würde, wagten sie den kürzesten Weg entlang der teilweise verlassenen und zerstörten Häuser und Ställe. Größere Ortschaften wie Calbe mieden sie. Hier könnten sie auf amerikanische Truppen stoßen, vermuteten sie. Also umgingen sie die Kleinstädte in einem ausreichend sicheren Bogen.

In den frühen Morgenstunden stießen sie auf ein vereinzeltes Gehöft. Schon aus einiger Entfernung hörten sie das Muhen von Kühen.

„Die haben Hunger und müssen gemolken werden", stellte Hartmut fest.

„Woher weißt du das?"

„Als Kind war ich oft bei meinen Großeltern. Die hatten Milchkühe. Und später habe ich mir beim Bauern ein paar Groschen dazuverdient."

„Kannst du melken?"

„Klar, ist gar nicht so schwer."

„Vielleicht ist das unsere Chance", freute sich Hans.

„Wie meinst du das?", stutzte Hartmut.

„Frag nicht! Komm, ich habe eine Idee!"

Hans ging mit festen und entschlossenen Schritten auf den Bauernhof zu. Hartmut trottete ihm mit Unbehagen hinterher, immer auf dem Sprung, im Notfall wegzurennen. Als die beiden den Dreiseitenhof betraten, hörten sie plötzlich eine geifernde Frauenstimme: „He, Gesindel! Macht, dass ihr wegkommt! Wir haben nichts."

Eine kräftige Bäuerin mit finsterer Miene versperrte ihnen den

Weg. Angriffslustig streckte sie ihnen eine Mistgabel entgegen, die sie im Notfall als Waffe gegen ungebetene Besucher einsetzen würde.

„Wir wollten fragen, ob Sie Hilfe brauchen", erklärte Hans.

Die Bäuerin stutzte, ließ langsam ihre Waffe sinken. „Hilfe!", erwiderte sie mit einem zweifelnden Unterton, wie sie Dörfler gern Städtern entgegenbringen. „Was könntet ihr schon helfen?" Sie lachte höhnisch.

„Ich habe gehört", sprang Hartmut ein, „dass Ihre Kühe nach Futter rufen, und dass sie, also die Kühe, dringend gemolken werden müssen."

„Ach, da kennt sich wohl einer aus?", erwiderte die Bäuerin, noch immer mit einer Spur Misstrauen.

„Bin auf einem Bauernhof aufgewachsen", antwortete Hartmut mit einer kleinen Notlüge. „Ich kann alles."

„Dann schickt euch der Herrgott", rief die Frau plötzlich erleichtert. Mein Mann ist krank, liegt seit Tagen im Bett. Hat sich irgend so einen verdammten Virus eingefangen. Allein schaffe ich das hier alles nicht."

„Haben Sie denn keine Kinder?"

„Zwei Söhne, die sollten ja mal den Hof übernehmen. Sind beide in Russland geblieben. Dieser Scheißkrieg hat mir meine beiden Jungen genommen."

„Wenn Sie wollen, wir könnten ein paar Tage hierbleiben und Ihnen helfen", bot Hans an, der auf dem Hof ein ideales Versteck witterte.

„Gern, aber Geld habe ich keins!"

„Ein Bett, Essen und Kleidung reichen uns", erwiderte Hartmut bescheiden.

„Einverstanden! Kommt, ich zeige euch, wo ihr schlafen könnt!"

Es war kein Palast, der endlosen Luxus geboten hätte. Aber die beiden aus amerikanischer Gefangenschaft entflohenen Freunde bekamen immerhin ein schlicht möbliertes Zimmer, das alles bot, was sie brauchten: zwei wunderschöne Landhausbetten mit Holzgiebel und angenehm weichen Matratzen, einen Kleiderschrank, einen Tisch und zwei Stühle.

„War das Zimmer meiner Jungen. Seit sie sind weg sind, hat es keiner mehr betreten."

„Es gefällt uns", sagte Hartmut. „Aber jetzt sollten wir uns um die Kühe kümmern!"

Obwohl die beiden Freunde die ganze Nacht durchgelaufen waren, spürten sie keinerlei Müdigkeit. Hartmut, der sich mit den Abläufen auf einem Bauernhof einigermaßen auskannte, nahm das Zepter in die Hand und zeigte Hans, was getan werden musste. Nachdem sie die Kühe versorgt und gemolken hatten, misteten sie einen kleineren Schweinestall aus, fütterten die Karnickel und die Hühner.

„Ihr seid zwei Prachtjungen", lobte die Bäuerin, als sie zu Mittag aßen. Sie hatte eine kräftige Kartoffelsuppe mit Rauchfleisch gekocht und die beiden hauten ordentlich rein, denn sie hatten seit zwei Tagen kaum etwas gegessen. „Irgendwie erinnert ihr mich an meine Söhne …" Der Bäuerin traten Tränen in die Augen. „Was wohl aus ihnen geworden ist?"

„Die werden bald wiederkommen", meinte Hans überzeugt.

„Vielleicht sind sie wie wir auf der Flucht", rutschte es plötzlich Hartmut heraus.

„Denkt ihr, ich habe das nicht gemerkt?", erwiderte die Bäuerin. „Seid ihr desertiert?"

„Nein, um Gottes willen, nein!", rief Hans in einem Ton, als wären sie bei etwas Verbotenem ertappt worden.

„Ihr braucht keine Angst zu haben. Die Deutschen sind längst über alle Berge. Jetzt hat der Ami hier das Sagen."

„Und genau denen sind wir entwischt", erklärte Hartmut. „Wir haben keine Lust auf Gefangenschaft. Wir wollen nach Hause."

„Ja, das kann ich gut verstehen. Aber da seid ihr in der verkehrten Richtung unterwegs."

„Wissen wir", sprang Hans ein, der verhindern wollte, dass Hartmut noch mehr von ihrem Plan verriet, „aber darüber wollen wir jetzt nicht reden."

„Na, egal. Bis mein Alter wieder auf die Beine kommt, könnt ihr hierbleiben."

Hartmut schob die ausgelöffelte Suppenschüssel, die er zweimal geleert hatte, ein Stück von sich fort und strahlte mit der Zufriedenheit eines Gesättigten: „Das war die beste Kartoffelsuppe meines Lebens."

„Stimmt", pflichtete ihm Hans bei. „Ihre Suppe war einfach köstlich."

„Das freut mich wirklich, Jungs, das freut mich sehr. Wie heißt ihr eigentlich?"

„Ich bin Hartmut und das ist Hans. Er ist mein persönlicher Glücksbringer, und das Lustige: Er heißt auch Glück."

„Ja", schmunzelte Hans, „ich bin Hans Glück, wie Hans im Glück."

„Könnt ihr mit einer Sense umgehen?"

„Kann ich", antwortete Hartmut, der ahnte, was die Bäuerin gleich von ihnen verlangen würde. „Aber wir sind sehr müde. Bitte nicht böse sein! Wir sind die ganze Nacht durchgelaufen."

„Wir wissen nicht einmal, wie weit wir gekommen sind", bemerkte Hans.

Die Bäuerin erhob sich plötzlich und sagte: „Wartet einen Moment!“ Dann verschwand sie im Nebenraum, der Bauernstube. Wenig später kam sie zurück und hielt eine ADAC-Straßenkarte von 1935 in den Händen. Nachdem sie den Tisch abgeräumt hatte, faltete sie die Karte auf und suchte ihr Dorf. „Ist nicht drauf, zu klein“, sagte sie. „Aber hier, ungefähr hier liegt unser Hof.“

Die beiden Freunde warfen einen Blick auf die Karte und suchten die Reichsstraße 185 zwischen Dessau und Köthen.

„Ungefähr von hier sind wir losmarschiert“, meinte Hans und tippte mit dem Zeigefinger auf die vermeintliche Stelle. Dann suchten sie den Maßstab und rechneten nach, welche Entfernung sie am Tag eins ihrer Flucht zurückgelegt haben mussten. Das war nicht ganz einfach, denn sie waren oft im Zickzack gelaufen, größere Orte mussten sie gar aus Sicherheitsgründen umgehen. Das machte eine exakte Berechnung nahezu unmöglich.

„Gut und gern vierzig Kilometer“, stellte Hartmut dennoch überrascht fest.

„Nicht schlecht“, lobte die Bäuerin, „und dann noch den ganzen Vormittag so fleißig gearbeitet. Ruht euch erst einmal aus! Ihr habt’s verdient. Und die Karte, die schenke ich euch.“

Als die beiden in ihrer Kammer waren, hätten sie am liebsten einen Freudensprung gemacht, aber dafür war die Decke zu niedrig. Und Hartmut fühlte einmal mehr, mit diesem Hans an seiner Seite wurde das Glück zu einem treuen Begleiter. Egal was kam, bisher lief alles reibungslos. Und nun hatten sie nicht nur einen Kompass, sondern sogar eine Straßenkarte. Sie konnten ihr Glück kaum fassen und waren voller Zuversicht.

„Hans, bevor wir uns hinlegen, lass uns nachschauen, wie weit es noch bis Lübeck ist.“

Sie falteten abermals die Karte auseinander, rechneten nach und kamen auf dreihundertfünfzig Kilometer.

„Ach Hartmut, das soll uns jetzt nicht weiter kümmern. Lass uns endlich schlafen!"

„Gleeeich", gähnte Hartmut, „ich will nur noch ein paar Sätze aufschreiben." Und während der Junge ihre Tageserlebnisse zu Papier brachte, schlief Hans im nächsten Augenblick ein. Dann legte sich auch Hartmut hin, zog die Bettdecke unters Kinn und fand einen tiefen, sehr tiefen Schlaf.

Hartmut und Hans schauten sich völlig bedeppert an, als sie von der Bäuerin geweckt wurden. Vom Gefühl her glaubten sie, zwei, drei Stunden geschlafen zu haben.

„He, ihr Schlafmützen! Aufstehen! Die Kühe müssen gemolken werden!"

Hartmut bekam die Augen kaum auf. Auch Hans hatte Mühe mit dem Wachwerden. Wo sind wir, fragten sich beide, brauchten einen Moment, um sich zu sortieren.

„Ist es schon Abend?", fragte Hans überrascht.

„Na, du bist gut", kicherte die Bäuerin. „Es ist fünf Uhr morgens. Der neue Tag erwacht!"

„Was!", rief Hartmut erschrocken. „Wir haben durchgepennt?"

„Seid froh! Jetzt seid ihr ausgeruht und bei frischen Kräften. Kommt, Jungs! Es wartet ein anstrengender Tag auf euch!"

Nachdem sie ausgiebig gefrühstückt hatten, gab die Bäuerin den beiden Arbeitssachen ihrer Söhne. „Falls wir überraschenden Besuch bekommen sollten. In euren alten Uniformen fallt ihr doch sofort auf."

Den ganzen Vormittag waren die beiden Freunde mit Füttern, Melken und Ausmisten beschäftigt. Hans stellte sich dabei gar nicht ungeschickt an. Am Nachmittag ging es raus auf eine große Streuobstwiese, die sich weitläufig um den Hof erstreckte. Die Kirschen und Pflaumen blühten bereits. Die Apfelbäume und die Birnen ließen sich noch etwas Zeit. Das Gras zwischen den Obstbäumen stand kniehoch und verlangte ungeduldig nach einem Schnitt. Der ungeübte Hans hatte alle Mühe mit der Sense und Hartmut musste es ihm einige Male zeigen.

„Hans, nicht mit Kraft, mit Schwung wird gemäht. Und immer vom Ungemähten ins Gemähte."

Hans versuchte ein, zwei Hiebe. „Nicht zu weit ins Gras gehen! Ein paar Zentimeter reichen. Und das Blatt immer schön flach über der Erde halten!"

Hans wagte einen erneuten Versuch, der misslang.

„Schau mal, wie ich es mache! Ein Schritt vor und dabei mit dem Oberkörper eine Drehbewegung vollführen, immer schön aus der Hüfte heraus!"

Dann endlich klappte es, einigermaßen zumindest.

Nach dem Abendessen durften sie in die gute Stube. Dort stand ein Volksempfänger oder wie es im Volksmund hieß: eine Goebbels-Schnauze. Sie erfuhren, dass Dessau von den Amerikanern eingenommen worden sei und in der Reichshauptstadt Berlin erbitterte Straßenkämpfe tobten. Die Rote Armee eroberte Haus für Haus und kämpfte sich Straße um Straße ins Zentrum vor. Man musste kein Militärexperte sein, um zu wissen, dass der Krieg nur noch wenige Tage dauern konnte.

Für die auf dem Bauernhof gestrandeten Jungen liefen auch die folgenden Tage ähnlich ab. Landarbeit ist nicht ohne, musste Hans, der zwar als Former harte Arbeit gewohnt war, anerkennend feststellen. Aber trotzdem schön, und immer an der frischen Luft. Wenn Hans an die Schufterei in der düsteren Gießereihalle dachte, diese unerträgliche Hitze, den Lärm, den Dreck und die stickige Luft, kamen ihm Zweifel, ob er die richtige Berufswahl getroffen hatte. Vielleicht sattle ich um und gehe in die Landwirtschaft, überlegte er. Und satt essen kann man sich obendrein auch noch. Ihm erschien es angesichts der Lage, in der sie sich befanden, wie der Himmel auf Erden.

Inzwischen fragten sich die Jungen, ob es überhaupt einen kranken Bauern gab, denn die Bäuerin hatte ihn mit keiner weiteren Silbe erwähnt. Doch das sollte sich bald ändern. „Der Alte fühlt sich wieder besser", verkündete sie am fünften Tag. „Er möchte euch kennenlernen."

Sie saßen am Frühstückstisch, aßen mit Butter bestrichenes Graubrot, welches die Bäuerin am Vortag gebacken hatte, tranken Malzkaffee und freuten sich auf den neuen Arbeitstag.

„Paul, nun komm schon!", rief die Bäuerin.

Die Jungen hatten eine stattliche Erscheinung erwartet, aber dieser Mann, der plötzlich in die Küche trat, hätte von seiner Statur eher in eine Amtsstube gepasst. Ihn umgab die Aura eines trockenen Beamten. Mit seinen schlohweißen Haaren wirkte er auch älter, als er offensichtlich war. Die Jungen schätzten ihn auf Anfang sechzig, trauten sich aber nicht zu fragen. Ging sie auch im Grunde genommen nichts an.

„Ihr seid also die beiden Prachtjungen", sagte er und fuhr anerkennend fort: „Meine Frau war jeden Tag voll des Lobes. Ihr seid genau zum richtigen Zeitpunkt gekommen, als hätte euch der Himmel geschickt. Zufälle gibt's manchmal."

„Uns hat nicht der Himmel geschickt, wir sind vor der Hölle geflohen", erwiderte Hartmut pathetisch.

„Na ja", beschwichtigte Hans, „uns hat's ja auch genützt".

„Wann wollt ihr denn weiterziehen?"

„Mal sehen, in ein, zwei Tagen."

„Und wohin soll die Reise gehen?"

„Nach Lübeck, zu meinem Onkel. Der hat dort ein kleines Hotel."

„Also von mir aus könnt ihr bleiben, solange ihr wollt."

„Paul, nun lass die beiden fertig essen! Außerdem, die Arbeit ruft."

„Nein, die Kühe rufen", erwiderte Hartmut und lachte.

Sie blieben noch zwei Nächte, ehe sie am Morgen des siebenten Tages der Bäuerin sagten, dass sie nur bis Mittag arbeiten möchten.

„Den Nachmittag brauchen wir, um uns auszuruhen", erklärte Hartmut.

„Wir marschieren nur nachts. Die Dunkelheit bietet den besten Schutz", fügte Hans hinzu.

„Warum macht ihr euch solche Umstände? Nachts, wo man die Hand kaum vor Augen sieht."

„Ist aber sicherer …"

„Wisst ihr, was am unauffälligsten ist? Ihr nehmt jeder ein Fahrrad."

„Fahrrad? Haben wir aber nicht."

„Stehen im Schuppen hinterm Stall, zweite Tür. Wir schenken sie euch."

„Ihr habt uns wirklich aus der Patsche geholfen", bemerkte der Bauer. „Ist doch nur recht und billig. Außerdem, in Zivilsachen und mit Rädern, da fallt ihr doch am wenigstens auf."

Hartmut und Hans wurden von den Vorschlägen der Bauersleute überrascht und mussten sich erst einmal beratschlagen. Unrecht hatten die Eheleute nicht. Sie fassten den Entschluss, es zu versuchen. Dann holten sie sich die Räder und machten sich marschbereit. Es war Samstag, der 28. April 1945. Das Wetter passte zu einer Radpartie. Es war heiter bis wolkig und um die acht bis zehn Grad warm.

Zum Abschied reichte die Bäuerin ein ordentliches Paket mit Proviant: ein frischer Brotlaib, geräucherter Schinken, ein Stück Hartkäse und eine Kümmelknackwurst.

Der Bauer steckte Hartmut ein Taschenmesser zu. „Könnt ihr bestimmt gut brauchen."

„Und viel Glück!", wünschte die Bäuerin. „Seid vorsichtig!"

„Ja, wir passen auf. Und vielen Dank!"

„Keine Ursache!", sagte der Bauer. „Und noch ein wichtiger Rat: Wenn ihr auf amerikanische Soldaten stoßt – verhaltet euch absolut ruhig! Nichts anmerken lassen, nicht panisch werden oder gar wegrennen! Das macht euch nur verdächtig. Im Gegenteil, grüßt die Amis überschwänglich, als würdet ihr euch über ihre Anwesenheit freuen! Sind schließlich unsere Befreier!"

33

„Der Bauer hat gut reden", bemerkte Hans, nachdem sie ein paar Kilometer geradelt waren.

„Meinst du, wegen der Amis?"

„Das ist einfach gesagt, ruhig bleiben! Ich glaube, wenn uns jetzt ein Amijeep entgegenkäme, ich würde mir sofort in die Hosen machen."

„Nur das nicht!", lachte Hartmut. „Wir haben keine Wechselsachen dabei." Er hatte es der gutmütigen Bäuerin ausreden können, als sie ihnen auch noch ein Wäschepaket mitgeben wollte. Damit würden sie sich doch erst recht verdächtig machen, hatte er ihr erklärt. Wir sind zwei ahnungslose Jugendliche, die ein bisschen durch die Gegend radeln, nicht mehr und nicht weniger.

„Trotzdem, ich weiß nicht, wie ich reagieren werde, wenn's plötzlich passiert", murmelte Hans. „Ich habe nicht gerade die stärksten Nerven."

„Dann musst du an dir arbeiten. Der Bauer hat vollkommen recht", erwiderte Hartmut. „Wenn wir auffallen und die Amis merken, dass wir Angst haben, dann schöpfen die doch gleich Verdacht."

„Lass uns vorsichtig sein, dass es gar nicht erst so weit kommt!"

„Na, das auf alle Fälle."

Dank der Straßenkarte konnten sie sich jetzt hervorragend orientieren, vor allem aber ihre Strecken vorausplanen. Sie wussten immer, wo sie sich befanden, und prägten sich die beiden Ortschaften ein, zwischen denen sie sich gerade bewegten. Also, woher sie kommen und wohin sie wollen – falls sie unterwegs angehalten und gefragt werden würden. Sie wollten in so einer Situation den Eindruck erwecken, Einheimische zu sein. Ihnen war klar, dass sie glaubhaft und überzeugend klingen mussten.

Um die Gefahr einer überraschenden Begegnung gering zu halten, vermieden sie Reichsstraßen, so gut es eben ging. Hier wäre am ehesten mit Militärfahrzeugen zu rechnen. Manchmal klappte das aber nicht, und sie mussten bis zur nächsten Abbiegung ein paar Kilometer über eine Reichsstraße fahren, die auch von den Alliierten genutzt wurde. Dann traten sie ordentlich in die Pedale, um diesen Abschnitt schnell hinter sich zu bringen. Alles ging gut. Nicht eine brenzlige Situation, die gemeistert werden musste. Es hatte fast den Anschein, als gäbe es gar keinen Krieg und keine amerikanischen Soldaten in Deutschland. Von einer Wehrmacht war auch weit und breit nichts mehr zu sehen. Die baumgesäumten Alleestraßen lagen friedlich und einladend vor ihnen. Und Hartmut dachte wieder einmal, was habe ich für ein Glück mit diesem Glück.

Die Jungen nutzten hauptsächlich gepflasterte Landstraßen, hin und wieder holprige Feldwege. Sie kamen durch zahlreiche Dörfer und an abgelegenen Gehöften vorbei. Der Krieg hatte auch hier seine Spuren hinterlassen. Von Granaten beschädigte Häuser, Einschusslöcher im Putz der Fassaden und überall zerborstene Fensterscheiben. Am ersten Tag schafften sie sechzig Kilometer und fanden für die Nacht ein Strohbett in einer abgelegenen Scheune.

Als sie am Sonntagmorgen erwachten, hörten sie zu ihrer großen Enttäuschung, dass es regnete. Ein ziemlich heftiger Landregen trommelte auf das Scheunendach.

„So können wir unmöglich weiterfahren", meinte Hans. „Da weichen wir ja durch bis auf die Haut."

„Stimmt", pflichtete ihm Hartmut bei, „da holen wir uns den Tod. Bringt nichts, wir müssen abwarten."

Der Montag sah nicht besser aus. Regen, Regen, nichts als Regen! Es war zum Verrücktwerden. Zum Glück hatte ihnen der Bauer nicht nur das Taschenmesser, sondern auch ein altes, abgegriffenes Altenburger Skatblatt mitgegeben. „Das werdet ihr brauchen, wenn euch auf der beschwerlichen Fahrt langweilig wird", hatte er gesagt. Und so spielten sie stundenlang Offiziersskat, wo sie doch nur zwei getürmte Jungen vom Reichsarbeitsdienst waren.

„Im Grunde genommen", stellte Hartmut an diesem Montag fest, „gehören wir noch zum RAD. Wir sind weder entlassen noch als Gefangene registriert."

„Mach dir darüber keine Gedanken", meinte Hans, „das Deutschland, wie wir es kennen, wird bald Geschichte sein. Und dann kräht kein Hahn mehr danach."

Am Dienstagmorgen steckten sie ihre Nasen aus dem Scheunentor und schnupperten die feuchte Frühlingsluft. Erleichtert stellten sie fest, der Regen hatte aufgehört. Die Sonne schien, einer Weiterfahrt stand nichts mehr im Wege.

„Hans", sagte Hartmut mit verstellt ernstem Gesicht, „wir müssen doch noch einen Tag hierbleiben."

„Weshalb?"

„Heute ist der 1. Mai, ein Feiertag. Da wird nicht gearbeitet. Und Radfahren ist für uns Arbeit."

„Zumindest anstrengend", schmunzelte Hans.

Während der beiden Regentage hatten sie natürlich nicht nur Karten gespielt, sie hatten auch immer wieder die Straßenkarte aufgefaltet, gründlich studiert und sich dabei die günstigste, möglichst auch kürzeste und vor allem die sicherste Route herausgesucht. Sie planten, sich zwischen Oebisfelde und Wolfsburg durchzumogeln, dann an Uelzen vorbei in Richtung Lüneburg, welches sie links liegen lassen wollten. Und im Anschluss standen bereits die letzten Etappen an: Lauenburg, Schwarzenbek, Mölln und Ratzeburg, an denen sie natürlich stets vorbeizuradeln gedachten. Im ländlichen Raum, glaubten sie, lauerten die wenigsten Gefahren. Ratzeburg war die letzte größere Stadt, ehe sie von Süden her in Lübeck eintreffen würden.

An diesem 1. Mai schafften sie um die fünfzig Kilometer. Die Fahrt auf den holprigen Landstraßen und auf den sandigen Feldwegen war kräfteraubend. Die nächste Etappe ging sogar über siebzig Kilometer, aber nur deshalb, weil sie kein geeignetes Nachtquartier fanden. Wieder nächtigten sie in einer unverschlossenen Scheune. Am darauffolgenden Morgen klagte Hans über Schwielen am Hintern.

„Lass uns einen Tag pausieren!", bat er seinen Freund. Auch Hartmuts Sitzfleisch schmerzte. Die harten Ledersattel forderten ihren Tribut.

Am 4. Mai traten sie wieder ausgeruht und kraftvoll in die Pedalen. Einem alten Mann, der vor seinem am Giebel beschädigten

Haus saß und sie ansprach, vertrauten sie an, dass sie nach Lübeck wollten. Er wirkte vertrauenswürdig und sagte: „Wartet mal! Da habe ich was für euch.“ Er erhob sich schwerfällig und verschwand in seinem Haus. Als er zurückkam, steckte er jedem eine dicke Scheibe Brot, ein kleines Stück Knackwurst und eine angebrochene Keksschachtel zu. „Radfahren macht Hunger“, meinte er.

„Danke, das ist sehr nett von Ihnen“, freuten sich die Jungen.

„Bin in meiner Jugend auch viel durch die Gegend geradelt, runter bis in die Alpen. Und ihr wollt nach Lübeck?“, fragte der Mann, als er sich wieder gesetzt hatte.

„Ja, Lübeck. Mein Onkel hat dort ein kleines Hotel.“

Der Alte hob seinen Filzhut und kratzte sich an der Stirn. „Jungs, da werdet ihr wohl Probleme bekommen.“

Erschrocken sahen sich Hartmut und Hans an. Sollte jetzt, wo sie einen großen Teil der Strecke bereits geschafft hatten, ihr Plan scheitern?

„Ihr müsst über den Mittellandkanal. Und später über die Elbe. Aber die Deutschen haben alle Brücken gesprengt.“

Daran hatten sie mit keiner Silbe gedacht. In Lauenburg wollten sie die Elbe überqueren. Zerstörte Brücken kamen in ihren Überlegungen nicht vor. Und an den Mittellandkanal hatten sie überhaupt nicht gedacht. Aber wenn ein Übersetzen nicht möglich wäre, was dann? Eine Alternative sahen sie nicht. Und umkehren wäre auch keine Option. Plötzlich hatten sie das beklemmende Gefühl, in einer Falle zu sitzen.

„Ihr habt eine Karte? Zeigt mal her!“

Sie falteten ihre Karte auf und der hilfsbereite Mann tippte plötzlich auf eine Stelle: „Ungefähr hier, zwischen Büschen versteckt, findet ihr ein altes, aber intaktes Ruderboot. Damit könnt ihr sogar eure Räder rüberbringen.“

„Danke, das hilft uns erst mal weiter. Aber wie kommt das Boot wieder zurück ans andere Ufer?“

„Einer von euch muss es zurückbringen und anschließend rüberschwimmen. Geht nicht anders. Aber wartet, da gebe ich euch noch etwas mit.“ Wieder erhob sich der Alte, verschwand im Haus und brachte für jeden ein blau-weiß-kariertes Handtuch. „Hier“, sagte er, „schenke ich euch.“

„Vielen, vielen Dank“, sagte Hans überschwänglich.

„Wenn ihr auf die Elbe trefft, blüht euch dasselbe. Bei Bleckede haben die Amerikaner eine Pontonbrücke errichtet. Aber ich glaube, die lassen keine Zivilisten rüber.“

„Das würden wir ohnehin nicht versuchen“, winkte Hans ab. „Da schwimmen wir lieber rüber.“

„Passt auf die Strömung auf!“

„Ja, machen wir.“

Als sie das Dorf verlassen hatten, legten sie eine kleine Rast ein, um die neue Lage auf ihrer Straßenkarte zu studieren.

„Schau mal Hartmut! Ich glaube, wir haben nur eine Möglichkeit“, erklärte Hans seine Idee. „Wir fahren bis hier hoch, westlich von Boizenburg. Da ist die Elbe nicht so breit.“

„Und was machen wir mit den Rädern?“, überlegte Hartmut.

„Müssen wir zurücklassen. Für uns gibt es keinen anderen Weg.“

Zwei Tage später kamen sie an besagte Stelle, die sie sich für die Überquerung ausgesucht hatten. Die Elbe war kalt, hatte gerade mal dreizehn Grad. Aber was sollten sie tun? Es war die einzige Chance, wenn sie nach Lübeck wollten. Sie entkleideten sich vollständig, verschnürten ihre Sachen zu einem Päckchen und befestigten diese mit Draht an zwei dicken Stöcken, die sie unterwegs gefunden hatten. Auf diese Weise blieben ihre Sachen einigermaßen trocken. War nicht einfach, mit einem Arm zu rudern, mit dem anderen den

Stock in die Luft zu strecken und mit den Beinen kräftig zu strampeln. Aber es gelang ihnen, auch wenn sie von der Strömung einige hundert Meter abgetrieben wurden.

Glücklich, die andere Seite erreicht zu haben, liefen sie wie Sportler bei der Erwärmung in einem großen Kreis und schlugen sich die Arme um den Oberkörper. Als sie von Wind, Sonne und dem geschenkten Handtuch getrocknet waren, zogen sie sich an und setzten ihre Flucht zu Fuß fort. Nach zwei Stunden kamen sie in ein Dorf, in dem wieder einmal das Glück auf sie wartete. An einer Friedhofsmauer lehnten, es glich fast schon einer Einladung, ein Herren- und ein Damenfahrrad. Kurz entschlossen schnappten sie sich die Räder, sprangen auf die Sattel und fuhren los. Sie waren keine fünfzig Meter weit gekommen, als sie wütende Rufe hinter sich hörten, aber das sollte ihnen egal sein. Sie traten ordentlich in die Pedale, um diesen Ort schnell hinter sich zu lassen.

Allmählich näherten sie sich ihrem Ziel. Nach einer weiteren anstrengenden Etappe erreichten sie die Region um Ratzeburg. Sie waren sich einig, wieder einen Ruhetag einzulegen, um mit frischen Kräften und ausgeruht nach Lübeck strampeln zu können. Es war der 7. Mai, der letzte Tag des Krieges.

In einem von Artilleriegranaten zerstörten Wohnhaus fanden sie eine Bleibe. Nachdem sie sich gründlich auf dem verlassenen Hof umgesehen hatten, fanden sie in einem unversehrten Seitenflügel das intakte Waschhaus. Sie suchten im Schutt des Wohnhauses, soweit das möglich war, nach Matratzen, Decken oder Ähnlichem, um sich damit ein einigermaßen bequemes Nachtlager zu bereiten.

„Noch dreißig Kilometer“, sagte Hans, „dann haben wir es geschafft.“

„Wird auch langsam Zeit“, stöhnte Hartmut, „mir tut fürchterlich der Arsch weh.“

„Und mir erst."

„Aber das Stück, das schaffen wir jetzt auch noch."

„Müssen wir, uns geht langsam der Proviant aus. Zum Glück hat uns der Alte unterwegs noch was zugesteckt."

„Dann lass uns jetzt ausruhen und übermorgen geht's weiter. Weißt du übrigens, wie wir das Hotel finden?"

„Ehrlich gesagt, nein."

„Was, du schleppst mich hier hoch zu deinem Onkel und weißt nicht mal, wo das Hotel ist?"

„Ich war noch nie in Lübeck."

„Kennst du wenigstens die Straße?"

„Auch nicht. Ich weiß nur den Hotelnamen. Wir fragen einfach Leute auf der Straße ..."

„Na, hoffentlich wird das gutgehen!"

„Klar, warum nicht?"

„Ich habe so 'ne blöde Vorahnung", gestand Hartmut seinem Freund.

Der 8. Mai 1945 versprach ein schöner Tag zu werden, ideal für eine Radtour, aber das einladende Wetter lockte die beiden Jungen nicht. Zu sehr schmerzten ihre wundgescheuerten Gesäße, denen sie noch einen Tag Ruhe gönnen wollten. Hartmut und Hans ahnten nicht, dass an diesem Tag der Krieg vorbei sein würde. Seit ihrem einwöchigen Aufenthalt auf dem Bauernhof in der Börde hatten sie keinerlei Nachrichten gehört, wussten nicht, ob die Rote Armee inzwischen Berlin eingenommen hatte, ob es irgendwo noch Kampfhandlungen gab, ob Deutschland endlich kapituliert hatte. All das konnten sie nicht wissen. Ihre Gedanken und Gefühle waren noch immer im Krieg verhaftet. Unterschwellig spürten sie die permanente Angst, von einer Minute auf die andere dem Tod zu begegnen.

Während sie ihre letzten Brotkrumen, dazu ein kleines Stück Schinken und Knackwurst aßen, gingen sie den ganzen Tag lang immer wieder ihre zurechtgelegte Geschichte durch, für den Fall, dass sie aufgegriffen werden. Sie mussten glaubwürdig klingen, durften sich nicht widersprechen. Unter allen Umständen mussten sie verschweigen, dass sie aus amerikanischer Gefangenschaft geflohen sind. Sie fürchteten harte Konsequenzen, glaubten, für lange Zeit ins Gefängnis gesteckt oder gar hingerichtet zu werden, so wie es die deutsche Feldgendarmerie gehandhabt hatte. Immerhin befanden sie sich, glaubten sie jedenfalls, noch im Krieg, galt Kriegsrecht, vielmehr Unrecht.

Und das wollten sie aussagen: Sie hätten Befehl gehabt, mit drei schlecht ausgerüsteten Kompanien vom RAD Brassendorf links und rechts neben der Reichstraße 185, Stellung zu beziehen, um den Vorstoß der Amerikaner nach Dessau aufzuhalten. An der vorgesehenen Verteidigungslinie mussten sie sich Schützenlöcher ausheben. Ihres befand sich nicht in der Mitte, sondern am äußersten Ende der rechten Flanke, wo sie dann ausharren mussten, mehrere Tage lang. Dabei sei ihnen die Aussichtslosigkeit ihres Unterfangens bewusst geworden und sie hätten keine Lust verspürt, in den letzten Kriegstagen für eine gescheiterte und aussichtslose Sache zu sterben. Noch bevor die US-Panzer angerollt kamen, hätten sie sich in der Nacht abgesetzt und ihre Flucht nach Lübeck zum Onkel von Hans angetreten. Sie wären also genau genommen Deserteure, die nicht einen einzigen Schuss auf gegnerische Soldaten abgegeben hätten. Und darüber wären sie erleichtert.

So ähnlich wollten sie es auch erzählen, sollten sie von der deutschen Feldgendarmerie aufgegriffen werden. Dann allerdings wollten sie von heroischen Kampfhandlungen bis zur sprichwörtlich letzten Patrone berichten, und dass sie auf Grund ihrer Unterlegenheit in Gefangenschaft geraten wären, aus der sie sich aber wieder befreien konnten, um sich anderen Kampfverbänden anschließen zu können. Aber bisher hätten sie eben keine gefunden.

Am ersten Friedenstag, es war der 9. Mai 1945, traten sie ihre letzte Etappe an, nicht ahnend, dass sie die Auswirkungen des Krieges in Kürze einholen würden. Sie waren voller Zuversicht, hatten eine beachtliche Strecke gemeistert, zu Fuß und per Fahrrad, hatten den Mittellandkanal überwunden und die Elbe durchschwommen.

In Lübeck herrschte um diese Mittagsstunde, als Hartmut und Hans die Vororte erreichten, geschäftiges Treiben. Zwischen den Ruinen und Trümmerbergen hasteten eilige Passanten hin und her. Die Stadt quoll über von Tausenden Flüchtlingen aus den verlorenen Ostgebieten. An den zentralen Knotenpunkten patrouillierten britische Soldaten. Die waren unschwer an den bräunlichen Uniformen zu erkennen. Auch die markanten Helme mit ihren breiten Krempen wirkten wie aus der Mode gefallene Damenhüte. Das überschwängliche Grüßen, das sie den Amerikanern entgegenbringen wollten, unterließen sie. Jetzt nur nicht unnötig auffallen! Im Strom der umherirrenden Menschen schenkte niemand zwei Jungen, die ihre Räder schoben, Beachtung. Jetzt waren sie froh, dass sie Zivilsachen trugen. In ihren schäbigen Uniformen wären sie vermutlich an keinem der zahlreichen Kontrollpunkte vorbeigekommen. Instinktiv hielten sie sich in nördlicher Richtung. Ihr Ziel war die Innenstadt, das Hotel. Je näher sie der Altstadt kamen, desto größer zeigte sich das Ausmaß der Zerstörung. Viele Häuser waren ausgebombt und ausgebrannt. Ganze Straßenzüge lagen in Trümmern. Überall türmten sich meterhohe Schuttberge. Die einstmals stolzen und pulsierenden Straßen mit Geschäften, Bars und Cafés lagen schmal vor ihnen und boten ein deprimierendes Bild. So hatten sie sich Lübeck nicht vorgestellt. In ihren Vorstellungen war die altehrwürdige Hansestadt unversehrt geblieben, eine lebendige Metropole des freien Handels. Hier wollten sie das Ende des Krieges abwarten, bis sie ohne Probleme wieder nach Hause könnten.

Immer wieder blieben sie stehen und fragten Passanten nach dem Hotel. Doch die Angesprochenen schüttelten nur ihre Köpfe und machten, dass sie weiterkamen. Keiner schien das Hotel zu kennen, oder wollte es nicht kennen, oder nicht mit ihnen sprechen. Dann kam ihnen eine etwa vierzigjährige Frau mit Kopftuch entgegen, den Blick starr zum Boden gerichtet, wie auch die anderen Leute, als schämten sie sich für das, was Deutschland in der Welt angerichtet hatte. Aus dem einst gejubelten „Heil" war ein trostloses Unheil geworden. Die Frau war schon fast an ihnen vorbeigeeilt, als Hans sie flehend ansprach und den Namen des Hotels nannte.

Sie blieb zögerlich stehen und sah die Jungen mit einem verbitterten Gesichtsausdruck an, in dem eine tiefe Leere lag. Dann aber sagte sie: „Das Hotel gibt's nicht mehr."

Hans wurde kreidebleich. Hartmut befürchtete, sein Freund würde gleich einen Schwächeanfall erleiden. Und tatsächlich, Hans wurden die Knie weich. Hartmut musste ihn für einen kurzen Moment stützen.

Als die Frau Hans' enttäuschten Blick sah, fügte sie hinzu: „Wurde schon 42 ausgebombt."

„Und das … das wissen Sie … genau?", stammelte Hartmut fassungslos.

„Ganz genau. Ich habe als Zimmermädchen dort gearbeitet."

„Und der Besitzer? Wissen Sie, was aus dem Besitzer geworden ist?"

„Der ist umgekommen in seinem Hotel."

„Das war … das war … mein Onkel", schluchzte Hans.

„Tut mir leid, Junge, viele haben Angehörige verloren. Ich auch."

„Dann hat ihm sein Name nichts genützt", stammelte Hans, „er hieß wie ich Glück – Herbert Glück."

„Nee, nee – der hieß anders. Der Herbert war nur Oberkellner. Aber was aus dem geworden ist, keine Ahnung."

Hans stand wie vom Donner gerührt. Erst war die Welt hier draußen eingestürzt, jetzt brach auch seine innere Welt zusammen. Er fühlte sich belogen und betrogen.

„Hat euch ganz schön angeschmiert, dein Onkel. Einen Aufschneider nenne ich das", resümierte Hartmut, als die Frau schon ein ganzes Stück weitergegangen war.

„Aber das konnte ich doch nicht ahnen", schluchzte Hans. „In unserer Familie hieß es immer, schaut euch den Herbert an, der hat's zu was gebracht. Nimm dir ein Beispiel an ihm!"

„Lass gut sein! Ist nicht deine Schuld."

Während sie weiterliefen, die Räder noch immer schiebend, ohne Ziel, ohne Plan, bemerkten sie gar nicht, dass ihnen ein britischer Jeep folgte. Dieser beschleunigte plötzlich, fuhr an ihnen vorbei, stoppte abrupt, indem er sich vor ihnen quer stellte. Der Soldat auf dem Beifahrersitz sprang aus dem Kübelwagen und sprach Hartmut an. Er zeigte auf das Damenfahrrad und fragt: „Stolen?"

„Nein, nein", schüttelte Hartmut heftig den Kopf.

„Identity card!", forderte er.

Sie sollten sich ausweisen. Das war's, dachten beide. Zu sagen, sie hätten keinen Ausweis, würde sie erst recht verdächtig machen. Ihnen blieb keine andere Wahl. Sie zogen ihren braunen RAD-Ausweis aus der Jackentasche und streckten sie dem britischen Soldaten entgegen. Dieser kam ihnen einen Schritt entgegen, schnappte sich die Papiere und warf einen kurzen Blick drauf – dann rief er etwas zu dem Fahrer. Dieser machte eine Geste, die unschwer zu deuten war, sie hieß einsteigen!

Der Soldat vollführte eine militärisch exakte Vierteldrehung, zeigte auf den Jeep und sagte in einer kurzen Kommandosprache: „Get in!“

34

Der Jeep brachte die beiden Freunde zur britischen Kommandantur, wo man sie einer getrennten Befragung unterzog. Ein Dolmetscher war natürlich auch dabei. Hans, der Formerlehrling, wurde zuerst verhört, während Hartmut draußen auf dem Gang zwischen zwei Wachposten warten musste. Dann rief man ihn ins Dienstzimmer. Beide Gespräche waren erstaunlich kurz. Der britische Offizier zeigte keinerlei Anzeichen von Misstrauen. Die Aussagen der beiden Lehrlinge ließen keine Zweifel aufkommen. Dass sie im RAD-Ausbildungslager Brassendorf und dann zum Kampfeinsatz an die Reichsstraße 185 abkommandiert worden waren, stand in ihren Ausweisen, die ihnen der Soldat bei der Verhaftung abgenommen hatte. Ihre Schilderung mit der Schützenkette wurde als glaubwürdig eingestuft. Sowas kann sich kein kriegsunerfahrenes Greenhorn ausdenken. Die schlechte Ausrüstung und die mangelnde Munition des letzten Aufgebots der Deutschen hatten sich sogar bis zu den Engländern herumgesprochen. Und ihre Fluchtgeschichte, die ständige Angst im Nacken, von der deutschen Feldgendarmerie aufgegriffen zu werden, klang überzeugend. Die waren für ihre Gräueltaten berüchtigt. Dass sie ein Bauernpaar, das in der Klemme steckte, über eine Woche tatkräftig unterstützt hatten, nötigte den Briten sogar Respekt ab. Gerade diese Aussage fand als Notiz Eingang in die Verhörprotokolle und sollte sich später noch auf die beiden auswirken.

Hans wurde wieder vom Flur hereingeführt und der befragende Offizier verließ den Raum. Zurück blieb nur der Dolmetscher, ein deutscher Hochschuldozent, der mehrere Sprachen beherrschte und nun offensichtlich für die britischen Besatzer arbeitete. Die beiden Wachposten, die neben der Tür standen, blieben stehen, rührten sich keinen Millimeter, standen da wie zwei unbewegliche Ausstellungsstücke aus dem Londoner Wachsfigurenkabinett „Madame Tussauds".

„Ab jetzt", erklärte der Dolmetscher fast schon mit feierlicher Stimme, „seid ihr britische Kriegsgefangene. Aber keine Angst, euch wird's nicht schlecht ergehen."

„Kommen wir ins Gefängnis?", wollte Hans wissen.

„Nein, in ein Kriegsgefangenenlager. Ins Gefängnis kommen nur diejenigen, die bei einem Fluchtversuch erwischt werden. Also verschwendet keinen Gedanken daran, auch wenn ihr euch frei bewegen dürft."

„Frei bewegen? Was bedeutet das?", wunderte sich Hartmut.

„Unsere Lager befinden sich in abgeriegelten Sperrgebieten. In diesen Bereichen dürfen sich die Gefangenen uneingeschränkt frei bewegen. Es gibt also keine Mauern, Stacheldraht oder Wachtürme. Lediglich an den Straßen, die ins Sperrgebiet führen, wurden Checkpoints eingerichtet. Nur mit einem Passierschein darf diese Zone verlassen oder betreten werden", belehrte sie der Dolmetscher. „Ihr werdet ins Gebiet Ostholstein gebracht, oder wie die Briten sagen: nach Ruritania. Aber das müsst ihr euch nicht merken. Die Deutschen nennen es Kral."

„Und für wie lange?"

„Keine Ahnung. Das kann ich euch wirklich nicht sagen. Aber ihr werdet auf bekannte Strukturen stoßen. Die Lager stehen alle unter deutscher Eigenverwaltung. Das Oberkommando in Ostholstein führt Generalleutnant Wilhelm-Hunold von Stockhausen."

„Ein deutscher General?", staunte Hans ungläubig.

„Genau. In puncto Organisation und Verwaltung macht den Deutschen keiner was vor. Aber keine Sorge, den General werdet ihr nicht zu Gesicht bekommen."

Hartmut Becker, der Schlosserlehrling, und Hans Glück, der Formerlehrling, beide aus der Thüringer Kleinstadt an der Schnauder, traten nun ihre Gefangenschaft an, aus der es kein unentdecktes Entrinnen geben würde, denn ab jetzt waren sie offiziell von der britischen Militärbehörde registriert. Die Worte des Dolmetschers nahmen sie ernst, obwohl sie nach seinen Worten ihr Schicksal der Gefangenschaft als weniger hart empfanden.

Am Abend des 9. Mai 1945 standen die Jungen oben auf den Dünen und erfreuten sich am lieblichen Meeresrauschen der Ostsee. Sehnsüchtig blickten sie aufs Wasser hinaus, an jene Linie, an der Meer und Himmel aufeinandertreffen. Vor ihnen am Strand erstreckte sich das britische Kriegsgefangenenlager 20 von Kellenhusen. Die vielen Zelte strahlten im Charme eines Militärcamps. Das also war ihr neues Zuhause.

Ein junger Matrose, kaum älter als dreiundzwanzig, nahm die beiden Neuankömmlinge in Empfang. Er war eine drahtige, sportliche Erscheinung. Der Matrose wirkte auf Anhieb sympathisch. „Moin, moin!", grüßte er mit norddeutschem Akzent. „Ich bin euer Gruppenführer, Obermaat Hansen, Joachim Hansen", stellte er sich vor. „Komme aus Kiel. Und ihr?"

Hartmut nannte seinen Namen und den seiner Heimatstadt.

„Aus Sachsen!" Der Matrose lachte. „Eiforbibbsch."

„Ostthüringen", korrigierte Hans. „Aber Sachsen grenzt unmittelbar an."

„Der Grenzstein steht direkt vor unserer Stadt", ergänzte Hartmut.

„Kein Problem", winkte der Obermaat freundlich ab, „wir werden uns trotzdem verstehen. Habe Verwandte in Dresden. Die Sippe meiner Mutter kommt aus Elbflorenz. Also keine Sorge, in meinen Adern fließt zur Hälfte sächsisches Blut."

„Dresden hat's auch schwer erwischt", bemerkte Hans.

„Ja, leider, die Tommys haben Dresden mächtig zugesetzt. Dabei hatte die Stadt keinerlei militärische Bedeutung."

„Wir sollten froh sein, dass der Spuk endlich vorbei ist", meinte Hartmut.

„Und dass wir überlebt haben", ergänzte Obermaat Hansen. „Kommt, ich habe noch zwei lauschige Plätzchen für euch."

Sie schlängelten sich zwischen den Zelten entlang, als der Matrose plötzlich stehenblieb und fragte: „Wo habt ihr eigentlich eure Uniformen gelassen?"

„Ausgetauscht, unterwegs."

„Seid ihr desertiert?"

„Nein, wir sind …"

„Erzählt es mir später! Wir sind schon da. Herzlich willkommen in eurem neuen Quartier. Mich findet ihr, falls es Fragen oder Probleme gibt, da vorn. Dann wünsche ich euch einen angenehmen Aufenthalt. Zimmerservice können wir leider nicht bieten."

Trotz der flatternden Zeltplanen schliefen die beiden Jungen richtig gut. Die letzten Nächte vor ihrer Gefangennahme in diesem Waschhaus auf dem harten Betonboden, den sie mit allem Stoffähnlichen, was sie zwischen den Trümmern finden konnten, etwas ausgepolstert hatten, forderten ihren Tribut. Der Obermaat hatte ihnen zwei Wolldecken aus Wehrmachtsbeständen in die Hand gedrückt. In einer Ecke prangte der umrandete Stempel „HU" für Heeresunterkunft.

„Eine für unten, eine für oben“, erklärte er kurz. „Ist euch der Tagesablauf bekannt?“

„Nein, noch nicht.“

„Sechs Uhr Wecken, danach Frühsport, anschließend Antreten zum Vollzähligkeitsappell und dann gibt’s Frühstück.“

„Und nach dem Frühstück?“, wollte Hans wissen.

„Freizeit für den Rest des Tages.“ Obermaat Hansen sah die beiden verwunderten Gesichter. „He, der Krieg ist aus! Ihr könnt den ganzen Tag machen, was ihr wollt. Manche spielen Karten, andere Fußball, einige schlafen oder gehen baden, aber die Ostsee ist noch ziemlich kalt. Strandwanderung könnt ihr auch machen. Wenn ihr in diese Richtung geht“, erklärte er und zeigte in südwestliche Richtung, „dann nur bis Neustadt. Dahinter endet die Sperrzone.“

„Klingt verlockend“, sagte Hartmut. „Und in die andere Richtung?“

„Bis Großenbrode, ist etwas kürzer. Also, viel Spaß und erholt euch gut!“

Was Obermaat Hansen verschwiegen hatte: dass viele Landser die zermürbende Langeweile plagte. Dieses nutzlose Herumlungern, viele schienen antriebslos oder auch deprimiert und enttäuscht über den verlorenen Krieg und waren in ihren Grundsätzen und Überzeugungen tief erschüttert. Hartmut und Hans, die im Vergleich relativ wenig vom Krieg mitbekommen hatten, empfanden nach einigen Tagen das Leben im Camp wie Ferien, eine Auszeit von ihrer Lehre, die schon irgendwie weit weg schien, die sie aber bald wieder aufnehmen wollten. Doch dazu musste ihr Maschinenbau-Betrieb mit angeschlossener Gießerei wieder instandgesetzt werden. Bis dahin hieß es warten und die Gefangenschaft überstehen, Tag für Tag. Sie spielten mit anderen Soldaten am Strand Fußball und gingen oft schwimmen. Das machten die wenigsten, die Ostsee war wirklich noch verdammt kalt. Obermaat Hansen kümmerte das nicht. Er war eine wahre Wasserratte. Bald schon fanden sich ein paar Landser zusammen, um einen ordentlichen Skat zu dreschen. Darüber konnte man wirklich die Zeit vergessen. Die Tage vergingen wie im Fluge.

Hermann und Hans waren nun schon volle drei Wochen im Lager und hatten sich an das einfache Leben und den täglichen Müßiggang gewöhnt. An was sie sich nicht recht gewöhnen konnten, war ein unangenehmer Begleiter, der sich immer dann meldete, wenn man ihm nichts entgegenzusetzen hatte – Hunger. Die Rationen kamen regelmäßig, leider nur mäßig – drei Scheiben Kommissbrot, eine dünne Scheibe Cornedbeef und ein paar Kekse. Mehr gab es nicht. Morgens war der Hunger besonders schlimm, deshalb wurde alles auf einmal aufgezehrt. Hin und wieder kamen Einheimische ins Lager und steckten den Gefangenen ein paar Leckereien zu.

Nach genau drei Wochen und einem Tag, am 31. Mai 1945, kam am späten Nachmittag Obermaat Hansen zu den beiden Ostthüringern ans Zelt. „Es gibt Neuigkeiten", verkündete er und stieß auf reges Interesse. „Macht euch langsam fertig für die Entlassung!"

„Wir können nach Hause?", stutzte Hans.

„Nach Hause?" Hansen hielt sich kichernd den Bauch. „Ihr Spaßvögel, Ihr seid auserwählt worden zur Landarbeit."

Hartmut und Hans sahen sich mit strahlenden Gesichtern an. Endlich würde dieses Lotterleben ein Ende finden. Sie könnten wieder etwas Nützliches tun. Hans freute sich. Ihm hatte die Landarbeit bei den Bauern in der Börde gut gefallen. Und satt essen konnte man sich obendrein auch noch.

„Was für ein Glück." Hartmut strahlte, als Obermaat Hansen verschwunden war.

„Hans Glück", scherzte Hans, „so viel Zeit muss sein!"

Bis zur Verlegung auf den Bauernhof vergingen weitere zwei Tage. Samstagmittag parkte ein britischer Militärtransporter oben auf der Deichstraße. Obermaat Hansen kam im Laufschritt zu den beiden Thüringer Jungen ans Zelt gestürzt und rief schon von Weitem: „Es geht los, macht euch fertig, es geht los!"

Mit zwei enttäuschten Lübecker Hitlerjungen, die geglaubt hatten, im Volkssturm noch heroische Taten vollbringen zu können, gingen der Obermaat, Hartmut und Hans hoch zu dem Fahrzeug. Dort wurden sie von einem britischen Officer empfangen. Er fragte sie nach Namen und Geburtsdatum. Dann hakte er die Namen auf einer Liste ab und überreichte jedem einen Passierschein, der zum unbefristeten Aufenthalt außerhalb der Sperrzone berechtigte.

„Den Schein müsst ihr gut aufbewahren!", riet Hansen. „Falls ihr kontrolliert werdet."

Sie stammelten ein kurzes „Danke!", dann kletterten die vier auf die Pritsche hoch, auf der schon einige Jungen saßen.

„Viel Glück!", wünschte ihnen der zurückbleibende Obermaat.

„Danke, mir reicht Hans Glück", erwiderte Hartmut und strahlte wie schon lange nicht mehr.

„Für euch beginnt jetzt ein neues Leben", meinte Hansen.

„Ein anderes Leben", korrigierte Hans.

„Wie dem auch sei, macht das Beste draus!"

Der Mannschaftstransporter fuhr noch andere Lager an, von denen weitere Gefangene, meistens Jungen ihres Alters, abgeholt wurden. Als sie vollzählig waren, ging es raus aus der Sperrzone, zu mehreren Bauernhöfen östlich von Bad Segeberg. Die Begeisterung hielt sich bei den meisten in Grenzen. Die Einzigen, die sich wirklich über diese Art der Gefangenschaft freuten, waren Hartmut und Hans.

Als sie nach mehreren Stunden endlich ihr Ziel erreicht hatten und von der Pritsche kletterten, fühlten sie sich anfangs wie verlassen. Keiner holte sie ab oder nahm sie in Empfang. Die vier Gefangenen standen sprichwörtlich wie bestellt und nicht abgeholt auf der schmalen Landstraße, vor ihnen der Bauernhof Petersen, ein Hof mit Vieh- und Ackerwirtschaft. Hier gab es viel zu tun, das sah Hartmut sofort. Der Hof bestand aus drei Gebäudeteilen. An der Stirnseite stand das reetgedeckte Wohnhaus im norddeutschen Stil, erbaut aus rotem Backstein. Links und rechts befanden sich die beiden Nebengebäude mit den Stallungen, dem Heuschober, einem Geräteschuppen, den Garagen für die landwirtschaftlichen Fahrzeuge und im ausgebauten Dachgeschoss die Schlafkammern für die Aushilfsarbeiter.

„Kommt!", befahl Hartmut. „Wir werden sicher jemanden im Stall finden. Ist gerade Melkzeit."

Hartmut und Hans gingen voran auf einer kleinen, unbefestigten Zufahrtsstraße, die beiden Hitlerjungen trotteten ihnen lustlos hinterher.

„He", rief Hartmut plötzlich und drehte sich ruckartig um, „ihr zieht ein Gesicht wie sieben Tage Regenwetter! Die Landarbeit wird euch gut bekommen."

„Glaube ich nicht", erwiderte der eine mürrisch. „Ich will mein Abitur machen und dann studieren. Und keine Ställe ausmisten und Schweine füttern."

„Ist alles ehrbare Arbeit und Schweine wirst du hier nicht finden. Ist ein Milchhof."

„Mir egal."

„Was willst du denn studieren?"

„Medizin. Ich will Arzt werden, wie mein Vater."

„Und du?", fragte Hartmut den anderen Jungen.

„Ich will auf die Verwaltungsschule und später Beamter werden, vielleicht sogar mal Bürgermeister."

„Dann ist das hier genau die richtige Arbeit für euch. Denkt immer daran, die Bauern sorgen dafür, dass ihr täglich was auf den Teller bekommt!"

„Außerdem", mischte sich nun Hans ein, „es ist doch nur vorübergehend. Hartmut hat recht. Während unserer Flucht haben wir …"

„Ihr seid abgehauen? Aus der Gefangenschaft?"

„Nein …"

„Desertiert?"

„Wir haben uns von den Amerikanern abgesetzt, kurz nach der Gefangennahme", stellte Hartmut klar und Hans sah ihn entsetzt an, da er ihr wohlgehütetes Geheimnis so grundlos preisgegeben hatte. „Was soll's", sagte er zu Hans. „Jetzt interessiert es doch eh keinen mehr."

Inzwischen waren sie am Kuhstall angekommen, die Tore auf beiden Seiten standen sperrangelweit offen.

„Wartet hier!", sagte Hartmut. „Und keine Dummheiten machen!"

In der Mitte des Stalls traf er zwei junge Mädchen, die gerade beim Melken waren.

„Ihr habt ja Melkmaschinen", staunte Hartmut und schätzte die Mädchen auf fünfzehn, sechzehn Jahre.

„Anders geht's nicht. Und trotzdem schaffen wir die Arbeit kaum."

„Wir sollen uns hier melden."

„Ah, die Gefangenen, unsere lang ersehnte Unterstützung. Mutti ist drüben im Wohnhaus. Geht einfach rein!"

Hartmut verließ den Stall und sagte zu seiner kleinen Gruppe: „Kommt mit!"

Sie waren kaum losgelaufen, als die Bäuerin aus der Haustür trat. „Moin, moin! Da seid ihr ja endlich", rief sie hocherfreut und mit einem erleichterten Lächeln. „Wir hatten euch eigentlich gestern schon erwartet."

„Davon wissen wir nichts", zuckte Hartmut mit den Schultern. „Wir sind eben erst hierhergebracht worden."

„Nun mal nicht so förmlich, junger Mann!", lachte die Bäuerin, eine warmherzige Frau. „Ich bin Frau Petersen, Helga Petersen. Aber wisst ihr was, sagt einfach Helga zu mir! Habt ihr schon was gegessen?"

„Heute Morgen", murmelte einer der Schuljungen.

„Dann müsst ihr ja mächtigen Kohldampf haben."

Die Bäuerin hatte eine erfrischende Art. Das gefiel den Jungen, und dass sie sich erst einmal richtig schön satt essen konnten, gefiel ihnen auch. Frau Petersen tafelte ordentlich auf, denn sie wusste ganz genau, mit vollem Magen sieht die Welt schon viel freundlicher aus. Nach dem ausgiebigen Abendbrot mit frischem Graubrot, Schinken, verschiedenen Sorten Räucherwurst und Käse aus eigener Herstellung wies sie jedem eine kleine, aber feine Kammer zu und gab ihnen einiges an Sachen: Strümpfe, Unterwäsche, Hosen, Hemden und Jacken.

„Von meinen Söhnen", erklärte sie kurz und hatte bei diesen Worten einen Kloß im Hals. Hartmut und Hans dachten an die Bäuerin in der Börde. Während die Söhne an der Front fielen, fiel die ganze schwere Landarbeit den Eltern, und wenn vorhanden, den Schwestern zu. Und natürlich den Tausenden von den Nazis rekrutierten Zwangsarbeitern. Aber die hatten nach der Befreiung längst das Weite gesucht, wollten verständlicherweise wieder in ihre Heimat zurück.

Auch wenn es in den Kammern eng zuging, jeder Junge hatte

sein eigenes Reich und das fühlte sich gut an, als wäre man zu Hause. Die Betten waren frisch bezogen, zwei Handtücher lagen bereit und ein Stück Seife auf einer alten Untertasse. Und das soll Gefangenschaft sein, dachte Hartmut, als er sich auf seinem Bett genüsslich ausstreckte und an zu Hause dachte, wo er sich mit Martha, Ilse, Uta und seinem Bruder Siegbert ein Zimmer teilen musste. Dann kramte er sein Tagebuch und einen Bleistiftstummel hervor und hielt seine Erlebnisse der letzten Tage fest.

Am nächsten Morgen lernten sie Bauer Petersen kennen, der bei ihrer Ankunft draußen auf den Äckern zu tun hatte und nun zusammen mit seiner Frau die anstehenden Arbeiten durchsprach. Für Hartmut und Hans glich dieses Leben nur der Fortführung ihres Aufenthalts in der Börde. Und sie waren froh, dass sie nicht dortgeblieben waren, denn bald schon lag dieser Hof nach dem Rückzug der US-Truppen in der russischen Besatzungszone. Wer weiß, was die Russen mit ihnen gemacht hätten, wären sie dortgeblieben.

Für die Lübecker Schuljungen war die Arbeit ungewohnt und hart. Aber was sollten sie machen? Die Bauern durften sich jederzeit bei der britischen Militärkommandantur über die Gefangenen beschweren. Dann hätte man sie zurück ins Lager gebracht. Das wollten sie natürlich auch nicht riskieren und strengten sich an.

„Arbeit hat noch keinem geschadet", lachte Hartmut, als sie Samstagabend am Lagerfeuer saßen und Stockbrot und aufgespießte holsteinische Weißwurst brutzelten. Es war Mitte Juni, die Tage waren jetzt sehr lang und die Arbeitstage auch. Einmal in der Woche bestand das Bauernpaar auf ein familiäres und gemütliches Beisammensein am Lagerfeuer – zur Stärkung des Zusammenhalts. Nur wer sich wohlfühlt, leistet auch gute Arbeit, lautete ihr Motto.

Marie, die ältere der beiden Schwestern, konnte ihre Blicke nicht von Hartmut lassen. Sie war sechzehn und durchaus in dem Alter, in dem Mädchen gewisse Träume und Wünsche haben. Hartmut hatte eine charismatische Ausstrahlung, der reinste Mädchenschwarm. Er war ein hübscher und kräftiger junger Mann, der Arbeit nicht scheute und ordentlich zupacken konnte. Das gefiel auch ihren Eltern. Hingegen war die jüngere Schwester Leni gerade fünfzehn geworden und noch sehr schüchtern. Da trieb der Gedanke an einen Jungen noch die Schamröte ins Gesicht. Trotzdem hegte sie gewisse Zuneigung für Hans, der sie mit seiner athletischen Ringerfigur beeindruckte.

Schon nach sechs Wochen kam die erste Veränderung. Nach einem Erlass des britischen Oberbefehlshabers, Feldmarschall Montgomery, sollten Hitlerjungen und alte Volkssturmmänner aus der Gefangenschaft entlassen werden. Die beiden Lübecker Schuljungen durften nach Hause in ihre zerstörte Stadt.

„Hartmut, vielleicht sind wir auch bald dran", hoffte Hans, den mittlerweile ein furchtbares Heimweh plagte.

„Glaube ich nicht. Aber warten wir ab! Etwas bereitet mir Sorgen bei dem Gedanken an zu Hause."

„Sorgen, was denn für Sorgen?"

„Thüringen liegt in der russischen Zone."

„Stört mich nicht", wischte Hans die Bedenken seines Freundes beiseite, „ich will zurück, zurück in die Heimat. Alles andere ist mir egal."

Wenige Tage später wurden die schmächtigen Hitlerjungen abgeholt und es kam auch gleich Ersatz, zwei Gefangene, beide schon um die dreißig Jahre alte und erfahrene Frontkämpfer. Die Schwestern Marie und Leni und die beiden Freunde Hartmut und Hans, sowie die Bäuerin, die ja alle neugierig auf die Neuen waren, wohnten dem Schauspiel bei. Die Gefangenen sprangen vom Militärtransporter und halfen den Lübecker Jungen beim Hochklettern.

Dann fuhr der Lkw los und die Neuen kamen langsam näher. Sie waren bereits einige Schritte gegangen, als plötzlich Hartmut die Forke aus der Hand fiel.

„Fritz!“, schrie der Junge überrascht. „Onkel Fritz!“

Der Angesprochene stutzte kurz, als er begriff, dass sein Neffe Hartmut auf ihn zu gerannt kam. Sie fielen sich in die Arme und konnten gar nicht mehr voneinander lassen.

„Das ist Fritz, mein Onkel“, erklärte Hartmut. „Ist der jüngste Bruder meiner Mutter, war in Frankreich.“

„Ja“, wiegelte Fritz ab, „und dann auf dem Rückzug. Sind gerannt wie die Hasen.“

„Wir haben lange nichts von ihm gehört. Alle glaubten schon ...“

„Hartmut, lass gut sein! Wir sind hier zum Arbeiten, nicht zum Quatschen. Oder wie sagt man bei Ihnen“, wandte er sich an die Bäuerin, „zum Klönen?“

Das gefiel Frau Petersen natürlich. Zwei kräftige und gesunde Kerle, im Gegensatz zu den schwächlichen Schuljungen, konnte sie auf dem Hof gut gebrauchen. Vor allem einen wie Fritz, der sich in der Landwirtschaft bestens auskannte, wie er sofort herausposaunte.

Der Bauernhof florierte und warf wieder einiges ab, was der noch immer mangelnden Versorgung der Bevölkerung zugutekommen sollte. Inzwischen war es Marie gelungen, immer Arbeiten in Hartmuts Nähe zu ergattern. Vielleicht hatte sie auch ihre Mutter in einen inzwischen geschickt ausgeklügelten Plan eingeweiht. Helga Petersen hatte alle drei Söhne verloren, von denen wenigstens einer mal den Hof übernehmen sollte. Also blieben nur noch ihre Töchter, die in ihren Erwartungen einen ordentlichen Mann der Landwirtschaft zu ehelichen hatten.

Marie begann Hartmut zu necken, mit doppeldeutigen Anspielungen und kleinen Stupsereien. Als Hartmut sie einmal kräftig packte, damit sie ihren Schabernack unterließ, drückte sie ihm einen hastigen Kuss auf die Lippen.

„Marie, was soll das?"

„Ich mag dich, ich …"

„Ich mag dich auch, aber – ich bin ein Gefangener, das geht nicht! Schau mal, irgendwann werde ich entlassen, dann gehe ich zurück nach Hause."

„Wartet dort ein Mädchen auf dich?"

„Nein, das nicht …"

„Dann bleib doch hier", drängte sie ihn. „hier bei uns!"

„Nein Marie! Mach dir keine Hoffnung! Ich fahre nach Hause, sobald das geht."

Inzwischen war es erlaubt, pro Woche eine Postkarte nach Hause zu schicken. Hartmut schrieb seiner Mutter, dass sie sich keine Sorgen machen müsse, er lebe und arbeite auf einem holsteinischen Bauernhof, ihm ginge es gut, er habe satt zu essen und ein weiches Bett. Und dann ließ er natürlich seinen Bruder Siegbert grüßen und die Schwestern, die er alle sehr vermisse. Außerdem bat Hartmut seine Mutter, sich zu erkundigen, wie es um den Wiederaufbau der Maschinenfabrik bestellt sei, denn er wolle unbedingt seine Lehre fortsetzen.

Dass auch Onkel Fritz auf dem Hof ist, schrieb er nicht, dafür reichte der Platz auf der Karte nicht. Und das war auch gut so. Denn wenn er geschrieben hätte, Onkel Fritz wäre unversehrt aus dem Krieg in die Gefangenschaft gekommen, hätte er ihn später in Verlegenheit gebracht. Hartmut hatte unbewusst alles richtig gemacht, obwohl er zu diesem Zeitpunkt nicht ahnen konnte, dass sein Onkel bald einen tragischen Unfall erleiden würde.

35

Onkel Fritz hatte sich gut eingelebt. So prächtig wäre es ihm schon lange nicht mehr gegangen, verkündete er bei jeder Gelegenheit. Jeder einzelne der beiden Männer leistete ein höheres Quantum als die zwei schwächlichen und ungeschickten Pennäler zusammen. Die Petersens waren zufrieden, sehr zufrieden sogar. Und dann kam der September. Mitte des Monats ging die Maisernte los. Auf den umliegenden Feldern hatten die Petersens für ihre Kühe Futtermais angebaut. Dieses hervorragende Kraftfutter sicherte einen hohen Milchertrag. Der Bedarf an Mais war enorm, denn eine Kuh fraß täglich bis zu dreißig Kilo. Aber der Aufwand lohnte sich, denn gutes Futter gab gute Milch und aus guter Milch wurde schmackhafter Käse. Den größten Teil ihrer Milch verarbeitete die Familie in der eigenen Hofkäserei. Petersens Produkte waren beliebt, schon vor dem Krieg, und fanden Abnehmer von Kiel bis Bad Oldesloe, von Neumünster bis Lübeck.

Um die Felder so schnell wie möglich abzuernten, wurde jede Hand gebraucht. Auch die gesunden Hände von Fritz, dem am dritten Erntetag ein tragischer Unfall passierte. Der am Traktor angehängte Maishäcksler blockierte plötzlich, schlagartig versiegte der aus dem Auswurfrohr geblasene Strom zerbröselter Pflanzenteile. Fritz stoppte und sprang vom Traktorsitz. Er kniete sich vor die Erntemaschine und griff mit beiden Händen, ohne nachzudenken, in den Einzugsschacht, als könne er auf diese Weise die Verstopfung beheben, während die Walzen und Messer noch immer rotierten. Es dauerte nur Bruchteile einer Sekunde. Fritz spürte einen kurzen, heftigen Schmerz, der eher einem stumpfen Schlag glich, dann verlor er das Bewusstsein und beide Hände.

Hartmut und Hans, die auch auf dem Feld arbeiteten, rannten zur Unglücksstelle und leisteten, ohne groß nachzudenken, Erste Hilfe. Sie zogen sich ihre Ledergürtel aus der Arbeitshose und verschnürten die Armstümpfe, um den Blutfluss zu stoppen. Der Bauer rannte zum Hof und holte sein Motorradgespann. Er brachte ein paar saubere Handtücher mit, damit sie die Wunden notdürftig verbinden konnten. Dann wurde Fritz behutsam in den Seitenwagen gesetzt.

„Hartmut, steig auf!", rief Petersen. Der Junge schwang sich auf den Soziussitz und klammerte sich an den Haltegriff. „Wo bringen wir ihn hin?"

„Ins Segeberger Krankenhaus."

Am Krankenhausportal wurde der Verletzte vorsichtig auf eine Krankentrage gelegt. Inzwischen war Fritz zu sich gekommen, wirkte aber wie in Trance, als würde er gar nicht begreifen, was mit ihm und um ihn herum geschah. Zwei Krankenpfleger hoben die Trage an und eilten in Begleitung eines Arztes zu den OP-Sälen.

„Sie können fahren", sagte der Mediziner, der sehr hektisch wirkte, zu Bauer Petersen. „Kommen Sie morgen wieder! Auch wegen des Meldebogens an die Militärbehörde."

Hartmut, der den Unfall hautnah miterlebt hatte, verstummte für den Rest des Tages. Onkel Fritz tat ihm leid. Irgendwie fühlte er sich verantwortlich, als hätte er diese Tragödie verhindern können. Am nächsten Tag begleitete er abermals Herrn Petersen ins Krankenhaus. Fritz hatte dank der schnellen Hilfe der beiden Jungen den Unfall überlebt. Der Blutverlust hielt sich in Grenzen. Während der Bauer dem Arzt in sein Dienstzimmer folgen sollte, um den Schriftkram zu erledigen, durfte Hartmut seinen Onkel im Krankenzimmer besuchen.

Fritz saß aufgerichtet in seinem Bett, beide Armstümpfe steckten in dicken Verbänden. An einigen Stellen zeigte sich durchgesickertes Blut. Als Hartmut ins Zimmer trat, strahlte er, als wäre er sich gar nicht über die Tragweite seines Unfalls bewusst.

„Immerhin kann ich noch Fußball spielen", scherzte er. „Leider nicht mehr als Tormann."

„Onkel Fritz, wie …"

„Ach, Hartmut", stöhnte der Unglücksrabe, „jammern bringt jetzt auch nichts. Hände wachsen nun mal nicht nach. Was soll's, ist passiert. Ich war so was von dämlich, hab's gar nicht anders verdient. In dieses Scheißding reinzugreifen. Was bin ich nur für ein entsetzlicher Trottel? Ich weiß gar nicht, welcher Teufel mich da geritten hat."

Und dann verlor Onkel Fritz doch die Fassung, Tränen rannen ihm aus den Augen. Hartmut setzte sich auf die Bettkante, nahm ihn ganz fest in die Arme und dann kullerte auch ihm salziges Wasser über die Wangen.

„Nimm dir für den Rest des Tages frei!", sagte Bauer Petersen, als sie zurück auf dem Bauernhof waren.

„Nein!", protestierte Hartmut.

„Doch! Das ist ein Befehl! Junge, du bist doch mit deinen Gedanken sonst wo. Ich kann keinen zweiten Unfall gebrauchen."

Hartmut gehorchte und verkroch sich in seinem Zimmer. Er lag lange auf seinem Bett und heulte, wie er noch nie geheult hatte, selbst als Kind nicht, wenn ihn sein Vater mal wieder windelweich geprügelt hatte. Als er sich wieder einigermaßen unter Kontrolle hatte, setzte er sich an den kleinen Tisch und schrieb einen langen Eintrag in sein Tagebuch.

Abends saß Hartmut bei Hans im Zimmer. Er brauchte jemanden zum Reden und so erzählte er seinem Freund, um was ihm Stunden zuvor sein Onkel gebeten hatte. Fast fünf Jahre war Fritz im Krieg, hatte unzählige Gefechte überlebt, brenzlige Situation unversehrt überstanden. Kugeln aus Maschinengewehren waren ihm um die Ohren gepfiffen, Granaten in seiner Nähe explodiert, ohne ihm auch nur ein einziges Haar zu krümmen. Onkel Fritz hatte Hunderte Minen entschärft. Auch hierbei ging immer alles glatt. Und dann, nach dem Krieg, passiert ihm so ein blöder Unfall.

„Hartmut", bat Onkel Fritz seinen Neffen eindringlich, bevor sie sich verabschiedeten, „versprich mir bitte, zu Hause niemandem von dem Unfall zu erzählen."

„Warum?", wunderte sich Hartmut.

„Ist mir peinlich, furchtbar peinlich."

„Aber Fritz, du kannst das doch nicht ewig verheimlichen! Alle werden fragen, wollen wissen, was passiert ist."

„Ich werde einfach erzählen, mir wäre eine Mine in den Händen losgegangen. Habe selbst solche Unfälle gesehen. Glaub mir, Hartmut, das war kein schöner Anblick. Einigen hat's nicht nur die Hände weggefetzt. Insofern hatte ich noch Glück."

Während Hartmut und Hans weiter bei den Petersens blieben und täglich ihrer gewohnten Arbeit nachgingen, wurde Onkel Fritz in ein Lazarett verlegt. Als die Armstümpfe verheilt waren, wurde er aus der Kriegsgefangenschaft entlassen. Er durfte nach Hause. Und dort erzählte er allen, dass eine Tellermine in seinen Händen losgegangen wäre. Und alle glaubten ihm. Und bedauerten ihn – und die tröstenden Worte taten ihm gut. Als er seine Lügengeschichte oft genug wiederholt hatte, glaubte er schließlich selbst daran.

Um Fritz etwas Eigenständigkeit zu bewahren, hatten ihm die Chirurgen an den Armstümpfen zwei kurze Schlitze modelliert, die die Aufgabe zweier dicker Finger übernehmen konnten. Auf diese Weise konnte Fritz eine Gabel greifen oder einen Löffel halten, um wenigstens selbstständig essen zu können.

Sieben Wochen nach dem Unfall, es war Anfang November, kam ein britischer Militärbote auf den Hof und überreichte Hartmut und

Hans ein Schreiben der Besatzungsbehörde: Es war der sehr begehrte, zweisprachige Entlassungsschein. Damit war nun auch ihre Kriegsgefangenschaft beendet. Da Hartmut Becker und Hans Glück aus der sowjetischen Besatzungszone stammten, wurde ihre Entlassung erst jetzt veranlasst. Trotzdem traf sie die Nachricht völlig überraschend. Während Hartmut unschlüssig auf das Schreiben starrte, strahlte Hans wie ein an Weihnachten reich beschenktes Kind.

„Komm mit!“, drängte Hans.

„Nein, ich werde hierbleiben.“

„Gefällt es dir denn hier so gut?“

„Das hat damit nichts zu tun. Hans, was willst du jetzt schon zu Hause? Meine Mutter hat mir geschrieben, dass die noch immer mit den Aufräumarbeiten beschäftigt sind. Ich fahre erst, wenn ich meine Lehre weitermachen kann. Mutter hat mit meinem Meister gesprochen. Ich werde benachrichtigt, wann es losgeht.“

„Schade, Hartmut“, sagte Hans bedauernd, „ich fahre, egal was mich erwartet. Ich will nach Hause, einfach nur nach Hause.“

Frau Petersen war froh und glücklich, dass wenigstens Hartmut blieb. Auch Marie fiel ein Stein vom Herzen. Sie hatte immer wieder versucht, Hartmut offene Avancen zu machen. Und Hartmut hatte ihr immer wieder erklärt, dass das zwischen ihnen nicht funktionieren kann. Er würde zurückfahren, irgendwann würde dieser Tag kommen. Er kann nicht hierbleiben, weil er einfach nicht hierhergehört.

36

Der Sommer kam und dann der Herbst, der hier in Russland schon wieder Winter hieß. Und so vergingen das erste und das zweite Jahr. Hermann hatte sich an den stupiden Alltag gewöhnt. Und dann, nach mehr als zwei Jahren Lagerhaft, Anfang Mai 1946, wurde ein Arbeitskommando zusammengestellt, das in einem kleinen Ort an der Wolga Baracken für ein neues Lager errichten sollte.

Hermann, der gelernte Schreiner, der das Tischlern wie auch das Zimmern beherrschte, wurde diesem Kommando zugeteilt, und zum ersten Mal freute er sich auf diese neue Aufgabe, denn Barackenbau bedeutete sägen, hämmern, schrauben und etwas mit seiner Hände Arbeit wachsen zu lassen, auch wenn der Grund dafür kein schöner war.

Die Fahrt zum neuen Einsatzort erfolgte in umgebauten Reisezugwaggons, die eigentlich für den Transport russischer Strafgefangener genutzt wurden. Auf der einen Seite befand sich der übliche schmale Gang. Gitterkäfige, mit zwei dreistöckigen Holzpritschen ausgestattet, ersetzten die Reiseabteile. Die unbequemen Betten waren in primitivster Bauweise montiert. Auf dem Holz der Liegefläche zeigten sich dunkle und bräunlich umränderte Flecken: Hinterlassenschaften aus Blut, Urin, Speichel und Erbrochenem. Auch verwischte Kotreste flüssiger Stuhlausscheidungen nach schweren Magen-Darm-Infekten hafteten an den grauen Brettern. Diese stummen Zeugen waren deutliches Indiz, welche Qualen die Männer der vorangegangenen Transporte erlitten haben mussten.

„D'r Ausflug jeht ja schoo ma jood los", kommentierte ein rheinländischer Spaßvogel. Als Hermanns Ohren diese Worte vernahmen, erinnerte er sich an den Kölner Soldaten in Frankreich, dem die Kugel eines Scharfschützen die Nase wegrasiert hatte. Er wünschte sich, er hätte diesen leichten Humor. Aber jeder ist, wie er ist. Er war ja eher der schwermütige Grübler, kaum für Scherze zu haben.

„Kommst du aus Köln?", fragte ihn Hermann trotzdem.

„Nee, aus Dormagen. Is ävver um de Ecke."

„Was hast du beruflich gemacht vorm Krieg?“

„Kallendresser“, lachte der Gefragte.

„Noch nie gehört.“

„Bin gelernter Dachdecker. Kallendresser“, erklärte der Dormagener plötzlich in astreinem Hochdeutsch, „ist ein Schimpfwort bei uns. Heißt so viel wie: jemand, der in die Dachrinne scheißt.“

Kaum hatte der Rheinländer das Geheimnis um diesen regionalen Begriff gelüftet, gaben die Wachsoldaten das Kommando zum Einsteigen, wobei sie nicht vergaßen, unentwegt ihr nerviges „Dawai! Dawai!“ zu brüllen. Sechs Gefangene wurden in jeden Käfig gesperrt. Hermann hatte Glück, er konnte sich mit dem Rheinländer und zwei weiteren Gefangenen eine Zelle teilen. Irgendwie wurde Hermann das Gefühl nicht mehr los, dass es seit einiger Zeit besser für ihn lief. Im Sammellager wurde er von den schweren Infektionskrankheiten verschont, im Lazarett traf er Dr. Salomon Mandelbaum, den bekannten Arzt aus der Heimat, im Arbeitslager hatte er einen freien Tag zum Sägeschärfen bekommen und jetzt konnte er sich über mehr Platz freuen, den ihnen die Viererbelegung in der engen Zelle bot.

Der Reiseproviant, den der Arbeitstrupp im Lager erhalten hatte, war nicht gerade üppig und bereits am nächsten Tag aufgezehrt. Erst am vierten Tag, der Zug musste immer wieder seine Fahrt unterbrechen, um Güterzüge mit wichtiger Fracht Vorrang zu gewähren, durften sie an einer kleinen Bahnstation aussteigen und sich die Beine vertreten. Ihr Zug stand auf dem Abstellgleis. Hermann wusste, dass sie hier einige Zeit verbringen würden. Russische Rotarmistinnen, die von den Deutschen abfällig als „Flintenweiber“ beschimpft wurden, brachten den Gefangenen Brot und geräucherten, aber stark gesalzenen Fisch – ein Fisch pro Käfig. Und wieder, das glaubte Hermann jedenfalls zu diesem Zeitpunkt, hatte er Glück, da er sich einen Fisch zu viert teilen konnte und somit jeder einen größeren Teil abbekam. Doch der vermutete Vorteil entpuppte sich bald als schwerer Nachteil, denn als sie wieder in ihren Käfigen eingesperrt waren, bekamen die Männer einen unerträglichen Durst, und sie hatten kein Wasser, nicht einen einzigen Tropfen. Sie riefen und riefen nach ihren Bewachern, die sich aber offensichtlich aus dem Staub gemacht hatten. In der Nacht hörten sie Musik und lautes Gegröle. Ihre Wachmannschaft musste ganz in der Nähe feiern, während sie der Durst quälte.

Als die Wachmannschaft am nächsten Tag gegen Mittag zur Bahnstation zurückkam, teils noch vor Trunkenheit schwankend, riefen die Gefangenen ein russisches Wort, was ihnen in all den vielen Monaten der Lagerhaft in Fleisch und Blut übergegangen war: „Voda! Voda!"

Die russischen Soldaten reagierten äußerst aggressiv und schütteten eimerweise eiskaltes Brunnenwasser in die Käfige, gaben aber den Gefangenen weiterhin nichts zu trinken. Welch schrecklicher Sadismus, dachte Hermann. Diese Barbaren ergötzten sich am Leid der durch sie Erniedrigten. Bei den Eingesperrten kam wieder dieses entwürdigende Gefühl der Demütigung hoch. Auf Gedeih und Verderb waren sie diesen primitiven Menschen ausgeliefert.

Endlich hatten sie ihr Ziel erreicht, wieder eine kleine, gottverlassene Bahnstation. In Dreierreihen sollten sie neben dem Zug antreten, wobei die Posten fluchten und schimpften. Einige der Bewacher trugen nicht nur Zivil, sondern auch dicke Knüppel, die einzusetzen sie sich nicht scheuten. Später erfuhren die Gefangenen, dass es sich um lebenslänglich Verbannte handelte, die auf diese Weise ihrem Frust Luft verschaffen konnten. Der Marsch ins Lager war ungewöhnlich kurz, da doch die Männer oft mehrere Tagesmärsche gewohnt waren, erreichten sie ihre, wie einige scherzhaft sagten,

Sommerresidenz bereits nach fünf Stunden. Die Umzäunung musste bereits ein anderer Arbeitstrupp erledigt haben. Auch Armeezelte standen für sie bereit.

„Erinnert mich ans Zeltlager, bei dor HJ", ulkte der Rheinländer.

„Dafür war ich zu alt", sagte Hermann, „aber vielleicht wird's ganz romantisch."

Auch wenn die tägliche Arbeitszeit, es gab keine freien Sonntage oder Feiertage, teilweise bis zu zwölf Stunden betrug, wenigstens war die Verpflegung ausreichend, damit die Gefangenen bei Kräften blieben. Nur diese Verbannten setzten ihnen immer wieder zu. Bis zu einem Vorfall, der das Fass zum Überlaufen brachte. Ein Lebenslänglicher hatte dem gemütlichen Rheinländer einen so heftigen Schlag auf den Hinterkopf verpasst, dass dieser ohnmächtig niedersackte und kurz darauf verstarb. Der Lagerkommandant war außer sich, denn er hatte den Befehl, das fertige Lager pünktlich vor Wintereinbruch zu übergeben. Aber wie sollte er das schaffen, wenn es immer wieder zu solchen Zwischenfällen kam, wenn diese auch nicht immer tödlich endeten. Oft blieben die Gefangenen tagelang arbeitsunfähig.

Der Kommandant schrie den Lebenslänglichen an, riss ihm den Knüppel aus den Händen und versetzte ihm einen mächtigen Hieb in den Unterleib. Dann rief er einige Wachsoldaten zu sich und erteilte ihnen einen streng klingenden Befehl. Den Übeltäter in der Mitte, verließen zwei bewaffnete Posten, dahinter folgten ihnen zwei weitere Soldaten mit Schaufel und Spaten in der Hand, das Lager und verschwanden aus ihrem Blickfeld. Kurz darauf hörten sie zwei kurze Feuerstöße. Von da an hielten sich die Lebenslänglichen zurück, nutzten ihre Knüppel maximal für einen sanften Stupser, wenn sie den Eindruck hatten, dass jemand absichtlich bummelte. Das russische Lagerleben war hart und nicht immer gerecht. Von der Heimat, die inzwischen so fern war, träumte wohl kaum noch einer. Außer Hermann, der jeden Abend vor dem Einschlafen seine Gedanken auf eine weite Reise schickte.

Über eine Woche vorfristig waren die Baracken bezugsfertig und die Männer bekamen ein paar freie Tage, bis der Rücktransport organsiert werden konnte. Der Lagerkommandant zeigte sich von seiner besten Seite, immerhin konnte er sich bei seinen Vorgesetzten mit einem unerwarteten Erfolg brüsten. Er besorgte frisches Brot und ließ Borschtsch, eine schmackhafte Suppe mit viel Fleisch, kochen.

Als das Arbeitskommando wieder zurück in seinem alten Lager eintraf, hatte es nur einen Todesfall zu beklagen. Der Kommandant war hocherfreut, denn jede Arbeitskraft wurde gebraucht. Am nächsten Morgen, die Gefangenen waren gerade dabei, zur schweren Waldarbeit auszurücken, wurde Hermann zum Lagerkommandanten zitiert.

„Ich habe gehört", übersetzte der anwesende Dolmetscher, „dass Sie sehr gut mit Holz umgehen können."

„Ich bin Tischler", erwiderte Hermann.

„Können Sie auch Möbel anfertigen?"

„Das ist meine Spezialität, ich kann Ihnen die schönsten Möbel tischlern."

„Prima, dann habe ich Arbeit für Sie."

Von diesem Tag an brauchte Hermann nicht mehr zur körperlich schweren Waldarbeit auszurücken. Im Ort gab es eine kleine, verwaiste Tischlerei, da der Meister und sein Geselle im Krieg gefallen waren. In dieser Werkstatt ging Hermann von nun an seinem erlernten Beruf nach, von morgens bis abends. Und er hatte keine Bewacher. Das fühlte sich an, als wäre er bereits ein freier Mann. Vielleicht, dachte Hermann mit Vorfreude, habe ich endlich das

Schlimmste überstanden. Nur noch anderthalb Jahre. Hier in der Tischlerei, bei meiner geliebten Arbeit, stehe ich das mit Leichtigkeit durch und das war ihm Motivation, die Aufträge in bester Qualität zu erledigen.

Für den Kommandanten und für die anderen Offiziere des Lagerpersonals sollte er rustikale Möbel wie Tische, Stühle, Betten, Kommoden, Wäschetruhen und Schränke in allen Größen und Ausführungen anfertigen. Die Holztreppe in der Datsche des Kommandanten, die Hermann als Ersatz für eine primitive, wacklige Hühnerstiege tischlerte und einbaute, sorgte für wahre Begeisterung. Die einzige Tätigkeit im Lager beschränkte sich fortan aufs Schärfen der Schrotsägen und Äxte, damit die Mitgefangenen auch weiterhin ihre hohen Normen erfüllen konnten.

Anfang Juni 1947 wurde Hermann abermals zum Kommandanten befohlen. Auch der Dolmetscher war anwesend.

„Ich möchte mich bei Ihnen für die wunderschöne Treppe bedanken und natürlich für die herrlichen Möbel. Sie bereiten uns hier in dieser Einöde viel Freude."

„Danke", erwiderte Hermann demütig. „Die Freude lag ganz auf meiner Seite. Es war eine schöne Zeit", ergänzte er in der naheliegenden Vermutung, fortan wieder zur harten Waldarbeit ausrücken zu müssen.

„Nun möchte ich Ihnen eine Freude bereiten", übersetzte der Dolmetscher, während der Kommandant strahlte, als sei er kurz davor, jemandem einen hohen Orden zu verleihen. „Ich habe veranlasst, dass in den nächsten Tagen Ihre Entlassung erfolgt. Sie dürfen zurück, zurück nach Hause."

Hermann brach plötzlich in Tränen aus. Zu unverhofft kam das, was er sich so lange ersehnt hatte. Und dennoch konnte er nicht glauben, was seine Ohren soeben vernommen hatten, nach all den schweren Jahren. Der Kommandant lachte, auch der Dolmetscher freute sich über den offensichtlich gerührten Deutschen, der eben die schönste Nachricht seines Lebens erhalten haben dürfte.

Nachdem sich Hermann mit den Ärmeln die Tränen aus dem Gesicht gewischt hatte, streckte er den russischen Offizieren beide Hände entgegen und schluchzte: „Spasibo! Spasibo!"

Im Freudentaumel dachte er als Erstes an seinen Vater Paul Linde. Er hatte also doch recht behalten, als er damals zum Abschied sagte: „Mach dir keine Sorgen! Ich weiß, dass du zurückkommst."

37

Nachdem Hans Glück den Hof verlassen hatte, um in sein beschauliches Städtchen an der Schnauder zurückzukehren, hatte sich Frau Petersen mächtig ins Zeug gelegt. Sie schickte Hartmut in Begleitung ihres Mannes zum Ortsvorsteher, um eine Zuzugsgenehmigung zu bekommen, damit er offiziell auf dem Hof bleiben darf. Ganz Holstein quoll über von Flüchtlingen. Und ohne amtliche Genehmigung durfte niemand bleiben. Bei Hartmut, der ja auf dem Hof dringend gebraucht wurde, gab es keine Probleme.

Im August des darauffolgenden Jahres ermunterte die Bäuerin Hartmut, er könnte, wenn er möchte, in Bad Segeberg eine Ausbildung an der Landwirtschaftsschule beginnen.

„Als ausgebildeter Landwirt kannst du unseren Hof übernehmen, zusammen mit der Marie. Sie ist doch eine gute Partie. Und sie mag dich. Wir wollen unseren Hof in gute Hände geben. Das verstehst du doch?"

„Frau Petersen", kam Hartmut in Erklärungsnot, „mir gefällt es hier bei Ihnen. Wirklich! Sie haben tolle Töchter, fleißig und begabt.

Die Marie ist sehr nett, ich mag sie, aber ich liebe sie nicht. Und ich will nach Hause, sobald das geht, und meine Lehre beenden. Das ist mir wichtig."

„Junge, willst du wirklich zu den Russen rüber?"

„Meine Familie lebt nun mal dort. Wir haben uns das nicht ausgesucht."

„Aber jetzt, jetzt kannst du's dir aussuchen!"

„Hier werde ich immer nur ein Fremder bleiben, ein zufällig Gestrandeter. Frau Petersen, meine Familie wartet auf mich, besonders Siegbert, mein jüngerer Bruder. Er ist jetzt acht Jahre alt, und als ich fortging habe ich ihm versprochen, dass ich zurückkomme."

„Schade, Hartmut, ich hätte dich gern hier bei uns behalten."

„Ich weiß, Frau Petersen. Ich selbst bin hin- und hergerissen. Aber Heimat ist nun mal Heimat."

„Junge, das musst du mir nicht sagen!"

Eine Woche nach dem Erntedankfest, Hartmut lebte bereits seit über zwei Jahren auf dem Petersenhof, kam endlich der sehnsüchtig erwartete Brief von seinem Betrieb. Wenn er will, kann er seine Lehre zum Maschinenschlosser fortsetzen. „Wir rechnen mit Dir", endete der Brief.

38

Zwei Wochen und drei Tage dauerte die Fahrt bis zu der von den Siegermächten festgesetzten neuen deutschen Ostgrenze, die offiziell als Oder-Neiße-Demarkationslinie galt. Hermann Linde hatte, während die Waggons mit einer zermürbenden Monotonie über die nicht enden wollenden Schienenstränge ratterten, wieder begonnen, die Tage zu zählen. Es waren sehnsuchtsvolle Tage, bei denen sich seine Gedanken ausschließlich um die Familie drehten. Hermann dachte an seine Kinder und an Klärchen, unentwegt dachte er an seine Lieben in der Heimat. Auch an Paul, seinen Vater, dachte er. An Juliette, seine französische Liebschaft, dachte er kaum noch, vor allem nicht in diesen Tagen. Sie war weit weg. Sie würde er nie wiedersehen. Wer weiß, ob sie überhaupt noch am Leben ist. Dieses Kapitel war abgeschlossen, endgültig. Außerdem, das hatte er sich fest vorgenommen, dieses süße Geheimnis würde er mit ins Grab nehmen. Jetzt zählte nur noch die Familie.

Der aus russischer Gefangenschaft entlassene Sanitätsunteroffizier malte sich in Gedanken immer wieder die Bilder ihrer ersten Begegnung aus, nach sechs langen Jahren der Trennung. Weihnachten und Silvester 1941 war er zum letzten Mal zu Hause. Seitdem ist viel Wasser die Unstrut hinuntergeflossen. Hermann war unglaublich gespannt auf seine Kinder. Gerd, der während seines letzten Heimaturlaubs gezeugt worden war, kannte er gar nicht. Sein jüngstes Kind wurde geboren, als er Tausende Kilometer ostwärts im Schlamassel eines furchtbar wütenden Krieges steckte, jeden Tag bangend, diesen Wahnsinn eines Wahnsinnigen nicht zu überleben und unentwegt hoffend, irgendwann diesem Martyrium zu entkommen.

Hermann versuchte sich vorzustellen, wie sein kleiner Sohn aussehen wird. Ob er schon spricht? Klar, welch blöde Frage! Gerd ist immerhin schon fünf Jahre alt. Aber ob er ihn, den fremden Mann, akzeptieren wird? Auch für Inge, seine jüngste Tochter, die noch nicht mal ein Jahr alt war, als er zurück an die Front musste, wird er zunächst ein Fremder bleiben. Ihr und Gerd werden sie erst mühsam beibringen müssen, dass sie einen Vater haben, der jetzt immer bei ihnen sein wird, der nicht wieder fortmuss. Aber diese Rolle muss erst neu ausgefüllt werden, denn bisher galten nur die Mutter und Opa Paul als Bezugspersonen. Hunderttausende Kinder hatten in Deutschland nicht dieses Glück, sie machte der Krieg zu Halb-, viele sogar zu Vollwaisen.

Bei Helga, der Mittleren, plagten ihn Zweifel. Da gab es damals schon Schwierigkeiten. Sie wollte, als er ein paar Tage vor Weihnachten 1941 so unerwartet in der Tür stand, nicht warm werden mit ihm. Auch das kleine Stückchen Schokolade, das er seinen Töchtern mitgebracht hatte, konnte daran nichts ändern. Erst zum Ende seines Urlaubs, Stunden, bevor es hieß, Abschied zu nehmen, Abschied auf unbestimmte Zeit, vielleicht sogar für immer, taute sie auf aus ihrer Erstarrung und klammerte sich wie ein Äffchen an den Beinen des Vaters fest.

Und Rosa? Wie wird ihn Rosa empfangen, seine Älteste? Hermann rechnete kurz. Rosa ist jetzt zwölf, schon eine richtige kleine Dame. Bei ihr vermutete er die geringsten Probleme. Klara wird ihr klargemacht haben, dass ihr Vater nicht freiwillig in diesen Krieg gegangen ist, dass er lieber zu Hause bei der Familie geblieben wäre. Und sie wird ihr erklärt haben, dass desertierende Soldaten hart bestraft wurden, oft mit dem Tod. Rosa wird das verstanden haben. Vielleicht, nein, mit Sicherheit wird sie durch seine Rückkehr ebenso erleichtert sein wie ihre Mutter. Hermann, der Grübler, grübelte während der langen Fahrt und dabei fuhren seine Gedanken Achterbahn. Seine Gefühle pendelten zwischen euphorischer Zuversicht und der nagenden Angst, eine tiefe Enttäuschung erleben zu müssen.

Als der mit Kriegsrückkehrern vollgepferchte Güterzug in Frankfurt an der Oder eintraf, wurden die unverschlossenen Schiebetüren, es bestand ja keine Fluchtgefahr mehr, geöffnet und dreckige, zerlumpte, ausgehungerte, aber überglücklich strahlende Männer sprangen von den Holzplanken der Ladeflächen. Viele hatten

Tränen in den Augen. Endlich zu Hause, endlich wieder auf deutschem Boden.

„Heimat!", stammelte auch Hermann Linde kaum hörbar und bekam feuchte Augen. „Wir sind endlich wieder in der Heimat", sagte er schon lauter, bis er schließlich befreit aufschrie: „Zuuu Haaauuuse!" Und leise murmelte er: „Endlich wieder zu Hause!"

Der lange Tross der vielen Heimkehrer musste sich anschließend ins drei Kilometer entfernte Lager Gronenfelde schleppen, das am Stadtrand von Frankfurt lag und auch als Lazarett diente. Hier kümmerten sich Ärzte, Schwestern und Sanitäter um die ausgehungerten und entkräfteten Männer, viele nur noch Schatten ihrer selbst. Einige Gefangene waren derart schwach und abgemagert, dass sie keinen Meter mehr laufen konnten. Sie sackten noch am Bahnhof kraftlos zu Boden und blieben einfach liegen, rührten sich nicht mehr von der Stelle. Keiner kümmerte sich um die Elenden und Stunden später waren viele von ihnen tot – in der Heimat, aber tot. Aber auch im Lager selbst starben noch sehr viele Männer, immerhin mit dem erleichterten Gefühl, ihr Ende nicht in der kalten, sibirischen Einöde gefunden zu haben.

Der Unterschied zu den russischen Lagern fiel Hermann sofort auf. Er sah keine Wachtürme, keine unüberwindbaren Stacheldrahtzäune und keine Posten mit entsicherten Maschinenpistolen. Auf einem weißen Transparent, quer über dem Lagertor angebracht, stand der rote Schriftzug: „Deutschland grüßt Euch!"

Das Lager glich in seiner Grundform einem rechtwinkligen Dreieck. Es gab zahlreiche schlichte Holzbaracken, Massenunterkünfte, die Aborte und Waschtröge befanden sich im Freien, es gab auch eine Baracke zur Entlausung, eine Wirtschaftsbaracke und drei, in der sich die Verwaltung eingerichtet hatte.

Im Lager wurden sie von einem Parteigenossen der ein Jahr zuvor gegründeten SED, einem Abgesandten des Rates des Bezirkes Frankfurt, euphorisch begrüßt. Ihm zur Seite standen junge, hübsche Mädchen in blauen Blusen, Mitglieder der ebenfalls im März 1946 gegründeten Freien Deutschen Jugend, und jubelnd schwenkten sie rote Nelken. Sie versuchten, Aufbruchstimmung zu vermitteln. Der Parteigenosse sprach von einem sozialistischen Land, einem Arbeiter- und Bauernstaat, den sie aufbauen wollen. Ein glückliches Land solle es werden, mit glücklichen Menschen, mit zufriedenen Menschen. Frieden, es solle nur noch Frieden geben in diesem Land. Dafür wollen sie kämpfen und arbeiten und all ihre Kraft für die neue und gerechte Sache einsetzen. Endlich habe man all die profitgierigen Kapitalisten, die blutsaugenden Junker und Großgrundbesitzer, die noch im Krieg und am Tod verdient haben, zum Teufel gejagt. Jetzt haben die Arbeiter und Bauern das Sagen und jeder von den Heimkehrern kann, nein, sollte seinen Teil dazu beitragen, denn nur in der sozialistischen Gemeinschaft wären sie stark und unbesiegbar.

An Hermann prallten die Worte ab. Er maß ihnen keinerlei Bedeutung bei. Geschwafel, und irgendwelche leeren Parolen werden immer gegrölt, egal wer da oben regiert, ob Nazis, Sozis oder Kommunisten. Das muss man nicht ernst nehmen! Nach allem, was er erlebt und gesehen hatte, rauschten die Worte des Funktionärs an seinen Ohren vorbei. Hermann wollte nur noch eins – nach Hause.

Hermann blieb zwei Nächte im Lager, wurde von den Ärzten untersucht und als gesund und reisefähig eingestuft. Trotzdem musste er sich der Entlausung unterziehen, denn Läuse hatten alle. Den kleinen Plagegeistern konnte nach wie vor keiner entkommen. Doch es gab ein weitaus größeres Problem – ein in den Därmen nagender Hunger. Eine regelmäßige Versorgung hatte es während der Rücktransporte nicht gegeben. Und mit dem Laib Brot, ein Abschiedsgeschenk des Lagerkommandanten, war Hermann nicht weit gekommen, hatte es unter seinen Kameraden im Waggon aufgeteilt. Hier im Lager konnte er sich zum ersten Mal wieder satt essen. Am Morgen des dritten Tages, es war der 7. Juli 1947, bekam Hermann seine Entlassungspapiere und konnte endgültig die sowjetische Kriegsgefangenschaft hinter sich lassen.

Um nicht wieder, wie Weihnachten 1941, unangemeldet vor der Haustür zu stehen, schickte Hermann am Tag zuvor ein Telegramm. Das Hauptpostamt Frankfurt hatte kurz zuvor im Lager eine kleine Poststelle mit drei Schaltern eingerichtet. Hermann schrieb: „mein liebes klärchen … bin wieder in deutschland … komme bald nach hause … hermann.“

Hermann Linde wirkte mit seinen einundvierzig Jahren, den eingefallenen Wangen, seinem ungepflegten Stoppelbart und der zerfurchten Stirn wesentlich älter. Man hätte ihn locker auf Anfang sechzig schätzen können. Die Jahre im Krieg zählten doppelt, die in sowjetischer Gefangenschaft sogar dreifach. Dennoch war der ehemalige Sanitätsunteroffizier unvorstellbar glücklich, nach einer fast achtjährigen Odyssee endlich ein freier Mann zu sein, und das hatte er sogar schriftlich. Immer wieder las er das in russischer und deutscher Sprache abgefasste Pamphlet, was ihm die Entlassung aus sowjetischer Gefangenschaft bescheinigte. Und dennoch, so oft er es auch las, er konnte noch immer nicht begreifen, dass dieser Wahnsinn wirklich vorbei sein sollte. Nach einer so langen Zeit mit unmenschlichen Entbehrungen, unvorstellbar tragischen Erlebnissen, ständig auf Tuchfühlung mit einem nimmersatten und gefräßigen Tod soll er diesem üblen Gesellen von der Schippe gesprungen sein. Das fühlte sich so fremd, so unwirklich an, im Wissen um die vielen toten Kameraden, die er hat hinter sich lassen müssen.

Im Heimkehrer-Lager hatte sich Hermann Linde nach der Entlausung neu einkleiden können, mit Sachen aus internationalen Kleiderspenden. Das berührte ihn besonders. Fremde Menschen, die sicherlich selbst nicht viel hatten, spendeten in einer Zeit des Mangels so etwas Wertvolles wie Kleidung an ein Land, das die halbe Welt in Schutt und Asche gelegt und seine Bewohner tyrannisiert hat.

Jeden Tag verließen Hunderte Entlassene das Lager, um Platz zu schaffen für ständig neu ankommende Heimkehrer. Zunächst wurden sie mit dem Zug von Frankfurt nach Berlin gebracht, dem zentralen Umschlagplatz. Ab hier war jeder auf sich allein gestellt. Manche mussten ein, zwei Tage warten, bis sie einen passenden Zug fanden, der in Richtung ihrer Heimat fuhr. Jeder Kilometer, mit dem man seinem Ziel näherkam, zählte. Reiseproviant wurde den Entlassenen für drei Tage ausgehändigt, wer länger bis nach Hause brauchte, musste zusehen, wie er zurechtkam.

Hermann hatte Glück, denn bereits am späten Nachmittag ging ein Zug nach Halle an der Saale. Hier strandete er am Abend und konnte die Nacht in der von Bombenschäden verschont gebliebenen Bahnhofshalle auf einer unbequemen Bank verbringen. Aber da war er Schlimmeres gewohnt. Und er hatte wieder Glück, denn bereits in den frühen Morgenstunden fuhr ein Zug nach Naumburg. Schon hier in Halle und in diesen Stunden spürte er es deutlich, die Luft roch anders, und das war keine Einbildung, es roch nach Heimat, seiner Heimat, die er bald wiedersehen würde. Dabei wuchs die Anspannung vor der ersten Begegnung mit seinem Klärchen und den Kindern. Es gab Augenblicke, da schnürten ihm diese Gedanken regelrecht den Hals zu. Es wird schon werden, sprach er sich selbst Mut zu. Jede Wunde, jede Verletzung, das wusste er als Sanitäter nur allzu gut, braucht Zeit bis zur vollständigen Heilung.

In Naumburg musste Hermann zum letzten Mal umsteigen, in einen Personenzug, der nur aus Dritte-Klasse-Wagen bestand. Das war ihm aber egal, er hätte auch einen Viehwaggon genommen, wenn ihn dieser nur nach Hause gebracht hätte. Die Verbindung klappte ausgezeichnet, denn der Zug stand schon abfahrbereit am Bahnsteig, wartete auf das Signal zur Ausfahrt. Schnell stieg Hermann die drei Metallstufen hoch, betrat das Zugabteil, welches nur von außen zugänglich war und in dem es auf den Holzbänken nur noch wenige freie Plätze gab. Einige Schiebefenster waren runtergezogen und mit Ledergurten fixiert. Obwohl der Zug nur wenige Minuten bis zur Jahnstadt benötigen würde, suchte sich Hermann einen Sitzplatz und fand sogar einen am Fenster.

Bald bekam er die Weinberge zu sehen. Unten plätscherte gemächlich seine geliebte Unstrut dahin, als wäre er nie fortgewesen. Und dann sah er, über den Weinreben thronend, die Burg und den mächtigen, runden Bergfried. Jetzt konnte er nicht mehr an sich halten, zwei dicke Rinnsale kullerten über seine Wangen und verfingen sich in seinen Bartstoppeln.

„Sie kommen wohl", sprach ihn die ihm gegenübersitzende Frau an, „aus der Gefangenschaft?"

Hermann war nicht in der Lage zu antworten und fragte sich, wie sie ihm das ansehen konnte, jetzt, wo er doch keine Uniform mehr trug. Die gewaltig auf ihn einwirkenden Eindrücke lähmten seine Stimmbänder. Nur die Tränen, die flossen.

„Dann wünsche ich Ihnen alles, alles Gute", sagte die Frau.

„Danke", quälte sich Hermann, um keinen unfreundlichen Eindruck zu hinterlassen.

„Waren Sie lange fort?"

Wieder nickte Hermann. „Acht … acht ganze … Jahre", presste er mühsam hervor.

„Puh, das ist 'ne lange Zeit. Und wohnen Sie auch in der Jahnstadt?"

„Ja, seit meiner Geburt. Mein Name ist Hermann Linde."

„Neeeiiin!", fuhr die Frau plötzlich auf. „Dass ich Sie nicht erkannt habe. Schreinermeister Hermann Linde. Ich glaube es ja nicht." Sie schnappte sich Hermanns rechte Hand, die sich hart und rissig anfühlte, und drückte sie so fest, wie es eine zarte, schwache Frau nur konnte. „Das ist ja wunderbar, einfach wunderbar, dass Sie wieder zurück sind!"

„Kenne ich Sie? Ich möchte nicht unhöflich sein."

„Ich denke schon! Ich bin die Tochter vom Steinmetz. Ihr Vater, der Paul, hat doch viele Jahre bei uns gearbeitet."

„Ja, jetzt erinnere ich mich ...", sagte Hermann freundlich, obwohl er sich nur schwach an die Steinmetz-Tochter erinnern konnte.

„Oh, jetzt wird es ernst", lächelte die Frau. „Wir sind gleich da."

„Ja, endlich." Der Heimkehrer hatte kaum ausgesprochen, da sah er, der Zug befand sich bereits in der Einfahrt und hatte seine Geschwindigkeit deutlich gedrosselt, bei einem kurzen Blick aus den linken Fenstern, seinen Vater Paul bei der Feldarbeit. Mit einer Sense war er dabei, der Gerste zu Leibe zu rücken. Sie stand gut in diesem Jahr. Und dann sah er sein Klärchen und Rosa, die emsig die gemähten Getreidebündel aufhoben und zu Garben banden.

Keine zehn Pferde hätten ihn jetzt noch halten können. Hermann schulterte seine kleine Feldtasche, sprang von der Holzpritsche und war mit wenigen Schritten an der Abteiltür, riss diese ungeduldig auf und stürmte raus auf die Plattform. Die schniefende Dampflok keuchte vorn und stieß pechschwarze Rußwolken aus. Der Zug wurde immer langsamer. Hermann stellte sich auf die unterste Stufe, zögerte einen Augenblick, bis er schließlich sprang und dann, sich mehrfach überschlagend, in der Böschung landete.

Schnell rappelte er sich auf und wartete ungeduldig auf das Zugende. Als der letzte Waggon an ihm vorbeigerattert war, überquerte er die Gleise und hastete bis zum Feldweg vor. Dort angekommen, konnte er nicht mehr an sich halten. Hermann rannte los, als wären die Russen hinter ihm her.

39

Rosa Linde vermisste ihren Vater sehr. Seine Abwesenheit schmerzte, auch die Ungewissheit seines Schicksals. Jeden Tag aufs Neue dachte das Mädchen mit den geflochtenen Zöpfen an seinen Vater. Wenn Rosa abends in ihrem Bett lag, zog sie sich die Decke übern Kopf und versuchte, ihm in Gedanken nahe zu sein. Und dann weinte sie sich still in den Schlaf.

Mit Mutter Klara und Opa Paul sprach sie selten, eigentlich fast nie über den Vater, der irgendwo an der Ostfront seinen schrecklichen Kriegsdienst als Sanitäter leisten musste. Es war wie ein ungeschriebenes Gesetz, das Fehlen des Vaters nicht zu thematisieren, als würde das Unglück bringen. Nur an den Geburtstagen oder an Feiertagen seufzte die Mutter, wie es dem Vater wohl dort in der Fremde ergehen möge. An diesen Tagen bestand Rosa darauf, für den Vater mit einzudecken, als könne er jeden Moment zur Tür hereintreten. Aber er kam nicht, seit Weihnachten 1941 nicht ein einziges Mal. Trotzdem war er, auch wenn man nicht von ihm oder über ihn sprach, immer präsent. Dass der Vater gefallen sein könnte, kam in den Überlegungen des Mädchens nicht vor. Ihr Vater lebt, ist gesund und wohlauf, alles andere blieb für Rosa unvorstellbar, auch wenn schon lange keine Feldpostbriefe mehr von ihm kamen.

Der mittlerweile neunjährigen Helga, die sich Anfang Januar 1942 an die Uniformhose des Vaters geklammert hatte, um ihn am Fortgehen zu hindern, fehlten jegliche Erinnerungen an den Vater. Die wenigen Erlebnisse während seines Fronturlaubs waren mit der Zeit verblasst. Sie wusste natürlich, dass sie einen Vater hat, aber ihr fehlten Bilder und der Klang seiner Stimme. Für die jüngste Tochter Inge und den Sohn Gerd spielte der Vater überhaupt gar keine Rolle, weil dieser seine Vaterrolle nicht hat spielen können. Opa Paul hatte diese Rolle übernommen, sodass die beiden jüngsten Kinder ihren richtigen Vater in keiner Sekunde vermissten.

Rosa, die Älteste, litt also am meisten. Ihr abwesender Vater hatte in ihr eine schmerzende Lücke hinterlassen. Doch was sie am heftigsten quälte, war eine tiefe Sorge um das Leben des Vaters, denn sie kannte natürlich auch die andere Seite des Krieges: Viele ihrer Mitschülerinnen hatten den Verlust ihrer Väter zu verkraften. Rosa bekam, wenn der Postbote in ihrer Straße auftauchte, regelrechte Panikattacken. Sie schwitzte Blut und Wasser vor Angst, dass der Mann in der Postuniform einen dieser gefürchteten Briefe bei ihnen einwerfen könnte. Sie war heilfroh, wenn er an ihrem Haus vorbeiging, ihr Briefkasten von Unheil verschont blieb.

Besonders hohe Verluste erlitt die Wehrmacht im Jahr 1944 an der Ostfront. Da befand sich Sanitäter Hermann Linde bereits seit über einem Jahr in sowjetischer Kriegsgefangenschaft. Der einst gefeierte Russlandfeldzug geriet für die Deutschen zu einem entsetzlichen Fiasko. Immer wieder erschienen Mädchen morgens mit verheulten Gesichtern in der Schule, nicht anders sah es in der Knabenschule aus. Da wusste jeder Bescheid, auch die Lehrer, und sie ließen die Trauernden in Ruhe, wenigstens an diesem Tag. Eines Morgens kam Renate, neben Anneliese Rosas beste Freundin, eine halbe Stunde zu spät zum Unterricht, wirkte völlig aufgelöst, zitterte und weinte. Mit stockender Stimme erzählte sie während der Hofpause, dass gestern ein Beileidsschreiben des Kompaniechefs ihres Vaters eingetroffen sei. Sie zog den Brief aus ihrer Hosentasche und las ihren Mitschülerinnen vor: „Im Felde, den 18.2.1944 – Sehr geehrte Frau Müller! Im Gefecht in Dubno (Ukr) am 12.2.1944 ist Ihr Mann, der Soldat Werner Müller, im heldenhaften Kampf um die Freiheit Großdeutschlands in soldatischer Pflichterfüllung getreu seinem Fahneneid für Führer, Volk und Vaterland gefallen. Als sein Vorgesetzter möchte ich Ihnen hiermit meine wärmste Anteilnahme aussprechen. Die Kompanie wird Ihren Mann stets in ehrendem Gedenken behalten. Die Gewissheit, dass Ihr Mann für die Größe und Zukunft unseres ewigen deutschen Volkes sein Leben hingab, möge Ihnen in dem schweren Leid, dass Sie getroffen hat, Kraft geben und Ihnen Trost sein. Mit aufrichtigem Mitgefühl grüße ich Sie, Heil Hitler!“

Rosa und Anneliese versuchten alles, um Renate aufzumuntern und von ihrem Verlust abzulenken. Eine Weile gelang es ihnen auch, aber dann hielt Renate plötzlich inne und brach erneut in Tränen aus. Bald trübte sich auch Annelieses ansonsten heitere Stimmung. Die regelmäßigen Feldpostbriefe ihres Vaters blieben plötzlich aus.

„Das kann alles bedeuten“, erklärte ihr Rosa, die öfter mit Opa Paul, der ja aktiv im Ersten Weltkrieg gekämpft und Erfahrung in solchen Dingen hatte, über derartige Probleme sprach. „Er kann verwundet sein und wird nun in einem Lazarett gesund gepflegt. Oder seine Post ist verloren gegangen …“

„Aber die Ungewissheit …, diese entsetzliche Ungewissheit“, seufzte das Mädchen.

„Anneliese, ich weiß. Wir haben seit über zwei Jahren nichts mehr von meinem Papa gehört.“

Die Schicksale der drei Mädchen, Renates Vater gefallen, die Ungewissheit über die Lage der Väter von Anneliese und Rosa, wobei man das Schlimmste befürchten musste, schweißte die Freundinnen zusammen, als seien sie Schwestern. Im November 1945, der Krieg war seit einem halben Jahr aus, steckte eines Tages in Lindes Briefkasten eine Kriegsgefangenen-Postkarte aus der Sowjetunion. Vater Hermann schrieb nur wenige Worte: „Meine Lieben daheim, bin in sowjetischer Gefangenschaft, gesund und munter, und sehe noch genauso aus, wie ihr mich zuletzt gesehen habt, Euer Hermann". Egal was er geschrieben hätte, einzig das Lebenszeichen, das er damit gesandt hatte, stimmte Familie Linde überglücklich. Ihr Vater lebt, ihm geht es gut. Dann wird er sicher auch bald wieder nach Hause kommen, keimte Hoffnung auf.

Anneliese und ihre Geschwister sowie ihre Mutter mussten weiter warten, Monat um Monat und Jahr um Jahr, das Schicksal ihres Vaters blieb im Dunklen, er galt inzwischen als vermisst. Und er sollte auch nie gefunden, geschweige denn lebend gefunden werden. Rosas Freundin Anneliese erfuhr nie, bis sie eine alte gramgebeugte Frau war, etwas über das Schicksal ihres Vaters, ob er im Krieg gefallen oder in Gefangenschaft ums Leben gekommen war. Und diese zermürbende Ungewissheit glich einer nicht heilen wollenden Wunde, die bei jeder Erinnerung erneut zu bluten begann.

Rosa musste wie ihre Freundinnen und viele andere Mädchen ihres Alters die Familie unterstützen und im Haushalt mithelfen. Für die Pflege der Kleintiere war sie ganz allein verantwortlich und somit oblag ihr das Füttern der Kaninchen und Hühner. Auch die Ställe hatte sie sauber zu halten. Und sie ging ihrer Mutter fleißig in der Küche zur Hand. Rosa beherrschte mit ihren zwölf Jahren alles. Sie konnte Wäsche waschen, wusste wie man bügelt, sie konnte kochen, Brot und Kuchen backen und wusste wie man sauber macht. Eine richtige kleine Hausfrau war aus ihr geworden. Geduldig ertrug sie ihr Schicksal, beschwerte sich kein einziges Mal, denn ihr war bewusst, der Vater hatte es schwerer, viel, viel schwerer. Dabei ging es ihr und der ganzen Familie Linde noch gut. In den Kriegsjahren und während der anschließenden Hungerjahre mussten sie keine Not leiden, denn sie waren in der glücklichen Lage, sich selbst versorgen zu können.

Als die Ernte auf dem Feld anstand, wurde Rosas Arbeitskraft auch dort benötigt. Das Mädchen hatte Sommerferien und half ihrer Mutter und Opa Paul bei der Getreideernte. In diesem Jahr hatten sie Gerste angebaut, die der Opa mit der Sense niedermähte. Dann wurden die Getreidehalme von ihr und der Mutter aufgelesen und zu Garben gebunden, die anschließend zum Trocknen aneinander gelehnt aufgestellt werden mussten.

Dieser 8. Juli 1947 war ein wunderschöner Erntetag, denn mit dreiundzwanzig Grad war es nicht zu warm, die Sonne wurde nur hin und wieder von vorbeiziehenden Wolken verdeckt, ohne dass Regenschauer gestört hätten, und die Arbeit ging ihnen flott von der Hand. Während Opa Paul die Sense schwang, banden und schichteten die Schwiegertochter und Rosa die Garben. Es war eine monotone und schweißtreibende Arbeit, die sie in stoischer Gelassenheit ausführten, ohne auf das zu achten, was um sie herum passierte.

Gerade war wieder ein Personenzug an ihnen vorbeigerattert, dem sie aber keinerlei Bedeutung beimaßen. Ihr Feld reichte bis an den Bahndamm heran und von daher waren sie die schniefenden Dampfloks und die vorbeifahrenden Züge gewohnt. Rosa war tief in Gedanken versunken, als sie gerade eine fertig gebundene Garbe aufstellte. Auch die Mutter arbeitete emsig, um die abgemähten Halme weiter zu verarbeiten. Plötzlich hörten sie jemanden rufen, konnten aber die Worte nicht deutlich genug verstehen. Sie scherten sich nicht darum, sie hatten zu tun, mussten zusehen, dass sie das Feld abgeerntet bekamen. Doch die Stimme des Rufers wurde lauter, kam immer näher. Und dann glaubte Rosa, ihren Namen zu hören und die Stimme ihres Vaters zu erkennen, auch wenn diese irgendwie tiefer klang. Abrupt hielt sie inne und schaute zum Feldweg vor. Ein Mann mit einer merkwürdigen Tasche um den Hals näherte sich mit schnellen Schritten. Allein am Gang erkannte Rosa in dem befremdlich anmutenden Mann ihren Vater.

Die eben gebundene Garbe glitt ihr aus den Händen und fiel auf die trockene Erde. Jetzt konnte sie nichts mehr halten. Das Mädchen rannte über die Stoppeln des abgemähten Feldes und eilte ihm entgegen. Als Rosa ihren Vater erreicht hatte, warf sie sich an seinen Hals und spürte die kratzenden Bartstoppeln, die sie wie eine lange vermisste Zärtlichkeit empfand. Später, in ihren Erinnerungen, meinte sie, das wäre einer der glücklichsten Momente in ihrem Leben gewesen.

„Mädchen, du erdrückst mich ja", stöhnte Heimkehrer Hermann Linde leise und schob Rosa behutsam von sich, als wären ihm die Liebkosungen seiner Tochter peinlich.

„Papa, ich bin so froh, so glücklich", zeigte sich Rosa unbeeindruckt und schmiegte sich von Neuem an den Vater. Sie fühlte eine tiefe Erleichterung. Alle bösen Befürchtungen, die sich trotz ihres ungebrochenen Optimismus immer wieder Bahn gebrochen hatten, fielen wie eine zentnerschwere Last von ihrer zarten Seele. Jetzt würde sie abends sorglos und zufrieden einschlafen können, ohne um das ungewisse Schicksal des Vaters bangen zu müssen. Ihre Gefühle schlugen förmlich Purzelbäume. Sie dachte an Renate und Anneliese, die sie nach dem Einbringen der Ernte wiedersehen würde. Was werden die für Augen machen, wenn sie ihnen erzählt, dass ihr Vater wohlbehalten zurück sei aus dem Krieg, aus der Gefangenschaft. Oder sollte sie das lieber unterlassen, um bei den Freundinnen keine alten Wunden aufzureißen? Sie würden es ja ohnehin erfahren, irgendwie. Die Jahnstadt war eine kleine Stadt und Kriegsrückkehrer, zumal wenn es sich wie bei Schreinermeister Hermann Linde um eine stadtbekannte Persönlichkeit handelte, wären automatisch Stadtgespräch.

Inzwischen stand Mutter Klara bei ihnen. Sie gab Hermann zögerlich die Hand. Sie waren sich nach so vielen Jahren der Trennung fremd geworden, mussten sich erst wieder vorsichtig aneinander gewöhnen, und dann sagte sie leise: „Schön, dass du zurück bist."

Hermann lächelte schwach, ehe er Klara umarmte und fest an sich drückte – aber nur für einen kurzen Moment, um sich gleich wieder von ihr zu lösen. Zärtlichkeiten wurden nicht öffentlich und vor den Kindern schon gar nicht gezeigt. Da herrschte eiserne Disziplin. Auch Klara war zu mehr nicht in der Lage, denn durch sein Telegramm war seine angekündigte Wiederkehr keine Überraschung.

„Mein Klärchen", flüsterte Hermann mit tränenerstickter Stimme und streichelte die Hände seiner geliebten Frau. „Mein Klärchen, ich habe dich so vermisst in all den Jahren."

„Ich dich auch."

„Wie habe ich mir diesen Tag herbeigesehnt, und nun … nun ist er endlich … endlich da", stotterte der Rückkehrer.

„Aber Hermann", rief Klara erschrocken, „wo hast du denn deinen Ehering gelassen?"

„Die Russen …, diese verdammten Russen …", schluchzte Hermann bei der Erinnerung an seine Festnahme und die erfolgte Ausplünderung durch die Rotarmisten. „Lass uns nicht davon sprechen! Ich will diesen ganzen verfluchten Mist vergessen."

Opa Paul, der sich wunderte, warum die beiden die Arbeit unterbrochen hatten und vom Feld gestürzt waren, sah trotz seiner Kurzsichtigkeit, dass da vorn auf dem Feldweg etwas Ungewöhnliches vor sich gehen musste. Wütend über diese dreiste Störung schmiss er seine Sense auf die Erde und marschierte los, um nach dem Rechten zu sehen. „He, Hermann", schimpfte er, als er seinen Sohn erkannte, ohne ihn zu begrüßen, „was soll das? Wir sind mitten in der Ernte!"

„Vater, tut mir leid! Ich wollte euch nicht aufhalten."

„Dann pack mit an! Die Arbeit erledigt sich nicht von allein!"

Hermann schnappte sich die zweite Sense, mit der von Zeit zu Zeit seine Klara beim Mähen half, und legte los, dass die Getreidehalme nur so durch die Luft wirbelten.

Nach zwei Stunden rief Paul: „Zeit zum Abendbrot!"

Hermann setzte sich am Feldrain neben seinen Vater, der plötzlich zu ihm sagte: „Jetzt haben wir Zeit zum Reden! Du weißt doch, erst die Arbeit, dann das Vergnügen!"

„Ach, Vater …"

„Lass gut sein, Junge! Bin ja froh, dass du gesund und munter zurück bist."

Während Klara im Gras ein rotkariertes Tuch ausbreitete, befand sich Rosa bereits auf dem Heimweg, um den jüngeren Geschwistern das Abendbrot zu bereiten und anschließend die Kaninchen und Hühner zu füttern. So heiter und ausgelassen war sie schon lange nicht mehr nach Hause geschlendert. Wie ein kleines, unbekümmertes Kind hüpfte sie übers Kopfsteinpflaster der engen Gassen und Straßen, während ihre Eltern und Opa Paul auf dem Feld blieben.

Klara legte einen halben Laib selbstgebackenes Brot auf ein Holzbrettchen und säbelte dicke Scheiben ab. Gierig griffen die Männer zu und bissen in die weiche, lockere Krume. Hermann genoss die würzige Kruste und sagte: „Wie habe ich unser Brot vermisst!"

Auf einem zweiten Brettchen servierte Klara mundgerechte Käsestückchen, gewürfelten Schinken und Knackwurstscheiben. Und dann reichte sie jedem eine Flasche Bier.

„Mein erstes Bier", strahlte Hermann und öffnete die Bügelflasche mit einem lauten Flop, „mein erstes Bier nach sechs Jahren."

„Dann lass es dir schmecken, mein Junge!"

„Danke, Vater! Danke auch, dass du dich um die Kinder und um Klara gekümmert hast."

„Hör auf, so einen Unfug zu reden!"

„Und danke auch dafür, dass du an mich geglaubt hast."

„Hermann", erwiderte Paul mit gerunzelter Stirn, „du wirst gebraucht, hier bei deiner Familie. Ich habe das damals nicht nur so dahingesagt, dass du zurückkommen wirst. Ich war fest davon überzeugt. Was anderes wäre für mich gar nicht in Frage gekommen."

„Ich musste während dieser Zeit oft an deine Worte denken. An sie habe ich mich geklammert in all den Jahren."

„Das war auch der Grund, warum ich sie ausgesprochen habe."

„Vater, du kannst dir nicht vorstellen, was ich alles Furchtbares …", begann Hermann zögerlich. Er hatte das tiefe Bedürfnis, sich ihm gegenüber mitzuteilen. Paul war Kriegsveteran des Ersten Weltkrieges. Er würde ihn verstehen. Doch seine Reaktion fiel ernüchternd aus.

„Hör auf Junge! Vergiss diese schlimme Zeit! Sie liegt hinter dir. Du musst nach vorn gucken, dort spielt das Leben. Die Vergangenheit kann man nicht mehr ändern."

„Ich wollte doch nur …"

„Wozu? Glaubst du, ich habe jemals mit jemandem über meine Kriegserlebnisse gesprochen? Gerade über diese verlustreichen Gefechte an der Somme. Mein Gott, das ist jetzt einunddreißig Jahre her. Kann mich noch genau an diesen 1. Juli 1916 erinnern, als die

Briten und die Franzosen unsere Stellungen angegriffen haben. Bis November lagen wir unter Dauerbeschuss. Was meinst du, wie viele Kameraden links und rechts neben mir gestorben sind? Und ich – nicht die kleinste Schramme. Manchmal habe ich mich geschämt für dieses Glück, fand es ungerecht. Aber im Kopf, da bleibt was zurück. Hermann, ich versteh dich. Aber Reden bringt das nicht aus der Welt. Also, denk nicht mehr dran und schweig! Und nun kommt, wir haben noch ein Stück Arbeit vor uns!"

Als es für die Feldarbeit zu dunkel wurde, sagte Paul: „Schluss für heute! Wir machen morgen weiter."

Sie packten ihre Sachen zusammen und trotteten heimwärts. Hermann genoss diesen abendlichen Spaziergang. Sie kamen am Bahnhof vorbei, liefen über die Unstrutbrücke und bogen links in die Wasserstraße ab. Die Jahnstadt schien unverändert, als wäre in all den Jahren die Zeit stehen geblieben. Es gab kaum Kriegsschäden. Die amerikanischen Luftangriffe vom April 1945 galten dem Heereszeugamt und dem Heeresverpflegungsamt in der nahe gelegenen Stadt Naumburg. Die Jahnstadt war mit einem blauen Auge davongekommen. Hermanns Familie war nie in ernsthafter Gefahr, aber das konnte er fern der Heimat nicht wissen, sich nur wünschen – und das hatte er getan, jeden verdammten Tag.

Vater hat vollkommen recht, überlegte Hermann, während sie stumm nebeneinanderher liefen. Ich muss diese ganze furchtbare Scheiße vergessen, die schmerzenden Erinnerungen auslöschen, wie der Feuerwehrmann ein Feuer löscht, bis die letzte lodernde Flamme erstickt ist. Dieser Ballast erdrückt mich sonst, also muss ich ihn von Bord werfen. Hermann fasste an diesem 8. Juli 1947 den festen Entschluss, nie wieder über diese Jahre zu sprechen – zu niemandem, nicht zu Klara und auch nicht zu den Kindern. An Enkel dachte er zu diesem Zeitpunkt noch nicht.

40

Das Jahr 1948 brachte der dreizehnjährigen Rosa Linde ein wichtiges Ereignis und ein einschneidendes Erlebnis. Opa Paul, den sie liebte und vergötterte, wurde sechzig Jahre alt. In all den Jahren, in denen ihr Vater Hermann fern von zu Hause im Krieg und in Gefangenschaft zubringen musste, hatte er sich rührend um die Familie gekümmert, sodass es keinen einzigen Tag gab, an dem sie hätten Not leiden müssen.

Großvater Paul erblickte das Licht der Welt im Jahr 1888, in jenem Jahr, in dem der deutsche Kaiser Friedrich III. starb und in dem ein neues Reichsgesetz erlassen wurde, dass künftig an Volksschulen im Deutschen Reich kein Schulgeld mehr erhoben werden darf. Diesem Gesetz verdankte Paul, dass er zur Schule gehen und später eine Lehre zum Steinmetz machen konnte. Er hatte seiner Enkelin Rosa, als sie gerade eingeschult wurde, erzählt, dass die Schulzeit die schönste Zeit in seinem Leben gewesen wäre, trotz der strengen, preußischen Lehrmethoden mit der berüchtigten Prügelstrafe. „Wer seinen Lehrern gehorcht und stets fleißig lernt, braucht Strafe nicht zu fürchten", hatte er ihr erklärt.

Rosa ging gern zur Schule, auch weil sie mit Renate und Anneliese zwei richtig gute Freundinnen hatte. Und sie schmiedete ebenfalls große Pläne, wollte einen Beruf erlernen, wie Opa Paul, der Steinmetz oder Vater Hermann, der Schreiner geworden war. Rosa schwebte ein handwerklicher Beruf vor, aber viel kam da für sie als Mädchen nicht in Frage.

Doch zunächst stand Opas runder Geburtstag an, von dem er aber selbst nichts wissen wollte. „Es gibt nur zwei wichtige Tage im Leben eines Menschen", rieb er seiner Schwiegertochter Klara, die einen Kuchen für ihn gebacken hatte, mürrisch unter die Nase, „den

Tag, an dem er geboren wurde und den Todestag. Alles, was dazwischen liegt ist Kokolores."

Die männlichen Vertreter der Familie Linde taten sich von jeher schwer, ihre persönlichen Festtage als solche anzuerkennen. Sohn Hermann war später nicht viel besser. Aber wenn er schon nicht mit einem Glas Wein anstoßen will, eine Tasse Malzkaffee und ein Stück Pflaumenkuchen könne er wohl kaum abschlagen. Immerhin war Sonntag und da gab es ohnehin Kuchen, egal ob mit oder ohne Geburtstag.

„Opa", protestierte Enkelin Rosa, „es ist unhöflich, wenn du Mutters Kuchen ablehnst. Dann iss wenigstens mir zuliebe ein Stück!"

„Na gut, meine Kleine, hast ja recht", zeigte er sich versöhnlich.

Wochen später, Rosa war seit einigen Monaten dreizehn Jahre alt, passierte etwas, das ihr einen mächtigen Schreck einjagte. Sie bekam ihre erste Regel.

„Rosa, das ist nicht schlimm", versuchte sie ihre Mutter zu beruhigen. „Jetzt bist du eine kleine Dame. Das da gehört dazu." Und dann schob sie sich einen Stuhl heran und erklärte Rosa, ohne sie näher aufzuklären, welcher Grund dahintersteckt.

41

Eine neue, eine höchst dramatische, eine für ganz Europa lebensbedrohliche Situation ist bei dem Ukrainekonflikt eingetreten: Saporischschja, das größte Atomkraftwerk auf dem Kontinent, wird von der russischen Armee als Schutzschild und Abschussrampe missbraucht, weil sie sich hier vor Feindbeschuss sicher wähnen. Die Ukrainer werden sich hüten, einen Supergau zu riskieren. Trotzdem meldet die russische Propaganda permanente Granateinschläge, für die nur die ukrainische Armee verantwortlich sein kann. Die Beschuldigten behaupten das Gegenteil. Kein Unbeteiligter weiß, was wirklich dort geschieht. Aber kann man einer vom Staat zensierten Berichterstattung trauen, die einen aggressiven Angriffskrieg als militärische Spezialoperation verharmlost?

„Diese russische Verlogenheit stinkt zum Himmel", schimpft Ulf angewidert.

Und Karin meint: „Mir machen diese Meldungen langsam Angst."

Eines Morgens spürt Ulf, dass ihm etwas fehlt, etwas Wichtiges, sehr Wichtiges sogar: Die Kriegserlebnisse seines Vaters Hartmut. Diese könnten für sein Projekt sehr nützlich sein. Er weiß, dass er in den letzten Kriegstagen Soldat und anschließend in englische Gefangenschaft geraten war. Von Hartmuts Fluchtgeschichte hat er keinen blassen Schimmer, auch vom Leben auf dem holsteinischen Bauernhof Petersen weiß er nichts, da sein Vater nie darüber gesprochen hat. Und seine Internetrecherchen zur englischen Gefangenschaft bleiben nahezu ergebnislos, da ist kaum etwas zu finden, vor allem nichts Brauchbares.

„Sprich mit deinem Vater! Versuche es wenigstens!"

„Das fällt mir so verdammt schwer."

„Du musst über deinen Schatten springen! Dein Vater ist vierundneunzig. Vielleicht hat ihn das Alter milde gestimmt."

„Oder noch starrköpfiger. Karin, wie soll das gehen? Wir haben seit fast dreißig Jahren keinerlei Kontakt."

„Ich weiß, seit der Beerdigung von Opa Hermann."

„Da ist einfach zu viel schiefgelaufen in meiner Kindheit."

„Es war für viele Kinder unserer Generation nicht einfach. Unsere Eltern haben noch die Schrecken des Krieges erlebt und die entbehrungsreichen Nachkriegsjahre. Sie wollten bei ihren Kindern alles besser machen. Was sie taten, geschah doch nicht aus böser Absicht."

„Ich weiß. Sie haben uns nur ihre Vorstellung vom Leben aufgezwungen. Mein Vater hat mich kein einziges Mal gefragt, ob ich das, was er von mir verlangt, selber möchte. Ich hatte zu funktionieren, zu gehorchen, als wäre ich eine Kreatur ohne eigenen Willen. Weißt du, wie ich mich als Kind oft gefühlt habe? Als wäre ich eingesperrt."

„Eben", ermuntert ihn Karin. „Dann solltet ihr jetzt miteinander reden! Ein ruhiges, ein klärendes Gespräch, ohne gegenseitige Vorwürfe. Sprecht euch aus, versöhnt euch! Vielleicht wartet ja dein Vater nur darauf und er schämt sich, um selbst den ersten Schritt zu tun."

„Glaube ich nicht. Aber Karin, recht hast du. Ich werde es versuchen, schon um mir später nicht vorwerfen zu müssen, diese Chance vertan zu haben."

Am Sonntagvormittag backt Karin eine Heidelbeertorte, Hartmuts Lieblingskuchen, Ulf besorgt Sprühsahne. Ihren Besuch am Nachmittag kündigen sie nicht an, es soll eine Überraschung werden, und die wird es dann auch, für beide Seiten.

Geschäftiges Treiben herrscht in den Schrebergärten, als Ulf und Karin kurz nach vierzehn Uhr das Spartentor passieren und den breiten Hauptweg entlanglaufen. Ein Kleingärtner streicht seinen Zaun, ein anderer jätet gemeinsam mit seiner Frau Unkraut, wieder andere verschneiden wuchernde Sträucher oder lassen es sich in ihrer Hollywoodschaukel gutgehen. Und dann stehen sie vor dem Gartentor seiner Eltern. Weit und breit ist niemand zu sehen. Auf der halbhohen Veranda wurde bereits begonnen, den Tisch fürs

Kaffeetrinken einzudecken. Mutter Rosa wird, vermutet Ulf, in der Küche zu tun haben, sein Vater im hinteren Teil des Gartens.

Unentschlossen stehen sie vor dem schmiedeeisernen Tor, von dem allmählich die blaue Farbe abblättert.

„Gehen Sie ruhig rein!“, ruft der Nachbar. „Die Beckers sind da.“

Jetzt müssen sie das Tor öffnen, jetzt gibt es kein Zurück mehr. Karin schließt hinter ihnen die Gartenpforte, da er die Torte trägt. Sie sind mächtig aufgeregt, beide. Ulf spürt seinen Herzschlag. Mindestens zweihundert Puls. Er fühlt sich wie ein Dieb, der heimlich auf einem fremden Grundstück umherschleicht. Nein, nicht wie ein Dieb, wie ein reuiger Sünder, der zu Kreuze kriecht. Sie haben fast die wenigen Schritte bis zu den drei Stufen, die hoch zur Terrasse führen, geschafft, als Mutter Rosa aus dem Bungalow tritt. Erschrocken lässt sie die beiden Porzellantassen fallen und auf den harten Steinplatten zerspringen sie in tausend Stücke.

„Scherben bringen Glück“, ruft Rosa verlegen. „War ohnehin altes Geschirr. Kommt nur, ich bin gerade dabei, die Kaffeetafel einzudecken.“

Während sich Ulf und Karin zögerlich an den halb gedeckten Tisch setzen, verschwindet Rosa in der Küche, um weiteres Geschirr zu holen. Sie ist gerade fertig, als der Vater vor der Terrasse auftaucht und wie vom Donner gerührt stehen bleibt.

„Sieh mal, Hartmut, wir haben Besuch!“, lächelt Rosa, innerlich Böses ahnend. Zu gut kennt sie ihren Mann, mit dem sie seit über sechzig Jahren verheiratet ist. Sie ist an seine Wutausbrüche gewöhnt, wenn es nicht nach seinem Dickschädel geht. Aber ihr hat es nie viel ausgemacht, denn auch ihr Vater war nach seiner Rückkehr aus der russischen Gefangenschaft leicht reizbar und reagierte oft jähzornig. Plötzlich war Hermann, ihr Vater, verändert, ein völlig anderer Mensch. Aus dem zärtlichen, fürsorglichen Vater war ein aufbrausender, strenger Mann geworden, der Mühe hatte, seine Gefühle im Griff zu behalten. Nach ein paar Jahren legte sich das aber wieder und er wurde der alte, stille Grübler.

„Und was wollen die hier?", giftet Hartmut.

„Na, was wohl? Uns besuchen. Karin hat sogar Heidelbeertorte gebacken."

„Ich scheiße auf die Torte. Die sollen verschwinden, sofort!"

„Aber Hartmut …"

„Hab' ich mich nicht deutlich genug ausgedrückt?"

„Das kannst du doch …"

„Geht mir aus den Augen! Und lasst euch hier nie wieder blicken!"

42

Hartmut Becker schlenderte durch die Straßen des von alliierten Bomben weitestgehend verschont gebliebenen Leipziger Waldstraßenviertels. Vor einer Stunde war er mit dem Zug am Hauptbahnhof angekommen und hatte einige Leute nach der gesuchten Straße gefragt. Es war Hartmuts erste Reise in die ehemalige Reichsmessestadt. Alles war ihm fremd, auch die Menschen, die an ihm vorbeihasteten. Viele, die er fragte, schüttelten nur den Kopf und sahen zu, dass sie weiterkamen. Unwillkürlich wurde er an die Hotelsuche in Lübeck erinnert. Auch dort brauchten er und sein Freund Hans Glück einige Anläufe, ehe sie bereitwillig Auskunft erhielten. Endlich blieb ein älterer Herr mit grauem Filzhut stehen und gab ihm den entscheidenden Hinweis: „Kenne ich, liegt im Waldstraßenviertel. Hier immer diese Hauptstraße entlang. Am besten, du läufst bis zum Waldplatz und dort noch mal fragen!"

Hartmut bedankte sich und marschierte los. In den Händen hielt er den Zuweisungsschein für ein acht Quadratmeter großes oder besser gesagt kleines Zimmer, das für die nächsten Jahre sein neues Zuhause werden sollte.

Am Waldplatz hatte der Junge mehr Glück. Gleich die erste angesprochene Person, eine Frau um die vierzig mit einem etwa sechsjährigen Jungen an der Hand, nickte kurz, als sie den Straßennamen hörte, und erklärte: „Geh einfach diese Straße runter und dann ist es die zweite Querstraße."

„Haben Sie vielen Dank!", freute sich Hartmut und sah, wie ihm der Junge die Zunge rausstreckte.

„Keine Ursache, junger Mann", antwortete die Mutter und wunderte sich, als Hartmut erwiderte: „Hast aber 'ne süße Zunge."

„Unverschämtheit!", erboste sie sich und zog den Jungen mit sich fort.

Das Waldstraßenviertel war eine sehr vornehme Gegend. Bis zu Hitlers Machtergreifung wohnten hier viele jüdische Pelzhändler, die später enteignet, verjagt oder von den Nazis umgebracht wurden. Aber auch andere gut situierte Bürger wie Ärzte, Apotheker, Rechtsanwälte, Verwaltungsbeamte oder vermögende Fabrikanten residierten in ihren prunkvollen Häusern mit riesigen Stadtwohnungen. Durch Kriegsschäden war fast die Hälfte aller Wohnungen in Leipzig unbewohnbar geworden. Es herrschte akuter Wohnungsmangel und unzählige Umsiedler aus den verlorenen Ostgebieten waren zusätzlich in die Stadt geströmt. Die Stadtverwaltung kam nicht umhin, Zwangseinquartierungen vorzunehmen. Wie hätte es sein können, dass bei dieser Wohnungsnot eine alleinstehende Witwe wie Frau Pätzold, eine ältere, aber sehr eloquente Dame, die Frau eines äußerst scharfen Nazi-Richters, eine hundertfünfzig Quadratmeter große Wohnung nur für sich allein beanspruchte?

Endlich hatte Hartmut die Straße gefunden. Er schritt an den imposanten Gründerzeithäusern vorbei, die den Bombenangriffen vom Dezember 1943 unversehrt getrotzt hatten. Und dann stand er vor dem Haus mit der Nummer 47. Das ließ sich gut merken. Denn 1947 war er aus der Gefangenschaft heimgekehrt in sein geliebtes Thüringer Städtchen an der Schnauder. Damals hatte Hartmut den Entschluss gefasst, ein neues Leben zu beginnen.

Seine Maschinenfabrik war wieder produktionsfähig, sodass die Ausbildung der Lehrlinge weitergehen konnte. 1949 bestand Hartmut mit sehr guten Ergebnissen alle Prüfungen. Darauf war der ehrgeizige Junge stolz, er hatte etwas Großes erreicht, aus eigener Kraft. Aber Hartmut fühlte irgendwie, dass das noch nicht alles sein konnte. Durch die Lehre war in ihm die Lust auf mehr geweckt worden. Vielleicht eine Ausbildung zum Meister. Er wollte sich entwickeln, weiterkommen im Leben, einfach alle sich bietenden Möglichkeiten der neuen Zeit nutzen.

Motivierte Arbeiter, besonders wenn es sich um junge Menschen handelte, gerieten schnell ins Fadenkreuz der Partei. Auch Hartmut, der erfolgreiche Jungfacharbeiter. Er wurde vom neuen Parteisekretär der Maschinenfabrik in dessen Büro bestellt. Als er das Dienstzimmer betrat, saßen da schon am Konferenztisch sein Werkstatt-Meister, der Produktionsdirektor und ein Gewerkschaftsfunktionär. Erst jetzt erkannte er den Parteisekretär, der ihm kein Unbekannter war.

„Du“, rief der Eintretende überrascht, als er seinen Freund Hans Glück hinter dem alten Eichenholzschreibtisch thronen sah.

Die drei Männer am Beratungstisch staunten nicht schlecht und werteten Hartmuts Reaktion als gutes Omen, denn die Partei hatte, wie man unter vorgehaltener Hand tuschelte, Fangquoten erlassen. Es galt also, immer neue Kandidaten für die SED an die

Angel zu bekommen. Besonders junge Arbeiter wurden heiß umworben.

„Ja, ich", lachte Hans, erhob sich, ging um seinen Schreibtisch und schloss Hartmut in die Arme. „Wie du siehst, ich habe Karriere gemacht, habe meine Chance genutzt. Und wo hätte mich die Partei nicht am besten einsetzen können, wenn nicht hier, wo ich mich gut auskenne und wo ich von den Arbeitern akzeptiert werde?"

„Und was ist mit deiner Lehre, hast du die nicht abgeschlossen?"

„Doch. Anfangs habe ich sogar beim Wiederaufbau der Gießerei mitgeholfen. Wurde mir alles angerechnet. Da gab es auch ordentlich was zu tun, kann ich dir sagen. Da war Ärmelhochkrempeln angesagt. Na ja, und dann habe ich endlich meine Lehre beenden können. Mir fehlte ja nur ein Jahr. Aber in der Formerei sah ich keine Zukunft für mich. Das habe ich dir doch schon damals bei den Petersens gesagt. Landwirtschaft, ja das wäre eine interessante Option gewesen. Aber dann kam die Partei und brauchte mich gar nicht lange zu bitten. Ein halbes Jahr Parteischule in Gera und nun ist mein Platz hier an der Seite der emsig arbeitenden Kollegen."

„Und warum sind wir uns dann nicht schon früher begegnet?"

„Weil ich erst seit Montag zurück bin. Und als ich hörte, wie gut du deinen Facharbeiterabschluss hinbekommen hast, habe ich sofort gedacht: Ja, der Hartmut, das wäre der richtige Mann für unsere Sache, der würde einen echt guten Genossen abgeben. Was sagst du dazu?"

Anfangs plagten Hartmut Zweifel bei dem Gedanken, dieser SED beizutreten. Zu sehr erinnerte ihn dieses Ein-Parteien-System an die Nazizeit mit ihrer alleinherrschenden NSDAP, aber das sagte er natürlich nicht laut. Andererseits waren andere Zeiten angebrochen, die finsteren Jahre lagen hinter ihnen. Das konnte man doch nicht vergleichen. Es herrschte Aufbruchstimmung. Etwas Neues war am Entstehen. Die Ziele, die diese junge Partei propagierte, waren modern und fortschrittlich.

„Unsere Sache ist gut“, versuchte ihn Hans zu überzeugen, „und unsere Sache ist richtig.“

„Ja, schon“, druckste Hartmut herum.

„Dann sag mir bitte, was falsch ist am Aufbau eines sozialistischen Staates, in dem Arbeiter und Bauern studieren dürfen, in dem um den Frieden gerungen wird, in dem der Mensch und nicht das Kapital im Mittelpunkt steht!“

„Hartmut“, sprang nun sein Meister in die Bresche. „Du bist einer unserer besten Lehrlinge gewesen, bist Maschinenschlosser mit Leib und Seele … Oder, sehe ich das falsch?“

„Nein, das stimmt …“

„Siehst du. Außerdem bist du ein sehr kluger Kopf. Hier bei uns kannst du dich weiterentwickeln. Wir bieten dir eine echte Perspektive und haben Großes vor mit dir.“

„Hartmut“, drängte sich Hans Glück in die Diskussion, „mal eine ganz andere Frage: Hast du dein Tagebuch weitergeführt?“

Hartmut stutzte, antwortete aber: „Ja, habe ich, wenn auch nicht ganz regelmäßig.“

„Dann wirst du noch viel aufzuschreiben haben …“

„Wir möchten dich“, fuhr der Produktionsdirektor fort, „an die neu gegründete Arbeiter- und Bauernfakultät in Leipzig delegieren. Hartmut, in drei Jahren machst du Abitur. Stell dir mal vor! Du, ein Schüler aus der Volksschule, machst hier bei uns Abitur.“

„Und danach“, sagte Hans mit hochgezogenen Brauen, „schicken wir dich zum Maschinenbaustudium. Wir brauchen gute Ingenieure. Na, wie findest du das?“

„Nicht schlecht, würde ich sagen. Aber ohne Partei geht das nicht?“

„Doch, aber nur einen können wir delegieren. Und Franz Stöckler, der bereits Kandidat ist, würde dann den Vorrang bekommen."

„Aber der Genosse Stöckler, wir wollen ehrlich zueinander sein", betonte der Meister, „reicht bei Weitem nicht an deine Leistungen heran. Wir wollen dich! Hartmut, in dir steckt der bessere Ingenieur."

„Verstehe", überlegte Hartmut, denn die Vorstellung, sich bis zum Ingenieur entwickeln zu können, war ein Traum, den er sich zu träumen nie gewagt hätte. Und dann nickte er kurz und sagte: „In Ordnung, ich mache das, ich werde Kandidat."

„Eine kluge, eine wirklich sehr kluge Entscheidung." Alle lobten ihn erleichtert und gratulierten ihm. Als der Parteisekretär wieder allein in seinem Büro war, setzte er sich hochzufrieden an seinen prunkvollen Schreibtisch zurück und grinste in sich hinein, ehe er ein Häkchen hinter Hartmuts Namen machte.

Schon wenige Wochen später, Hartmut hatte sich noch gar nicht an den Gedanken gewöhnt, Abitur machen zu dürfen und Parteigenosse zu sein, stand er im Leipziger Waldstraßenviertel eine Weile zögerlich vor dem Haus Nummer 47, ehe er bei Frau Pätzold klingelte. Eine alte, hagere Frau mit grünem Kopftuch, unter dem die grauweißen Haare hervorquollen, öffnete die Haustür.

„Wir geben nichts", blaffte sie ihn an. „Außerdem ist hier Hausieren und Betteln verboten!"

„Gute Frau, ich bettle doch nicht. Ich komme …"

„Dann verschwinden Sie!"

„Ich komme wegen des Zimmers, das Sie vermieten", rief Hartmut und schwenkte den amtlichen Zuweisungsschein vor ihrer Nase.

„Ach, Sie sind das", sie schniefte, und Hartmut spürte mit Unbehagen ihre Enttäuschung. Aber wählerisch konnte er nicht sein. Er brauchte das Zimmer. Sicher hatte die Witwe einen älteren, gesetzteren, vielleicht auch akademisch gebildeten Herrn erwartet und nicht so einen jungen, dynamischen Schnösel, der, das war doch offensichtlich, nur Probleme ins Haus schleppen würde. Aber gegen die neuen Machthaber war sie machtlos und so sagte sie mit knirschender Stimme: „Dann kommen Sie mal, junger Mann!“

Wortlos trottete ihr Hartmut hinterher. Sie stiegen eine halbe Treppe ins Hochparterre und betraten die Wohnung mit einem langen, hinten doppelt abgewinkelten Flur. Neben der Witwe Pätzold, die zwei Zimmer bewohnte, lebte in der Fünf-Raum-Wohnung eine ausgebombte Familie mit zwei Kindern aus der Südvorstadt. Der Vater war Kriegsinvalide, der rechtsseitig ein Auge und einen Arm verloren hatte. Das kleinste Zimmer, am äußeren Ende der Wohnung gelegen, die ehemalige Kammer der Dienstmagd, sollte Hartmut gehören. Es war schlicht möbliert, mit einem kleinen Tisch, einem alten und wurmstichigen Kleiderschrank, zwei Stühlen, einem gusseisernen Kanonenofen und einem fürchterlich quietschenden Metallbett.

„Ich dulde hier in meiner Wohnung keine Frauenzimmer!“, herrschte ihn Frau Pätzold sofort an. „Haben Sie mich verstanden, junger Mann?“

„Sicher, aber Sie müssen sich keine Sorgen machen. Ich habe keine Freundin. Ich bin hier, um zu lernen, will mein Abitur machen und später studieren.“

Frau Pätzold nickte wohlwollend, meinte dennoch eine Spur herablassend: „Gut, dann werden wir uns ja einigermaßen verstehen.“

„Eine Frage hätte ich noch. Wissen Sie, ob es hier in der Nähe Möglichkeiten gibt, sich sportlich zu betätigen, besonders interessieren würde mich Leichtathletik?“

„Woher soll ich das wissen, junger Mann? Ich bin eine alte Frau. Aber der Herr Möhring aus den beiden vorderen Zimmern, der ist irgendwo Trainer. Fragen Sie den mal!“

Nach Hartmuts Rückkehr vom Bauernhof Petersen führte ihn eines seiner ersten Wege zur alten Boxhalle, die inzwischen als Notquartier für Umsiedler diente. Seinen Boxverein gab es nicht mehr. Er hatte sich, ohne aufgelöst worden zu sein, in Luft aufgelöst. Alle Trainer, Funktionäre und die Aktiven im wehrfähigen Alter waren entweder gefallen, vermisst, in der Gefangenschaft verstorben oder hatten sich in den Westen abgesetzt. Es war schlichtweg keiner mehr da. Erst jetzt erfuhr Hartmut, dass auch sein alter Trainer beim Volkssturm gefallen war. Als man nach einigen Wochen dessen pflegebedürftige Frau in ihrem Bett fand, war sie tot. Sie musste einen langsamen, qualvollen Tod gestorben sein.

Wenige Tage später, Hartmut radelte zufällig am Sportplatz vorbei, sah er eine Gruppe Mädchen und Jungen beim Leichtathletik-Training. Fasziniert hielt er an, lehnte sein Fahrrad an den Lattenzaun und beobachtete das interessante Treiben. Einer der beiden Trainer, der den Zaungast bemerkte, gab seinen Schützlingen eine kurze Anweisung und ging mit hastigen Schritten auf Hartmut zu.

„He, was machst du hier?“, giftete er ihn an.

„Entschuldigung“, stammelte Hartmut verlegen. „Ich bin zufällig vorbeigekommen. Mir gefällt, was Sie da machen.“

„Und da glotzt du dir hier die Augen aus, oder was?“

„Ich habe früher geboxt. Aber da läuft nichts mehr. Ich möchte mich gern wieder sportlich betätigen.“

„Gut, dann bringe leichte Sportsachen mit! Wir trainieren übermorgen wieder.“

Auf diese Weise kam Hartmut zur Leichtathletik. Er trainierte wie ein Besessener, glücklich, endlich wieder Sport treiben zu können. Seine Trainer merkten schnell, hier haben wir ein echtes Naturtalent. Durch das harte Krafttraining beim Boxen verfügte der Junge bereits über eine athletische Figur mit gut ausgebildeter Muskulatur. Außerdem hatte er während seiner Kriegsausbildung in Brassendorf, zusammen mit Hans Glück, auch eifrig Sport getrieben. Und dann die körperlich harte Arbeit auf dem Petersenhof. Dieser Vorteil leistete ihm nun nützliche Dienste. Hartmut wurde ein überragender Sprinter. Bei seinem ersten Wettkampf wurde er auf Anhieb Kreismeister. Keiner reichte an seine Zeiten heran. Auch Weitsprung wurde zu seiner Paradedisziplin, ebenso wie Hochsprung. Im Kugelstoßen und Speerwerfen glänzte er mit akzeptablen Weiten und belegte bei Wettkämpfen stets vordere Plätze. Hartmut erwies sich als gelehriger Schüler, der zur vollsten Zufriedenheit die technischen Anweisungen seiner Trainer umsetzte. Klar, dass er in Leipzig auf seinen Sport nicht verzichten wollte.

Als er eines Nachmittags von der Schule in sein neues Zuhause kam, traf er im Treppenhaus Herrn Möhring, der gerade die Wohnung verlassen wollte.

„Guten Tag, Herr Möhring!“

„Tag.“

„Darf ich Sie mal was fragen?“

„Was denn?“, knurrte der Angesprochene.

„Frau Pätzold war so freundlich und hat mir erzählt, dass Sie Trainer sind. Ich bin leidenschaftlicher Leichtathlet und suche hier in Leipzig eine Möglichkeit zum Trainieren.“

Herr Möhrings finstere Miene hellte sich auf und dann sagte er freundlich: „Klar, dann komm zu uns! BSG Fortschritt Nordwest.“

„Wann und wo?“

Herr Möhring nannte Hartmut die Trainingszeiten und erklärte ihm, welche Straßenbahnen bis zum Sportplatz fahren. Und dann wollte der einarmige und einäugige Trainer wissen, wie schnell Hartmut die hundert Meter liefe, was seine beste Weite beim Weitsprung wäre und wie hoch er springen könne.

Hartmut antwortete stockend, so als schäme er sich für seine Leistungen, die hier in der Großstadt sicher nur unterdurchschnittlich bewertet werden würden. Doch zu seiner Überraschung meinte Herr Möhring: „Nicht schlecht. Mein lieber Herr Gesangsverein."

„Ist das ein Ja?"

„Klar, mein Junge. Du wärst eine echte Bereicherung für uns."

43

Der Schulalltag während der ersten Wochen, eigentlich der ersten Monate an der Arbeiter- und Bauernfakultät, kurz ABF genannt, gestaltete sich schwierig. Hartmut war sich vorher völlig im Klaren darüber, dass es nicht leicht werden würde, aber so schwer, das hatte er dann doch nicht erwartet. Besonders die Fächer Chemie und Physik bereiteten ihm erhebliches Kopfzerbrechen. Sein dürftiges Wissen aus der Volksschule, was nun auch schon wieder über sechs Jahre zurücklag, zeigte ihm deutlich seine Grenzen auf. Hartmut war verzweifelt, denn aufgeben war für ihn keine Option, entsprach so gar nicht seinem Naturell, denn dafür war seine Motivation zu groß. Außerdem, wie würde er zu Hause in seiner Maschinenfabrik dastehen, wenn er mit einer Kapitulation zurückkehren würde? Er sah schon die hämisch grinsenden Kollegen tuscheln: „Ah, der Herr Genosse ist gescheitert!" Zu hoch waren die Erwartungen, die er an sich selbst hatte und die die anderen an ihn hatten.

Hartmut musste wieder einmal hart an sich arbeiten, sich zusammenreißen, sich durchbeißen, denn er hatte immens viel Schulstoff aufzuholen. Aber er nahm diese schier unlösbare Aufgabe an als das, was sie war, eine gewaltige Herausforderung, bei der er eigentlich nur gewinnen konnte. Bei den Sprachfächern Russisch und Englisch hatten alle Schüler annähernd die gleichen Voraussetzungen und die lagen quasi bei null. Während einige seiner Kommilitonen, besonders bei Russisch, mit großen Schwierigkeiten zu kämpfen hatten, fiel Hartmut der Sprachunterricht relativ leicht. Vokabeln pauken, daraus Sätze bilden in einigermaßen akzeptabler Grammatik erwies sich bei ihm als große Stärke. Russisch zu erlernen, sah er als dringende Notwendigkeit. Denn, das war seine parteipolitische Überzeugung, da die noch junge DDR fest an der Seite der Sowjetunion steht, die als großer Bruder und als Befreier von der Nazidiktatur verehrt wurde, müsse man doch deren Sprache beherrschen. Englisch fiel ihm zwar noch leichter, denn da kannte er schon einige Brocken aus seiner Zeit in der englischen Gefangenschaft. Aber Englisch mochte Hartmut nicht besonders, denn es war die Sprache des Klassenfeindes. Mittlerweile, während der sozialistische Arbeiter- und Bauernstaat aufgebaut wurde, tobte ein neuer Krieg – der Kalte Krieg. Und dem Klassenfeind müsse man die Stirn bieten, müsse stark sein, damit nicht wieder so ein Unglück passiert, wie es Hitlers Krieg über Europa gebracht hatte. Hartmut war, vielleicht auch eine Folge der regelmäßigen Parteiversammlungen und politischen Schulungen, dieser neuen Ideologie erlegen, ohne es selbst zu bemerken. Er glühte förmlich für diese neue Sache und seine anfängliche Skepsis, weil sie ihn zu sehr an das alte System erinnerte, in dem auch nur eine staatspolitisch vorgegebene Meinung akzeptiert wurde, hatte sich vollumfänglich verflüchtigt. Er glaubte an das, was er hörte, und an das, was er selbst von sich gab.

Hartmuts Schultag war lang, sehr lang sogar. Er stand jeden Morgen um sechs Uhr auf, nahm hastig sein Frühstück ein und schmierte sich die Schulbrote. Dabei brabbelte er abwechselnd russische und englische Vokabeln laut vor sich hin, für Dinge, die er gerade in der Hand hielt: Teller = Tarelka = Plate, Tasse = Chashka = Cup, Messer = Nozh = Knife, Löffel = Lozhka = Spoon, Brot = Khleb = Bread, Butter = Maslo = Butter, Marmelade = Varen'ye = Jam und so weiter. Auch auf dem Weg zur Straßenbahnhaltestelle murmelte er russische und englische Wörter. Wenn er am Nachmittag nach Hause kam, blieb ihm kaum Zeit für die Hausaufgaben, denn er musste auf den Sportplatz. Sein Training war ihm genauso heilig wie die Schule. Zurückstecken kam nicht in Frage. Wenn er erschöpft vom Sportplatz nach Hause kam, bereitete er sich sein Abendbrot und verschwand in seinem Zimmer, um weiter zu lernen. Erst gegen elf Uhr, oft wurde es sogar noch später und er konnte die mitternächtlichen Glockenschläge der nahen Evangelisch-Reformierten Kirche hören, knipste er völlig übermüdet seine Nachttischlampe aus und sank in einen tiefen, schweren Schlaf.

Während sich das Erlernen der beiden Sprachen als reine Fleißaufgabe erwies, plagten ihn Probleme in den naturwissenschaftlichen Fächern. Oft verstand er Zusammenhänge nicht, weil ihm einiges an Grundwissen fehlte. Hartmut scheute sich jedoch nicht, den entsprechenden Fachdozenten daraufhin anzusprechen, um sich den einen oder anderen unverstandenen Stoff erklären zu lassen. Da sich andere Schüler mit ähnlichen Schwierigkeiten herumschlugen und um das Bildungsziel Abitur nicht zu gefährden, wurden nach Schulschluss Konsultationen angeboten, um gezielt gegen Wissenslücken vorzugehen. Die Teilnahme war freiwillig und Hartmut nutzte sehr oft diese Förderstunden. Man kann nicht zu viel, war sein Credo, sondern nur zu wenig wissen. Hartmut hielt es mit den Worten des englischen Philosophen Francis Bacon, der schon vor über vierhundert Jahren den heute geflügelten Satz prägte: „Wissen ist Macht!"

Sein ungebrochener Fleiß zahlte sich aus, seine Noten verbesserten sich stetig. Hartmut befand sich auf einem guten Weg. Es dauerte ungefähr ein halbes Jahr, bis er einen Wissensstand erreicht hatte, auf den er fortan aufbauen konnte. Neuer Stoff erlernte sich jetzt leichter und die anfängliche Lernqual wandelte sich in eine reine Lernfreude. Hartmut blickte optimistisch in die Zukunft, denn er wusste, er befand sich auf dem richtigen Weg.

Auch im Sport, der in dieser schweren Zeit willkommene Ablenkung und Ausgleich bot, kam er gut voran, steigerte kontinuierlich seine Leistungen beim Laufen, Springen und in den Wurfdisziplinen. Bereits bei seiner ersten Bezirksmeisterschaft holte er mehrere Titel und qualifizierte sich damit für die Landesmeisterschaften.

Inzwischen interessierte sich sein Mitbewohner Herr Möhring für ihn. Hartmut erfuhr von dessen erfolgreicher, aber auch tragischer Vergangenheit. Herr Möhring zählte zu den besten Deutschen Leichtathleten im Dritten Reich, errang einige Deutsche Meistertitel und war Teilnehmer an den Olympischen Spielen 1936 in Berlin. Dennoch bewahrten ihn seine sportlichen Erfolge nicht vor einem Kriegseinsatz. Nach seiner aktiven Laufbahn wollte er gern als Trainer im Nachwuchsbereich arbeiten. Er wollte sein Wissen und seine Erfahrung an junge, strebsame Sportler weitergeben. Daraus wurde leider nichts, er musste in Hitlers Krieg ziehen und dort zog er den Kürzeren. Granatsplitter verletzten seinen rechten Arm so schwer, dass der Verwundete, um nicht zu verbluten, nur noch durch eine Amputation zu retten war. Zu allem Unglück hatte ihm auch noch ein kleinerer Splitter das rechte Auge zerstört.

Nach dem Krieg, als der Sportbetrieb langsam wieder in die Gänge kam, hatte Herr Möhring bei der BSG Fortschritt Nordwest eine neue Aufgabe gefunden und betreute Mädchen und Jungen.

Als Hartmut zum Training kam, ließ er ihn nicht mehr aus den Augen, beäugte ihn mit wachsendem Interesse. Besonders sein Trainingsfleiß beeindruckte ihn und kurz darauf sprach er ihn an: „Sag mal, willst du im Sport noch mehr erreichen?“

„Klar, ich will mich nicht nur verbessern, sondern, wenn möglich, stets der Beste sein.“

„Hartmut, das ist genau die richtige Einstellung“, lobte ihn Herr Möhring und berichtete von seiner sportlichen Vergangenheit, die viele Höhepunkte hatte, bis ihn dieser Scheißkrieg fraß und später als Krüppel wieder ausspuckte. Und dann fragte er ihn geradewegs: „Wärst du einverstanden, wenn ich dich unter meine Fittiche nehme?“

Hartmut war überrascht. „Aber Sie trainieren doch bereits die Kinder.“

„Wer sagt denn, dass ich das aufgeben will? Wir trainieren danach. Und so bleibt dir am Nachmittag mehr Zeit für die Schule.“

Witwe Pätzold begegnete Hartmut auch noch Wochen nach seinem Einzug mit einer kühlen und offenen Feindseligkeit. Sie hatte immer etwas zu mäkeln und wetterte bei geringsten Anlässen. Die alte Dame, die seinerzeit in den besten und höchsten Kreisen verkehrte, was lange der Vergangenheit angehörte, fand es ungehörig, dass man ihr einen dreckigen Arbeiter in die Wohnung gesetzt hatte wie eine widerliche Laus in den teuren Pelz. Obwohl ihr Hartmut kaum nennenswerte Gründe lieferte, mit ihm unzufrieden zu sein, schimpfte und fluchte sie sofort, wenn sie ihn sah.

Einmal wurde zufällig Herr Möhring Zeuge ihrer verbalen Entgleisung und besänftigte die alte Dame mit den Worten: „Aber Frau Pätzold, Sie tun dem Jungen Unrecht!“

„Dann schauen Sie sich doch mal in der Küche um! Dieser

Mensch hat doch keine Manieren, hat sich heute Morgen Brotscheiben abgeschnitten und die Krümel liegen lassen.“

„Entschuldigung, Frau Pätzold, ich war verdammt in Eile, meine Straßenbahn, ich wäre sonst zu spät zum Unterricht gekommen.“

„Und sein schmutziges Geschirr hat er auch nicht abgespült.“

„Sicher nicht schön, Frau Pätzold, aber noch lange kein Grund, sich derart aufzuregen.“

„Ja, ja“, knurrte die Witwe, „Sie haben gut reden mit Ihrem einen Arm!“ Und dann schlug sie wütend ihre Zimmertür hinter sich zu.

„Hartmut, du darfst ihr nicht böse sein! Sie hat einiges an Schicksalsschlägen hinnehmen müssen in ihrem Leben. Ihre beiden Töchter und die Enkelkinder sind bei den Bombenangriffen auf Leipzig umgekommen. Ihr einziger Sohn und ihre beiden Schwiegersöhne sind gefallen und ihr Mann, ein hoher Richter, der sogar Todesurteile verhängt haben soll, der wurde von den Russen verschleppt. Sie hat Jahre nichts gehört von ihm. Und dann kam die Nachricht, ihr Mann wäre an einem Herzinfarkt gestorben.“

„Ich bin ihr nicht böse.“

„Weißt du aber, was das Schlimmste ist für Frau Pätzold? Ihr Mann wurde irgendwo in Russland verscharrt. Sie hat kein Grab, an das sie gehen könnte, um dort in Ruhe zu trauern.“

Aus diesem Blickwinkel hatte Hartmut das Schicksal der Witwe noch gar nicht betrachtet. Und in Gedanken sagte er sich, es gibt wohl keine Familie, die nicht unter diesem schrecklichen Krieg gelitten hätte. Mit ihrem Mann hatte er allerdings kein Mitleid: In ihm sah er mehr den Täter als das Opfer!

„Wir haben alle unser Päckchen zu tragen“, seufzte Hartmut pathetisch und dachte, gerade deshalb müssen wir jetzt alle Kraft und Energie aufwenden, damit so etwas nie wieder passiert – nie wieder!

Einmal mehr war sich Hartmut seiner Sache sicher und fühlte sich auf dem richtigen Weg.

„Du sagst es", antwortete Herr Möhring. „Na, dann bis später, Hartmut. Wir sehen uns heute Abend beim Training?"

„Aber sicher doch. Machen Sie erst mal Ihren Kindern ordentlich Beine!"

„Worauf du dich verlassen kannst."

Wenige Tage später kam Hartmut mit seiner alten Ledertasche die Straße angeschlendert, als er schon von Weitem sah, dass vor dem Haus Nummer 47 Witwe Pätzold mit zwei Männern heftig in Streit geraten war. Die beiden Arbeiter vom Kohlenhandel, hatten die Briketts der Witwe einfach draußen auf dem Fußweg abgekippt.

„Nein", kreischte die alte Dame wütend, „das war so nicht ausgemacht. Ich habe extra meine Kohlenlieferung bis in den Keller bestellt."

„Gute Frau, kann ja sein. Aber wir haben heute noch über dreißig Kunden zu beliefern. Uns fehlen die Leute."

„Das interessiert mich nicht die Bohne!"

„Uns aber schon", entgegnete der Fahrer, der eine alte Schiebermütze über dem von Kohlenstaub verschmutzen Gesicht trug. „Haben Sie denn niemanden, der Ihnen die Kohlen reintragen kann?"

„Nein, habe ich nicht. Oder soll das etwa mein einarmiger Untermieter erledigen?"

„Frau Pätzold", rief Hartmut freudig, als er das hörte, „ich kann das doch für Sie machen."

„Sie?", stutze die Witwe überrascht.

„Aber klar doch."

„Sehen Sie, gute Frau, da wäre ja das Problem schon gelöst", der andere lachte. Eilig bestiegen sie ihren Pritschenwagen und machten, dass sie wegkamen, ehe es sich die unbequeme Kundin anders überlegen konnte.

Witwe Pätzold blieb gar keine Wahl, als Hartmuts Hilfe anzunehmen. Und zähneknirschend grollte Sie: „Dann kommen Sie mal mit, junger Mann! Ich zeige Ihnen, wohin die Kohlen gehören."

Gemeinsam stiegen sie in den muffigen Keller hinunter, gingen einen langen dusteren Gang entlang, dessen Fußboden aus hochkant verlegten Ziegelsteinen bestand. An der letzten Tür blieb die Witwe stehen, entfernte das Vorhängeschloss und betrat den Kohlenkeller, in dem nur noch ein kleines Häufchen Briketts in einer Ecke übrig geblieben war.

„Sie müssen das Fenster dort oben öffnen und die Kohlenrutsche durchschieben! Dann können Sie von außen die Briketts reinschieben."

„Gern, Frau Pätzold. Ich freue mich, Ihnen mal behilflich sein zu können."

„Freuen Sie sich nicht zu früh!" Sie schüttelte heftig ihren Kopf. „Das sind fünfzig Zentner. Erledigen Sie erst mal die Arbeit, und dann sprechen wir uns wieder."

Witwe Pätzold gab Hartmut zwei Eimer, mit denen er die Briketts vom Fußweg holen und gut und gerne dreißig Meter bis zur aus dem Kellerfenster ragenden Rutsche tragen musste. Hartmut betrachtete diese harte Arbeit nicht als das, was sie war. Für ihn war es lediglich ein zusätzliches Krafttraining. Allerdings würde Herr Möhring, sein Trainer, heute vergeblich auf dem Sportplatz auf seinen Schützling warten müssen.

Drei Stunden später war von dem riesigen Kohlenberg nur noch ein kleiner Rest übrig geblieben, als Herr Möhring mit enttäuschter Miene nach Hause kam. Sein grimmiges Gesicht hellte sich plötzlich auf. „Ach, deshalb bist du nicht gekommen. Und ich dachte schon, du würdest schwänzen."

„Herr Möhring, schätzen Sie mich so miserabel ein?"

„Nein, mein Junge, natürlich nicht. Aber ich wusste ja nicht."

„Die haben die Briketts einfach hier draußen abgeladen, obwohl Frau Pätzold Anlieferung bis in den Keller bestellt hat."

„Ja, ja, kenne ich. Jedes Jahr dasselbe. Und hast du das alles allein geschafft?"

„Herr Möhring", lachte Hartmut, „sehen Sie hier noch jemanden?"

„Ach, Hartmut, bist'n Prachtkerl."

„Danke!"

Als Hartmut endlich fertig war, zog er die Rutsche ins Innere des Kohlenkellers und musste, um das Fenster zu schließen, auf den Kohleberg klettern. Erschöpft, aber erleichtert, dafür umso verdreckter betrat er die Wohnung, als Witwe Pätzold bereits angerannt kam und ihn stoppte.

„Sind Sie schon fertig, Herr Becker?"

Hartmut stutzte. Zum ersten Mal, dass Sie ihn beim Namen nannte. Und obwohl er vom Kopf bis zu den Füßen total mit Kohlenstaub bepudert war, war er für die alte Dame in diesem Moment nicht der „dreckige Arbeiter". Trotzdem bat sie ihn, mit übertriebener Freundlichkeit, sich seiner schmutzigen Sachen im Hausflur zu entledigen.

„Sie schleppen mir ja den ganzen Dreck in die Wohnung!"

„Kein Problem", lenkte Hartmut ein, entledigte sich seiner Arbeitshose und streifte sich das schmutzige Hemd von den Schultern.

„Sie haben mir immer noch nicht meine Frage beantwortet!"

„Welche Frage?"

„Ob Sie fertig sind! Oder haben Sie aufgegeben? Fünfzig Zentner sind kein Pappenstiel."

„Aber natürlich, Frau Pätzold. Alle Briketts sind im Keller.“

„Und die Rutsche?“

„Habe ich reingezogen und aufgeräumt. Und das Fenster geschlossen. Wir wollen ja nicht, dass es reinregnet.“

„Danke, Herr Becker! Vielen herzlichen Dank! Ich hätte nicht gewusst, was ich ohne Sie gemacht hätte.“

„Keine Ursache, Frau Pätzold, das habe ich doch gern für Sie getan. Und wenn Sie wieder einmal Hilfe benötigen: Scheuen Sie sich nicht! Sie können mich jederzeit fragen.“

„Ich habe auch was für Sie. Gehen Sie mal ins Bad, junger Mann!“

Hartmut staunte nicht schlecht – als er ins Badezimmer trat, empfing ihn eine wohlige Wärme. Die Witwe hatte ihm ein herrliches Vollbad eingelassen, sogar mit Badesalz. Er genoss das warme Wasser, wie es seinen muskulösen Körper umspülte, und streckte sich genüsslich in der gusseisernen Wanne aus. Was für ein Vergnügen, was für ein Luxus, in einer Zeit, in der viele Wohnungen weder Bad noch Toilette hatten.

„Um Ihre Schmutzwäsche kümmere ich mich morgen“, hatte sie ihm noch hinterhergerufen.

Nach dem Bad fühlte Hartmut eine angenehm bleierne Müdigkeit. War wieder mal ein langer, anstrengender Tag. Erst Schule, dann die Plackerei mit den Kohlen und seit Mittag nichts gegessen. Hartmut verspürte einen Bärenhunger. Als er aus dem Badezimmer trat, erwartete ihn bereits die nächste Überraschung.

„Und nun, lieber Herr Becker, wartet eine kleine Stärkung auf Sie – in der Küche.“

Hartmut fühlte sich wie im siebten Himmel. Die Witwe war ja überhaupt nicht mehr wiederzuerkennen. Auf dem großen Küchentisch stand für ihn ein Teller bereit mit Bratkartoffeln, einem Schnitzel mit Setzei und gedünstetem Kohlrabigemüse. Was für ein Festessen!

Daneben eine Flasche Bier. Es war der erste Tag in Leipzig, an dem er sich angekommen fühlte. Glücklicher konnte ein Mensch nicht sein.

44

Im September 1950 begann Rosa Linde ihre Berufsausbildung, und es sollte, so wie sie es sich immer vorgestellt hatte, ein handwerklicher Beruf sein. Vom VEB Wohnraum- und Bekleidungsideen bekam sie einen Lehrvertrag als Schneiderin. Zunächst mussten Rosa und die beiden anderen Lehrmädchen, eine davon war ihre Freundin Anneliese, lernen, von Hand mit Stoff, Garn und Nadel umzugehen. Das erforderte ein hohes Maß an Fingerfertigkeit. Die Ausbildung war nicht leicht, bot aber viel Abwechslung. Die Mädchen wurden im Zuschneiden von Stoffen und in der Bedienung von Nähmaschinen unterrichtet. Sie mussten sich aneignen, auch Herrenanzüge und Damenkleider standen auf dem Lehrplan, Körpermaße abzunehmen und in einen Schnittmusterbogen zu übertragen. Aber bis sie zur Königsdisziplin im Schneiderhandwerk kamen, wurden sie unterrichtet, Vorhänge, Stores und Übergardinen zu nähen. Auch Flaggen verschiedener Nationen hatten sie anzufertigen.

Bis zur Enteignung im Januar 1950 war der VEB Wohnraum- und Bekleidungsideen in privater Hand und firmierte unter dem Namen Lorenz & Koschwitz. In den Goldenen Zwanzigerjahren taten sich Frau Koschwitz und Herr Lorenz geschäftlich wie auch privat zusammen. Herr Lorenz führte bis dahin eine kleine, aber feine Polsterei, die allen gut betuchten Leuten der Stadt Polstermöbel nach deren Wünschen und Vorstellungen anfertigte oder alte Sitzmöbel wieder auf Vordermann brachte. Frau Koschwitz hatte eine gut laufende Näherei geerbt und mit in die Ehe eingebracht. Nach der Enteignung konnte Herr Lorenz im Gewand eines Genossen und in der Funktion eines Betriebsleiters seine Firma weiterführen. Er nannte es Schadensbegrenzung.

Schreinermeister Hermann Linde und Herr Lorenz kannten sich nicht nur aus der städtischen Handwerkergilde, sondern führten eine intensive Geschäftsbeziehung. Herr Lorenz benötigte Hermanns handwerkliches Können, wenn am hölzernen Grundgestell eines alten Sofas Ausbesserungen vorgenommen werden mussten oder wenn völlig neue Polstermöbel anzufertigen waren. So war es also ein Leichtes, für Rosa eine Lehrstelle zu besorgen. Beziehungen schaden bekanntlich nur demjenigen, der keine hat. In den Nachkriegsjahren war es für Eltern äußerst schwierig, einen Ausbildungsplatz für ihre halbwüchsigen Kinder zu finden, wobei die wenigstens ihren Traumberuf ergattern konnten. Rosa bestand darauf, dass auch ihre Freundin Anneliese bei Lorenz in die Lehre gehen darf, da ihre alleinerziehende Mutter, der Vater galt weiterhin als vermisst, niemanden kannte, um ihre Tochter unterzubringen. Aber Rosa sollte diese Gefälligkeit später auf die Füße fallen.

Die Eheleute Lorenz hatten einen Sohn, ein behindertes Kind. Franz litt unter einer angeborenen Hüftdysplasie, die ihn beim Gehen einschränkte, stets musste er ein Bein nachziehen, und er klagte oft über unerträgliche Schmerzen. Auf Mädchen machte seine Behinderung keinen vorteilhaften Eindruck, auch wenn ihn keinerlei Schuld traf. Franz war nett, zuvorkommend, hilfsbereit, soweit es seine eingeschränkten Möglichkeiten erlaubten, aber als Ehemann kam er für keine in Betracht, so sehr er sich auch bemühte, mit seiner charmanten Art die Damenwelt zu beeindrucken.

In Rosa sahen Frau und Herr Lorenz dagegen die perfekte Schwiegertochter, denn das Mädchen war eine fleißige, gewissenhafte und talentierte Näherin, die schon im zweiten Lehrjahr die komplette Palette des Schneiderhandwerks beherrschte. Deshalb luden sie Hermann, Klara und ihre älteste Tochter zu einem opulenten Festessen ein. Die Besorgung der dafür benötigten Lebensmittel war zu dieser Zeit sehr schwierig, da Brot, Butter, Milch, Zucker, Wurst, Fleisch und vieles andere noch rationiert und nur auf Lebensmittelkarten erhältlich waren. Nicht für die Eheleute Lorenz, die überall ihre Beziehungen spielen lassen und so einiges an Gaumenfreuden auf ihren Tisch zaubern konnten. Sie ließen sich nicht lumpen, vielleicht auch, um Rosa zu zeigen, wie gut und sorgenfrei es ihr im Hause Lorenz ergehen würde.

Aber der Funke wollte nicht überspringen, zumindest nicht bei Rosa. Sie hatte andere Vorstellungen. Und verkuppeln lassen wollte sie sich auf keinem Fall. Außerdem war sie inzwischen achtzehn und damit volljährig. Sie wollte ihre eigenen Entscheidungen treffen, besonders in puncto Ehemann. Rosa hatte ein genaues Bild von dem Mann, den sie zu ehelichen bereit gewesen wäre, und Franz gehörte definitiv nicht dazu.

Von Zeit zu Zeit versuchten Herr und Frau Lorenz und auch ihre Eltern, auf Rosa einzuwirken. Eine bessere Partie könne doch das Mädchen im Leben nicht machen. Ein gut laufender Betrieb, den sie eines Tages zusammen mit Franz übernehmen könnte. Sie hätten ausgesorgt, würden unbekümmert in die Zukunft blicken können. Trotzig hatte Rosa geantwortet: „Ich möchte einen Mann und keinen Betrieb heiraten."

Herr Lorenz war gekränkt, denn er war gewohnt, alles zu bekommen, was er wollte. Er warf Rosa Undankbarkeit vor, schließlich hatte er sich breitschlagen lassen, ihre Freundin Anneliese einzustellen, die sich nicht gerade als Glücksfall erwiesen hatte. Sie zeigte nur mittelmäßige Leistungen und schmiss, kaum dass sie mit Ach und Krach ihren Facharbeiter bestanden hatte, hin und heiratete einen Winzer, mit dem sie fortan in die Weinberge kraxelte. Und ihm, Herrn Lorenz, fehlte eine gut ausgebildete und zuverlässige Schneiderin.

Rosa ließ sich nicht erweichen, so oft Herr Lorenz ihr auch zusetzte. Eines Tages nahm das Mädchen allen Mut zusammen und sagte zu Franz, als sie allein im Frühstücksraum saßen: „Franz, hör mir bitte mal zu! Ich mag dich, du bist ein echt liebenswürdiger Kerl. Deine Behinderung stört mich nicht, nicht im Geringsten. Und trotzdem, ich liebe dich nicht. Wir können Freunde bleiben, Kollegen ohnehin. Aber bitte sprich mit deinem Vater! Und sag ihm, dass das mit uns nichts wird! Und dass er mich in Ruhe lassen soll! Bitte!"

45

Nach Wochen mit durchwachsenem Wetter, welches sich einfach nicht zwischen Sonne und Regen entscheiden konnte, freuten sich Hartmut und seine Kommilitonen, dass an diesem Freitag Ende Juni 1952 endlich sommerliche Temperaturen zum Verweilen im Freien einluden. Nachdem die frisch gebackenen Abiturienten ihre Abschlusszeugnisse in den Händen hielten, fiel allen eine zentnerschwere Last von den Schultern. Jeder Einzelne hatte einen wichtigen Schritt in seinem Leben gemeistert, und das war ein erhabenes Gefühl und musste gebührend gefeiert werden.

Fast die komplette Abiturklasse zog an diesem Vormittag in die Leipziger Innenstadt und fand ein nettes Lokal mit Freisitz, welchen sie sogleich in Beschlag nahmen. Lediglich zwei Kommilitoninnen hatten sich nach der Zeugnisausgabe entschuldigt und sofort verabschiedet. Auf dem Bürgersteig herrschte geschäftiges Treiben. Leute hasteten die Straße hoch und runter auf der Suche nach raren Artikeln in Zeiten akuten Mangels. Als die ausgelassen feiernde Gruppe mit dem zweiten Bier anstieß, sah Hartmut auf der gegenüberliegenden Straßenseite zufällig Frau Pätzold. Sie musterte die spärlichen Auslagen eines Schaufensters, ehe sie den Laden mit Kurzwaren und Nähzubehör betrat.

„Dort", zeigte Hartmut den neben ihm sitzenden Mitschüler, „das ist meine Vermieterin. War anfangs eine unmögliche Person. Was die grundlos auf mich geschimpft hat, das ging auf keine Kuhhaut."

„Und warum hast du dir das gefallen lassen?"

„Was sollte ich denn machen? Ist 'ne alte Frau, habe ich mir gesagt. Hat viel durchmachen müssen in ihrem Leben."

„Na ja, trotzdem …"

„Ich wollte keinen Streit mit ihr. Ist das so schwer zu verstehen? Erst als ich ihr die Kohlen in den Keller geschleppt habe, weil die vom Kohlehandel einfach die Ladung vor der Haustür abgekippt haben, war die plötzlich wie ausgewechselt. Hat mir sogar ein schönes Bad eingelassen …"

„Und durftest du danach auch in ihr Schlafzimmer?"

„Eh, du Knallkopp, die Frau ist über sechzig."

„Oh, das sind die schärfsten."

„Ja", pflichtete ihm ein anderer bei, der ihr Gespräch zufällig belauscht hatte, „die meisten haben einen gewaltigen Nachholbedarf."

„Ach, ihr habt sie doch nicht mehr alle", schimpfte Hartmut und ärgerte sich über derart primitive Männerfantasien.

Er wendete den Blick ab und schaute nochmal rüber zu dem Laden, als er Frau Pätzold heraustreten sah. Und dann passierte, Hartmut glaubte zu träumen, etwas völlig Unerwartetes. Ein schlaksiger Typ stieß der Witwe heftig in den Rücken und entriss ihr dabei die Handtasche. Hartmut sprang sofort auf und verfolgte den

Räuber, der gegen den amtierenden Bezirksmeister im Hundert-Meter-Sprint keine echte Fluchtchance hatte. An der nächsten Straßenkreuzung hatte er ihn eingeholt und zu Boden gestoßen, dann nahm er ihn mit seinem rechten Arm in den Schwitzkasten. Der Dieb versuchte vergeblich, sich zu wehren, hatte aber Hartmuts festem Klammergriff nichts entgegenzusetzen. Inzwischen waren auch einige seiner Kommilitonen hinzugeeilt.

„Dieser Mistkerl ist ein Handtaschendieb", erklärte Hartmut und streckte, wie zum Beweis, das Corpus Delicti in die Luft. „Guckt mal, ob ihr irgendwo Polizei seht!"

Und tatsächlich, keine zweihundert Meter entfernt schlenderte eine Doppelstreife gemächlich über den Bürgersteig. Hartmuts Kommilitonen sprangen in die Luft und machten auf sich aufmerksam, indem sie mit ihren Armen wild in der Luft herumwedelten. Inzwischen hatte sich ein Menschenauflauf gebildet. Die Schaulustigen hielten diese Aktion für einen Ringkampf unter zwei Streithähnen. Die beiden Polizisten kamen angerannt, bahnten sich einen Weg durch die sensationsgierige Meute.

„Was geht hier vor sich?", fauchte der eine.

„Er hat", erklärte Hartmut, „meiner Vermieterin die Handtasche geraubt."

„Lassen Sie ihn los!", befahl der Zweite. „Wir übernehmen das!"

Mittlerweile hatte sich auch Witwe Pätzold hinzugesellt und versuchte wütend, auf den Dieb einzuschlagen. „Du elender Mistkerl", fluchte sie erregt, „einsperren sollte man solches Gesindel!"

„Wollen Sie Anzeige erstatten?"

„Ja, was glauben Sie denn? Der darf doch nicht ungeschoren davonkommen. Einer alten Frau die Handtasche wegnehmen, na, wo leben wir denn eigentlich? Mein Mann hätte mit solchen Ganoven kurzen Prozess gemacht."

„Ihr Mann?“

„Ja, der war Richter, und was für einer. Richter ‚Gnadenlos‘ nannten sie ihn.“

„Das war Ihr Mann?“, vergewisserte sich der andere.

„Ja, glauben Sie mir denn nicht?“

„Doch. Aber, dann sollten Sie hier nicht den Mund zu weit aufreißen!“

„Ihr Mann“, erklärte der zweite Polizist der verdutzten Witwe, „war ein übler Bursche, ein Handlanger und Erfüllungsgehilfe der Nazis. So sieht's nämlich aus.“

„Also, halten Sie sich mit solchen Äußerungen zurück!“, forderte der erste mit Nachdruck.

Als die Polizeistreife den Räuber wohlbehütet in ihrer Mitte abführte, löste sich allmählich die Menschenansammlung auf.

„Ach, Herr Becker“, stöhnte die Witwe erleichtert, „so langsam kann ich mich an Ihre Gesellschaft gewöhnen.“ Hartmut wusste, das war mehr als nur ein Lob aus ihrem Mund. „Allmählich kommen Sie mir vor wie mein persönlicher Schutzengel.“

„Frau Pätzold, nun übertreiben Sie mal nicht! Als ich gesehen habe, wie Ihnen dieser Gauner die Tasche entrissen hat, konnte ich doch nicht tatenlos zusehen.“

„Was machen Sie hier eigentlich? Haben Sie keine Schule?“

„Wir feiern“, erklärte Hartmut und zeigte auf seine grinsenden Schulfreunde.

„Jetzt? Um diese Tageszeit?“

„Vor einer Stunde haben wir unsere Abiturzeugnisse erhalten. Wir haben alle bestanden. Verstehen Sie? Alle!“

„Glückwunsch, Herr Becker! Dann möchte ich Sie heute Abend gern einladen.“

„Einladen?“, stutze Hartmut.

„Um mich erkenntlich zu zeigen", erklärte Frau Pätzold, „und um auf Ihr bestandenes Abitur anzustoßen."

„Gern."

„Mögen Sie Wein?"

„Klar, warum nicht."

„Dann habe ich eine wahre Gaumenfreude für Sie: einen 38er Affentaler Riesling."

Hartmut Becker fühlte sich sehr wohl in Leipzig. Seit drei Jahren lebte er nun schon in der Messestadt, die auch als Buchstadt galt. Obwohl Hartmut nur ein kleines Zimmer bewohnte, war er rundum zufrieden. Tagsüber saß er auf der Schulbank und nachmittags verausgabte er sich auf dem Sportplatz, außer montags, da fanden die wöchentlichen Parteiversammlungen der Fakultät statt, die für jeden Genossen zur Pflichtaufgabe gehörten, vom Hausmeister bis zum Direktor. Hartmut hielt sich bei diesen Zusammenkünften zurück, lauschte aufmerksam den Ausführungen der erfahrenen Dozenten, die mit glühenden Worten ihren Beitrag am Aufbau des Arbeiter-und-Bauern-Staates schilderten, allen Widrigkeiten zum Trotz, denn der Klassenfeind, im anderen Teil Deutschlands, schlafe nicht. Es wurde von proletarischer Wachsamkeit gesprochen. Dass man noch zehn Jahre zuvor gemeinsam einen Krieg verloren hatte, davon sprach keiner mehr.

Der junge Mann aus dem beschaulichen Thüringer Städtchen an der Schnauder ging mit offenen Augen durch die Welt. Natürlich gab es noch viele Probleme im Alltag, zu wenig Wohnungen, rationierte Lebensmittel, kaum Konsumgüter und ausreichend Bekleidung. Alles war knapp, außer der Mangel, den gab es reichlich, scherzte der Volksmund. Die Menschen mussten sich selbst helfen, waren gezwungen zu improvisieren. Der Mangel führte dazu, dass aus alten Gegenständen neue Sachen gefertigt wurden. Es gab fast nichts, was man nicht irgendwie noch anderweitig verwenden konnte. Weggeworfen wurde jedenfalls nichts.

Trotz der widrigen Lebensumstände, Hartmut litt nicht unter den alltäglichen Entbehrungen. Er war gewohnt, mit wenig auszukommen. Das Wort „Überfluss“ kannte die Familie Becker auch schon früher nicht, wie alle Familien mit kleinen Lohntüten. Mutter Käthe hatte Zeit ihres Lebens knausern und rechnen müssen. Und durch den versoffenen Vater Wilhelm verschärfte sich oft ihre prekäre Lage. Auch wenn der trinkende Kettenraucher für Hartmut kein leuchtendes Vorbild geworden war, so diente er ihm wenigstens als abschreckendes Beispiel. Zigaretten hatte Hartmut nie angerührt, schon weil er miterleben musste, wohin langjähriger Tabakkonsum führt. Er hasste regelrecht das Rauchen und hatte für Raucher nichts als blanke Verachtung übrig. Auch beim Alkohol hielt er sich zurück. Gut, hin und wieder mal eine Flasche Bier oder ein Glas Wein. Mehr gestattete er sich nicht. Schon früh wusste Hartmut, er wollte nicht enden wie sein Vater, und für seine Kinder, die er irgendwann haben würde, wollte er ein echtes Vorbild sein. Doch das Thema Familie war im Moment noch Zukunftsmusik. Jetzt galt es erst einmal, den nächsten Schritt zu gehen, erfolgreich das Maschinenbaustudium zu absolvieren.

Für seine Vermieterin war Hartmut inzwischen zu einem Ersatzsohn geworden. Frau Pätzold liebte, ja sie vergötterte ihn geradezu. Und der Junge dankte es mit einer übertriebenen Hilfsbereitschaft. Nicht nur die schweren Kohleneimer trug er in die Wohnung. Am Waschtag schleppte er die vollen Wäschekörbe auf den Dachboden, wo die Witwe die nassen Sachen zum Trocknen aufhängte, auch im Sommer. Die Wäsche im Freien aufzuhängen war zu riskant. Immer wieder wurden Hosen, Hemden oder Jacken gestohlen.

Nachdem die getrocknete Wäsche abgenommen war, begleitete

Hartmut die Witwe zur Wäschemangel, wobei er ihr den voll beladenen Handwagen zog. Aber auch beim Bedienen der Kaltmangel ging er ihr zur Hand. Er legte die Wäschestücke wie Handtücher, Tischdecken, Bettbezüge und Laken auf ein Leinentuch, befeuchtete sie leicht mit ein paar Spritzern Wasser und wickelte das Ganze auf eine Holzwalze. Diese schob er dann unter einen großen, mit Steinen gefüllten Holzkasten, der anschließend langsam über die Holzwalzen rumpelte und die Wäsche knitterfrei plättete. Während Hartmut die nächste Rolle bestückte, legte seine Vermieterin die fertige Wäsche in den Wäschekorb zurück. Ihre Zusammenarbeit klappte reibungslos. Sie war mehr als zufrieden.

Es wurde ein sehr gemütlicher Abend im Wohnzimmer der Witwe, die später sogar noch eine zweite Flasche Wein öffnen wollte. Hartmut lehnte freundlich ab. „Frau Pätzold, Sie wissen doch, ich bin Sportler. Alkohol dürfen wir nur in Maßen und nicht in Massen trinken."

„Wie Sie wollen. Dann köpfen wir sie zu einem späteren Zeitpunkt. Wird sich schon wieder mal eine Gelegenheit ergeben."

Frau Pätzold hatte sich an diesem Abend zum ersten Mal ihrem jungen Untermieter gegenüber geöffnet, ihm tiefe Einblicke in ihr Leben gewährt. Sie stammte aus einer angesehenen Unternehmerfamilie, der eine Maschinenfabrik im Leipziger Westen gehörte und die durch den Krieg reich geworden war, da sie die Wehrmacht mit kriegswichtigen Waffen wie Panzerfäusten, Handgranaten und Munition unterschiedlichsten Kalibers versorgte. Die Lohnkosten waren gering, da neben wenigen Fachkräften ausnahmslos Zwangsarbeiter die schwere Arbeit verrichten mussten.

Frau Pätzolds Eltern waren schon während des Krieges verstorben und ihr älterer Bruder, der die Firmengeschäfte übernommen hatte, war kurz vor dem Einrücken der Russen in den Westen geflohen. Sie wollte nicht mitkommen. Warum auch? Sie besaß eine schöne große und vom Krieg unversehrt gebliebene Wohnung im Waldstraßenviertel in bester Wohnlage. Sollte sie die aufgeben und im Westen völlig neu anfangen? Sie wollte in Leipzig bleiben, in ihrer Stadt, in der sie geboren wurde und wo sie aufgewachsen war. Ja, hierher gehörte sie. Außerdem glaubte sie, dass die Russen in Kürze abziehen würden und bald wieder alles beim Alten wäre. Nie im Leben hätte sie es für möglich gehalten, dass man ihr geliebtes Deutschland teilen würde, dass sie, die alle Vorzüge einer Fabrikerbin hatte genießen können, im Sozialismus darben müsste, dass diese Kommunisten sogar die Dreistigkeiten besitzen, ihr fremde Leute in die Wohnung zu setzen.

Hartmut hielt sich bei der Witwe mit seinen politischen Ansichten zurück. Sie brauchte nicht zu wissen, dass er Genosse war. Das hätte nur Ärger gegeben. Frau Pätzold hätte es nicht verstanden und auch nicht für gutgeheißen. Er wusste, die Witwe gehörte zu einer aussterbenden Generation. In ihren politischen Meinungen trennten sie Welten. Er wollte einfach nur gut mit ihr auskommen. Warum sich selbst das Leben unnötig schwer machen? Ändern würde er die alte Dame ohnehin nicht mehr.

Witwe Pätzold kam Hartmut zum ersten Mal entgegen. Da er die Sommerferien nach dem Abitur bei seiner Familie in der Thüringer Kleinstadt an der Schnauder verbringen wollte, erließ sie ihm die Miete für zwei Monate. Hartmut konnte nicht nur sparen, sondern sich obendrein in den Ferien noch etwas Geld dazuverdienen. In den umliegenden Dörfern gab es genügend Bauern, die froh waren über jede helfende Hand. Oft wurde ein Teil des Lohnes in Naturalien wie Kartoffeln, Brot, mal eine Knackwurst, ein Glas Sülze, eine Tüte Mehl oder Zucker ausgezahlt. Mutter Käthe freute sich über ihren tüchtigen Sohn. Auch Siegbert, der inzwischen mit guten

Leistungen die siebte Klasse abgeschlossen hatte und in einem Jahr eine Lehre zum Dreher aufnehmen sollte, erfüllte die alte Mutter mit Stolz, denn er zog mit seinem zehn Jahre älteren Bruder raus zu den Bauern. Uta, ihre Jüngste, ging in die dritte Klasse und schlug sich mehr schlecht als recht durch den Lernstoff, der einfach nicht in ihr hübsches Köpfchen wollte. Was soll nur mal aus dem ungeschickten Kind werden? Martha und Ilse arbeiteten als Hilfskräfte in der Wellpappe, in Schichten, bekamen aber gutes Geld, hatten allerdings einen Knochenjob zu verrichten.

„Fünf Kinder habe ich zur Welt gebracht, und du bist der einzige Studierte", schwärmte Käthe mit den feuchten Augen einer glücklichen Mutter, als ihr Hartmut sein Abiturzeugnis vorlegte.

„Mutti, noch studiere ich nicht. Das Studium beginnt erst im Herbst."

„Ach, papperlapapp! In unserer Familie hat's noch keiner so weit gebracht. Ich bin stolz auf dich, mächtig stolz."

„War auch schwer genug, gerade am Anfang, das kannst du mir glauben. Ich war mehr als einmal nahe dran aufzugeben."

„Du und aufgeben? Mit deinem Dickschädel?"

„Ach, Mutti, hast ja recht. Ich habe mich durchgebissen. Und ich werde mich auch durchs Studium beißen."

Und genauso kam es. Den meisten Vorlesungen konnte Hartmut problemlos folgen. Da er als Maschinenschlosser eine abgeschlossene Berufsausbildung hatte und über praktische Arbeitserfahrung verfügte, fielen ihm Fächer wie Mechanik, Technisches Zeichnen, Werkstoffkunde und Konstruktionslehre leicht. Schwer hingegen tat er sich in Mathematik, Physik und in der Thermodynamik. Hier war analytisches und abstraktes Denken gefordert. Aber Hartmut kämpfte. Er hatte ein Ziel. Aufgeben kam nicht in Frage. Geschenkt wurde ihm nichts.

Im Sport ging es kontinuierlich aufwärts. Die intensive Einzelbetreuung durch seinen Trainer Herr Möhring hatte zur Folge, dass sich seine Leistungen weiter steigerten. Und der Lohn ließ nicht lange auf sich warten: Hartmut schaffte die Qualifikation zu den DDR-Meisterschaften. Auch wenn es bei seiner ersten Teilnahme noch nicht zu einem Titel reichte, durfte er bei der Siegerehrung, bei der jeweils die besten sechs Athleten ausgezeichnet wurden, dreimal vortreten. Hartmut belegte Bronze im Hundert-Meter-Lauf und einen fünften und sechsten Platz in seinen Paradedisziplinen Weit- und Hochsprung.

Herr Möhring gratulierte seinem Schützling, meinte jedoch: „Hartmut, wir haben viel erreicht, aber da geht noch was!“

„Ich weiß“, antwortete Hartmut, der selbst mit seinen Ergebnissen unzufrieden war. „Bronze ist nicht schlecht, aber eben kein Gold.“

46

„Möchtest du mal bei einem sehr schönen Wettkampf mitmachen?“, wurde Hartmut von seinem Trainer gefragt. „Ein Wettkampf, bei dem nicht Leistung, sondern der Spaß im Vordergrund steht.“

„Warum nicht“, zeigte sich sein Schützling interessiert. „Aber Herr Möhring, bei mir geht es immer um Leistung. Ansonsten brauche ich gar nicht erst anzutreten.“

„Ich weiß, die Schinderei bereitet dir Freude. Aber bei diesem Wettkampf zählt allein die Teilnahme. Da kommen Leichtathleten aus ganz Deutschland, also auch aus Westdeutschland. Der Gedanke dabei: Sport verbindet.“

„Klingt spannend.“

„Gut, dann melde ich dich zu den traditionellen Jahnfestspielen an. Ich kann aber leider nicht mitkommen. Du musst allein fahren."

„Gibt es denn sonst niemanden bei uns?"

„Die Wettkämpfe finden ausschließlich im männlichen Erwachsenenbereich statt und da haben wir nicht so viele. Und die, die wir haben, wollen alle nicht. Aber wenn du auch nicht willst, kein Problem!"

„Nein, nein Herr Möhring", meinte Hartmut, „ich werde hinfahren, jetzt, wo Sie meine Neugier geweckt haben."

„Das ist schön. Diese Jahnfestspiele sind berühmt, schon wegen der Jahnstädter Mädchen. Pass also auf, dass dir keine von den hübschen Dingern den Kopf verdreht! Der Sportlerball ist sehr beliebt und berüchtigt."

„Ist das jetzt eine Drohung oder Empfehlung?"

„Beides. Ich möchte nur, dass du bei klarem Verstand zurückkommst!"

„Aber klar doch! Ich weiß doch, wohin ich gehöre."

Das Jahr 1955 brachte dem Studenten Hartmut Becker zahlreiche Erfolge, nicht nur in sportlicher Hinsicht. Der erste echte Höhepunkt war ein guter Abschluss seines Studiums. Endlich hielt er das langersehnte Diplom in den Händen. Hartmut war nun Ingenieur und konnte es noch gar nicht glauben. Etwas Ärger gab es mit seinem Maschinenbaubetrieb zu Hause, der ihn zum Studium delegiert hatte und nun den ausgebildeten Ingenieur zurückhaben wollte. Hartmut sträubte sich vehement. Nach sechs Jahren in Leipzig hatte er sich mehr als nur eingelebt. Hier wollte er bleiben, leben, arbeiten, seinem Sport nachgehen und irgendwann eine Familie gründen.

Als der mehrfache Bezirksmeister kurz darauf auch noch dreifacher DDR-Meister wurde, musste sein alter Freund Hans Glück,

Parteisekretär im Maschinenbaubetrieb, passen. Zu Hause konnten sie Hartmut zwar eine Stelle als Ingenieur bieten, nicht aber diese optimalen Trainingsbedingungen. Und erfolgreichen Sportlern wollte man keine Steine in den Weg legen, im Gegenteil – sie galten als Aushängeschilder für die noch junge sozialistische Republik.

Zähneknirschend ließ ihn sein alter Betrieb gehen, schickte ihm sogar ein Empfehlungsschreiben, und so wurde Hartmut im Leipziger Betrieb für Bodenbearbeitungsgeräte mit Kusshand genommen. Was ihm jetzt noch fehlte zum perfekten Glück, war eine Frau – eine Frau fürs Leben. Zum ersten Mal in seinem Leben vermisste er etwas, spürte er diese Lücke, die es auszufüllen galt. Vielleicht, er wollte es sich selbst nicht eingestehen, reizte ihn gerade deshalb diese Wettkampffahrt mit ihrem verheißungsvollen Sportlerball.

Als Hartmut am späten Freitagnachmittag in der Jahnstadt an der Unstrut eintraf, mit dem noch immer verkehrenden Personenzug dritter Klasse, führte ihn sein erster Weg direkt vom Bahnhof ins Rathaus zum Organisationsbüro. Dort bekam er seine Startnummer, die Verpflegungsmarken und einen Schlafplatz zugewiesen. Hartmut wurde in einer Pension am Marktplatz einquartiert, in der er sich ein Zimmer mit einem fremden Sportler teilen musste. Aber immer noch besser als ein Bett in den Schlafsälen der Jugendherberge, in der bis zu zehn Sportler in einem Raum untergebracht wurden.

Als Hartmut sein Zimmer betrat, lag dieser fremde Sportler bereits in seinem Bett neben dem Fenster. Das hätte der junge Ingenieur gern für sich beansprucht. Aber was soll's, ist ja nur für zwei Nächte. In dem Moment, als Hartmut die quietschende Tür öffnete, sprang sein Zimmergenosse vom Bett und streckte dem Neuankömmling freudig die Hand entgegen.

„Günther Riesling aus Wetzlar“, stellte er sich kurz vor.

Ach, auch noch einer aus dem Westen, schoss es Hartmut durch den Kopf. Indes wollte er nicht unhöflich sein und erwiderte: „Hartmut Becker, ich komme aus Leipzig.“

„Freut mich. Ich denke, wir werden uns gut verstehen.“

„Ja, das hoffe ich auch.“

„Und was machst du so beruflich?“

Hartmut stutze. Gleich so mit der Tür ins Haus zu fallen! Trotzdem antwortete er: „Bis vor Kurzem war ich Student. Habe Maschinenbau studiert. Seit vier Wochen arbeite ich in einem Konstruktionsbüro. Wir stellen landwirtschaftliche Geräte her.“ Mehr wollte er nicht verraten und gab die Frage zurück: „Und du, was machst du?“

„Ach, nichts Besonderes. Bin kein Studierter wie du“, antwortete der Westler mit einer Stimme, als wäre ihm sein Beruf peinlich. „Ich bin … na ja, ich bin ein einfacher Dreher.“

„He“, fuhr Hartmut auf. „Dreher ist doch ein ganz toller Beruf. Mein Bruder Siegbert ist gerade im letzten Lehrjahr. Ich bin gelernter Maschinenschlosser, dann habe ich das Abitur nachgeholt und anschließend studiert.“

„Alle Achtung“, staunte Günther, „hätte ich mir nie zugetraut.“

„War schwer genug, kannst du mir glauben.“

„Hast du Familie, Frau und Kinder?“

„Nein, dafür war bisher keine Zeit.“

„Da geht’s dir wie mir.“

Die beiden, der Dreher und der Ingenieur, verstanden sich prächtig. Hartmut war nicht abgehoben, fühlte sich als Studierter nicht als etwas Besseres. Er dachte und empfand noch immer wie ein Arbeiter, der Tag für Tag seinem Broterwerb nachging, egal ob er als Schlosser Maschinen reparierte oder als Konstrukteur an seinem Zeichenbrett stand. Es war dieser gemeinsame Stallgeruch, der sie verband. Und eine ähnliche Vergangenheit teilten sie auch. Beide wurden in den letzten Kriegstagen eingezogen, beide hatten den Befehl, den Vormarsch der amerikanischen Truppen aufzuhalten.

Günther staunte nicht schlecht, als ihm Hartmut seine Fluchtgeschichte nach Lübeck erzählt, wo er letztendlich in englische Gefangenschaft geraten war. „Wie war das bei dir, haben dich die Amis auch geschnappt?"

„Ne, zum Glück nicht. Wetzlar wurde Ende März 45 fast kampflos eingenommen. Ich habe, du wirst jetzt vielleicht lachen, meine Knarre weggeworfen und bin nach Hause gerannt. Ein alter Mann vom Volkssturm hat damals zu mir gesagt, ich solle machen, dass ich nach Hause komme, und ich solle meine HJ-Uniform verstecken, am besten unterm Kohlenhaufen. Du bist noch zu jung zum Sterben, meinte er und hat mich mit einem freundlichen Klaps weggeschickt."

„Da hast du ja wirklich Glück gehabt. Viele Jungen haben ihre Kühnheit mit dem Tod bezahlt, und das, obwohl der Krieg schon längst verloren war."

„Stimmt, war 'ne furchtbare Zeit. Sag mal Hartmut, hättest du Lust auf ein Glas Wein?"

„Ja, warum nicht."

„Gut, dann lade ich dich ein."

Als die beiden Sportler am Samstagmorgen ins Stadion kamen, was kaum diesen Namen verdiente, war Hartmut zunächst entsetzt. Um den schlecht gepflegten Rasen des Fußballfeldes gab es eine Aschenbahn, die sich in einem erbärmlichen Zustand befand. Die Läufer mussten höllisch aufpassen, um nicht umzuknicken oder ihre Knöchel zu verstauchen. Obwohl Hartmut während aller

Rennen nicht an seine Bestzeit heranreichte, konnte er letztendlich das Finale für sich entscheiden. Auf den gut gefüllten Rängen jubelten ihm die Jahnstädter zu, als er mit einem saloppen Sprung aufs oberste Treppchen hüpfte. Dies wiederholte sich, als er nach dem Hochsprung zum Sieger gekürt wurde. Alles hing an einem allerletzten Versuch. Hartmut hatte zuvor zweimal gerissen. Doch dieses Mal blieb die Latte oben liegen. Er vollführte Freudensprünge und streckte immer wieder die Arme in die Luft. In diesem Moment ahnte Hartmut nicht, dass er ins Visier eines Jahnstädter Mädchens geraten war.

47

Klara und Hermann Linde hatten mit ihrer Ältesten ein braves und überaus tüchtiges Mädchen. Rosa war eine erstklassige Maßschneiderin geworden, die den vornehmen Damen der Stadt elegante Kleider und den feinen Herren modische Anzüge schneiderte. Da Stoffe rar waren wie alles andere auch, wurden oft alte Hosen, Sakkos, Mäntel, Hemden, Röcke, Kleider einfach umgenäht. Auch hierin erwies sich Rosa als Meisterin ihres Faches. Wie einst zu ihrem Vater, dessen Schreinerarbeiten weit über die Stadtgrenzen hinaus geschätzt wurden, kam nun auch öfter zahlungskräftige Kundschaft zum VEB Wohnraum- und Bekleidungsideen, die neben Wohnraum-Accessoires schicke Sachen in Auftrag gaben. Der Bürgermeister und seine Gattin waren darunter, der große Chef der Sektkellerei, Betriebsleiter und Fachdirektoren regionaler Betriebe, Parteifunktionäre, Ärzte, ein junger Apotheker mit seiner Verlobten, der Vorsitzende der Winzergenossenschaft und viele andere Honoratioren der Jahnstadt.

Als Rosa zwanzig Jahre alt wurde, hatte sie noch immer keinen Mann, nicht einmal einen Freund. Ihre Freundin Anneliese war längst verheiratet mit ihrem Winzer. Sie schien wirklich glücklich zu sein. Die Arbeit im Weinberg, in der Kelterei und auch im Weinkeller liebte sie. Sie konnte sich nichts Schöneres vorstellen und ärgerte sich nachträglich über die verlorenen Jahre bei Herrn Lorenz. Das war eben einfach nicht ihr Ding. Und als Anneliese ihr erstes Kind unterm Herzen trug, dachte sie auch nicht mehr so oft an ihren noch immer vermissten Vater. Als Ehefrau und werdende Mutter hatte Anneliese weniger Zeit für Rosa und Renate. Sie trafen sich hin und wieder auf der Straße, in einem Geschäft oder auf dem Marktplatz. Dann wurde ein kleines Schwätzchen gehalten und sich über Neuigkeiten ausgetauscht. Mehr war nicht mehr drin.

„Rosa", unternahm Mutter Klara einen erneuten Versuch, ihre Tochter umzustimmen, „der Franz ist doch nun wirklich ein ganz patenter Junge. Mädchen, was hast du nur an ihm auszusetzen?"

„Gar nichts, Franz ist in Ordnung. Ich habe nichts an ihm auszusetzen. Aber ich liebe ihn einfach nicht."

„Dann gib dir doch einen Ruck!"

„Mutti, du willst mich nicht verstehen! Ich will einen Mann, der … ach, ich weiß nicht, wie ich's dir erklären soll. Die Chemie muss einfach stimmen!"

„Kind, nun mach uns nicht unglücklich!"

„Mutti!", protestierte Rosa energisch. „Soll ich etwa einen Mann heiraten, nur damit ihr zufrieden seid? Wie es mir dabei ergeht, interessiert euch wohl gar nicht."

„Rosa, so läuft das Leben aber nicht!"

„Entweder ich finde den Richtigen, oder … Sag mal, Mutti, wie war das eigentlich damals bei euch, bei dir und Papa?"

„Wir haben uns beim Winzerfest kennengelernt", antwortete

Klara und ihre Augen leuchteten bei diesen Worten. „Ich wusste sofort, den oder keinen."

„Siehst du, genauso stelle ich mir das auch bei mir vor. Leider ist mir der Richtige noch nicht über den Weg gelaufen."

Auch Renate war das Liebesglück nicht hold. Hin und wieder mal eine Liebschaft, aber nichts Ernstes. Und dann kam der 20. August 1955, ein Samstag, der alles im Leben der beiden Freundinnen auf den Kopf stellen sollte.

Über hundert Sportler aus ganz Deutschland waren zu den traditionellen Festspielen in die Jahnstadt an der Unstrut gekommen, um ihre Kräfte in den Disziplinen der Leichtathletik zu messen. Dieses Sportereignis war auch bei den Einheimischen beliebt und die Wettkämpfe wurden gut besucht. Endlich mal was los in dem kleinen Kaff. Auch Rosa, die von Renate erst überredet werden musste, war mit auf den Sportplatz gepilgert, um den jungen, athletischen Männern beim Rennen, Springen, Speerwerfen und Kugelstoßen zuzusehen. Sportlerinnen waren zu dieser Zeit noch nicht dabei. Das sollte sich erst viele Jahre später ändern.

Es war ein herrlicher Sommertag, mit sechsundzwanzig Grad auch nicht zu warm. Rosa war begeistert. Sie sah den Sprintern zu und bewunderte deren muskulöse Beine und wie schnell die laufen konnten. Auch die Kugelstoßer beeindruckten sie, mit welcher Wucht sie die schweren Stahlkugeln von ihren Schultern fortschleuderten. Und dann fiel ihr Blick auf einen Athleten, der konzentriert an der Hochsprung-Markierung stand. Er schien auf den richtigen Augenblick zu warten. Dabei wippte er leicht nach vorn und wieder zurück, und dann rannte er in einem atemberaubenden Tempo los, zwei merkwürdigen Ständern entgegen, die mit einer Querlatte verbunden waren. Rosa machte große Augen. Kurz vor den Hochsprungständern sprang er kraftvoll ab und vollführte während des Fluges eine halbe

Körperlängsdrehung, um rücklings über das Hindernis zu fliegen. Die Latte war oben geblieben. Er riss die Arme in die Luft und jubelte, er jubelte, als hätte er mit seinem Sprung einen sensationellen Rekord aufgestellt. Umherstehende Sportler gratulierten ihm. Auch bei der anschließenden Siegerehrung machte er eine gute Figur, wie galant und flott er das Siegerpodest bestieg. Rosa bekam plötzlich so ein merkwürdig flaues Gefühl im Magen. Mein Gott, dachte das Mädchen, das war ein Junge, ganz nach ihrem Geschmack.

„Den kannst du vergessen, Rosa", meinte Renate, „der ist längst schon vergeben. Da fresse ich einen Besen."

„Ja, da wirst du recht haben, leider."

„Aber Rosa, schau mal, der da hinten, nein, dort hinten beim Weitsprung! Ja, genau, der jetzt Anlauf nimmt, ach, der könnte mir gefallen."

„Der sieht wirklich gut aus, und diese schicke Elvis-Presley-Frisur. Aber der hat bestimmt auch schon eine."

„Ja, anzunehmen."

„Mist, die besten Jungen sind immer schon vergeben."

Nach der letzten Siegerehrung, freiwillige Helfer bauten bereits die Geräte ab, während die Sportler in die Umkleideräume verschwanden, wollte sich Rosa von Renate verabschieden. Plötzlich zog ihre Freundin zwei länglich graue Papierscheine aus ihrer Handtasche und fragte: „Weißt du, was das ist?"

„Nein, was denn?"

„Unsere Eintrittskarten, für heute Abend. Rosa, ich habe uns Karten besorgt für den Sportlerball."

„Aber Renate, ich habe doch noch gar nicht mit meinen Eltern gesprochen."

„Spinnst du? Du bist doch kein Kind mehr!"

„Trotzdem, ich muss abends die Tiere füttern."

„Das kannst du doch auch vorher machen! Um neunzehn Uhr treffen wir uns vorm Kulturhaus. Rosa, wirf dich ordentlich in Schale! Heute Abend angeln wir uns einen!“, lachte Renate siegessicher, drehte sich um und ließ ihre verblüffte Freundin stehen.

Irgendwie, auf dem Weg nach Hause durch die engen gepflasterten Gassen, beschlich das Mädchen wieder dieses eigenartige Gefühl, als würde sich ein großes Ereignis ankündigen, eine tiefgreifende Veränderung in ihrem Leben. Vielleicht ist heute der Tag, auf den ich so lange gewartet habe, überlegte Rosa. Sie war aufgeregt, wahnsinnig aufgeregt. Und als sie ihre häuslichen Pflichten erledigt hatte, beichtete sie ihren Eltern, dass sie mit Renate zum Sportlerball gehen würde. Während ihr Vater gleichgültig mit dem Kopf schüttelte, starrte sie ihre Mutter entsetzt an, als hätte sie eben gestanden, schwanger zu sein.

„Und was wird aus Franz?“, jammerte ihre Mutter, da sie noch immer nicht die Hoffnung aufgegeben hatte.

„Woher soll ich das wissen?“

„Ach, Mädchen …“

Ohne ihrer Mutter weitere Beachtung zu schenken, zog sich Rosa in ihr Zimmer zurück, setzte sich an den kleinen Schminktisch, den ihr der Vater mit einem aufstellbaren Spiegel zum achtzehnten Geburtstag geschreinert hatte. Als Rosa fertig war, öffnete sie ihren Kleiderschrank. Und da hing es, ihr ganzer Stolz. Rosa hatte sich aus einem wunderschönen weißen Kreppstoff mit farbigen Blüten ein tailliertes Kurzarmkleid mit abnehmbarem Kragen und am Rücken mit einer hübschen Kontrastschleife, bestehend aus zwei langen, flatternden Bändern, genäht. Das Kleid war bestimmt für einen Abend wie diesen. Dieses Sommerkleid hatte sie sich schon letztes Jahr geschneidert. Nur getragen hatte sie es noch nicht. Rosa war gespannt, wie es auf die Männerwelt wirken würde.

„Rosa, schick, wirklich todschick – muss ich schon sagen. Ich erkenne dich gar nicht wieder", staunte Renate, die ihre Freundin bereits vor dem Kulturhaus erwartete.

Schon beim Einlass entging es Rosa nicht, dass sich einige Jungen umdrehten und sie mit interessierten Augen musterten. Die beiden Freundinnen betraten den Saal und suchten sich einen Vierertisch, der sich in einer geschützten Ecke befand und an den sich kurze Zeit später zwei weitere Mädchen setzen sollten, die sie von früher vom Schulhof her kannten. Von ihrem Tisch aus, der Saal war fast noch leer, konnten sie ausgezeichnet beobachten, wer zur Tür hereinkam. Und dann füllte sich so allmählich der Raum. Plötzlich stockte Renate und Rosa der Atem, nebeneinander betraten ihre beiden angehimmelten Sportler den Saal.

Kurz darauf begann eine Combo mit gängigen DDR-Schlagern: „Die Mädchen mit dem treuen Blick", „Du bist der Sonnenschein", „Einsam liegt mein Schiff im Hafen" und noch einige andere. Nur wenige zog es auf die Tanzfläche. Die Veranstaltung wirkte steif, fast verklemmt. Erst als die Band den Song „When You Dance" spielte, erhoben sich einige Mutige und baten erwartungsvolle Damen um einen Tanz. Als dann „You're A Heartbreaker" von Elvis Presley erschallte, füllte sich umgehend die Tanzfläche.

Die beiden Sportler, die Rosa und Renate am Vormittag im Stadion bewundert hatten, saßen mit anderen Athleten an einer langen Tafel, tranken Bier und Wein und unterhielten sich angeregt.

„Ich glaube, Rosa", meinte Renate entschlossen, „wir müssen denen wohl mal auf die Sprünge helfen."

„Was hast du vor?"

„Komm mit! Ich zeig dir, wie man so was macht. Sonst sitzen wir morgen früh noch hier."

Renate ging mit Rosa im Schlepptau an die Bar und bestellte ein

Glas Wasser. „Wir wollen ja keinen Schaden anrichten", sagte sie und tat ziemlich geheimnisvoll. Dann ging sie mit dem Glas Wasser in der rechten Hand zielgerichtet auf den Tisch zu, an dem ihr Auserwählter saß. Gleich daneben, Rosa hielt den Atem an, entdeckte sie ihr Idol. Gerade als Renate ihr Vorhaben in die Tat umsetzen wollte, erhob sich ihr Auserwählter und stieß mit ihr zusammen. Renate ließ gespielt überrascht das Glas fallen, welches auf dem Parkettboden zerschellte.

Peinlich berührt entschuldigte sich der Sportler und wirkte dabei völlig unbeholfen. Rosas Schwarm hatte den Vorfall bemerkt, war aufgesprungen und kurz verschwunden. Mit einem Kehrblech, einem Handfeger und einem Scheuerlappen kam er zurück. Die beiden jungen Männer hockten sich nieder und beseitigten das Malheur.

„Warten Sie bitte hier auf uns!", sagte der Hilfsbereite und brachte zusammen mit dem Unglücksraben die Reinigungsutensilien fort. Als sie zurückkamen, fragte der Verursacher in einem Dialekt, den Rosa als hessisch einordnete: „Dürfen wir die Damen zu einem Glas Sekt oder Wein einladen?"

„Gern", lächelte Renate verschmitzt, hakte sich bei ihm unter und ließ sich zur Bar führen. Ohne nachzudenken, tat es ihr Rosa gleich, hakte sich bei ihrem Schwarm unter und spürte in diesem Moment eine angenehme Leichtigkeit, als würde sie über das Parkett schweben.

An der Bar, die Kapelle machte gerade eine Pause, sagte Rosas Verehrer: „Wir haben uns den Damen noch gar nicht vorgestellt. Mein Name ist Hartmut Becker aus Leipzig."

„Und ich bin der Günther Riesling, wie die bekannte Rebsorte, dabei trinken wir bei uns mehr Äppelwoi."

„Wo kommst du denn her?"

„Aus Wetzlar."

„Aus'm Westen", staunte Renate.

„Stört dich das?"

„Ganz und gar nicht", sie lachte und zog den Hessen auf die Tanzfläche.

„Wollen wir auch?", fragte Hartmut und Rosa nickte eifrig.

Kurz nach Mitternacht, so lange war das Mädchen noch nie von zu Hause weggeblieben, standen Hartmut und Rosa noch eine Weile unter der großen Kastanie vor dem Kulturhaus. Sie sahen sich tief in die Augen und hielten sich an den Händen. Jeder wollte, aber keiner traute sich.

„Du trägst ein wunderschönes Kleid", schmeichelte Hartmut.

„Hab's selbst genäht, das Kleid", flüsterte Rosa.

„Du kannst nähen?"

„Ja, ich bin Schneiderin, nichts Besonderes."

„Nein, Rosa, so etwas darfst du nicht sagen! Du hast einen wundervollen Beruf. Und wichtig ist er auch. Die Menschen in unserem Land brauchen Kleidung."

„Ich weiß, aber noch gibt es zu wenig Stoffe."

„Das wird sich ändern. Glaub mir. Es wird besser werden. Es kann nur noch besser werden."

„Hoffentlich!"

„Und wenn wir erst mal Kinder haben, wirst du ihnen wunderwunderschöne Sachen nähen."

„Ach Hartmut, du bist ja verrückt. Wir kennen uns doch erst seit ein paar Stunden."

„Und viele, viele sollen denen noch folgen …"

48

Es war sehr spät geworden an diesem Sonntagabend, als Hartmut nach seiner ersten Teilnahme an den Jahnfestspielen ins Leipziger Waldstraßenviertel zurückkehrte. Am Vormittag wurden noch einige Disziplinen ausgetragen. Nach der letzten Siegerehrung bedankte sich der Vorsitzende des Organisationskomitees bei allen Aktiven, den Schiedsrichtern, Trainern und den vielen fleißigen Helfern für die fairen und schönen Wettkämpfe und erklärte die Jahnfestspiele 1955 für beendet. Einen besonderen Dank schickte er an Petrus, der wieder einmal für prächtiges Wetter gesorgt hatte. Dann wünschte er allen eine angenehme Heimreise und sagte, er hoffe sehr, möglichst viele im nächsten Jahr wieder hier im Stadion der Jahnstadt begrüßen zu können.

Während ein großer Tross an Sportlern zum Bahnhof zog, schlenderte Rosa Hand in Hand mit Hartmut zur Pension, um seine Sachen abzuholen. Dann liefen sie schweigend, Rosa fürchtete den bitteren Moment des nahen Abschieds, ebenfalls zum Bahnhof. Als sie den kleinen Wartesaal betraten, blieb Hartmut abrupt stehen und sagte: „Hier gibt's ja eine Gepäckaufbewahrung."

Das Mädchen sah ihn verwundert an.

„Rosa, uns bleibt doch noch der ganze Nachmittag. Ich fahre später. Zu Hause wartet ja ohnehin keiner auf mich."

Rosa fiel ihm überglücklich um den Hals, als hätte er eben verkündet, sie nie wieder verlassen zu wollen. Dabei hatten sie lediglich ein paar Stunden gewonnen. Und die wollten sie nutzen, um mehr voneinander zu erfahren, um sich näher kennenzulernen. Sie flanierten durch die engen Gassen, zogen durch den Stadtwald, stiegen hoch zum Edelacker, schlenderten eng umschlungen am Schloss vorbei, dann wieder runter zur Stadt und spazierten zu guter Letzt an der Unstrut entlang.

Rosa erzählte von ihren Eltern, ihren Geschwistern und von den schwierigen Jahren im Krieg, die sie ohne Vater auskommen mussten, da er als Sanitäter an der Ostfront und später in russischer Gefangenschaft war. Rosa verschwieg Hartmut auch nicht, dass man sie am liebsten mit Franz Lorenz, dem Sohn ihres Chefs, verkuppeln wollte. Sie kamen auch an ihrem Betrieb vorbei und Rosa schwärmte von ihrem Beruf.

„Da kann ich ja direkt froh sein, dass das nicht geklappt hat", freute sich Hartmut.

„Franz ist schon in Ordnung, auch ganz nett und seine Behinderung hätte mich wirklich nicht gestört. Aber ich konnte für ihn keine echten Gefühle entwickeln, so wie …"

„Wie für mich?", lächelte Hartmut.

„Ja, bei uns … das ist etwas ganz anderes."

„Aber Rosa, wir kennen uns doch erst seit ein paar Stunden!"

„Ich weiß nicht, was es ist, aber irgendwie spüre ich, das mit uns ist …, außerdem", erinnerte sie ihn daran, „hast du doch gestern Abend schon von unseren Kindern gesprochen, denen ich schöne Sachen nähen soll."

„Rosa", sagte Hartmut mit leiser Stimme. Sie waren stehen geblieben, standen dicht beieinander. Ihre Hände lagen fest in den seinen und dann flüsterte er: „Wenn wir beide so empfinden, das kann ja nur bedeuten, dass wir …"

„Ja …"

„Dass wir uns …"

„… uns …", wiederholte Rosa und schloss erwartungsvoll die Augen.

„… lieben", beendete Hartmut den Satz und küsste sie.

Als Rosa und Hartmut ein paar Stunden später zum Bahnhof zurückkamen, lag dieser friedlich und verlassen vor ihnen. Die auswärtigen Sportler, Schiedsrichter und Sportfunktionäre waren längst abgereist. Nur ein paar Fahrgäste warteten auf den nächsten Zug, der in wenigen Minuten einfahren sollte, um sie nach Naumburg zu bringen. Hartmut hatte inzwischen seine Tasche von der Gepäckaufbewahrung geholt und saß mit Rosa auf einer Bank im kleinen Wartesaal. Das Mädchen wirkte sehr angespannt und schaute immer wieder zur Uhr, deren großer Zeiger bei jeder abgelaufenen Minute laut klickte.

„Was ist mit dir? Du wirkst so nervös."

„Ach, Hartmut, am liebsten würde ich dich gar nicht wieder fortlassen."

„Rosa, mir geht's genauso. Ich komme nächsten Samstag wieder, versprochen. Ich habe sogar schon das Zimmer in der Pension gebucht."

„Aber Hartmut, das brauchst du nicht! Ich rede mit meinen Eltern. Du kannst doch bei uns schlafen."

„Nein, warte noch ein Weilchen! Wir sollten nichts überstürzen! Wir haben noch so viel Zeit, ein ganzes Leben."

In diesem Moment, in dem es hieß, Abschied zu nehmen, fuhr die schnaufende Dampflok ein und der Zug kam mit quietschenden Rädern zum Stehen. Die beiden Jungverliebten klebten zusammen und konnten sich nicht voneinander lösen. Der knarzende Bahnsteiglautsprecher bat die Reisenden einzusteigen und die Türen zu schließen. Und dann fuhr der Zug los – ohne Hartmut.

„Den nächsten muss ich aber nehmen, sonst bekomme ich in Naumburg keinen Anschluss."

„Und wenn du hierbleibst, bis morgen?"

„Rosa, wie stellst du dir das vor? Ich muss morgen früh im Büro sein. Weißt du, was wir jetzt machen? Ich gebe noch mal meine Tasche ab und dann bringe ich dich nach Hause, wie es sich für einen Kavalier gehört."

„Einverstanden. Ich mag ohnehin keine Abschiede", erklärte sie und dachte daran, wie sie damals ihren Vater in den Krieg ziehen lassen musste und wie schmerzhaft das jedes Mal war.

„Und die hier schenke ich dir." Hartmut hatte seine Siegerurkunde, die er beim Hochsprung errungen hatte, unter seiner Jacke hervorgezogen. „Komm! Nimm schon!"

„Aber Hartmut, das ist doch deine Urkunde."

„Jetzt nicht mehr. Rosa, damit sollst du immer an den Moment erinnert werden, an dem du mich zum ersten Mal gesehen hast."

Während Renate mit Günther Riesling offenbar das große Glück gefunden zu haben schien, denn schon wenige Monate später packte sie ihre Koffer und zog zu ihm nach Wetzlar, kam Hartmut nun fast jedes Wochenende in die Jahnstadt an der Unstrut, um die Liebe seines Lebens, wie er Rosa stets beteuerte, zu besuchen. Auch Rosa war verliebt bis über beide Ohren und konnte nicht genug von seinen Schmeicheleien bekommen.

Hartmut hatte sein Studium erfolgreich abgeschlossen und trug voller Stolz den Titel: Maschinenbauingenieur. Die Jahre in Leipzig, fern von seinem Thüringer Provinzstädtchen an der Schnauder, hatten seinen Lebensweg in eine andere Richtung gelenkt. Er wollte nicht zurück, zurück in seinen alten Lehrbetrieb, indem noch immer Hans Glück als Parteisekretär das Zepter schwang. Er wollte in Leipzig bleiben, hier leben und arbeiten, intensiv Sport treiben und irgendwann eine eigene Familie haben.

Im VEB Bodenbearbeitungsgeräte Leipzig fand der engagierte Ingenieur eine Anstellung und konnte, da er sich, fern aller Theorien, in der Landwirtschaft gut auskannte, mit einigen Verbesserungsvorschlägen aufwarten. Seine Ideen brachten ihm viel Lob und ein paar bescheidene Prämien ein. Am Samstag verließ er nach Feierabend sein Konstruktionsbüro und fuhr direkt zum Hauptbahnhof. Von Leipzig gab es regelmäßige Zugverbindungen nach Naumburg, wo er umsteigen musste in den noch immer verkehrenden Personenzug mit den unbequemen Holzbänken, mit dem Jahre zuvor sein zukünftiger Schwiegervater aus der Gefangenschaft heimgekommen war.

Rosa war glücklich, so unendlich glücklich, auch wenn für das junge Paar gerade mal vierundzwanzig Stunden Gemeinsamkeit blieben, denn Sonntagnachmittag hieß es wieder Abschied nehmen. Rosa fieberte jedem Wochenende entgegen, was dann wieder wie im Fluge verging. Montags war es besonders schlimm, Hartmut gerade weg und noch so viele Tage, bis sie wieder in seinen starken Armen liegen könne. Noch Monate später glaubte sie, dass das alles nur ein schöner, aber unwirklicher Traum sei und wenn sie irgendwann aufwacht, wäre alles vorbei. Als sie in dieser lauen Augustnacht noch lange unter der Kastanie standen, Händchen hielten und sich nicht trennen konnten, hatte Rosa mit stockender Stimme gefragt, ob er eine Freundin hätte, zu Hause in Leipzig, wo sie auf ihn warten würde.

„Nein, Rosa, wie kommst du denn darauf. Hätte ich ein Mädchen, dann würde ich nicht hier mit dir stehen. Das musst du mir glauben!“

„Aber du hattest bestimmt schon viele Mädchen vor mir?“

„Nein, auch das nicht. Rosa, ich wollte meine Lehre beenden, dann habe ich das Abitur nachgeholt und mich anschließend in mein Studium gestürzt. Ich musste lernen, wollte etwas erreichen. Ich hatte große Ziele, denen ich alles untergeordnet habe. Wie beim Sport, alles oder nichts. Ein Mädchen, so schön es vielleicht gewesen wäre, hätte mich nur abgelenkt.“

„Und jetzt?"

„Bin ich frei und ungebunden, habe eine interessante Arbeit gefunden und kann den nächsten Schritt in Angriff nehmen."

„Den nächsten Schritt?", stutzte Rosa.

„Ja, Frau, Kind, Familie. Das würde ich mir sehr wünschen."

Seine Worte hallten lange in Rosa nach und bescherten ihr ein wohlig warmes Glücksgefühl, wie sie es noch nie zuvor empfunden hatte.

Auch wenn Hartmut bei Lindes nächtigen durfte, Rosas Vater schmeckte die Liaison seiner Tochter nicht. Ihm hätte Franz Lorenz besser gefallen. Aber das Mädchen war ja einfach nicht umzustimmen. Vor allem störte ihn, dass Hartmut, sein vermutlich zukünftiger Schwiegersohn, Parteigenosse war. Hermann empfand das als großen Makel. Die männlichen Vertreter seiner Familie waren zwar immer politisch interessiert, aber nie parteilich gebunden, schon seit Generationen nicht. Und wann immer Hartmut zu politischen Äußerungen ansetzen wollte, grätschten Hermann und manchmal auch Paul energisch dazwischen und verbaten sich unter ihrem Dach jegliche Agitation. Hartmut hielt sich von da an diskret zurück.

Und dann kam die nächste Ernte. Paul Linde ging auf die Siebzig zu, zudem plagte ihn das Rheuma. Jede Bewegung schmerzte, er konnte nicht mehr mitarbeiten auf dem Feld und musste die ganze Arbeit seinem Sohn Hermann und seiner Schwiegertochter Klara überlassen. Da kam, wie vom Himmel, ein Geschenk.

„Ich habe nächste Woche Urlaub", verkündete Hartmut, als er am Samstagabend in die angenehm kühle Wohnküche trat. „Ich kann euch bei der Ernte helfen."

„Du", schniefte Hermann verächtlich, „kannst du denn mit deinen Händen was anderes halten als ein Blatt Papier und einen Bleistift?"

„Ich denke schon."

„Schon mal 'ne Sense gesehen?"

„Nicht nur gesehen, sogar damit gearbeitet."

„Pah, da bin ich aber gespannt."

Obwohl Hartmut schon seit Jahren keine Sense mehr geschwungen hatte, staunte Hermann, wie sich Hartmut das Arbeitsgerät schnappte und die Schneide erst mal fachgerecht mit dem Wetzstein schärfte. Auch wie geschickt und ausdauernd Hartmut die Sense führte, beeindruckte ihn. Wohl doch kein so übler Bursche, musste er sich eingestehen. Arbeiten konnte er jedenfalls.

Die Jahre gingen ins Land und noch immer pendelte Hartmut zwischen Leipzig und der Jahnstadt an der Unstrut. Hierher zu Rosa konnte er nicht ziehen, auch weil es keinen geeigneten Betrieb für ihn als Maschinenbauingenieur gab. Und beruflich verschlechtern wollte er sich auch nicht. Er versuchte, Rosa schmackhaft zu machen, zu ihm nach Leipzig zu kommen. Aber noch immer bewohnte er das kleine Zimmer bei Witwe Pätzold. Das wäre verdammt eng geworden für die beiden. Auf der Wohnungsvergabestelle hatte man ihm gesagt, er solle froh sein, überhaupt ein Dach überm Kopf zu haben. Er solle wiederkommen, wenn er verheiratet wäre und ein Kind hätte, dann bestünde echte Dringlichkeit.

Und dann kam das Jahr 1959, in dem bei Lindes ein Leben gehen sollte und sich ein neues ankündigte. Paul Linde starb nach kurzer, schwerer Krankheit. Tagelang lag er mit einer Lungenentzündung im Bett. Seinem geschwächten Körper fehlte die Kraft zur Genesung. Rosa war todunglücklich über den Verlust des geliebten Großvaters. Ein paar Wochen nach seiner Beerdigung spürte sie eine körperliche Veränderung, die sie zunächst mächtig verunsicherte. So, wie sie sich als junges Mädchen wahnsinnig erschrocken hatte über ihre erste Regel, erschrak sie jetzt, da diese plötzlich ausblieb. Rosa war schwanger.

Um kein uneheliches Kind zur Welt bringen zu müssen, besprach sie mit Hartmut die Situation und sie entschieden, noch vor der Geburt zu heiraten. Alles müsse seine Ordnung haben! Und verheiratet mit Kind, würde Familie Becker sicher auch bald eine eigene Wohnung in Leipzig bekommen, waren sich die jungen Leute sicher.

Im Jahr 1960 bekamen sie einen Sohn und nannten ihn Ulf. Die sehnsüchtig erhoffte Wohnung erhielten sie aber erst drei Jahre später. Hartmut bat, flehte und bettelte immer wieder seinen Parteisekretär an, ihm irgendwie behilflich zu sein. Aber dieser zuckte nur die Schultern und meinte, eine Wohnung könne er sich eben auch nicht aus den Rippen schneiden. Viele junge Paare würden auf eine Wohnung warten und wohnten derweil bei den Eltern. Aber das Wohnungsbauprogramm läuft, braucht eben seine Zeit. Schließlich sei der Arbeiter-und-Bauern-Staat nicht schuld, dass der Krieg so viele Wohnhäuser zerstört hatte. Mein Gott, dachte Genosse Hartmut Becker, fünfzehn Jahre ist nun schon dieser elende Krieg vorbei und noch immer liegt sein dunkler Schatten über unserem Leben.

49

Nach ihrem Rausschmiss gehen Ulf und Karin schweigsam zum Parkplatz der Kleingartensparte zurück. Als sie eine halbe Stunde zuvor angekommen sind, hatten sie Glück und einen Platz im Schatten einer prächtigen Platane gefunden. Jetzt sitzen sie wieder im Auto, nachdem sie Hartmut aus seinem Garten verjagt hat. Ulfs Hände liegen auf dem Lenkrad und zittern leicht. Er ist aufgewühlt und momentan nicht in der Lage, den Wagen sicher durch den überschaubaren Sonntagsnachmittagsverkehr zu steuern. Das es ungemütlich werden könnte, davon waren sie ausgegangen, aber einen derart harschen Platzverweis hatten sie nicht erwartet, nicht in dieser brutalen Konsequenz, als wären sie Fremde, schlimmer noch – als wären sie Feinde.

Sie waren sich tatsächlich fremd geworden, nach drei Jahrzehnten Funkstille. Sie sahen sich kaum noch, und wenn, dann nur während Familienfeiern, redeten dabei aber kein einziges Wort miteinander, mit Ausnahme der Mutter. Ja, mit der Mutter wechselten sie, unter den grimmigen Blicken des Vaters, ein paar wenige, kurze Sätze. Aber diese Feiern wurden immer seltener, denn alle Tanten und Onkel, feierten nur noch die runden und die Geburtstage mit einer fünf am Ende. Zu Weihnachten brauchten sie seine Eltern, Ulfs Vater hatte stets konsequent abgelehnt, schon lange nicht mehr einzuladen, auch nicht zu ihren Geburtstagen. Hätte ihn nicht gerade deshalb der erste Schritt des Sohnes versöhnlich stimmen müssen? Hätte Hartmut nicht wissen müssen, wie viel Überwindung, wie viel innere Kraft ihn dieser schwere Schritt gekostet hat?

Die ohnehin marode Brücke zwischen Vater und Sohn ist endgültig zerbrochen und in die Tiefe gestürzt. In diesem Moment fasst Ulf den Entschluss, sollte irgendwann sein Vater das Zeitliche segnen, ihm würde er die letzte Ehre verweigern, mit der gleichen hartnäckigen Konsequenz. Sollen doch die Leute denken, was sie wollen! Hartmuts energische Zurückweisung hat ihn sehr verletzt und ihm die letzte Hoffnung auf Versöhnung genommen. Wir haben uns nichts mehr zu sagen, kein einziges Wort.

„Dass dein Vater so hartherzig sein kann“, flüstert Karin schockiert. „Das hätte ich so nicht erwartet.“

„Ich auch nicht.“

„Gerade in Gegenwart deiner Mutter. Macht er sich denn überhaupt keine Gedanken, wie es deiner Mutter dabei ergeht?“

„Nein, mein Vater ist so was von stur. Alles muss immer genauso ablaufen, wie er es sich vorgestellt hat. Nur was er tut, ist richtig. Etwas anderes akzeptiert er nicht."

„Woher das nur kommen mag", grübelt Karin.

„Ich weiß es nicht. Ich kenne ihn nicht anders."

Ulf ist tief, sehr tief gekränkt, zumal er sich vor dem Besuch vorgenommen hatte, seinem Vater all die schlimmen Dinge zu verzeihen, die während seiner Kindheit schiefgelaufen waren. Ulf wollte ihm die handgreiflichen Übergriffe, all die schmerzhaften Prügelattacken, oft mit dem Ledergürtel vollzogen, die vielen zugefügten Wunden auf Körper und Seele, die zahllosen verbalen Erniedrigungen, die er als Kind über sich ergehen lassen musste, er wollte sie ihm vergeben. Immer wieder hatte Hartmut den eigenen Sohn vor den anderen Kindern seiner Sportgruppe bloßgestellt, beschimpft – er wäre ein Versager, weil er mit den Leistungen der Gruppe nicht Schritt halten konnte. Ulf ist bereit gewesen, dem Vater diese Entgleisungen nachzusehen. Er wollte endlich dieses traurige Kapitel abschließen, welches noch immer unbewältigt auf seiner vernarbten Seele lastet, ihn emotional immer wieder aufwühlt. Er wollte dieses Thema abschließen, wie der Staatsanwalt einen Fall abschließt, wenn das Urteil gesprochen ist. Warum nur, fragt sich Ulf, kann er nicht die versöhnliche Hand nehmen, die man ihm entgegenstreckt? Er ist vierundneunzig! Was erwartet er denn noch?

Der Leichtathlet Hartmut Becker räumte bei Wettkämpfen sämtliche Siegertrophäen ab, wurde Bezirks- und später DDR-Meister. Sportreporter rissen sich um Interviews, kein Wunder – Hartmut galt als Idealbild der jungen Republik: Genosse, erfolgreicher Sportler, Student und später Ingenieur. Eine außergewöhnliche Biografie, wie sie nur der Sozialismus schreiben kann. Darüber wurde gern und ausführlich in den Zeitungen und im Rundfunk berichtet. Der junge Staat brauchte neue Helden, neue Vorbilder.

Als Ulf fünf Jahre alt war, nahm ihn sein Vater mit zum Training. Er sollte Stadionluft schnuppern und auf diese Weise Gefallen an den verschiedenen Disziplinen der Leichtathletik finden. Anfangs machte es dem Jungen sogar Spaß. Aber er war in der Sportgruppe, die sein Vater als Trainer betreute, der Jüngste. Die anderen waren zwischen sieben und acht Jahre alt. Auch Mädchen waren darunter, einige sehr talentiert. Doch bald schon trübte sich bei Ulf die Freude. Aus Spaß wurde Ernst, dann Frust und schließlich tiefe Abneigung. Ulf war dem enormen Leistungsdruck nicht gewachsen.

Auf Hartmuts Drängen wurde bei der BSG Fortschritt Nordwest ein Trainingszentrum für die talentiertesten Kinder eingerichtet, die ein bis zwei Einheiten mehr in der Woche trainieren konnten. Solche Trainingszentren gab es im ganzen Bezirk und einmal im Jahr kamen die Besten zur Aufnahmeprüfung für die Kinder- und Jugendsportschule. Die Trauben hingen sehr hoch und nur wenige bestanden die Aufnahmeprüfung zur Eliteschule, aus der später zahlreiche Europa- und Weltmeister und sogar Olympiasieger hervorgingen. Für Hartmut war, wie er selbst bedauerte, der Zug abgefahren, aber aus Ulf könne ein erfolgreicher Sportler werden. Er müsse nur wollen, aber Ulf wollte nicht und er kam aus diesem Hamsterrad nicht mehr raus, weil ihn sein Vater nicht rausließ.

Beim Sechzig-Meter-Lauf rannte, nein, stolperte Ulf als einer der Letzten durchs Ziel. Beim Weitsprung blieb er hinter den anderen zurück. Und beim Hochsprung entpuppte er sich als völlig unbegabt. So sehr sich sein Vater ins Zeug legte, ihm immer wieder die Technik des Flopsprungs erklärte, selbst vorführte und ihn zwang, es ihm gleich zu tun, es scheiterten alle Versuche – jedes Mal riss die Latte. Ulf bekam einfach nicht den korrekten Bewegungsablauf hin. Und er hatte Angst, Angst sich zu verletzen.

Das Training bereitete dem kleinen Jungen längst keinen Spaß mehr. Das Kind quälte sich, versuchte, sein Bestes zu geben. Trotzdem blieb Ulf der Langsamste, sprang die kürzesten Weiten und jeder Hochsprungversuch scheiterte. Dann verlor der Vater die Beherrschung, brüllte seinen inzwischen siebenjährigen Sohn an, und die anderen Kinder, das war das eigentlich Schlimme, lachten ihn hämisch aus. Das schmerzte besonders. Der kleine Ulf war todunglücklich. Und er hatte niemanden, bei dem er sich ausheulen konnte, außer seinen beiden Omas, aber die sah er nur selten. Die Mutter, das hatte der Vater strengstens verboten, durfte ihm keinen Trost spenden. Der Junge, schnaubte Hartmut, müsse hart werden. Und hart wird nur, wer hart angefasst wird. Das war Hartmuts pädagogische Überzeugung.

Ein Vorfall hat sich Ulf besonders tief ins Gedächtnis eingebrannt wie das Brandzeichen auf den Schenkel eines Pferdes. Der Junge ging in die erste Klasse und bekam nun zum Leistungsdruck im Sport den des Lernens zu spüren. Ulf war hoffnungslos überfordert, aber da gab es niemanden, der den unglücklichen Jungen in die Arme nahm, der ihm helfend beistand, der ihm den Rücken stärken sollte. Er blieb allein mit seinen Sorgen und Nöten. Und dann passierte es. Es war ein grauer Tag, ein leichter, aber stetiger Nieselregen ging nieder und Ulf hatte so gar keine Lust auf Sport. An diesem Nachmittag trainierten sie die verschiedenen Sprungtechniken beim Weitsprung. Während die anderen Kinder die Erklärungen des Trainers sehr geschickt umsetzten und damit akzeptable Weiten erreichten, blieb Ulf tollpatschig, übertrat fortwährend die weiße Linie und bekam gerade mal einen lächerlichen Satz hin.

Hartmut, der im Verhalten seines Sohnes eine Provokation witterte, schrie den verängstigten Jungen an, ehe er ihn vor der Sportgruppe mit einem stahlharten Griff an den dünnen Ärmchen packte, kräftig durchschüttelte und ihm noch eine schmerzhafte Ohrfeige verpasste.

In der darauffolgenden Nacht fasste Ulf in seiner kindlichen Naivität einen folgenschweren Entschluss: Er wollte am nächsten Morgen nicht zur Schule gehen, sondern abhauen und in die weite Welt ziehen, möglichst weit weg von zu Hause. Bereits der bloße Entschluss bescherte ihm Erleichterung und ein Gefühl von Freiheit. Am nächsten Morgen packte er seine Frühstücksbrote in den Ranzen, verabschiedete sich von seiner Mutter und zog los, zunächst in Richtung Schule. Als er außer Sichtweite war, bog er an der nächsten Straßenkreuzung ab und lief diese Straße bis zur nächsten Haltestelle einer Straßenbahn. Zuvor kam er an einem Garagenhof vorbei, an dem er seinen Ranzen hinter einem Gebüsch versteckte. Seine Pausenbrote nahm er als Marschverpflegung mit.

Die Straßenbahn brachte den Jungen, ohne dass es einem der Fahrgäste aufgefallen wäre, bis in eine Kleinstadt, die vor den Toren Leipzigs lag. Für Ulf glich bereits diese Fahrt einer Weltreise. Er fühlte sich plötzlich auf eine sehr angenehme Weise frei, den erdrückenden Ballast glaubte er abgeschüttelt zu haben. Jetzt würde ein neues Leben beginnen, ohne den strengen Vater, ohne die hilflose Mutter. Ulf hoffte, neue und vor allem verständnisvolle Eltern zu finden. Als ihn der Straßenbahnfahrer an der Endstelle ansprach, verwickelte er sich in Widersprüche und dem Fahrer war schnell klar, dass er einen Ausreißer vor sich hatte. Telefonisch gab er seiner Leitstelle Bescheid, die umgehend die Polizei informierte, um den Jungen mit einem Streifenwagen abzuholen. So konnte Ulf zum ersten Mal in seinem Leben in einem Polizeiauto mitfahren. Zunächst machte ihn dieses Abenteuer glücklich und er war auch mächtig stolz, dort auf der Rückbank des grünweißen Ladas zu sitzen und durch die Straßen der Stadt chauffiert zu werden. Aber bald schon wurde dem Jungen klar, es ging wieder nach Hause, zum Vater, der ihn nicht nach seinen Gründen fragen, der ihm einfach nur seine unverschämten Launen aus dem Leib prügeln würde.

Die Intensität der Hiebe, vollzogen mit dem Ledergürtel des Vaters, übertraf alles, was Ulf bisher ertragen musste. Hartmut schlug auf den Jungen ein, als wäre er nicht sein Kind, das er eigentlich lieben und beschützen müsste, sondern eine widerliche Kreatur, die sich immer wieder seinem Willen widersetzte. Erst als einige Striemen auf Ulfs Gesäß aufplatzten und ihm warmes Blut an den Beinen herunterlief, ließ der Vater von ihm ab.

Mit der Zeit verbesserten sich Ulfs Leistungen im Sport, aber der Beste wurde er nie. Er blieb immer unterdurchschnittlich. Ihm fehlte es nicht nur an Begabung, es mangelte ihm auch an Motivation. Sein Antrieb war sein Vater, der Antreiber. Ohne ihn hätte er längst die Laufschuhe an den Nagel gehängt. In all den Jahren hatte Ulf nie ein lobendes Wort, weder Anerkennung noch eine Belohnung erhalten. Nur verletzende Tadel, verbale Erniedrigungen und bittere Vorwürfe schüttete sein Vater über ihn aus.

Als Ulf zehn Jahre alt war, fühlte er sich selbst mehr und mehr als Versager. Inzwischen hatte er begriffen, um nicht den Groll seines Vaters auf sich zu ziehen, müsse er sich anstrengen, müsse ihm zeigen, dass er zu guten Leistungen gewillt wäre. Ulf glaubte, auf diese Weise die Zuneigung seines Vaters und Trainers zu erlangen. Aber das war eine fatale Fehleinschätzung, denn selbst als er bei der Kinder- und Jugendspartakiade mit der Vier-mal-Sechzig-Meter-Staffel den Bronzeplatz belegte, erhielt er kein Lob. Anstatt zu gratulieren, schimpfte sein Vater und warf ihm vor, sich nicht ausreichend angestrengt zu haben. Die Staffel hätte durchaus Gold erreichen können, grollte er zähneknirschend. Es wäre nur seine Schuld gewesen, er habe den Sieg vermasselt, und die anderen Läufer glaubten dem Trainer und waren wütend auf Ulf, der sportlich nichts auf die Reihe bekommt. Das war die Zeit, als dem Zehnjährigen zum ersten Mal Suizidgedanken kamen. Die Eltern heulend am eigenen Grab zu sehen, das Kind in den Tod getrieben. Wenn er sich diese Bilder vorstellte, fühlte er eine angenehme Genugtuung.

Ulf entwickelte sich immer mehr zum Einzelgänger, hatte keine Freunde, weder in der Schule noch im Sport. Er litt sehr unter dieser zermürbenden und vor allem ausweglosen Situation. Und so zog er sich immer weiter in sein Schneckenhaus zurück. Die wenige Freizeit, die ihm zwischen Schule, Training und Wettkämpfen blieb, nutzte er, indem er anfing zu lesen. Viele Bücher hatte der Junge nicht, aber die, die er besaß, reichten aus, um ihm das Tor in eine andere Welt zu öffnen. Dort fühlte er sich auf wohltuende Weise geborgen, und dort musste er nicht die strengen Worte des Vaters fürchten.

Bald schon waren die wenigen Bücher ausgelesen. Und eines Tages nahm er allen Mut zusammen und fragte seine Mutter, ob er sich in der Bibliothek anmelden dürfe.

„Da musst du Vati fragen!“, kam die knappe Antwort.

Ulf fragte nicht. Ihm fehlte der Mut, auch weil er die Antwort des Vaters bereits kannte. Schließlich, sie saßen beim Abendbrot, erledigte das seine Mutter Rosa für ihn.

„Bibliothek!“, schniefte sein Vater aufgebracht, erhob sich plötzlich, holte das Handbuch der Leichtathletik und schmetterte die dicke Broschüre auf den Tisch. „Hier, wenn du unbedingt lesen willst, dann lies das!“

Mehr als eine halbe Stunde sitzen sie im Auto, reden kaum, sind frustriert, beide, und hängen ihren Gedanken nach. Dann sagt Ulf endlich: „Komm, lass uns nach Hause fahren!"

„Gern", meint Karin erleichtert und tätschelt seinen rechten Handrücken.

Zu Hause angekommen, setzt er sofort die Kaffeemaschine in Gang, nimmt dabei die doppelte Menge Pulver. Jetzt braucht Ulf einen starken Kaffee, der ihn beruhigen soll. Ihm ist bekannt, dass Koffein entgegengesetzt wirkt, wenn der Körper unter Stress steht. Die Heidelbeertorte, die er eigentlich mag, vor allem mit einer ordentlichen Portion Sahne, will ihm dieses Mal nicht munden. Ohne Appetit löffelt er an seinem Stück Torte, derart behäbig, dass die Sahne zerfällt und sich wie ein weißer Schleier über die Gelatine legt.

„Ulf, du hast dir nichts vorzuwerfen", versucht ihn Karin zu trösten.

„Ich weiß." Und kurz darauf: „Weißt du, was mein größter Triumph über meinen Vater war?"

„Du meinst sicher die heimliche Anmeldung in der Bibliothek?"

„Ja, habe ich dir das schon erzählt?"

„Ulf! Dutzende Male."

„Das war so ein erhabenes Gefühl, kann ich dir sagen."

Viele seiner Mitschüler besuchten regelmäßig die üppig ausgestattete Kinderbibliothek. Da gab es unglaublich tolle Bücher, herrliche Geschichten mit wunderschönen Illustrationen. Die Kinder erzählten sich während der Pausen oder auf dem Schulhof von den Büchern, die sie gelesen hatten, gaben sich gegenseitig Tipps und Empfehlungen. Und einmal mehr stand Ulf nur daneben, konnte nicht mitreden, hatte keine Ahnung von dem, worüber sich seine Klassenkameraden unterhielten. Besonders schwärmten sie von „Alfons Zitterbacke" oder den amüsanten Streichen vom braven

Schüler Ottokar. Das wollte er auch gern lesen, aber wie sollte er das anstellen, wenn er die Bibliothek nicht besuchen durfte?

Trotzdem ergab sich eines Tages eine günstige Gelegenheit. Die letzte Stunde war ausgefallen und da würde es nicht auffallen, wenn er einen kleinen Umweg über die Bibliothek nehmen würde. Die Bibliothekarin war sehr nett, das nahm ihm sofort dieses beklemmende Gefühl, etwas Falsches, etwas Verbotenes zu tun. Als Ulf diesen magischen Ort mit den vielen geheimnisvollen Büchern betrat, umgab ihn eine wundervolle Aura, in der er sich sofort geborgen fühlte.

„Na, junger Mann, wo sind denn deine ausgeliehenen Bücher?", wollte die Frau hinterm Tresen wissen.

„Habe keine."

„Verstehe, beim letzten Mal nichts Passendes gefunden. Und jetzt weißt du, was du möchtest?"

„Ja", strahlte Ulf und wähnte sich am Ziel, „‚Alfons Zitterbacke‘."

„Dann brauche ich deinen Nutzerausweis!"

„Ich … ich habe … habe doch gar keinen" Der enttäuschte Junge hatte Tränen in den Augen.

„Aber das ist doch kein Problem", munterte ihn die liebenswürdige Bücherfee auf, „dann gebe ich dir diesen Anmeldeschein mit. Den brauchst du nur auszufüllen, von deinen Eltern unterschreiben zu lassen und dann bringst du ihn wieder zu mir zurück! Und schon darfst du dir ausleihen, was dein Herz begehrt."

Ulf verließ mit gesenktem Kopf die Bibliothek und ließ den Anmeldeschein in seinem Ranzen verschwinden. Das war's, dachte der Junge verbittert, denn unterschreiben würde sein Vater nie im Leben und die Mutter würde es nicht ohne seine Einwilligung wagen.

Wieder kam Ulf der Zufall zu Hilfe. Ein paar Wochen später, der Anmeldeschein war fast schon vergessen, steckte aber noch immer im Seitenfach seines Ranzens, kam Oma Käthe für ein paar Tage zu Besuch. Seine Eltern waren für eine Woche zu einer Betriebsfahrt ins Riesengebirge gefahren und die Oma sprang zur Betreuung des Enkels ein. Das war eine so absolut glückliche Fügung, denn die Oma war die Mutter seines Vaters und hieß wie er: Becker. Mehrere Klassenarbeiten ließ er sie unterschreiben, schlecht zensierte Arbeiten, die er sich nicht getraut hatte, dem Vater vorzulegen, denn ab einer Vier reagierte er harsch und ungemütlich, bei einer Fünf rastete er regelrecht aus und nannte Ulf einen notorischen Versager, der nur Flausen im Kopf hätte und zum Lernen zu faul wäre. Und dieses Mal waren sogar zwei Fünfen dabei. Plötzlich fand Ulf den Anmeldeschein und, innerlich triumphierend, legte er ihn seiner Oma vor und meinte: „Oma, das musst du mal unterschreiben! Ist für die Schule."

Ohne zu zögern, unterschrieb Oma Käthe mit ihrem Namen *Becker* und Ulf strahlte überglücklich, denn jetzt würden sich die geheimnisvollen Tore zur Bücherwelt für ihn öffnen. Trotzdem war dem Jungen klar, dass er vorsichtig sein musste. Seine Eltern durften nicht merken, dass er sich heimlich Bücher auslieh. Lange ging das nicht gut, denn eines Tages lag eine grauweiße Karte der Bibliothek im Briefkasten, mit der Aufforderung, ein überfälliges Buch zur Ausleihe zurückzubringen.

Der Vater verlor förmlich die Fassung, als er die Mahnung las. Er wollte sich gerade den Ledergürtel aus den Laschen seiner Hose ziehen, als sich die Mutter schützend vor ihren Jungen stellte. „Das geht zu weit", stoppte sie ihren Mann. „Was hat denn der Junge Schlimmes getan? Sich in der Bibliothek angemeldet, und dafür willst du ihn bestrafen?"

„Er hat uns hintergangen!", fluchte der Vater aufgebracht.

„Hintergangen?" Rosa schüttelte den Kopf. „Mach dich nicht lächerlich! Er hat einfach eine günstige Gelegenheit ausgenutzt. Wenn du mich fragst, Ulf war einfach nur schlau."

„Schlau!" Hartmut kochte fast über vor Wut. „Durchtrieben nenne ich so etwas. Und nun geh zur Seite!"

„Nein!", weigerte sich Rosa. „Dann kannst du mich gleich mit verprügeln! Aber eines sage ich dir, dann reiche ich die Scheidung ein, Herr Genosse! Langsam reichen mir deine Eskapaden!"

Zähneknirschend fädelte Hartmut seinen Gürtel durch die Schlaufen seiner Hose und verschwand verärgert im Wohnzimmer. Ulf hatte ein Etappenziel erreicht. Jetzt durfte er offiziell in die Bibliothek gehen. Er genoss diese Zeit, strich lange durch die zahlreichen Bücherreihen, zog Bücher heraus, blätterte darin, sah sich die Bilder an und las einige Textpassagen. Ulf hatte eine neue Welt für sich entdeckt, eine Welt, in die sein Vater keinen Zugang hatte, die ihm ganz allein gehörte. Hier fühlte er sich zu Hause. Seine Gedanken, die sich um Suizid drehten, verblassten allmählich wie die abklingenden Symptome einer Krankheit, wenn man auf dem Weg der Genesung ist.

Der Junge hatte sich in die nette und verständnisvolle Bibliothekarin verliebt. Sie gab ihm gute Tipps, reservierte Ulf gefragte Bücher und erkundigte sich, wie ihm zurückgebrachte Bücher gefallen hätten. Eines Tages nahm Ulf seinen ganzen Mut zusammen und fragte sie: „Könnten Sie mich adaptieren?"

Die Bibliothekarin sah den Jungen erstaunt an, lachte kurz und erwiderte: „Du meinst adoptieren?"

„Ja, bitte!"

„Aber du hast doch Eltern."

„Schade …", stammelte Ulf und steckte die beiden entliehenen Bücher in seinen Stoffbeutel.

„Was ist denn mit deinen Eltern?", hakte sie nach.

„Sind nicht die richtigen …“, erwiderte Ulf und stürzte aus der Bibliothek.

Der Trainingsterror ging indes weiter, der Vater ließ die Zügel nicht locker, bis zum Tag der Aufnahmeprüfung an die Sportschule, die in einem Fiasko enden sollte. Obwohl Hartmut ein erstklassiger Trainer war, der bereits vielen Talenten mit seiner geduldigen, aufopferungsvollen und akribischen Arbeit zur Eliteschule verholfen hatte, bei Ulf war er mit Blindheit geschlagen. Er wollte einfach nicht wahrhaben, dass die Leistungen seines Sohnes nicht ausreichten, er hätte ihn gar nicht erst zur Prüfung anmelden dürfen. Die einzige Erklärung: Er musste an ein Wunder in letzter Minute geglaubt haben, als würde der Knoten plötzlich platzen und Ulf alle Normen spielend leicht schaffen. Auf der Rückfahrt in der Straßenbahn, der Vater kochte innerlich, nannte er ihn einen entsetzlichen Versager, einen sportlichen Blindgänger, eine Null, einen Nichtsnutz, mit dem man sich nur blamieren könne.

„Womit habe ich das nur verdient?“, klagte der Vater, und andere Fahrgäste wendeten sich peinlich berührt ab, da sie die Situation nicht einschätzen konnten. „Warum, verflucht noch mal, warum kannst du dich nicht mehr anstrengen?“

„Ich will nicht …“, schluchzte Ulf, „… will nicht auf diese blöde Sportschule.“

„Ich höre wohl nicht richtig“, brauste Hartmut auf. „Ich werde dir schon noch beibringen, was du willst!“

Wenn die Worte des enttäuschten Vaters auf den Jungen einprasselten, senkte dieser beschämt den Kopf und flüchtete in Gedanken zu seinen Büchern mit den vielen tollen Geschichten, den liebenswerten Figuren, als wären sie nur für ihn da. Dann rauschte das Toben seines Trainers an seinen Ohren vorbei, prallten die Worte von ihm ab wie Wassertropfen von einem Regenmantel.

Bald schon fand Ulf eine weitere Möglichkeit, seine Traumwelt zu erweitern. Er dachte sich eigene Geschichten aus, meistens mit ihm in der Hauptrolle als tragischer Held, der irgendwann zu Superkräften kommt, der zaubern kann und es allen, die ihm Böses tun, zeigt und hart und gnadenlos bestraft. Die Handlungen, die der kleine Ulf immer weiter ausschmückte und sich in zahlreichen Nuancen in Gedanken zusammenspann, nahmen mit jeder Fassung deutlichere Konturen an. Und eines Tages begann er, sie aufzuschreiben. Das waren seltene, aber schöne Momente, allein im Kinderzimmer, nur ein Schulheft mit leeren Seiten auf dem Schreibtisch, was sich langsam mit seinen Gedanken füllte. Die Figuren begannen plötzlich zu leben, nicht nur in seinem Kopf, sondern auch auf dem Papier.

Seine Geschichten glichen einem Ventil, ohne dass er an der Übermacht seines Vaters, der mehr Trainer als Vater war, zerbrochen wäre. Und Ulf war sich später sicher, ohne die Bibliothek, ohne die entliehenen Bücher, ohne die selbst ausgedachten Geschichten hätte er es nie geschafft, hätte er seinem jungen Leben ein furchtbares Ende gesetzt. Er wusste sogar wie. Als er eines Tages von einem tragischen Unfall erfuhr, bei dem ein vierzehnjähriges Mädchen von der Straßenbahn überrollt worden war. Später stellte sich heraus, es war kein Unfall, sondern Selbstmord, denn in einem Abschiedsbrief hatte sie ihr schreckliches Vorhaben angekündigt.

Als Ulf selbst vierzehn wurde, kurz vor der Jugendweihe, als er sich ein wenig erwachsen fühlte, gab es einen erneuten Tiefpunkt in der gestörten Beziehung zu seinem Vater. Kurz darauf reifte bei dem Jungen ein Entschluss, der regelrecht von ihm Besitz ergriff und ihn nicht mehr loslassen sollte: Er wollte auch Bücher schreiben. Nicht als Sportler, sondern als Schriftsteller wollte er erfolgreich sein. Dieser Gedanke fraß ihn mit Haut und Haar und gab ihm unglaublich viel innere Kraft. Ulf war von sich und seinem Talent überzeugt, und er wollte es allen beweisen, dass er doch etwas kann.

50

„Was ist los mit dir?", fragt Karin besorgt, als sie Ulf Tage später gedankenversunken am Küchentisch sitzen sieht. Seine Schultern hängen schlaff, die Hände ruhen im Schoß, sein leerer Blick verliert sich im Raum. Die Zeitung liegt unaufgeschlagen vor ihm. Die Kaffeetasse nur halb geleert, die Neige kalt geworden.

„Dein Vater?"

Ulf nickt kurz und dann murmelt er: „Nicht nur. Ich stecke fest in meinem Roman. Ich komme einfach nicht mehr weiter."

„Mmm", grübelt Karin, die gern helfen möchte. „Und wenn du mal mit deinem Onkel redest?"

„Mit Siegbert?"

„Ja klar, Onkel Gerd kommt ja wohl kaum in Frage."

„Stimmt", überlegt Ulf, „ein Versuch wäre es wert. Aber er wird mir nicht viel erzählen können. Onkel Siegbert war damals selbst noch ein Kind."

Siegbert Becker wohnt noch immer in der Thüringer Kleinstadt an der Schnauder. Als sein zehn Jahre älterer Bruder Hartmut 1947 aus der Gefangenschaft zurückkam, war er neun Jahre alt. Ihr Vater Wilhelm, der frühzeitig in den Ruhestand versetzte Polizist, war ein Jahr zuvor seiner fortgeschrittenen Lungenerkrankung erlegen. Käthe wollte ein stilles Begräbnis. Kein großes Tamtam für diesen nichtsnutzigen Kettenraucher. Nur ihre Brüder Richard, der im Krieg ein Bein verloren hatte, und Fritz, dem angeblich eine Tellermine beide Hände abgefetzt hatte, und die Kinder standen am Grab. Sohn Hartmut fehlte. Mutter Käthe wollte ihren Ältesten nicht mit der Todesnachricht behelligen und womöglich zu einer überhasteten Rückkehr veranlassen. Er sollte dort bleiben, wo es ihm gut ging. Hartmut lebte im Norden, bei Familie Petersen auf dem holsteinischen Bauernhof und erfuhr nichts vom Tod des Vaters, wie auch nicht vom Tod vieler anderer, die er kannte. Darunter der seines früheren Boxtrainers.

Als Hartmut ein Jahr später zurückkam, marschierten er und Siegbert zur ehemaligen Boxhalle, in der Hoffnung, weiter trainieren zu können. Aber die Halle wurde zweckentfremdet und diente als Notunterkunft für Heimatvertriebene.

„Wir finden was anderes“, hatte Hartmut seinen Bruder aufgemuntert, doch der hatte nur den Kopf geschüttelt: „Ich will nichts anderes finden.“

Einige Jahre später, der Bruder feierte in Leipzig als Leichtathlet erste sportliche Erfolge, hatte Siegbert einen früheren Kindheitstraum für sich neu entdeckt. Hartmut war inzwischen Student im Maschinenbau, Siegbert hatte eine Lehre zum Dreher begonnen. Als er seinen ersten Lehrlingslohn Mutter Käthe auf den Küchentisch legte, sagte er: „Jetzt besorge ich mir einen Hund. Das wollte ich schon immer.“

„Junge“, fuhr Käthe erschrocken auf, „einen Hund, jetzt, in dieser Zeit, in der noch viele Hunger leiden.“

„Keine Sorge, Mutti!“, winkte Siegbert ab. „Mein Freund lernt Fleischer, da fällt immer was ab.“

„Na, hoffentlich auch für uns.“

Siegbert hatte sich im Krieg einen Hund als Ersatz für die ausgefallene Einschulung gewünscht. Mutter Käthe konnte diese Schnapsidee dem damals Sechsjährigen ausreden. Sie hatten wahrlich genug andere Probleme, als sich wegen der kriegsbedingten Schulschließungen einen Welpen zuzulegen. Jetzt aber verdiente Siegbert sein eigenes Geld, da wollte er sich nicht mehr reinreden lassen, und eines Tages brachte er tatsächlichen einen jungen Rauhaardackel mit. Mutter Käthes Widerstand blieb schwach und bald liebte und vergötterte sie den Kleinen, den sie „Stromer" nannten, selbst am meisten. Er durfte sogar Wilhelms leeres Bett in Beschlag nehmen.

Im dritten Lehrjahr gründete Siegbert mit Gleichgesinnten eine Interessengemeinschaft „Hundesport", die sie anfangs ohne staatliche Anmeldung betrieben. Um keinen Ärger, sondern vielmehr um finanzielle Unterstützung vom Rat der Stadt zu bekommen, sie brauchten einen Hundetrainingsplatz, meldeten sie ihre IG ordnungsgemäß an und Siegbert erklärte sich bereit, als Vorsitzender zu agieren. Der Partei, wie sein Bruder Hartmut, wollte er nicht beitreten. Die SED hatte gern überall ihre Finger drin und war bestrebt, dass die Führungsspitzen solcher Freizeitgruppen der Partei beitraten und somit unter Kontrolle standen. Aber Siegbert blieb standhaft. Und nicht nur das: Als ihn Parteisekretär Hans Glück, der stets den Bruder Hartmut als Vorbild für ihre sozialistische Sache nannte, wiederholt in die Mangel nahm, sagte der Umworbene: „Ich mag zwar Hunde, aber ich bin noch lange nicht auf den Hund gekommen."

Siegbert konnte froh sein, dass Hartmuts alter Freund diese Äußerungen nicht weitermeldete, denn in der Lesart der Partei steckte konterrevolutionäres Gedankengut in diesen Worten. Die hätten ihm viel, sehr viel Ärger einbringen können. Aber Hans fühlte sich seinem Freund Hartmut verpflichtet, denn eine politische Auseinandersetzung des Bruders mit der Staatsmacht hätte sich wie ein dunkler Schatten auf dessen Karriere legen können. Hans wusste, wie der Hase lief, auch wenn er nicht immer die Beweggründe seiner übergeordneten Genossen in Kreis- und Bezirksleitung nachvollziehen konnte. Er dachte bei seiner Entscheidung, die Sache nicht an die große Glocke zu hängen, eher an Hartmut als an seinen Bruder, obwohl ihn dessen kalte Abweisung mächtig wurmte. Hans wollte, dass Hartmut erfolgreich sein Maschinenbaustudium abschließen konnte, um danach zurück ins Werk zu kommen. Ingenieure wurden gebraucht, dringend. Einfache Dreher wie Siegbert gab es genug.

Als Ulf das Namensschild über dem Klingelknopf liest, muss er lächeln. „Siegbert Becker & Rokko" steht da. Er klingelt und sofort bellt ein Hund hinter der Tür. Und dann hört er das scharfe Kommando: „Platz! Rokko, Platz!" Kaum hat Siegbert die Tür geöffnet, ist der Golden Retriever aufgesprungen, um neugierig den unbekannten Gast zu beschnuppern.

„Keine Sorge, Ulf, ist ein liebenswürdiger Hund. Der würde sogar jeden Einbrecher begrüßen. Komm rein!"

Ulf tritt in die kleine Altbauwohnung aus den Sechzigerjahren und wird sofort in die gute Stube geführt. „Setz dich! Kaffee?"

„Gern. Ich habe Kuchen mitgebracht."

„Oh schön, dann gib mal her."

Ulf setzt sich in einen der beiden Sessel und kramt in seinem Rucksack. Rokkos Hundeaugen verfolgen aufmerksam jede seiner Bewegungen, die Rute wedelt freudig und erwartungsvoll. Vorsorglich hat Ulf eine Tüte mit Hundeleckerlis mitgebracht. Rokko sabbert beim Anblick der für ihn bestimmten Snacks und bedankt sich vorab mit einem leisen: „Wuff!"

Da Onkel Siegbert in der Küche mit der Kaffeemaschine beschäftigt ist, bleibt Ulf ausreichend Zeit, um sich im Wohnzimmer des Witwers umzusehen. Es sieht aufgeräumt aus, nichts liegt rum, der

Teppich macht einen gepflegten Eindruck, sogar die Fransen sind glattgekämmt, die Fenster sauber, keine Putzschlieren, nirgends, weder auf dem Regal mit dem kleinen Radio noch auf der Anrichte, ist Staub zu sehen. Onkel Siegbert mit seinen vierundachtzig Jahren hat seinen Haushalt erstaunlich gut im Griff.

„Ja, ich erledige noch alles allein", sagt er stolz, als er mit dem Tablett in die Stube tritt. „Andere in meinem Alter liegen schon unter der Erde oder vermodern in so einer fürchterlichen Pflege-Aufbewahrungs-Anstalt. Lieber Gott, sorge dafür, dass mir das erspart bleibt!"

„Man kann schon einiges für seine Fitness tun", meint Ulf, einfach um etwas zu erwidern.

„Klar, kann man. Und wie! Ich bin jeden Tag, bei Wind und Wetter, ob Sommer oder Winter, mindestens drei Stunden unterwegs an der frischen Luft. Rokko hält mich auf Trab."

Siegbert hat das Tablett abgestellt, jedem eine Kaffeetasse hingestellt und einen Teller für den Kuchen. Beim Eingießen aus der Glaskanne fragt er: „Du wolltest mit mir über deinen Vater sprechen?"

„Genau. Ich komme nicht mehr ran an ihn. Da ist einfach nichts zu machen. Ich habe dir ja schon am Telefon davon erzählt."

„Dein Vater hat sich sehr verändert und nicht zu seinem Besten. Was willst du denn wissen?"

„Alles, also über euch, Oma Käthe, euren Vater, die Zeiten vor und während des Krieges und solche Sachen eben."

„Wir hatten einen strengen, ach was sage ich, einen gewalttätigen Vater, der seinen Frust gern an uns Kindern ausgelassen hat. War eine verdammt harte Zeit mit ihm. Dem haben wir keine Träne nachgeweint, das kannst du mir glauben. Hartmut hat mich damals vor ihm beschützt. Wir haben uns prächtig verstanden. Der große Bruder war immer so etwas wie ein Vorbild für mich. Hartmut wusste genau, was er wollte, schon damals. Er war sehr zielstrebig und, man kann schon sagen, besessen von dem, was er tat."

„Wem sagst du das, habe es oft zu spüren bekommen", sagt Ulf und zeigt auf sein Hinterteil.

„Ich hab's mitbekommen, Ulf. Und oft genug habe ich Hartmut ins Gewissen geredet. Aber dein Vater war anderer Meinung: Eine gute Erziehung bedarf einer straffen Hand! In diesem Punkt glich er sehr unserem Vater Wilhelm. Aber das wollte er natürlich nicht wahrhaben. Bei ihm liege die Sache anders, hat er stets behauptet und wollte keinen Rat annehmen. Auch von mir nicht. Leider."

Onkel Siegbert erzählt und erzählt und Ulf macht sich stichpunktartig Notizen.

„Was schreibst du denn da auf?"

„Ich … na ja, wie soll ich sagen … ich mache mir Notizen, für einen Roman, und benötige diese Informationen."

„Roman?", stutzt Siegbert. „Was denn für einen Roman?"

Jetzt ist es Ulf, der lang und breit erzählt und erklärt, der vor dem Onkel sein literarisches Vorhaben ausbreitet wie einen Gebetsteppich.

„Du, Ulf", fährt Siegbert plötzlich auf, „ich glaube, ich habe da was für dich."

Der Onkel erhebt sich aus seinem Sessel, ziemlich flott, wie Ulf feststellt, und verschwindet im Schlafzimmer. Kurz darauf kommt er mit einem kleinen Stapel vergilbter, an den Rändern eingerissener Schulhefte zurück.

„Was ist das?"

„Tagebücher, Erinnerungen – von deinem Vater."

„Er hat was?" Ulf guckt total überrascht.

„Haben wir nicht alle eine Seite, die keiner vermutet?"

„Ja, schon … trotzdem überrascht mich das. Aber wieso hast du seine Tagebücher?"

„Hartmut hat sie mir gegeben, er ist ja jetzt schon vierundneunzig. Er wollte nicht, unter gar keinen Umständen, dass sie nach seinem Tod, dir in die Hände fallen."

„Das wiederum glaube ich gern. Das passt zu ihm."

„Hier nimm sie!"

„Onkel Siegbert, Vater will doch nicht …"

„Richtig, er hat zu mir gesagt, nach seinem Tod und nicht vor seinem Tod."

Auf der Heimfahrt denkt Ulf über Onkel Siegberts Worte nach. Sein Wagen gleitet über die fast autoleere Landstraße und erfordert nicht viel Aufmerksamkeit. Vaters übertrieben strenge Erziehung war also anderen nicht verborgen geblieben. Trotzdem hat sich an seiner Härte nichts geändert und wehmütig erinnert sich Ulf an den großen Tag seiner Jugendweihe. Es war weniger die Feier mit ihrem sozialistisch übergestülpten Rahmen, den schwülstigen Worten seiner Schuldirektorin und des FDJ-Kreissekretärs, als vielmehr das erhabene Gefühl, ab dem Moment zum Kreis der Erwachsenen zu gehören. Ulf war in seiner Naivität fest davon überzeugt, von nun an auch als solcher behandelt und respektiert zu werden, gerade von seinem Vater.

Besonders war der Junge auf die Geldgeschenke gespannt. Zahlreiche Glückwunschkarten mit den begehrten Banknoten drin wurden ihm in die Hand gedrückt, von den Großeltern, den Onkels und Tanten, die alle zur Feier angereist waren. Auch die Hausbewohner hatten gesammelt wie auch die Belegschaft aus Mutters Betrieb. Nach der Feier zählte Ulf siebenhundertdreißig Mark, nur zwanzig Mark fehlten zu seinem großen Traum: ein Mono Kassettenrecorder Anett, den er sich alsbald zulegen wollte, sofern im RFT-Laden frische Ware eingetroffen wäre. Ulf hatte sich schon mal vorsorglich ein Gerät reservieren lassen und konnte es kaum erwarten.

Am nächsten Morgen, noch vor dem Frühstück, es war ein Sonntag, stürmte Vater in sein Kinderzimmer und sagte: „Zeig mal her! Wie viel ist es denn geworden?“

Stolz und ohne Böses zu ahnen, zeigte Ulf den Stapel Geldscheine und sagte: „Siebenhundertdreißig Mark.“

„Nicht schlecht“, antwortete sein Vater, schnappte sich das Geld und meinte: „Da wird sich aber dein Sparbuch freuen. Ich bringe es gleich morgen zur Sparkasse. Nicht, dass du es für irgendwelchen Schwachsinn ausgibst.“

„Aber … Vati! Das ist mein Geld, das war meine Feier!“

„Und wer hat deine Feier ausgerichtet und bezahlt? Außerdem, es bleibt ja dein Geld.“

„Aber ich wollte mir …“, schluchzte Ulf.

„Ja, ja, ich weiß schon, was du wolltest, das schöne Geld für so eine scheiß Kofferheule ausgeben, um damit durch die Straßen zu schwadronieren wie diese Halbstarken mit ihren Zottelhaaren. Nein, nein! Nicht bei mir!“

Ulf, der Jungerwachsene, sank in sein Kopfkissen, ließ die Tränen laufen und schluchzte wie ein zutiefst enttäuschtes Kind. Der Verlust, der geplatzte Traum schmerzte heftiger, als wenn ihm der Vater eine ordentliche Tracht Prügel verpasst hätte. An diese Übergriffe hatte sich sein Körper im Laufe der Jahre gewöhnt und sogar eine Abwehrstrategie entwickelt. Immer schön laut und kräftig schreien, dann schlug der Vater nicht so heftig zu und er ließ auch früher von ihm ab. Jetzt hätte er aber lieber die schmerzhaften Schläge ertragen, wenn damit sein sehnlichster Wunsch in Erfüllung gegangen wäre.

Wenige Tage später erlebte Ulf den nächsten Tiefpunkt, der endgültig zum inneren Bruch in der Beziehung zu seinem Vater führen sollte. Im Nachbarhaus wohnte Karsten, ein Schüler aus seiner Parallelklasse. Mit ihm traf er sich gelegentlich. Ulf beneidete ihn, denn Karsten hatte alles, was ihm fehlte. Sein unsportlicher Vater, der seine Feierabende Bier trinkend und Zigaretten rauchend auf dem Sofa verbrachte, kommandierte seinen Sohn nicht herum. Karsten genoss Freiheiten, die sich Ulf nicht zu träumen gewagt hätte. Er durfte ungefragt jederzeit Freunde mitbringen, auch Mädchen. Mit der Jugendweihefeier erlaubte ihm sogar sein Vater, zu Hause zu rauchen. Und während sich Ulf, der natürlich auch schon heimlich nach Mädchen schielte, als graue Maus fühlte, wurde Karsten von ihnen regelrecht angehimmelt. Und er entpuppte sich als Draufgänger. Ständig hatte er einen flotten Spruch auf den Lippen und wusste die Mädels zu beeindrucken.

In Ulfs knapp bemessener Freizeit, er musste dreimal in der Woche ins Stadion zum Training und an den Wochenenden sehr oft zu irgendwelchen Wettkämpfen, unternahm er etwas mit Karsten. Mal gingen sie ins Kino, hingen mit ein paar Gleichaltrigen ab, darunter auch Mädchen, oder radelten durch die Gegend.

Kurz vor Ulfs fünfzehntem Geburtstag, es war an einem trainingsfreien Nachmittag, lungerte er mit Karsten, einem weiteren Freund, und ein paar Mädels an ihrem Stammplatz, einer Parkbank vor der HO-Kaufhalle herum. Großspurig warfen die Halbwüchsigen mit Kraftausdrücken um sich, rissen zotige Witze, pöbelten vorbeikommende Leute an und rotzten auf die grauen Gehwegplatten. Und immer wieder steckten sie sich Zigaretten in die Mundwinkel und fühlten sich verdammt erwachsen.

Ulf konnte lange Zeit mit dem Hinweis, er sei doch Sportler und dürfe nicht rauchen, seine Enthaltsamkeit begründen. In Wahrheit fürchtete er die Folgen des Tabakgenusses in Form seines Vaters, wenn er ihn bei der Qualmerei erwischen würde. Er kannte in diesem Punkt keine Gnade, im Gegenteil, er reagierte regelrecht allergisch auf dieses Thema. Opa Wilhelm, diese Geschichte erzählte sein Vater allzu gern, wäre an diesen Sargnägeln fürchterlich zugrunde gegangen.

Natürlich war Ulf neugierig, wie die Dinger schmecken, die seine Freunde großspurig und genüsslich pafften. Karsten konnte sogar Raucherkringel in die Luft blasen, was ihm die anderen erfolglos nachahmten. Ulf stand dabei und doch abseits. Die anderen ließen ihn das spüren. Eines Tages gab er sich einen Ruck und sagte zum Erstaunen der Gruppe: „Karsten, wirf mal so ein Dampfstäbchen rüber!"

„Echt?", zeigte sich sein Freund überrascht.

„Klar. Wie lange soll ich denn noch warten?"

„Na nicht, dass sich der Kleine in die Hosen scheißt", kicherte eines der Mädchen, das jünger als Ulf war.

Ulf machte ein paar Züge, musste fürchterlich husten und fragte sich, was seine Freunde nur an diesem scharfen und brennenden Geschmack so Tolles finden. Plötzlich, er hatte die Gefahr nicht kommen sehen, traf ihn ein mächtiger Schlag mitten im Gesicht, die Mädchen schrien erschrocken auf, die Zigarette flog zwei Meter durch die Luft und Ulf hielt sich die schmerzende Wange. Sein Vater, der ein paar Kleinigkeiten einkaufen wollte, hatte Ulf in der Jugendmeute entdeckt, als dieser sich gerade die Zigarette ansteckte, die erste in seinem Leben. An Ort und Stelle ließ er sein Fahrrad fallen, überquerte die Straße und verpasste dem Übeltäter eine kräftige Ohrfeige. Ulf, der gerade mit geschlossenen Augen einen Zug nehmen wollte, spürte plötzlich einen heftigen Schmerz. Auf seiner Wange blieb der rötliche Handabdruck des Vaters zurück. Ulf war noch völlig benommen, als sein Vater die brennende Zigarette aufhob und wütend auf Ulfs Handrücken ausdrückte.

„Und das, damit du diesen Tag nie vergisst", schrie Hartmut wütend. Dann ging er zurück zu seinem Fahrrad.

Mit Tränen in den Augen pustete Ulf auf die schmerzende Brandwunde. Das würde er ihm nie verzeihen, nie!

51

Die russische Armee attackiert nun schon seit hundertneunzig Tagen die Ukraine und der Kreml denkt nicht ans Aufhören. Daran denken andere, Leute, die nur als Zaungast die schlimmen Ereignisse mitverfolgen und Ideen aufs Schlachtfeld werfen, die eher an ein Wunschkonzert erinnern. Der sächsische Ministerpräsident will den Konflikt sogar einfrieren wie die Reste einer Weihnachtsgans.

„Vorstellungen hat der", meint Ulf und schüttelt den Kopf.

„Es ist doch aber besser zu reden als zu schießen", gibt Karin zu bedenken.

„Wie willst du mit jemandem reden, der nicht mit sich reden lässt?"

Ulf erschüttern die unablässigen Terrorakte wie der barbarische Raketenangriff auf ein belebtes Einkaufszentrum in der ukrainischen Stadt Krementschuk. Auch der menschenverachtende Zynismus des Kremls, die Verhöhnung der zivilen Opfer macht ihn einfach nur wütend. „An Putin beißt sich die Weltgemeinschaft die Zähne aus. So einer gehört nicht auf die Regierungs-, sondern auf die Anklagebank."

„Trotzdem“, entgegnet Karin, „es muss doch möglich …“

„Ist es eben nicht“, fällt ihr Ulf ins Wort. „Schau dir nur mal meinen Vater an! Kann man mit ihm reden?“

„Du kannst doch deinen Vater nicht mit …“

„Doch! Kann ich. Das ist im Kleinen wie im Großen.“

Während Ulf die Aufzeichnungen seines Vaters studiert, kommt Bewegung in seinen Roman. Er findet neue Ansatzpunkte, weiß, wie er seine Geschichte weitererzählen muss. Und noch etwas offenbaren ihm diese Hefte: Sie zeigen Ulf die menschliche Seite seines Vaters, dessen glückliche Momente, seine Ängste und Nöte, die bewegenden Gedanken eines jungen Mannes, der glaubte, das Beste zu wollen und dann das Schlechteste bekam.

Ulf erfährt von der Hallenser Bombennacht, den beschwerlichen Aufräumarbeiten, den vielen Toten, die sein Vater gesehen hat und an deren Bergung er beteiligt war. Schrecklich muss das gewesen sein, ein fürchterlicher Schock für einen Jugendlichen, der sein Vater damals gewesen ist. Was macht das mit einem Menschen? Wie kann man solche entsetzlichen Bilder wieder aus dem Kopf bekommen? Hartmut hat detailreich dieses Bild eines etwa vierjährigen Mädchens beschrieben, welches er mit Hans Glück aus den Trümmern ausbuddeln musste. Schwere Steine hatten das zarte Köpfchen der Kleinen bis zur Unkenntlichkeit zertrümmert, dieser war geplatzt wie eine überreife Melone. Ja, wie eine überreife Melone, hatte sein Vater geschrieben, weil ihm offensichtlich in seinem Schockzustand kein besserer Vergleich eingefallen war.

Opa Hermanns Schilderungen haben Ulf bereits eine Vorstellung vermittelt, welch grausame Erlebnisse ein Krieg für unmittelbar Beteiligte mit sich bringt. Deshalb widert ihn dieser völlig sinnlose Krieg in der Ukraine an, denn der, der ihn losgetreten hat, muss nicht vorn in der ersten Reihe seinen Kopf hinhalten, muss nicht miterleben, wie Granaten die eigenen Kameraden zerfetzen, wie täglich gestorben und gelitten wird.

Ulf liest von der Todesangst seines Vaters vor den anrückenden amerikanischen Panzern. Gegen die mächtigen Stahlkolosse hätten die schlecht bewaffneten Jungen nicht den Hauch einer Chance gehabt. Für die US-Panzerdivision hätte es keiner militärtaktischen Meisterleistung bedurft, die lächerliche Abwehrkette der Kindersoldaten aufzureiben und unter ihren Panzerketten zu zermalmen. Zum Glück kam es anders. Der Kampf war nur kurz und bedeutungslos, für die Kriegsberichterstatter kaum der Rede wert.

Als Ulf die Seite aufschlägt, auf der sein Vater den versehentlichen Fliegerangriff schildert, bei dem zahlreiche RAD-Jungen, aber auch einige amerikanische GIs getötet wurden, bleibt ihm förmlich das Herz stehen. Er begreift, welch riesiges Glück sein Vater hatte. Und dann die interessante Fluchtgeschichte mit seinem Freund Hans Glück. Diese Passagen lesen sich wie aus einem spannenden Kriegsroman. Ulf kann die Tagebücher nicht mehr aus der Hand legen, so sehr fesseln sie ihn.

52

Nach der aufschlussreichen Lektüre seines Vaters wird Ulf einiges klarer. Von seinem gewalttätigen Großvater Wilhelm, der lange vor seiner Geburt gestorben war, hat ihm Onkel Siegbert erzählt. Und plötzlich findet Ulf eine Erklärung auf all die offenen Fragen. Er hat oft genug von familiären Tragödien in der Zeitung gelesen, bei denen Opfer später selbst zu Tätern wurden. Hartmut wurde von seinem Vater misshandelt und fand einen Ausweg im Sport. Ulf widerfuhr das gleiche Schicksal und er flüchtete in die Welt der Bücher.

Ulfs Gedanken gehen weit zurück. Wie hatte er sich seinem achtzehnten Geburtstag herbeigesehnt, wie der Strafgefangene mit Vorfreude seiner Freilassung entgegenfiebert. Für ihn lag ein Knistern in der Luft. Er hoffte, nein – er war sich sicher, dass mit seiner Volljährigkeit das strenge Reglement des Vaters enden würde. Dies erwies sich jedoch als Trugschluss, denn jeder schwache Widerstand wurde bereits im Keim erstickt.

„Solange du deine Füße unter unseren Tisch steckst, sage ich, wo es langgeht!" Das Alter des Sohnes machte für den Vater keinen Unterschied. Ulf kam einfach nicht gegen ihn an und so ging er weiterhin treu und brav, wenn auch innerlich murrend, zum Training, nahm an Wettkämpfen teil, betreute inzwischen als Trainer selbst eine Gruppe Mädchen und Jungen, die im gleichen Alter waren wie er damals, als er mit der Leichtathletik begonnen hatte. Doch da gab es einen gewaltigen Unterschied. Die Kinder seiner Trainingsgruppe konnten zu jeder Zeit aufhören, wenn sie keine Lust mehr zum Sport verspürten. Diese Option bestand für ihn nie, zu keiner Zeit.

Ein Jahr nachdem Ulf seine Lehre beendet hatte, bekam er die Vorteile seiner trainingsbedingten körperlichen Konstitution zu spüren, während seiner militärischen Grundausbildung, die hart, kräfteraubend und schweißtreibend war. Und er bekam eine Vorstellung von den beängstigenden Ausmaßen bewaffneter Konflikte. Kein Schulbuch und kein Kriegsfilm sind in der Lage, das geballte Vernichtungspotenzial zweier bis zu den Zähnen bewaffneter Armeen, die sich heftige Gefechte liefern, auch nur ansatzweise und nacherlebbar zu vermitteln.

Ulf wurde einberufen zur 11. Mot.-Schützendivision, die der 3. Armee der NVA der DDR unterstellt war. Erleichtert war er, als er den Standort las, die Otto-Brosowski-Kaserne in Halle an der Saale. Wenigstens nicht zu weit weg von zu Hause. Dass sein Vater fünfunddreißig Jahre zuvor ganz in der Nähe beim Reichsarbeitsdienst in Halle-Brassendorf in Militärtaktik und an der Waffe ausgebildet worden war, wusste er zu diesem Zeitpunkt noch nicht. Was er aber wusste, war, dass ehemalige Schulkameraden und Lehrlinge hoch in den Norden nach Schwerin oder zur Raketenabteilung in Eggesin geschickt wurden. Für viele ein Albtraum. Ulf kannte den kursierenden Spottspruch, der für die Betroffenen nicht lustig war: „Das Land der drei Meere: Waldmeer, Sandmeer, sonst nix mehr."

Nach fünfzehn Jahren oft widerwillig durchgeführten Leichtathletik-Trainings spürte Ulf zum ersten Mal, was für einen enormen Vorteil ihm seine gute körperliche Verfassung bescherte. Seine Kondition hob sich deutlich von der der meisten Soldaten ab. Nicht selten begann der Morgen mit einem Alarm und anschließenden Dreitausend-Meter-Lauf, nüchtern und in voller Gefechtsmontur, ein Teil der Strecke musste sogar unter Gasmaske zurückgelegt werden. Während er das problemlos schaffte, ohne Seitenstechen oder Luftnot zu bekommen, mussten viele der untrainierten jungen Männer erschöpft und völlig außer Puste aufgeben. Die Sturmbahn meisterte Ulf in Bestzeiten und das brachte ihm die Anerkennung seiner Vorgesetzten ein. Bei einem divisionsinternen Wettkampf, bestehend aus militärischen Übungen und Disziplinen der Leichtathletik, belegte Ulf den zweiten Platz und bekam anstatt einer Medaille zwei Tage Sonderurlaub.

„Siehst du nun, dass eine gute körperliche Ertüchtigung nur Vorteile bietet", sah sich Hartmut gegenüber seinem Sohn bestätigt.

„Das war nicht schwer", gab sich Ulf bescheiden, „die meisten sind völlig untrainiert."

Und dann lernte er den Ernst des Soldatenlebens kennen. Ulf

sollte miterleben, wie sich echter Krieg anfühlt, auch wenn dieser hier nur gespielt wurde. Ulfs Division nahm am Großmanöver „Waffenbrüderschaft 80“ teil, bei dem zahlreiche Kampfverbände der verschiedensten Waffengattungen aller Armeen der Warschauer Vertragsstaaten involviert waren. Es wurde ein Überraschungsangriff starker feindlicher Kräfte simuliert, den es galt, energisch abzuwehren. Artilleriegeschütze feuerten ihre Granaten im Sekundentakt, Panzerverbände dröhnten mit ihren schweren Dieselmotoren durchs offene Gelände, russische Kampfhubschrauber unterstützten die Kampfhandlungen aus der Luft, und immer wieder jagten Staffeln von MiGs im Tiefflug über das Schlachtfeld und die Soldaten hinweg. Auch wenn Ulf wusste, hier wird nur Übungsmunition eingesetzt, die die Einschläge der Granaten vortäuschten, konnte er erahnen, wie schnell das Lebenslicht eines einfachen Soldaten ausgeblasen werden kann. Schutzlos war der Infanterist inmitten der kriegerischen Auseinandersetzung dem infernalen Treiben auf Tod und Verderb ausgeliefert. Auch aus den Läufen der Maschinenpistolen wurden keine Projektile abgefeuert, sondern knallten nur Platzpatronen. Ulf war froh, nach dem Manöver endlich wieder den relativ ruhigen Kasernendienst schieben zu können, bis zu seiner Entlassung.

Nach achtzehn Monaten Armeedienst war der Spuk vorbei, sein Grundwehrdienst abgeleistet. Für drei Jahre konnten ihn die Offiziere vom Wehrkreiskommando nicht überzeugen, auch nicht mit dem Hinweis auf seinen Vater, einem vorbildlichen Genossen, der inzwischen Chefkonstrukteur eines Leipziger Betriebes für landwirtschaftliche Geräte war.

„Was hat das mit meinem Vater zu tun?“, stutzte Ulf, als er vor dem langen Tisch stand, hinter denen die Musterungsoffiziere in ihren gebügelten Uniformen saßen.

„Wir nehmen doch an, dass Ihr Vater Sie ganz im Sinne unserer sozialistischen Sache erzogen hat."

Ulf mogelte sich diplomatisch aus der Affäre, indem er sagte: „Das hat er ganz bestimmt. Ich bin ein guter Facharbeiter geworden, habe mit einer Zwei abgeschlossen. Die Arbeit macht mir riesigen Spaß. Und wie heißt es so schön? Mein Arbeitsplatz, mein Kampfplatz für den Frieden!"

Das Gespräch dauerte über zehn Minuten. Aber so sehr sie ihn in die Mangel nahmen, Ulf erwies sich als harte Nuss. Was ihm gegen seinen Vater fehlte, hier bewies er es – Rückgrat. Und da Ulf nicht die Absicht hatte zu studieren, fehlte den Offizieren jegliches Druckmittel. Deshalb griffen sie zu ihrer letzten Trumpfkarte: „Wir können natürlich auch mit Ihrer Einberufung warten, bis Sie achtundzwanzig Jahre alt sind, verheiratet und vielleicht zwei Kinder haben."

„Ja", blieb Ulf standhaft, „das können Sie, das liegt ganz in Ihrer Macht. Aber wollen Sie das wirklich, fünf kleinen Kindern den Vater wegnehmen?"

„Wieso fünf?", stutze einer der Offiziere im Range eines Majors.

„Weil es mein Wunsch ist, eine Familie mit fünf Kindern zu haben. Sehen Sie, mein Vater hatte vier Geschwister und meine Mutter immerhin drei. Kinder sind unsere Zukunft, und unser sozialistischer Staat braucht Kinder. Oder sehe ich das falsch?"

„Nein, nein …", erwiderte der Major zweifelnd, ob Ulf von dem, was er sagte, überzeugt war oder ob er nur versuchte, sie an der Nase herumzuführen. Zumindest erreichte Ulf, dass sie ihn nicht weiter behelligten.

Ein paar Monate nach seiner Entlassung aus dem Armeedienst, Ulf ging wieder regelmäßig ins Stadion, lernte er Karin kennen. Noch am ersten Abend, er hatte sich noch nicht einmal getraut, sie zum Abschied zu küssen, wusste er – das ist die Frau, die ich nicht mehr loslassen darf, mit der ich eine Familie gründen und alt werden möchte. Und so kam es dann schließlich auch. Durch Karin verlor Vater Hartmut mehr und mehr an Zugriff auf seinen Sohn. Ulf ließ sich immer weniger gängeln, begann Training zu schwänzen und verweigerte seine Teilnahme zu Wettkämpfen. Er wollte Zeit mit Karin verbringen. Das war ihm wichtig, sehr wichtig sogar.

Eines Tages platzte Vater Hartmut der Kragen und er schrie Ulf an, so könne es nicht weitergehen.

„Verstehe ich nicht", gab sich Ulf gelassen. „Was kann so nicht weitergehen?"

„Du kannst nicht zum Training kommen, wann es dir passt!"

„Aber was wir machen, tun wir freiwillig."

„Trotzdem", widersprach der Vater, „wir haben einen umfangreichen Wettkampf-Kalender. Auf jeden einzelnen Wettbewerb müssen wir uns gründlich vorbereiten, gerade was die Meisterschaften angeht."

„Vati, ich habe jetzt eine Freundin, mit ihr möchte ich …"

„Freundin", grollte Hartmut, „die passt doch gar nicht zu dir!"

„Woher willst du das wissen? Du kennst sie doch gar nicht."

„Ausreichend, um mir ein Urteil bilden zu können. Mach Schluss mit der!"

„Du spinnst wohl!", rief Ulf entrüstet. Jetzt war der Vater zu weit gegangen, entschieden zu weit. Und deshalb, Ulf hatte es bereits befürchtet, steckte vorsorglich sein Mitgliedsausweis griffbereit in der Gesäßtasche. Er zog das kleine Heftchen heraus, knallte es wie eine Trumpfkarte beim Skat auf die Tischplatte und schrie: „Ich trete aus! Ich trete sofort aus!"

53

Tag 199 im unbegreiflichen und brutalen Angriffskrieg der russischen Armee auf die Ukraine. Der Wind scheint sich zu drehen, bäumt sich auf zu einem Orkan und bläst den Russen mächtig ins Gesicht. Ulf hört es während seiner Morgentoilette im Radio. Der Sprecher spricht von einer gewaltigen und temporeichen Gegenoffensive der ukrainischen Armee. Innerhalb von nur zwei Tagen hat sie um die Stadt Charkiw ein großflächiges Territorium zurückerobert und die russischen Soldaten panisch in die Flucht geschlagen. Die Jäger wurden nun selbst zu Gejagten. Ihnen blieb nicht einmal Zeit, ihr schweres Kriegsgerät wie Panzer und Artillerie mitzunehmen.

Als Ulf zwei Tage später den ausführlichen Bericht in der Zeitung liest, ist er schwer beeindruckt. „Auch wenn der Krieg noch lange nicht vorbei ist, die Ukrainer haben den Russen ordentlich Paroli geboten“, sagt er zu Karin und tippt mit dem Finger auf den Artikel.

„Vielleicht ist Putin jetzt zu Verhandlungen bereit.“

„Glaube ich nicht. Auf alle Fälle sind es die Ukrainer nicht. Was sollten sie jetzt auch verhandeln? Gebiete abtreten? Warum? Die sollen die Russen rausschmeißen, dass ihnen Hören und Sehen vergeht und aus ihrer Kriegslust Kriegsfrust wird.“

„Aber das bedeutet, dass die Kämpfe weitergehen“, befürchtet Karin.

„Klar gehen die weiter. Aber die Ukrainer sind taktisch sehr geschickt vorgegangen. Lies mal, wie sie ihre Gegenoffensive organisiert haben! Die haben die Russen regelrecht an der Nase herumgeführt. Da kann mancher Militärexperte noch was lernen.“

„Ulf, mal was anderes! Musst du nicht heute zu deiner Neurologin?“

„Oh ja, gut, dass du mich daran erinnerst. Ich bin spät dran."

Die Untersuchung bringt keine neuen Erkenntnisse. Ulfs Zustand ist stabil, hat sich kaum verschlechtert – und das ist erst einmal gut so. Er ist beruhigt, als die Blutwerte vorliegen: alles im Normbereich. Bei den Gehirnströmen ist nichts Auffälliges. Die Ärztin ist zufrieden, der Patient auch. Er tut alles, um das Voranschreiten seiner Krankheit, Heilung ist ja leider nicht möglich, zu verzögern. Regelmäßig, fast minutiös penibel, nimmt er die verordneten Medikamente ein. Ulf möchte Zeit gewinnen, wertvolle Zeit, um an seinem Roman zu arbeiten. Und dank der Gesprächsprotokolle seines Großvaters Hermann und der Tagebuchaufzeichnungen seines Vaters kommt er jetzt auch zügiger mit seiner Geschichte voran, gewinnt der Roman an Form und Gestalt. Das ist wie ein Haus, welches Stein auf Stein in die Höhe wächst. Das Schwierigste ist das Fundament, es trägt die ganze Last. Wenn die Grundmauern richtig gesetzt sind, kann das Vorhaben gelingen.

Hin und wieder stößt Ulf auf weiße Flecken. Auch Ungereimtheiten begegnen ihm. Offene Fragen müssen geklärt werden. Dann muss er recherchieren, manchmal tagelang, um Detailfragen zu klären. Er besorgt sich jede Menge Bücher, die sich mit der Historie des Zweiten Weltkrieges beschäftigen. Ulf liest und fühlt sich ein in diese verdammt harte und entbehrungsreiche Zeit. Er stöbert im Internet nach Augenzeugenberichten und telefoniert fast eine Stunde mit dem pensionierten Archivar vom Ostseebad Kellenhusen, wo sein Vater mehrere Wochen in englischer Gefangenschaft verbracht hatte.

Ulf blickt wieder etwas optimistischer in die Zukunft. Die Krankheit hat er im Griff, die Konturen seines Romans werden schärfer und die Ukraine ist auf einem guten Weg, den russischen Aggressor in Schach zu halten. Das aber wird auf Dauer nicht ausreichen.

Ob sie sich von ihren Besatzern befreien können, bleibt ungewiss. Ulf hofft, dass sie es schaffen werden, schaffen müssen, damit kein Tyrann dieser Welt glaubt, sich mit brutaler Waffengewalt fremde Gebiete einverleiben zu können.

„Nun, was sagt deine Ärztin?", fragt Karin, als sie nachmittags an der Kaffeetafel sitzen. Ulf hat Kuchen mitgebracht, zur Feier des Tages, zwei Stück Obsttorte vom Vortag, die deshalb im Angebot war. Das verrät er aber nicht.

„Meine Neurologin ist zufrieden, sehr zufrieden sogar."

„Dann nimm nur schön regelmäßig deine Tabletten, damit es noch lange so bleibt!"

„Ja, mehr kann man nicht machen. Aber ich will mich nicht unterkriegen lassen. Was nützt es, Trübsal zu blasen? Das Leben geht weiter, auch wenn es eines Tages nicht mehr weitergeht."

„Ach Ulf, du immer mit deinen Sprüchen", seufzt Karin und führt die Kuchengabel zum Mund.

Ulf will gerade etwas erwidern, als sich das Telefon meldet. Karin greift sich, meist rufen ihre Eltern um diese Zeit an, das schnurlose Telefon und liest auf dem Display: „Becker, Hartmut & Rosa".

„Für dich Ulf. Wird deine Mutter sein."

„Na, Vater bestimmt nicht."

Ulf hat plötzlich ein mulmiges Gefühl, drückt auf die grüne Taste und meldet sich mit einem nüchternen: „Becker."

Er hört eine leise, eine schluchzende Stimme: „Ulf, ich bin's, Mutti."

„Hallo Mutti", sagt Ulf besorgt. Er weiß, dass sie nicht grundlos anruft. „Ist etwas passiert?"

„Vati …, Vati …, er ist … ist gestürzt, sehr schwer gestürzt …"

„Wann ist das passiert?"

„Heute Vormittag. Wir wollten einkaufen … und jetzt … jetzt ist er …“

„Ja, Mutti …“

Seine Mutter muss sich erst ein wenig sammeln, ehe sie weitersprechen kann: „Er wird gerade operiert, am Kopf.“

„Soll ich zu dir kommen? Brauchst du Hilfe?“

„Jetzt nicht. Ich fahre nachher in die Uniklinik. Kannst du morgen zu mir kommen?“

„Klar, dann bis morgen. Und alles Gute, Mutti!“

„Bis morgen. Dann erzähle ich dir alles.“

„Ja, einverstanden.“

54

Trotz seiner vierundneunzig Jahre beherrschte Hartmut noch erstaunlich gut das Autofahren und lenkte ihren Wagen sicher durch den dichten Großstadtverkehr. Dieses Privileg wollte er sich auch nicht nehmen lassen, von keinem. Dabei war seine größte Angst, Hilfe annehmen zu müssen, vielleicht von seinem undankbaren Sohn, der ihn so enttäuscht hatte. Nein, nein, nur das nicht! Deshalb ignorierte er die immer wiederkehrenden neurologischen Ausfälle, die stets wie aus heiterem Himmel kamen und kurz darauf wieder verschwunden waren, als hätte es sie nie gegeben. Zum Glück gingen die Folgen dieser Attacken immer glimpflich aus. Rosa versuchte vergeblich, ihn zu einem Arztbesuch zu überreden. Aber Hartmut lehnte entschieden ab, er gehe doch nicht wegen so einer Lappalie zum Doktor, echauffierte er sich. Insgeheim fürchtete er, dass mehr dahinterstecken könnte, vielleicht eine ernsthafte Erkrankung. Aber solange man davon nichts weiß, brauche man sich auch deshalb nicht verrückt machen zu lassen.

Das ging nun schon an die zwei, drei Jahre so, dass er plötzlich und völlig unvorbereitet kurzzeitig das Bewusstsein verlor und der Länge nach stürzte. Dann fiel er einfach um, steif wie ein Brett. Oft lagen viele Monate zwischen den Aussetzern, manchmal nur wenige Wochen. Es war kein Muster erkennbar. Und so machte Hartmut völlig unbekümmert weiter, als wäre alles in bester Ordnung. Einige Male hatte es ihn im Garten erwischt und er war einfach umgefallen, in die Rhabarberstauden, auf den Komposthaufen oder mitten auf die Wiese, sodass jeder Sturz folgenlos blieb. Also kein Grund, meinte Hartmut, gleich die Pferde scheu zu machen.

Und dann kam dieser denkwürdige Tag. Ulfs Eltern hatten ihren Wagen auf dem Parkplatz eines Einkaufszentrums abgestellt. Rosa sollte einen Einkaufswagen besorgen und Hartmut wollte in der Sparkasse die Auszüge und etwas Geld holen. Kaum hatten sie sich getrennt, Hartmut war nur wenige Schritte gegangen, blieb er plötzlich wie angewurzelt stehen, verdrehte so merkwürdig die Augen und verlor wieder einmal das Bewusstsein. Ungebremst fiel er nach hinten, schlug mit dem Hinterkopf aufs harte Pflaster und blieb reglos liegen. Schon standen einige Leute bei ihm, leisteten Erste Hilfe. Ein junger Mann zückte geistesgegenwärtig sein Handy und alarmierte den Notruf. Dann ging alles sehr schnell: Krankenwagen, Notaufnahme im nächstgelegenen Krankenhaus und schließlich Eilverlegung in die Uniklinik zur Neurochirurgie, in der eine sofortige Not-OP eingeleitet wurde.

Als Ulf vor der Wohnungstür seiner Eltern steht, beschleicht ihn ein mulmiges Gefühl, als hätte es diesen Unfall gar nicht gegeben und sein Vater würde ihm gleich die Tür öffnen. Dieser Gedanke hat etwas Unbehagliches. Er will seinen Vater nicht mehr wiedersehen, nicht in diesem Leben. Was später kommen würde, da streiten die Gelehrten. Ulf glaubt jedenfalls nicht an so einen Unfug, wie ein Leben nach dem Tod. Tot ist tot, die leere Hülle des Körpers wird verbrannt oder verfault in zwei Metern Tiefe. Und Seele, was soll das sein, Seele? Und wie soll man sich das vorstellen? Wie heißer Wasserdampf, der in die Atmosphäre aufsteigt?

Endlich wagt Ulf, den Klingelknopf zu drücken. Seine Mutter, öffnet und bittet ihn herein. Sie wirkt traurig, sehr traurig, als wäre der Vater schon verstorben.

Ulf steht im Korridor und zieht seine Jacke aus. In diesem Moment überlegt er, wie lange er nicht mehr hier war. Über dreißig Jahre muss das jetzt her sein und alles ist noch beim Alten. Ulf weiß, dass alte Leute nur ungern etwas verändern in ihrem Leben. Jegliche Veränderung zerstört die Gleichförmigkeit ihres Lebensrhythmus. Deshalb empfinden sie den Tod ihres Partners besonders tragisch, denn es ist die schlimmste und einschneidendste Form aller Veränderungen.

„Möchtest du eine Tasse Kaffee?"

„Gern, Mutti, aber nur, wenn du eine mittrinkst."

Rosa antwortet nicht und schlurft schweigend in die Küche. Ein paar Minuten vergehen, bis das Wasser durchgelaufen und der Kaffee fertig aufgebrüht ist. Ulf schaut sich im Wohnzimmer um, das wohl ab sofort nur noch die Stube seiner Mutter sein wird. Überall, in der Wohnwand, in Regalen und auf dem Sideboard, prunken Hartmuts Pokale, an den Wänden hängen anstatt gemalter Bilder Dutzende gerahmte Urkunden. Erinnerungen an eine lange und erfolgreiche Sportlerkarriere. Zahlreiche Fotos stehen auf der Vitrine und in den offenen Fächern der Schrankwand, die den Vater in allen möglichen sportlichen Posen oder auf dem Siegerpodest zeigen. Aber kein einziges Bild ist von Ulf und Karin dabei, wie zum Beispiel ihr Hochzeitsfoto. Auch ein Foto ihrer Tochter sucht er vergeblich. Es findet sich kein einziger Hinweis, dass Hartmut einen Sohn hat, eine Schwiegertochter, eine Enkelin. Das schmerzt Ulf besonders. Sein Vater hat sie rigoros aus seinem Leben verbannt.

Als seine Mutter zurückkommt, bewirtet sie ihren Sohn, reicht ihm Milch und Zucker und beginnt mit schluchzender Stimme zu erzählen. In diesem Moment durchlebt sie noch einmal die tragischen Ereignisse, die schon lange zurückzuliegen scheinen und sich doch erst am Vortag zugetragen haben.

Als Rosa nach ihrem Anruf, bei dem sie Ulf über den Unfall unterrichtet hatte, in der Uniklinik angekommen ist, wurde sie in die Intensivstation geschickt und konnte Hartmut nur durch eine Glasscheibe sehen. Er trug einen Kopfverband und war angeschlossen an allerlei Geräte, die seine Köperfunktionen aufrechterhielten. Der Stationsarzt machte Rosa keine allzu großen Hoffnungen, die Schäden am Gehirn wären irreparabel, ihr Mann wird den Rest seines Lebens ein Schwerstpflegefall bleiben, angewiesen auf eine apparative Beatmung.

„Hat Ihr Mann eine Patientenverfügung?“, wollte der Arzt wissen.

„Ja“, antwortete Rosa schweren Herzens, „das haben wir, beide. Und eigentlich wollten wir kein Leben, das von solchen Geräten abhängt.“

„Legen Sie uns bitte die Patientenverfügung Ihres Mannes vor und überlegen Sie sich, wie wir weiterverfahren wollen! Am besten, Frau Becker, Sie beraten sich mit Ihren Kindern!“

„Wir haben nur einen Sohn.“

„Dann reden Sie mit ihm! Glauben Sie mir, Ihnen wird die Entscheidung leichter fallen.“

Einen Tag nach diesem Gespräch stehen Mutter und Sohn an genau der gleichen Stelle und schauen durch die Glasscheibe, wie sich Hartmuts Brust dank des Beatmungsgerätes leicht hebt und senkt. Noch immer liegt er im Koma. Rosa mag gar nicht daran denken, wie er sich wohl fühlen wird, wenn er aufwacht und all die Schläuche sieht, das Surren und Piepen der Apparaturen und Geräte hört.

„Ich kann das … kann das nicht", stammelt Rosa, und in diesem Moment erinnert sie sich an den glücklichsten Moment ihres Lebens, damals zur Mitternachtsstunde mit Hartmut unter der Kastanie vorm Kulturhaus, wo alles begann. Da waren sie jung, verliebt und wahnsinnig glücklich. Das ganze Leben lag noch vor ihnen. Und jetzt, so abrupt, von einer Sekunde auf die andere, sollte Schluss sein, für immer?

„Mutti, wir haben doch gestern ausführlich darüber gesprochen. Das hier ist doch für ihn keine lebenswerte Alternative. Sein Leben lang war er stark und selbstbestimmt, und jetzt soll er zusehen, wie ihn Geräte am Leben halten? Das hätte er nicht gewollt. Oder was glaubst du, warum er diese Verfügung unterschrieben hat?"

„Wir haben sie beide unterschrieben, ohne wirklich zu ahnen, was es bedeutet, wenn es ernst wird."

„Ich kann dir die Entscheidung nicht abnehmen, Mutti. Ich möchte nicht, dass es am Ende heißt, ich hätte mich an meinem Vater rächen wollen."

„Ulf, das ist doch Unsinn! Aber ich hätte mir so sehr gewünscht, dass ihr euch aussöhnt, dass ihr euch wieder vertragt. So geht man doch nicht aus dem Leben."

„Das wäre mir auch sehr wichtig gewesen. Aber Vater konnte stur sein, so wahnsinnig stur."

„Wem sagst du das!"

„Wir haben es doch erst kürzlich versucht, als wir euch im Garten besuchen wollten. Er hat uns rausgeschmissen, einfach rausgeschmissen."

Kaum hat Ulf ausgesprochen, kommt eine Schwester und sagt: „Der Herr Doktor wäre jetzt so weit. Kommen Sie bitte!"

55

Rosas Lebensrhythmus hat sich durch den Unfall von einem Moment auf den anderen grundlegend geändert. Jeden Morgen, gleich nach dem Frühstück, fährt sie mit der Straßenbahn zur Uniklinik. Am Kreuz muss sie umsteigen in eine andere Linie. Für eine siebenundachtzigjährige Frau keine leichte Aufgabe. Aber sie nimmt diese Strapazen gern auf sich, weil sie ihrem Hartmut nah sein möchte, weil sie ihm beistehen will, solange es noch möglich ist. Später würde ihr nur noch ein nüchternes, kaltes Grab bleiben. Jetzt kann sie noch sehen, wie er atmet, auch wenn er an allerlei Kabeln und Schläuchen hängt. Sie kann seine warme Hand spüren, auch wenn da Kanülen drinstecken und am Zeigefinger ein Pulsoximeter klemmt. Sie kann mit ihm reden, auch wenn sie keine Antworten bekommt. Trotzdem sitzt die Angst tief, ihn bald zu verlieren.

Bis zum späten Nachmittag verbringt sie die Tage am Krankenbett und erzählt Hartmut, wie sein Unfall ihren Alltag auf den Kopf gestellt hat, dass er ihr so unendlich fehlen würde. Wenn sie nachts aufwacht, und sie wacht nachts oft auf, dann muss sie jedes Mal schmerzhaft feststellen, dass das Bett neben ihr leer ist und von nun an immer leer bleiben wird. Rosa fühlt sich einsam, so entsetzlich einsam. Und dann platzt ihr der Kragen und sie schimpft mit ihm, weil er einfach nicht auf sie hören wollte.

„Das hätte alles nicht sein müssen", wirft sie ihm vor. „Wärst du doch nur zum Arzt gegangen, wie ich es dir geraten habe! Lässt mich jetzt hier allein zurück. Ach, Hartmut, ich bin so sauer auf dich!"

Immer wieder beginnt Rosa zu schluchzen, tupft sich ein Zellstofftaschentuch in die feuchten Augen und spürt sein nahes Ende. Es wird kommen, unausweichlich und wahrscheinlich schon bald. So jedenfalls vermuten es die Ärzte, und die müssen es ja wissen. Sie erinnert sich an ihre erste schmerzhafte Trennung, damals vor siebenundsechzig Jahren auf dem Jahnstädter Bahnhof, als Hartmut Zug um Zug fahren ließ, bis es fast zu spät geworden war. Aber das war ein leichter Trennungsschmerz, denn dieser Abschied war ein Abschied auf Zeit. Bereits Tage später konnten sie sich wieder in die Arme schließen, konnten lachen, reden, sich lieben und ein gemeinsames Leben planen.

Rosa spricht vor sich hin: „Zum Glück hilft mir Ulf, erledigt für mich die Einkäufe, fährt mich zum Arzt. Wenn ich ihn brauche, ist er sofort zur Stelle. Unser Sohn ist ein lieber Junge, und du, was hast du gemacht, hast ihn verstoßen, du alter Sturkopf. Ich weiß, kein Mensch kann aus seiner Haut, aber du hättest dir ruhig einen Ruck geben können! Aber das hat ja dein Dickschädel nicht zugelassen. Und jetzt, wo noch so viele Dinge unausgesprochen sind, willst du mich, willst du uns verlassen!"

Dann schweigt Rosa, versinkt in Erinnerungen an lange zurückliegende Erlebnisse, ehe sie wieder den Monolog mit Hartmut aufnimmt. Tagelang wiederholt Rosa die immer gleichen Sätze, wobei sich ihre Wortwahl kaum ändert, als handele es sich um ein einstudiertes Stück. Und mit jedem Aufsagen verfestigen sich die Worte in ihrem Gedächtnis wie bei einem Schauspieler, der seine Rolle einstudiert.

Am Nachmittag kommt Ulf ins Krankenhaus, bleibt eine halbe Stunde, manchmal auch eine ganze, und bringt sie mit dem Auto nach Hause, damit ihr wenigstens die beschwerliche Heimfahrt erspart bleibt. Zum Glück hat Ulf Zeit, hat sich die Zeit einfach genommen, hat bis auf Weiteres alle Veranstaltungen aus familiären Gründen abgesagt.

Zwei Wochen nach Hartmuts Unfall sitzen Rosa und Ulf wieder gemeinsam am Krankenbett. Er ist inzwischen aus dem Koma erwacht, kann aber weder reden noch gestikulieren. Er liegt einfach nur da. Seine Augen sind leer und starren zur Decke. Nur seine Augenlider schließen und öffnen sich. Der Arzt hat ihnen erklärt, er könne sie durchaus hören. Sie sollten versuchen, ihm Fragen zu stellen, die er mit einem klaren Ja oder Nein beantworten könne, indem er einmal lang oder zweimal kurz blinzeln solle. Mehr wäre an Kommunikation nicht möglich. Zu wenig für ein klärendes Gespräch, vielleicht sogar für Versöhnung. Dennoch ausreichend, um wichtige Dinge zu klären. Zum Beispiel die Sache mit der Patientenverfügung. Die Klinik drängt auf eine Entscheidung. Intensivbetten sind knapp in einer Zeit, in der noch immer Patienten mit schweren Coronaverläufen eingeliefert werden.

„Ich kann das nicht." Rosa kommen fast die Tränen. „Ich kann ihm diese Frage nicht stellen."

Ulf nimmt seine Mutter in die Arme und sagt: „Du hast doch gehört, was der Arzt gesagt hat. Seine Hirnschäden sind zu massiv. Ein Leben ohne Geräte unmöglich. Willst du ihn noch Wochen, vielleicht sogar Monate so liegen sehen, angeschlossen an all die Geräte. Ich glaube nicht, dass er das gewollt hätte. Deshalb müssen wir mit ihm reden."

„Ulf, bitte, kannst du nicht mit ihm sprechen?"

Schweren Herzens nickt Ulf und spürt einen dicken Kloß im Hals. Nie hätte er sich träumen lassen, dass ihm einmal eine solche Bürde auferlegt werden würde. Gerade seinem Vater gegenüber, mit dem er seit seiner Kindheit im Clinch liegt und mit dem er fast dreißig Jahre kein Wort mehr gewechselt hat. Trotzdem spürt Ulf keinen Hass, was verständlich gewesen wäre, nach allem, was er ihm angetan hat.

„Vater!", beginnt Ulf mit schwacher Stimme.

„Du musst lauter reden!", drängt die Mutter.

„Vater!", wiederholt Ulf eine Spur kräftiger. „Kannst du mich hören?"

Hartmut blinzelt kurz.

„Egal was kommt, du musst dir keine Sorgen machen. Ich kümmere mich um Mutti, ich helfe ihr, wann immer sie Hilfe benötigt. Und dann … auch wenn es mir schwerfällt … etwas muss ich noch loswerden: Ich habe mir so sehr gewünscht, dass wir uns nach all den Jahren ausgesprochen hätten. Ich habe auf Versöhnung gehofft. Als wir euch letztens im Garten besucht habt …, besuchen wollten, war ich bereit, dir zu vergeben, ich wollte endlich mit dir Frieden schließen und ich wollte dir danken. Ja, du hast richtig gehört: Ich wollte dir danken, danken dafür, dass es dir gelungen ist, in mir einen gewissen Ehrgeiz zu wecken. Vergeblich hast du versucht, aus mir einen erfolgreichen Sportler zu machen, weil ich einfach nicht zum Sportler tauge. Als Kind hatte ich keine Wahl, weil du mir keine Wahl gelassen hast. Ich habe mir immer Mühe gegeben, viel Mühe sogar. Ich wollte dir imponieren, wollte dir zeigen, dass mehr in mir steckt, aber es steckte eben nicht mehr in mir. Ich war den harten Anforderungen der Leichtathletik nicht gewachsen. Aber das wolltest du nicht wahrhaben. Und ich hatte auch Angst, manchmal eine richtige Scheißangst, gerade beim Hochsprung, deiner Lieblingsdisziplin. Vor jedem Sprung dachte ich, wenn dir jetzt ein Fehler unterläuft, könntest du dich schwer verletzen. Diese Furcht hat mich regelrecht gelähmt. Und du hast mich einen Feigling genannt, vor all den anderen Kindern, die mich danach ausgelacht haben. Diese Erniedrigungen waren dabei das Schlimmste. Ich habe mich in Grund und Boden geschämt. Und jetzt will ich dir noch etwas verraten, was ich bisher noch keinem Menschen anvertraut habe, weder dir, Vati, noch dir, Mutti. Auch Karin weiß nichts davon: Ich habe damals, da war ich so um die zehn, elf Jahre alt, da habe ich ernsthaft an Selbstmord gedacht …"

„Junge", fährt Rosa erschrocken auf. „Was sagst du da für Sachen?"

„Mutti, es ist genauso, wie ich gesagt habe. Und ich möchte meinem Herzen endlich Luft verschaffen. Es muss raus, es muss endlich raus! Ja, ich habe mich bei euch gefühlt wie in einem Kerker. Und ich sah damals nur noch einen Ausweg: mich einfach umzubringen, denn dann wäre alles vorbei gewesen, vorbei für immer. Für mich war das kein lebenswertes Leben, mit Spaß und Freude. Als Kind hatte ich nie das Gefühl, von euch geliebt zu werden. Habe weder Anerkennung noch Respekt erfahren. Kein lobendes Wort von euch gehört, auch kein tröstendes. Ich hatte zu gehorchen wie ein Gefangener ohne Rechte, ja genauso habe ich mich gefühlt, viele Jahre lang habe ich mich genauso gefühlt. Immer hieß es, du musst, du hast, es wird von dir erwartet – aber nie du darfst, du kannst, wenn du möchtest. Dass ich vielleicht andere Interessen haben könnte, spielte für euch keine Rolle. Das habt ihr einfach nicht zugelassen. Ich wurde behandelt wie ein willenloser Gegenstand …"

„Ulf, hättest du doch nur einmal …"

„Es hätte nichts gebracht, gar nichts. Tut mir leid, dass ich das sagen muss. Aber es die Wahrheit."

Rosa sitzt mit gesenktem Kopf und schluchzt leise vor sich hin. Diese Worte haben sie kalt erwischt. Natürlich hatte sie in all den Jahren gespürt, dass etwas schief lief in ihrer Familie, aber sie hat

Hartmuts Handeln nie hinterfragt, hat nicht sehen wollen, wie sich ihr Kind quält, hat verdrängt, bis zum heutigen Tag.

„Und trotzdem", spricht Ulf weiter, „trotzdem möchte ich dir verzeihen. Opa hat mal sinngemäß gesagt, man muss in die Zukunft blicken! Vergangenes kann man nicht mehr ändern, aber man kann daraus lernen. Und genau deshalb möchte ich …"

Rosa unterbricht plötzlich den Redefluss ihres Sohnes und sagt auf den Vater weisend: „Sieh nur!" Zwei kleine Rinnsale fließen aus seinen Augenwinkeln und versickern im Kopfkissen.

Ulf hat verstanden, denn mit diesem letzten Schweigen seines Vaters, ist alles gesagt.

In der folgenden Nacht schließt Hartmut Becker die Augen – für immer.

QUELLENVERZEICHNIS

Andreas H. Apelt/Ekkehart Rudolph (Hg.): Hitlers letzte Armee – Kinder und Jugendliche im Kriegseinsatz, Mitteldeutscher Verlag, Halle (Saale) 2015

Harry Bauer (* 1928 † 2023), Zeitzeuge aus Meuselwitz

Alex Buchner: Der Sanitätsdienst des Heeres – Organisation. Ausrüstung. Einsätze 1939–1945 – Edition Dörfler im Nebel Verlag GmbH, Eggolsheim 2003

Alfred Försterling: In russischer Gefangenschaft, https://www.dhm.de/lemo/zeitzeugen/alfred-foersterling-in-russischer-gefangenschaft.html

Wolfgang Herchner: Flucht aus der Diktatur in die Gefangenschaft, https://www.dhm.de/lemo/zeitzeugen/wolfgang-herchner-flucht-aus-der-diktatur-in-die-gefangenschaft.html

Roland Kaltenegger: Blutende Fronten – Truppenärzte, Sanitäter und Rotkreuzschwestern im Zweiten Weltkrieg, Flechsig Verlag, Würzburg 2018

Rudolf Kirschner: Kriegstagebuch Rudolf Kirschner 1940–1949, https://www.kirschmer-backnang.de/kriegstagebuch-rudolf-kirschmer/

Werner Mork: Soldatenleben in Frankreich 1940/1941, https://www.dhm.de/lemo/zeitzeugen/werner-mork-soldatenleben-in-frankreich-19401941

Dieter Peeters: Vermißt in Stalingrad – Als einfacher Soldat überlebte ich Kessel und Todeslager 1941–1949, Zeitgut Verlag GmbH, Berlin 2005

Hans Pichler: Truppenärzte und Zeitzeugen – Helfen und Heilen im Krieg (korr. Neuauflage), ADORIA-Verlag, Naunhof 2016

Holger Piening: Als die Waffen schwiegen – Das Kriegsende zwischen Nord- und Ostsee, Verlag Boyens & Co., Heide 2001

Dr. Paul Reiter (* 1923), Zeitzeuge aus Markkleeberg

Karl Hermann Roehricht: Die verlorenen Eltern. Roman, Der Kinderbuchverlag Berlin, Berlin 1982

Dr. Christian Schmidt (* 1921, † 2023), Zeitzeuge aus Döbeln

Friedrich Jacob Schruff: In russischer Kriegsgefangenschaft, https://www.sophie-lange.de/in-russischer-kriegsgefangenschaft/index.php

Hermann Weinhauer: Bewährung Ostfront – Mit den Felddivisionen der Luftwaffe im Stahlgewitter der Ostfront 1942 und 1943, EK-2 Publishing GmbH, Duisburg 2022

Herbert Witte: Zwei Tage im April 1945 – Die Operation „Toast" in der Region Anhalt-Zerbst, https://www.dbthueringen.de/servlets/MCRFileNodeServlet/dbt_derivate_00046733/Witte_Tage_April1945.pdf

DANKSAGUNG

Einen Roman zu schreiben, ist wie ein Haus zu bauen, man benötigt viele helfende Hände. Die hatte ich zum Glück, deshalb möchte ich mich bedanken: bei allen Zeitzeugen, die mir entweder mündlich oder durch schriftliche Aufzeichnungen einen tiefen Einblick in die grausame Zeit der Naziherrschaft gegeben haben, von der ich mir, besonders für die nachfolgenden Generationen, von ganzen Herzen wünsche, dass sich so etwas niemals wiederholen möge, niemals und nirgends auf der Welt.

Ein ganz besonderes Dankeschön gilt meiner Erstleserin Monika Becker, die mir mit zahlreichen und durchaus berechtigten Hinweisen und Vorschlägen hilfreich zur Seite stand.

Dank an meine Tochter Claudia, die als aufmerksame Vielleserin beim Korrekturlesen der Druckfassung mitgeholfen hat.

Auch meiner geduldigen und selbstlosen Lektorin Erdmute Hufenreuter, die ich nicht selten an den Rand der Verzweiflung gebracht habe, gebührt ein aufrichtiges Dankeschön.

In Ehrfurcht verneigen möchte ich mich vor dem Mann, der während des Entstehungsprozesses stets ein offenes Ohr für mich hatte und letztendlich mit seiner Entscheidung dafür gesorgt hat, dass dieser Roman das Licht der Welt erblicken konnte: mein Verleger Roman Pliske.

Danke! Danke euch allen!